De Italiaanse prinses

Van Willemijn van Dijk verscheen eveneens
bij Ambo|Anthos *uitgevers*

Via Roma
De opvolger
Het wit en het purper

Willemijn van Dijk

De Italiaanse prinses

Het rusteloze leven van Marianne van Oranje-Nassau

Ambo|Anthos
Amsterdam

MIX
Papier van verantwoorde herkomst
FSC® C014496

De auteur ontving voor het schrijven van dit boek
een projectsubsidie van het Nederlands Letterenfonds.

Nederlands letterenfonds
dutch foundation
for literature

Eerste druk oktober 2021
Tweede druk december 2021

ISBN 978 90 263 5218 8

Omslagontwerp DPS Design & Prepress Studio
Omslagillustratie Prinses Marianne der Nederlanden (1810-1883),
Wilhelm Wach (schilder), (oude toeschrijving: Henricus Franciscus
Wiertz [schilder]), 1832, © Amsterdam Museum
Foto auteur © Ruud Pos

Verspreiding voor België:
Veen Bosch & Keuning uitgevers nv, Antwerpen

Voor mijn moeder en mijn dochter

'De meeste mensen, Kamala, zijn als een vallend blad dat door de lucht dwarrelt. Maar anderen, niet velen, zijn als sterren, ze volgen een vaste baan, geen wind bereikt hen, ze hebben in zichzelf hun wet en hun baan.'

Herman Hesse, *Siddharta*

HET HUIS VAN ORANJE-NASSAU
IN DE NEGENTIENDE EEUW

Willem I
(1772-1843)

x

Wilhelmina van Pruisen
(1774-1837)

x

Henriëtte d'Oultremont
de Wégimont
(1792-1864)

- **Willem II (Guillot)** **(1792-1849)**
- Frederik (Fritz) (1797-1881)
- Paulina (Polly) (1800-1806)
- Marianne (1810-1883)

Willem II (Guillot)
x
Anna Paulowna
(1795-1865)

- **Willem III** **(1817-1890)**
- Alexander (Sasja) (1818-1848)
- Hendrik (de Zeevaarder) (1820-1879)
- Ernst Casimir (21 mei-22 okt 1822)
- Sophie (1824-1897)

Willem III
x
Sophie van Württemberg
(1818-1877)

- Willem (Wiwill) (1840-1879)
- Maurits (1843-1850)
- Alexander (1851-1884)

Willem III
x
Emma van Waldeck-Pyrmont
(1858-1934)

- **Wilhelmina (Koningin der Nederlanden)** **(1880-1962)**

PRINSES MARIANNE VAN ORANJE-NASSAU

Albrecht
(1809-1872)

x (gescheiden: 1849)

Marianne
van Oranje-Nassau
(1810-1883)

x

Rosalie von Rauch
(1820-1879)

- Charlotte (1831-1855)
- Zoon (1832)
- Albert (1837-1906)
- Elisabeth (27 aug-9 okt 1840)
- Alexandrine (1842-1906)

JOHANNES VAN ROSSUM

Johannes van Rossum
(1809-1873)

x

Catharina Wilhelmina
Keijzer
(1816-1861)

\+

Marianne
van Oranje-Nassau
(1810-1883)

- Johannes Willem van Reinhartshausen (1849-1861)

VOORWOORD

Een weg naar Rome

Rome is in de wereldgeschiedenis het toneel geweest van talloze beroemde episoden. Van de moord op Julius Caesar en de geboorte van de rooms-katholieke kerk tot de opkomst van het fascisme. Op een manier die nergens anders ter wereld wordt geëvenaard is dat grootse verleden in Rome fysiek – tastbaar en zichtbaar: de geschiedenis heeft zich gematerialiseerd in de vorm van talloze laagjes opgestapelde historie, het gevolg van drieduizend jaar onafgebroken bewoning.

Als geen ander heb ik, als oudheidkundige, die lagen bestudeerd, geprobeerd af te pellen en te duiden. En als geen ander weet ik wat al die beelden, bogen en bruggen, de tempels, ruïnes, kerken en villa's óók in zich houden: ontelbaar veel onbekende, verborgen geschiedenissen. Het zijn slechts voetnoten bij het grote verhaal van de geschiedenis. Maar de kleinste episoden kunnen, als je erop inzoomt, groots blijken. Toen ik in Rome eens op zoek was naar de restanten van Romeinse huizen, waarover ik had gehoord dat ze zich onder de kerk Santi Giovanni e Paolo op de Celioheuvel moesten bevinden, stuitte ik op een van die verborgen geschiedenissen.

Omdat de ondergrondse huizen gesloten waren, besloot ik verder de heuvel op te wandelen. Ik liep door een open hek een park in, zonder dat ik de smeedijzeren letters 'Villa Celimontana' boven mij had opgemerkt. Ik wandelde langs verweerde antieke beelden, droogstaande fonteintjes en een Egyptische obelisk. Ik wilde ook de villa in het hart van het park bezoeken, maar deze bleek niet toegankelijk voor publiek.

Na wat speurwerk vond ik een lijst illustere namen van Romeinse en buitenlandse prinsen en prinsessen die ooit in de Villa Celimontana woonden voordat die, tijdens de Eerste Wereldoorlog, door de Italiaanse staat geconfisqueerd werd. Er was één naam in het bijzonder die mijn aandacht greep: *Marianna d'Orange Nassau.*

Ik had in Rome gestudeerd, ik had er onderzoek gedaan voor verschillende boeken. Ik was er talloze keren geweest, als student, als tijdelijke bewoner, als bezoeker, als toerist, als bewonderaar. Hoe was het mogelijk dat ik nooit eerder hoorde over de Nederlandse prinses die in de Villa Celimontana woonde?

In Rome kwam ik niet veel verder. Weinig mensen kenden de Villa Celimontana goed genoeg om iets over de geschiedenis ervan te kunnen vertellen, en bijna niemand wist iets over de Nederlandse bewoonster van het oude huis op de Celioheuvel. En ook in eigen land, merkte ik, wisten maar weinig mensen wie deze 'Italiaanse prinses' was en wat zij in Rome deed. Hoe kon het dat een Oranjeprinses van internationale allure zo vergeten was geraakt?

Ik besloot zelf op zoek te gaan. Toen ik mij in het onderwerp verdiepte kwamen er een wereld en een tijdperk tot leven. Het leven van de prinses omspande de geboorte en coming of age van het Koninkrijk der Nederlanden: aan het begin van de negentiende eeuw, toen zij werd geboren, had Nederland nog nooit een koning gekend. Toen zij stierf heerste de derde koning Willem als constitutioneel vorst over de Lage Landen, en was de eerste vrouw die de Nederlandse troon zou bestijgen, Wilhelmina, al geboren.

Maar meer nog dan een vergeten tijdperk kwam er een vergeten geschiedenis tot leven. In de historie van het Nederlandse koningshuis heeft geen vrouw een zo avontuurlijk en dramatisch leven geleid als de allereerste Prinses der Nederlanden: Marianne van Oranje-Nassau.

Toen zij op 9 mei 1810 in Berlijn als telg in het Huis Oranje-Nassau ter wereld kwam, was er weinig aan de geboorte dat gewoon genoemd kon worden. Haar geboorteplaats was bezet door de Fransen, haar gezin leefde in ballingschap in Duitsland. Haar vader, Willem Frederik van Oranje-Nassau (later koning Willem de Eerste), was een dolende ex-krijgsgevangene, haar moeder Wilhelmina van Pruisen een gebroken vrouw van bijna zesendertig, zijzelf een onvoorzien nakomertje – en de wereld om de pasgeborene heen was volledig in de ban van Napoleon.

De Slag bij Waterloo in 1815 verleende het meisje de gratie van een nieuw begin, zoals die talloze andere landen en levens in Europa een herkansing schonk – niet in de laatste plaats het land en het leven van haar eigen vader. Toen ze drie was, mocht Marianne met haar moeder terugkeren naar Den Haag, waar haar een bevoorrecht leven als prinses wachtte. Ze trouwde, verhuisde met haar prins naar een buitenlands paleis, kreeg kinderen. Ze leidde, kortom, een voorspelbaar prinsessenleven. Totdat, in het najaar van 1843, alles voorgoed veranderde.

Dit boek is het verhaal van haar odyssee – de lange reis van een vrouw om haar plek in de wereld te veroveren, hoewel zoiets vanwege haar afkomst ondenkbaar was. Marianne had, als de zoveelste prinses die niet was voorbestemd om koningin of keizerin te worden, met gemak een klein en middelmatig leven kunnen leiden. Dat zij daar niet voor koos, maakt dat er in deze kleine geschiedenis een groots verhaal schuilgaat.

Marianne was een toonbeeld van typische vorstelijke deugden als schoonheid, barmhartigheid en plichtsbesef, maar ook van vrijheidszin, medemenselijkheid, temperament, veerkracht en moed. Ze geloofde hardnekkig in de in haar dagen volkomen radicale gedachte dat een vrouw het recht had om over haar eigen lot te beschikken. Ze deed wat haar hart haar ingaf, hunkerde naar het gewone leven en kwam er openlijk voor uit dat zij het moeilijk vond haar vrouw-zijn te combineren met het prinses-zijn.

Haar tocht duwde haar verder en verder weg bij waar zij vandaan kwam – tot aan de zinderende woestijnen van Afrika en Palestina. Dat er tegenslagen op haar pad kwamen was onvermijdelijk, maar het was tenminste haar eigen, zelfgekozen weg. Zij was de martelares van haar eigen roeping, en daarmee, zoals een tijdgenoot het omschreef, 'misschien wel de meest vooruitstrevende vrouw in Europa'.

'Het water der beproeving', schreef Marianne in de winter van haar leven, kon 'soms tot de lippen komen'. Ze heeft niet gevraagd om de tegenslagen die haar troffen, maar het waren de beproevingen die haar maakten tot wie zij was, die onthulden wat ze al die tijd in zich had. Zonder welke ze zichzelf nooit had gevonden. Zonder welke ze haar weg naar Rome nooit had gevonden – en ik haar evenmin.

Eerste boek

1840-1843

✦

I

De Italiaanse reis

Nergens woedt een heviger strijd tussen plicht en persoonlijkheid dan in de hoofden waarop een kroon landt.

Dat was hem aan te zien, vader was moegestreden. Marianne zag het ineens, toen hij die dag onaangekondigd haar salon binnenliep en zonder begroeting, zonder 'kom hier, *ma petite papillon*', met een zucht verklaarde dat ze hem niet meer wilden hebben. Met zijn behaarde, platte hand sloeg hij een uitgescheurd krantenartikel op tafel. Arme *papà*... Zo verguisd door zijn onderdanen... Wat was dat voor een volk! En toch, ze begreep alle woede en ophef wel. Er waren maar weinig koningen die dezelfde keuze zouden hebben gemaakt. In haar ogen zou hij altijd *le Roi* blijven, troon of geen troon. Ach, haar lieve oude vader. *L'image de Dieu sur la terre*, voor hem had ze alles over. Hoewel ze niet goed wist wat ze van zijn omstreden besluit moest vinden, was ze blij en opgelucht toen hij ineens voor de deur van haar Berlijnse stadspaleis aan de Wilhelmstraße was verschenen. Eerlijk gezegd kwam dat hele gedoe met de abdicatie voor haar als een geschenk uit de hemel. Als vader zijn troon niet had opgegeven, was hij nog in Nederland geweest. Dan was hij nooit naar Berlijn gekomen, precies op het moment dat zij zijn troostende armen het meest nodig had. Was het nog maar zes weken geleden dat het meisje in haar armen stierf? Zes weken... De wonden van de bevalling waren nog niet eens genezen.

Met een steek in haar hart bekeek ze de spotprent, las het onderschrift: '*C'est l'amour, l'amour, l'amour. La fortune fait oublier les amis.*' Ze wist dat haar pijn en medeleven tevergeefs waren. Een rouwende, ongelukkige dochter hoorde geen medelijden met haar bejaarde vader te hebben. Zij kon zich niet over hem ontfermen, zoiets ging in tegen de natuur. Maar God zou hem bijstaan, hem genade schenken, dat was het enige waar je als mens op kon vertrouwen.

Bon Dieu, wat was hij toch oud geworden. Oud en koppig, als ze de berichten uit Nederland moest geloven. Allicht. Vader was altijd al dwars en eigenwijs geweest, ze had hem nooit anders gekend. Zij had het tenslotte van hem. Aan de andere kant, misschien deed hij ook wel een beetje alsof, om het allemaal wat makkelijker te maken. Het was ook niet niks om na zeventwintig jaar dienst aan de staat en het volk de natie de rug toe te keren. Maar goed, als ze eerlijk was... Weinig mensen, of nee, niemand, behalve hijzelf, zou het koningschap van Willem de Eerste als dienstbaar omschrijven. Het volk en de regering riepen al jaren om verandering, om staatkundige hervormingen, om transparante overheidsfinanciën. Zij wist ook wel dat papà in het verleden leefde. Tegenwoordig kon je simpelweg niet meer roepen dat 'De Koning alleen besluit', waarom zag hij dat toch niet in? Waarom moest hij tot het allerlaatst vasthouden aan dat ene zinnetje? Waarom was dat achterhaalde artikel 73 uit de grondwet van 1815 hem zo heilig?

Een paar weken eerder las ze in de krant wat haar vader tegen een ordonnansofficier had gezegd toen de nieuwe wetsartikelen die de macht van het parlement uitbreidden ten koste van de koning, er toch kwamen. 'Wil men mij niet meer? Men heeft het maar te zeggen; ik heb hen niet meer nodig.' Tja, dat was niet handig geweest. Dan kon je erop wachten bespot te worden. De vader des vaderlands kon zich niet als een klein kind gedragen. Aan de andere kant, verdiende hij het werkelijk hier zo hard om veroordeeld te worden? Hoe kon hij weten dat hij het slachtoffer was van spionage? Hij had die woorden in vertrouwen geuit tegen een naaste medewerker, het was nooit zijn bedoeling geweest dat ze in de krant belandden.

Hij wist toen nog niet wat ze nu wisten. Dat het lek in de eigen familie zat. Dat alles gebeurde door toedoen van haar broer, van zijn oudste zoon. En met succes; Guillot was geen Prins van Oranje meer. Hij was nu koning Willem II der Nederlanden. Ach, eigenlijk deed dat er allemaal niet meer toe. Het was niet het dubbelspel van Guillot, en het waren ook niet de grondwetswijzigingen van afgelopen september.

Wat vader van zijn troon had geduwd, was iets veel persoonlijkers. Het was een vrouw.

Papà raasde driftig door. Alsof het nog niet genoeg was dat Thorbecke hem kruisigde deed nu de hele Kamer mee. Had hij niet gedaan wat ze van hem gevraagd hadden? Had hij dat verdomde scheidingsverdrag van België niet ondertekend? Dat was zijn droom! Het Verenigd Koninkrijk was zijn grote droom, en hij had het allemaal voor hen opgegeven. 'En weet je hoe ze me daarvoor bedankt hebben? Door me dood te zwijgen, door mij bij mijn binnentreden voor de troonrede niet eens toe te juichen. Doorgestoken kaart! Allemaal van tevoren bekokstoofd!'

Met die laatste woorden barstte vader uit in een langdurige, akelige hoestbui. Steeds als zij iets wilde zeggen, begon het rochelen weer opnieuw en wachtte ze af, keek naar hem. Ze liet haar ogen over hem heen glijden, van zijn wild groeiende witte wenkbrauwen naar de schokkende bewegingen van zijn gigantische buik, die prominent uitstak onder een ter hoogte van zijn borst vastgeknoopte pandjesjas, toen weer naar de vuist die hij voor zijn mond hield en waarop een paar druppeltjes bloed verschenen, die hij achteloos met zijn zakdoek wegveegde. Toen ze eindelijk de kans kreeg iets te zeggen, klakte ze met haar tong en zei dat hij zich niet zo moest opwinden.

Voor zijn bestwil bleef ze kalm, maar het bloed verontrustte haar. Was hij ziek? Moest er een dokter komen? Haar bezorgdheid was haar blijkbaar aan te zien. Voor haar vader was ze altijd een open boek geweest.

'Geen zorgen, *papillon*. Het is de kou maar, die slaat altijd op de keel. *Quel temps, bon Dieu!* Door de snijdende wind was het in de coupé zelfs met extra kruiken niet comfortabel te krijgen!'

Marianne zag vader niet zo vaak, maar als hij bij haar in Berlijn was had hij altijd hetzelfde effect op haar. Zijn overdonderende vaderlijkheid overstemde haar wasdom. De getrouwde, dertigjarige moeder van drie kinderen die al tien jaar van huis weg was verdween en maakte plaats voor het meisje van acht dat opgewekt aan zijn hand door de bossen van Het Loo huppelde. Twee kinderen, herstelde ze zich. Twee.

'Papà, is het waar wat ze zeggen? Heeft u de troon opgegeven voor de liefde?'

Hij mompelde zoiets als 'het heeft geen zin een glas te blijven vullen als de dorst toch niet overgaat', pakte haar bij de schouders en zei bijna dwingend: 'Vertel me liever hoe het met jou gaat, papillon.'

Maar zij had haar vader niets opbeurends te vertellen. In haar huis was weinig dat goed liep. Ze had een kind gebaard en een paar weken later een kind begraven, en bij geen van die gebeurtenissen had de heer des huizes het nodig geacht zijn gezicht te laten zien. Zij en Albrecht, de prins van Pruisen, leefden in Berlijn slechts nog in naam samen. Van enige vorm van verbintenis was niets meer over. Daarom was ze ook zo blij dat vader was gekomen. Sinds haar echtgenoot zijn eigen leven leidde, zocht ze in Berlijn wanhopig naar een bondgenoot. Iemand die ook maar een klein beetje betrouwbaarheid liet zien. Hád ze maar iemand die ze in vertrouwen kon nemen... Iemand met oog voor kunst en cultuur, iemand om mee te praten, iemand met voldoende intelligentie om haar mening aan te kunnen. Maar zo iemand was in heel het Huis Hohenzollern niet te vinden. Trouwens, als die er wel was geweest zou die persoon angstvallig bij haar weg worden gehouden. Om haar tegen zichzelf in bescherming te nemen, dachten ze werkelijk dat zij dat geloofde? Zij was veel intelligenter dan doorgaans werd gedacht. Ja, ze kon misschien wat spontaan of enthousiast reageren voor een dame, maar dat was nu eenmaal wie zij was. Kon zij het helpen dat niemand haar als kind had geleerd hoe ze zich moest concentreren? Of misschien hadden ze het wel geprobeerd, was het gewoon te moeilijk gebleken. Zij was altijd druk en dromerig geweest, maar ze was niet lui en zeker niet dom. Meneer Knip, haar oude tekenleraar, zei altijd tegen moeder dat zij alles wat hij probeerde uit te leggen, zo verbijsterend goed begreep. Als je het haar maar voorschotelde, kant-en-klaar. Ze was intelligent genoeg om er zelf te komen, dat wist hij zeker, maar zelfstudie, daarvoor was zij te snel afgeleid.

Nu was ze dertig jaar en kreeg ze nog steeds te horen dat ze rusteloos en frivool was. De lijst met tekortkomingen was nog langer. Niemand vond haar levendigheid en openheid meer schattig, ze hoorde nooit meer iemand 'ach, kijk dat kleine meisje' zeggen. Nu was haar karakter 'gevaarlijk', een 'zorgwekkende' combinatie van intelligentie en bevlogenheid. Haar vader had het altijd charmant gevonden, dat eigenzinnige van haar. Sinds ze was toegetreden tot de traditionele, starre koninklijke familie van het militante Pruisen, begreep Marianne waar het eigenlijk om draaide. Niemand maakte zich werkelijk druk om haar karakter. Het was trouwens erger dan dat, vernederender: haar innerlijk deed er simpelweg niet toe. Dat zij haar persoonlijkheid zo belangrijk vond dat ze het uitdroeg, dát was haar grootste zonde. *Conduite* was het toverwoord. Gedrag, gedrag, gedrag. Je weten te gedragen, dat was het enige waar het in het leven van een prinses van Pruisen om draaide. Wie je werkelijk was, deed er niet toe. Laat staan dat het haar was toegestaan te schitteren! Ze moest de regels uit het hoofd leren en ze opvolgen. Ze moest zich dienstbaar opstellen. Niet klagen. Stil zijn. Hou je mond dicht.

Lange tijd kon ze het opbrengen zich eraan te houden. Om zo min mogelijk aanstoot te geven. Als ze een fatsoenlijke echtgenoot had gehad, was ze misschien zelfs gelukkig geworden in Berlijn. Maar het getrouwde leven had haar compleet vereenzaamd. Uren, hele middagen bracht ze alleen in haar kamers door. Ze wist zelfs niet meer wat ze erger vond: Albrechts incidentele, onstuimige gezelschap, of de holle eenzaamheid van haar bestaan als hij weer op militaire campagne was.

Kinderstemmen galmden in de gang. Charlotte, de oudste van negen, kwam met haar driejarige broertje Albert aan de hand binnen. Het meisje vloog haar grootvader lachend om de hals, maar Albert bleef verlegen staan kijken. Vader kuste Charlotte en groette kleine Albert met een glimlach.

'Lopen die kinderen zonder toezicht rond?' Hij had het nog niet gezegd of de Duitse gouvernante Rosalie kwam met rood aangelopen gezicht binnenstormen, maakte haar verontschuldigingen en kapittelde de kinderen. Ze wilde Charlotte en Albert meenemen, maar vader hield haar tegen en riep de kleintjes bij zich. Hij graaide in zijn binnenzak en drukte Charlotte drie, en Albert twee snoepjes in de hand. Toen gaf hij het meisje een kus op haar hoofd en liet ze weer gaan.

Was het allemaal niet veel beter zo? Vader als lieve oude grootvader. Niet meer *Père de la nation* of *père de la famille*, maar gewoon papaatje, vader, grootvader. De abdicatie was niets minder dan een bevrijding. Zonder kroon kon hij eindelijk weer zichzelf zijn, haar vader zijn.

De dagen dat hij bij haar logeerde strekten zich uit tot weken, ze raakte gewend aan de terugkeer van haar vader in haar leven. Af en toe vroeg ze hem hoe het met zijn huwelijksplannen stond, maar liever ging ze die controverse uit de weg, liet zich bedwelmen door de warme, vaderlijke liefde waarmee haar kille huis plotseling gevuld was. Bijna wekelijks ontving ze brieven van haar broers uit Nederland, die bezorgd vroegen of vader al bij zinnen was gekomen. *Breng jij hem toch wat verstand bij*, smeekten ze, *als íémand tot hem door kan dringen ben jij het. Vader kan niet werkelijk van plan zijn om in dat ketterse huwelijk te stappen!*

Vooral Guillot was genadeloos. Hij schreef dat hij zich dubbel schaamde, als telg uit het Huis Oranje-Nassau en als koning van Nederland. Dat hun vader in Europa al jaren mikpunt van spot was, eerst door zijn koppige weigering de permanent gelegerde troepen in België te demobiliseren, en nu door die dwaze huwelijksplannen. Tien jaar lang had hij zich belachelijk gemaakt door de onafhankelijkheid van het zuiden niet te aanvaarden. Kroon of geen kroon, waarom zag hij niet in hoe pijnlijk het zou zijn als hij trouwde met Henriëtte d'Oultremont de Wégimont? Lieve, goede Henriëtte, dacht Marianne. Van alle voormalige hofdames van haar moeder was ze op Henriëtte het meest gesteld geweest. Maar sinds haar moeder drie jaar geleden was overleden had ze de hofdames, die vertrouwde gezichten uit haar jeugd, niet meer gezien.

Als ze diep in haar hart keek was ze blij, nee... opgelucht dat vader Henriëtte ten huwelijk had gevraagd. Wie kon er op zijn oude dag beter voor hem zorgen dan trouwe Henriëtte? Zo zag Guillot het niet; het voorgenomen huwelijk was verraad aan hun moeder, verraad aan het protestantse Huis Oranje-Nassau en verraad aan alle Nederlanders. *Welke koning*, schreef hij, *laat zijn volk bloeden in een kostbare oorlog tegen het katholieke België, om vervolgens in het huwelijk te stappen met een katholieke Belgische?* Tja, dat was óók waar.

Marianne bemiddelde, niet voor het eerst, tussen haar oudste broer en haar vader, en dit keer stond zelfs Fritz aan de kant van Guillot. Fritz was de middelste, meestal ook de redelijkste van hen drieën. Hij was wat gematigder van toon dan Guillot. *Begrijp me goed, lieve zuster*, schreef Fritz, *ik kan het gewoon niet langer aanzien dat onze vader in 't ganse land bespot en bespuugd wordt.*

Ze las de bezorgde brief van Fritz aan vader voor, hier en daar een woord (*verraad*) wegmoffelend of een zinsnede (*zijn verstand verloren*) verzachtend. Vader luisterde met ernstige ogen, wachtte geduldig tot ze uitgelezen was.

'Míjn huwelijk,' zei hij na een korte stilte, 'is mijn persoonlijke afweging.' Als hij zo sprak, zo kalm en beheerst, betekende dat maar één ding: vanbinnen kookte hij van woede. 'Niemand, maar dan ook níémand heeft het recht zich met mijn geweten te bemoeien. Ik ben niet van plan mij een voorrecht te laten ontnemen dat de wet aan iedere mindere burger verzekert, zeker niet nu ik mijn troon heb opgegeven.'

Ja, wat had hij allemaal niet opgegeven... De kroon had hij vrijwillig overgedragen aan zijn zoon. Zijn naam, zijn titel. Hij was nu Willem Frederik, graaf van Nassau. Dan was hij toch vrij om naar eigen eer en geweten te doen wat hij wilde?

'Het is een uitgemaakte zaak.' Zijn toon verried dat hij zichzelf nog zag als de koning, die besloot. 'Ik heb al genoeg aan mijn hoofd. Henriëtte zit nog steeds bij haar broers in Luik, te wachten op nieuws uit Rome.'

Marianne wilde haar vader graag steunen, onvoorwaardelijk achter hem staan. Maar haar geweten speelde haar parten. Goedpraten, was het woord dat haar te binnen schoot. Maar dat betekende dat zijn gedrag fout was. Was dat ook niet zo? Hij had recht op zijn geluk, maar wat als zijn geluk anderen pijn deed? Was een verliefdheid dit allemaal waard? De verliezen, het protest... Plicht en drift, hart en hoofd... Was het geoorloofd je leven te vergooien uit liefde voor een hoveling?

Toen ze zestien was, was het antwoord op zo'n vraag duidelijk en onomwonden. Ze was verliefd geworden op George, een van de livreiknechten op Paleis Noordeinde. Hij bezat een zeldzame schoonheid die ze alleen kende van Apollo-beelden uit de klassieke oudheid. Ingetogen was hij allerminst. Vanaf het moment dat markies George de Thouars was aangesteld als page aan het hof, kon hij zijn buitengewone interesse voor haar, de Prinses der Nederlanden, nauwelijks verbergen. Hij had de stoutmoedigheid steeds een beetje dichter bij haar in de buurt te komen. Onweerstaanbaar. Hoe hij het voor elkaar kreeg, hoe hij steeds wist waar ze was, hoe hij ongemerkt naar binnen glipte, had ze nooit begrepen. Dat was zijn geheim, zei hij. Die tactiek was feilloos, want de verrassing sloeg om in verwachting. De terloopse samenkomsten werden geheime ontmoetingen. Ze vouwde briefjes op tot ze bijna onzichtbaar waren en liet ze voor hem achter onder een steen bij de grote heg.

Wat was ze dol geweest op die heimelijke rendez-vous! Ze werd betoverd door zijn grote bruine ogen en zijn springerige krullen. Die mooie, donkere krullen... Zij kende niets anders dan het leven binnen paleismuren, hij was een jongen van de straat, van de wereld. Als ze alleen waren stelde ze hem elke vraag die in haar opkwam. Alles wilde ze van hem weten. Hij kwam uit de provincie, van een plek die hij de havezate Wolda bij Laar noemde. Daar viel, verzekerde hij haar, niets over te vertellen. Zij wist niet hoe het was, kon ook niet weten hoe het was. Armoede kun je niet uitleggen. 'Het spijt mij u te moeten vertellen, hoogheid, dat in de provinciën niet de Oranjes heersen, maar Hunne Koninklijke Hoogheden Scheurbuik en Cholera.' Ze lachten zo hard dat ze hun handen voor hun mond sloegen.

Ze noemde hem een keertje arm, daar protesteerde hij tegen. Ze waren verármd, dat was iets heel anders. De grootvader van George was een oorlogsheld, zijn vader had het hele familiekapitaal opgezopen. Maar het was nog niet te laat, hij ging het allemaal goedmaken. Hij was de eerste in zijn familie die zijn school af had gemaakt. Hij kon lezen en schrijven. Hij was misschien niet rijk, maar thuis noemden ze hem een wonderkind.

George was een talentvol schrijver, eropuit om de wereld te bewijzen wat hij waard was. Dat zei hij, maar ze vermoedde dat hij het vooral aan zijn vader wilde bewijzen. Hij had veel goed te maken, zei hij vaak. Of nee, eigenlijk had zijn grootvader dat tegen hem gezegd, vlak voordat George van huis vertrok. Zo'n kans kwam in een familie als de zijne maar één keer voorbij. Hij moest 'de Eik der Thouars in ere herstellen', zoiets.

Hij vroeg haar of ze een geheim kon bewaren. Zij plaatste een hand op haar hart en beloofde het. Zijn gezicht stond ineens ernstig. 'Toen ik hier aankwam heb ik mij voorgedaan als markies, maar dat ben ik niet... Je moet me vergeven, het flapte eruit voordat ik er erg in had. *Markies De Thouars, tot uw dienst*. Toen kon ik niet meer terug.'

Ze overwoog hem te vertellen dat iedereen in het paleis allang wist dat hij die titel verzonnen had. Maar ze glimlachte alleen. Ze wist hoe de hofdames om hem giechelden, maar dat ze zijn bravoure stiekem aantrekkelijk vonden. Net als zij.

Marianne wist hoe het was. Zij wist als geen ander hoe haar vader zich nu voelde. Ze zei het niet hardop, maar ze bewonderde hem om zijn keuze. Een klassenverschil, wat zou het! Was niet iedereen in Gods ogen gelijk? Was Henriëtte d'Oultremont de Wégimont geen kind van God? Ze kwam uit een katholieke familie die veel aanzien genoot in Luik. Telgen uit het geslacht d'Oultremont de Wégimont waren geen vorsten, maar ze waren wel graven en ze bekleedden hoge posities binnen de kerk. Dat was meteen het probleem. Het voorgenomen huwelijk bracht niet alleen haar vader in moeilijkheden, maar ook Henriëtte. Dat werd Marianne pas duidelijk toen haar vader kwam logeren, toen ze zag hoe hij de ene na de andere brief van Henriëtte ontving. Die goedhartige vrouw weigerde met een protestant te trouwen zonder uitdrukkelijke toestemming van Rome. Ze hield eraan vast, al moest ze er zelf voor naar Italië reizen. Dat had ze gedaan en ze hield vader in Berlijn trouw op de hoogte van haar vorderingen.

Nadat ze eerst het Pantheon en de Sint-Pieter had bezocht, sprak Henriëtte met Monseigneur Capaccini, een man die ooit in Nederland diplomaat was, en nu samenwerkte met de Nederlandse gezant bij de Heilige Stoel, graaf De Liedekerke Beaufort. Eerst wilden de mannen haar niet helpen. Henriëtte had moeten smeken om bemiddeling. Zij moest zich radeloos hebben gevoeld, verscheurd tussen liefde en geloof. Met hulp van Capaccini en de gezant lukte het haar, zelfs tot tweemaal toe, om een audiëntie te krijgen. Je moest het haar nageven, ze kreeg voor elkaar dat de bejaarde Gregorius XVI zich schoorvoetend over de zaak boog.

Marianne had niets tegen de katholieken, maar alles tegen de paus. Ze verafschuwde de pauselijke tiara en alles waar hij voor stond, het hele pausdom wierp een schaduw op alles wat rooms was. Als ze die tiara toch eens aan het wankelen zouden brengen, dan zou Gods licht weldadig op de katholieken kunnen schijnen! Het was haar natuurlijk met de paplepel ingegoten en ze kon niet ontkennen dat al die jaren aan het Pruisische hof haar nog antipaapser hadden gemaakt dan ze al was. Des te meer toen Gregorius de voorwaarden had gesteld waaraan haar vader moest voldoen voordat hij zijn zegen voor het huwelijk zou geven.

De vernedering! Vader ging tegenwoordig door het leven als graaf van Nassau, maar zo behandelde je een voormalig koning niet. Natuurlijk had hij geweigerd, het was het enige eerbare. Maar zolang hij weigerde zich te laten 'zuiveren' en weigerde zijn goede intenties schriftelijk aan Rome te verklaren, konden Capaccini en De Liedekerke de Vaticaanse deuren niet nogmaals voor Henriëtte openen. Zij verliet Rome teleurgesteld, maar niet voordat ze een daad van ongehoorzaamheid stelde. Henriëtte vroeg haar neef, graaf Emile d'Oultremont de Wégimont, al bijna tien jaar de Belgische ambassadeur bij de Heilige Stoel, om zijn positie aan te wenden en haar te helpen. Toen vader daarachter kwam, ontplofte hij van woede. Arme Henriëtte, zij beschouwde zoiets als een familieplicht. Maar de ironie van de situatie kon haar toch moeilijk zijn ontgaan?

'Jij begrijpt mij toch wel, lieve dochter? Dat ze me op mijn oude dag laten buigen voor Rome is tot daaraan toe. Maar ik buig mijn calvinistische hoofd niet voor die kolenkop. Stel je voor, een Koning der Nederlanden die een Belg nodig heeft om dispensatie te krijgen voor zijn huwelijk!'

De laatste brief van Henriëtte was gericht aan Marianne. Henriëtte schreef dat het allemaal tegen haar zin was uitgedraaid op een kwestie van trots in plaats van een van zuiverheid. Ze maakte zich zorgen om vader. Marianne begreep dat Henriëtte oprecht van haar vader hield. De vrouw wilde niets liever dan in de winter van zijn leven een toegewijde zuster voor hem zijn. *Ach,* schreef zij liefdevol, *het is een zachte grijsaard vanbuiten, maar nog altijd een koppige Hollandse koopman vanbinnen. Als de Heilige Vader een zwak heeft voor Emile, waarom zouden we daar dan geen gebruik van maken?* Henriëtte twijfelde er niet aan dat Emile voor elkaar zou krijgen wat door iedereen zo begeerd werd. Het stond er niet, maar Marianne wist dat Emile d'Oultremont de Wégimont beschikte over een onuitputtelijke voorraad van dat andere, waardevolste goed in de gangen van het Vaticaan. *Kun jij, lieve Marie Anne, wellicht een helpende hand bieden? Jij bent tenslotte zijn oogappeltje, jij kunt je oude vader vast vermurwen?*

De ironie van de situatie ging niet verloren aan Gregorius XVI, die ooit als kardinaal naar de Nederlanden was gezonden om een verzoening tussen het rooms-katholieke zuiden en het protestantse noorden te bevorderen. Dat was volledig mislukt, en nu kreeg hij een herkansing in de schoot geworpen. Zo wist graaf Emile d'Oultremont de Wégimont nieuwe voorwaarden van hem los te peuteren.

Het gekonkel in Vaticaanstad ontging vader volkomen. Hij bracht zijn dagen schrijvend door, speelde met Charlotte en Albert en wandelde in de tuin. 's Avonds na de thee ging hij in zijn kamerjas op de bank zitten. Dan speelde zij piano voor hem, zoals ze vroeger deed. De ene avond beurde het hem op, de andere avond maakte het hem melancholisch, soms zelfs verdrietig, en dan vroeg hij een kamerdienaar hem een glas cognac te brengen.

Hij was verbaasd toen er op een avond naast het glas cognac op het dienblad ook een brief rustte. 'Op dit tijdstip nog?' De lakei antwoordde dat er onverwacht nog een bode op de stoep had gestaan. Marianne stopte met spelen, haar vader las en keek op. 'Nieuwe voorwaarden.' Hij hield een document omhoog.

Het huwelijk moest voltrokken worden volgens de katholieke liturgie. De rooms-katholieke partij, *mademoiselle* d'Oultremont de Wégimont, moest zonder problemen en hinder haar geloof kunnen blijven belijden en uitoefenen. Eventuele kinderen voortkomende uit het huwelijk moesten zonder uitzondering rooms-katholiek gedoopt en opgevoed worden. Vader somde alles zakelijk op.

'Dat noemt zich hoeders van het ware geloof. Ze kunnen anders aardig schipperen.'

'Niemand zal het u aanrekenen in naam van verzoening te handelen.' Marianne wist niets beters te verzinnen. De taal van de Bijbel, de spreuken, de parabels, dat was waarin zij altijd haar toevlucht zocht, hoe moeilijk ook de omstandigheden. Ze citeerde uit Johannes, het evangelie dat haar het dierbaarst was. Boek twee, vers één, regel twee. *Hij is een verzoening voor onze zonden en niet alleen voor de onze, maar ook voor die der gehele wereld.*

Haar vader gromde zacht van ongenoegen. 'Wat nu?'

Voor zij antwoord kon geven, zag ze dat de vraag niet aan haar gericht was. Vader had in de envelop een klein, tot een vierkant opgevouwen briefje gevonden. Hij vouwde het behoedzaam open en zocht eerst naar een naam of een handtekening. Maar alle sporen van een afzender ontbraken. Als aanhef stond er, met zwierige letters: *Addendum.*

De zorgen waren niet gering, las hij, en de voorwaarden gesteld door Zijne Heiligheid waren alleszins redelijk, *gezien de situatie waarin de Kerk zich sedert de contrareformatie bevindt. Uw ongebruikelijke verzoek waarvoor onder strikte voorwaarden en bij hoge uitzondering dispensatie zal worden verleend, zal de Curie met het nodige extra werk opzadelen. Ik hoef u niet te vertellen dat de Kerk al genoeg onder vuur ligt. We willen natuurlijk voorkomen dat het gerucht de ronde zal gaan dat gelden die voor armen- of ziekenzorg bestemd waren, zijn aangewend om een buitenlandse vorst een persoonlijke gunst te verlenen. Maar mijn illustere geslacht, mijn smetteloze afkomst en mijn geloofsijver hebben mij er ten slotte toe in staat gesteld ook dit laatste obstakel uit de weg te ruimen. Er rest ons allen slechts een handtekening uwerzijds.*

Het leed geen twijfel dat de brief door graaf Emile d'Oultremont de Wégimont was geschreven. Alleen hij zou durven benadrukken dat de huwelijkse inzegening door een katholieke pastoor niet onverlet liet dat ook een predikant kon worden uitgenodigd en een tweede huwelijksceremonie kon plaatsvinden. Als men in staat was zich op die manier te plooien naar de regels van de Heilige Vader, kon het boterbriefje aanstonds getekend worden en zouden zij de felbegeerde erkenning uit Rome krijgen.

'Het is een schande.'

'Het is een opening, papà. Toe, wees voor een keer eens niet zo koppig.'

Hij keek haar aan. Ze wist dat zij de enige in zijn leven was naar wie hij ooit toegeeflijk had willen, nee had dúrven zijn. Zij wist dat ze hem om haar vingers wond. 'Papà, is zij een vrome ziel?'

'Zuiverder en meer vervuld van Godsvertrouwen dan alle dames die ik ken. Toen ze de Sint-Pieter betrad was ze tot tranen geroerd en liet zich ter plaatse op haar knieën vallen om in gebed te verzinken.'

'Misschien stelt het weinig voor, maar ik wil het toch graag zeggen... Jullie hebben mijn zegen.'

'Kom eens hier.' Hij omsloot haar gezicht met zijn handen en kuste haar voorhoofd. Ze lachte, streek met haar hand over zijn bakkebaarden. 'Goed, goed. Al goed,' mompelde hij, en hij zette zijn handtekening onder de voorwaarden.

Dat Marianne zich drie jaar later, op een koude oktoberochtend in 1843, uitgerekend deze gebeurtenissen herinnerde, verbaasde haar niet. Het was het moment waarop zij voor het eerst de andere weg zag. Een weg uit de duisternis. De dag waarop haar vader voor zichzelf koos, voor zijn hart in plaats van zijn plicht, herinnerde zij zich altijd als de dag waarop, in zekere zin, haar eigen verhaal begon.

✦

Ze staarde door het raam van de koets naar buiten, waar het mistig was. Haar zicht reikte niet verder dan een paar meter, ze blies wolkjes in haar wrijvende handen en dook ineen in de hoge kraag van haar Nassaublauwe reismantel. Had ze afscheid moeten nemen van vader? De kinderen, nee. Die niet. Maar papà? Ze was nog niet vertrokken of ze voelde zich al schuldig dat ze zomaar was gegaan, zonder iets tegen hem te zeggen.

Nog voor zonsopgang was ze haar Berlijnse paleis uit geglipt. Het was de enige manier waarop ze daar weg kon komen. Ze wist dat haar vertrek een vlucht was. Ze had er slechts met een paar mensen over gesproken. De hofarts, die haar een paar weken kuren had aanbevolen, wist ervan. En een paar kameniersters, degenen die haar hielpen haar koffers te pakken. Zij beloofden allemaal niets te zeggen. Niet tegen Albrecht, haar echtgenoot, niet tegen zijn schoonzus Elise, en zeker niet tegen haar oude vader. Een laatste keer, met een zucht, twijfelde ze. Er was geen weg terug.

Ze sprak amper een woord Italiaans. Ja, de eerste zinnen van Dante. Die had ze om een of andere reden altijd onthouden. *Nel mezzo del cammin di nostra vita, mi ritrovai per una selva oscura, che la diritta via era smarrita* – Op 't midden van ons levenspad gekomen, kwam ik bij zinnen in een donker bos, want ik had niet de rechte weg genomen.

De zinnen waren ineens op haar van toepassing. Zij was een vrouw van drieëndertig die haar man en kinderen achterliet om in haar eentje door Italië, door Dantes donkere bossen, te trekken. Op zoek naar bevrijding, op zoek naar... Naar wat? Naar rust? Inzicht? Naar zichzelf? Wat een dwaze ideeën had ze toch altijd. Straks kwam ze nog een bekende tegen. Wat zouden ze wel niet denken? Was er op de stoffige postiljonroutes van Europa een grotere rariteit te vinden dan zij, een alleen reizende en zoekende prinses?

Nou ja, helemaal alleen was ze natuurlijk niet. Ze had een bewaker meegenomen vanwege de rovers, en ook een foerier om de paarden te verversen en nachtkwartieren te vinden. Zij gingen vooruit, samen met haar bagage. Maar ze was voor het eerst verstoken van de beschutting die haar sinds haar geboorte omringde. Er was geen chaperonne die haar op de vingers tikte als ze haar handschoenen wilde uittrekken, geen meid die haar zou helpen baden of aankleden. Er was niemand. Dat was zoiets nieuws, zo beangstigend, opwindend en absurd tegelijk. Wat zou ze doen, nu alles kon? Merkwaardige visioenen schoten door haar hoofd. Dat ze haar laarsjes uittrok en haar voeten op het bankje voor haar legde. Dat ze haar haren losdeed en er met haar handen doorheen woelde. Maar nee, nee. Ze zouden haar misschien voor een dame van lichte zeden aanzien en dan... Gevaar was er onderweg al genoeg, ze moest het niet opzoeken.

Ze was voor het eerst in haar leven kwetsbaar, maar tot haar eigen verbazing was ze niet bang. Naarmate de koets verder hobbelde, naarmate de afstand tussen haar en Berlijn, tussen haar en het oude leven, groter werd en het landschap onbekender, voelde ze minder het kwetsbare en meer de begeerte. Het was een gevoel dat ze vaag herkende. Niet zozeer iets nieuws, maar eerder iets wat lang in een donkere, modderige poel verborgen had gelegen.

Pas ter hoogte van Dresden kwamen het gevoel van euforie en de opwinding van het vluchten een beetje tot bedaren. Ze staarde naar het langzaam veranderende landschap, keek naar zwoegende ongeschoren mannen in het veld met hun morsige kleren. Ze benijdde hen om hun vrijheid. Ze had altijd al een passie voor de hartstochtelijkheid van het gewone, echte leven.

Ze dacht aan de onmetelijk lange weg die voor haar lag. Nee, het zou geen reis zonder gevaren worden, dat wist ze. Maar het was onvermijdelijk. Zo moest het zijn. Ze moest wel vluchten, ze moest haar kinderen wel achterlaten. Om zichzelf te redden en zich te kunnen lostrekken uit haar oude leven moest ze op haar verstand kunnen rekenen. Verstand kon toch onmogelijk samen met het moederinstinct?

Een paar uren reizen verder, midden op de schilderachtige Beierse hoogvlakte, voelde ze zich ver verwijderd van de moeder en echtgenote die ze was. Vreemd, dacht ze, hoe fysieke afstand niet alleen je lichaam maar ook je geest, je hele wezen lijkt weg te nemen van waar je vandaan kwam. Opwinding, zorgen, angst, alles smolt weg in een heerlijke lichtheid. Wat een opluchting! Ze kon zich nu al niet meer voorstellen dat ze de kinderen mee had willen nemen. Wat was dat egoïstisch geweest! Wat zouden die arme kinderen eraan gehad hebben? Nee, kleintjes gedijen niet goed bij het reizen, zij hadden de regelmaat van het hofleven nodig. Ze waren in goede handen bij Elise, ze waren veilig. Hoogstens een beetje verdrietig, dat zou kunnen. Niet aan denken, niet aan denken. Kom op, hoofd boven hart. Ze had zichzelf hier nota bene voor gewaarschuwd, nu niet toegeven!

Ze hield van haar kinderen. Ze zouden zich bij het afscheid aanhankelijk hebben getoond, haar vervuld hebben van een ellendig gevoel, zozeer dat ze zich misschien had bedacht, niet had doorgezet... Nu ze afstand had genomen en zich al gesterkt voelde door de reis, zag ze in hoe zij haar oordeel kleurden en haar haar scherpte ontnamen.

Ach, het moederschap! Moeder worden was een veel grotere overgang in het leven van een vrouw dan de dag van haar bruiloft, waar iedereen het altijd maar over had. Zoveel meer kwam er ter wereld bij een geboorte dan alleen een kind! Het liefhebben, natuurlijk. Onvoorwaardelijk, liefde van een hogere soort. Maar deze liefde vroeg van alles terug. Dat je op de tweede plaats kwam in het verhaal van je eigen leven, dat je aan het nieuwe leven dienstbaar was. Nederig en onzelfzuchtig. Wat zij deed, was het tegenovergestelde van haar moederplicht. Vluchten, zichzelf redden, de hoofdrol opeisen.

De middagzon stond inmiddels helder aan de hemel. Elise, Albrechts schoonzus, verwachtte haar bij het ontbijt. Elisabeth Ludovika van Beieren, koningin van Pruisen, was een van de vrouwen met wie ze het grootste gedeelte van haar Berlijnse dagen sleet. Zoals de dagen leken ook alle vrouwen daar op elkaar. Ze waren elkaars spiegelbeeld, met hun kastanjebruine opgestoken pijpenkrullen en hun obsessie met bloemkransen en parelkettingen. Elise zou Mariannes afwezigheid opmerken, ze zou informeren bij de hofdames. Ergens in de loop van de middag zou ze zich ongerust maken en Albrecht inlichten. Langzaam zou de waarheid tot hen doordringen, in de avond misschien, als het donker was ingevallen, Marianne nog altijd onvindbaar. Als dan stilaan het onomkeerbare, het gedurfde, het schaamteloze van haar vlucht tot Elise doordrong, dan pas zou haar ongerustheid omslaan in woede, en woede in wraak.

Ze moest er niet aan denken. Ze haatte Elise, ze haatte haar echtgenoot, maar ze haatte vooral zichzelf. Want Elise had gelijk: ze was ongeschikt. Als moeder, als echtgenote. Ze stond machteloos tegenover de drang die ze gevoeld had, die schreeuw om vrijheid en onafhankelijkheid. Verfijnde manieren, een goede naam... Wat als je daar in wezen niets om gaf? Als je ze, zoals zij nu had gedaan, overboord gooide omdat je ervan overtuigd bent dat er een andere bestemming voor jou is... Ze moest er niet aan denken hoe Elise door de gangen ijsbeerde. Hoe ze iedereen ervan zou overtuigen dat zij al die tijd gelijk had gehad.

Moest zij misschien iets van zich laten horen, een teken van leven... Nee, dat was van later zorg. Maar ja, er kwam een moment dat ze moest vertellen dat ze niet van plan was terug te keren. Tegen die tijd zou Elise zich allang hebben ontfermd over Charlotte, Albert en Alexandrine. Ze sidderde bij de gedachte dat Alexandrine, nog maar anderhalf, haar moeder nooit zou kennen. Het idee alleen al... En toch, ook bevrijdend. Alsof ze verlost werd van een taak die nooit voor haar was voorbestemd.

Als ze haar verstand liet spreken kwam het allemaal goed. De kinderen redden zich zonder haar. Het waren prinsen en prinsessen van Pruisen! Waar zou het hun aan ontbreken? En bovendien: was zij opgevoed door haar eigen moeder? Als klein meisje bracht zij bijna al haar dagen door met haar juffie, miss Bonnick. Ja, ze had er heimelijk naar verlangd meer tijd met haar moeder door te brengen, maar achteraf gezien was de tijd met Bonnick de mooiste, meest zorgeloze van haar leven. Samen lezen, pianospelen, naar het museum gaan. Ze zou nooit vergeten hoe ze samen keken naar Potters *Stier* en Rembrandts *Anatomische les*, en naar vreemde historische relieken, zoals het kostuum dat Willem de Zwijger droeg toen hij vermoord werd en het modelhuis dat was gemaakt voor tsaar Peter de Grote, maar dat in Den Haag was achtergebleven omdat er nooit voor was betaald.

Hoe groter de ruimte werd tussen haar rijtuig en het paleis, hoe meer ze ervan overtuigd raakte dat de kinderen beter af waren zonder haar. En toch kon ze, zelfs toen ze de Zwitserse grens over waren, het stille verdriet om het afscheid niet helemaal wegdrukken. Het bange vermoeden dat het een afscheid was voor een veel langere tijd dan zijzelf in gedachten had... Nee, nee. Ze moest er niet aan denken, haar gedachten op iets anders richten, wat dan ook. Op wat haar allemaal te wachten stond, bijvoorbeeld. Ze gebruikte al haar wilskracht, maar zag steeds het wiegje van de jongste voor zich, de verlegen blos van de oudste, de stralende lach van de middelste. Elke keer verkrampte ze eventjes van pijn.

Niemand kon haar ervan beschuldigen impulsief te hebben gehandeld. Ze had alles al geprobeerd. Plannen die eerbaar en minder... resoluut waren. Wekenlang had ze koning Friedrich Wilhelm IV gesmeekt om haar de middelen te verschaffen voor een verre reis, probeerde ze hem ervan te overtuigen dat het heilzaam zou zijn voor haar huwelijk en voor de gemoedsrust van Albrecht als zij gewoon even wegging, vér weg. Ze had er altijd van gedroomd naar het Heilige Land te reizen... Kon hij haar toestemming en wat geld geven, misschien een stoomschip ter beschikking stellen? Voor zoiets eerbaars en vrooms als een pelgrimage kon hij toch wel met de hand over het hart... Ze zag zichzelf al over de zeeën gaan, de piramides van Gizeh bezoeken, de tuin van Getsemane, de Olijfberg, het Sanctum Sepulchrum... Maar nee, natuurlijk was het antwoord weer nee. Nooit werd haar iets gegund.

Nachtenlang spookte het door haar hoofd. Bij hem weggaan. Toch, steeds weer, niet gedaan. Tot die ene middag toen ze een vlaag van bereidheid had gevoeld om zichzelf te vernietigen. Toen was er iets in haar geknapt.

Het gebeurde tijdens het rijden. Een waardige vervanger voor haar Haagse lievelingspaard Soufflé had ze in Berlijn nooit gevonden, maar ze ging vaak uit rijden. Op geen enkele andere manier kon ze haar ellendige hart zo uitstorten, in een soort woedende vreugde. Tussen de bomen, op het ritme van een galop, stroomden haar gedachten vrijer en duidelijker. Ze reed roekeloos en gewaagd, raakte verslaafd aan de angst en voerde de snelheid steeds verder op. Alleen in die angst kon ze nog íéts voelen, een roes die in de verte deed denken aan geluk. Maar de laatste keer ging ze te ver, haar paard sloeg op hol en in een moment van totale vertwijfeling had ze overwogen zichzelf te laten vallen.

Ze voelde de machteloosheid, de weerzin tegen het leven. Dat ze toen besloot om in het zadel te blijven, in leven te blijven, daar putte ze nu nog kracht uit. Daar kon ze zich aan vastgrijpen. Het enige wat haar restte was zelfliefde, wat daar nog van over was. Dat kon haar nog redden. Godzijdank was ze, uiteindelijk, niet in staat geweest zich bij haar ongelukkige leven neer te leggen. Ze was toch meer dan haar afkomst? Meer dan haar opvoeding? Meer dan de rol die ze door het lot toebedeeld had gekregen? Die gedachte hield haar overeind, maar wie of wat ze dan wél was, wist ze niet. Hoe kon ze dat nog weten? Haar bestaan was gebroken, haar plichten verward. Ze wist niet waaraan ze zich moest vasthouden, ze wist alleen maar dit: zonder de wil om het uit te zoeken, om te worden wie ze werkelijk was, zou ze ten onder gaan.

Ooit was ze anders geweest. Levendiger, vrolijker. Er was een tijd waarin niets haar meer bezighield dan het vinden van een echtgenoot. Lange tijd geloofde ze, net als alle vrouwen, dat haar leven pas begon als ze getrouwd was. Niet dat er in haar kinderjaren nooit iets gebeurde wat je opmerkelijk of spannend kon noemen, maar alles gebeurde altijd rondom haar. Ze zweefde als een vergeten kind door haar eigen huis, een aardig maar onopvallend decoratiestuk dat over het hoofd kon worden gezien. Voor iemand als zij was er nooit iets noemenswaardigs aan de hand. Dat strookte niet met haar aangeboren nieuwsgierigheid, maar ze overtuigde zichzelf ervan dat het allemaal voorbereidend werk was. Dat alles wat ze meemaakte niets meer was dan een lange aaneenschakeling van uitvoerige, nauwgezette, soms absurde manieren om haar bezig te houden totdat ze zou trouwen. Daarna begon het echte leven.

Maar dat huwelijk, dat echte leven, was mislukt. Het wachten hield niet op, ze bleef hopen op iets beters, totdat ze begreep dat het nooit zou komen. Dat iedereen haar allang ongeschikt had verklaard.

Nu ze was vertrokken, was ze voorgoed verlost van die ondraaglijke staat van afwachting. Wat een verrukkelijk idee! Niets meer te verlangen en nergens meer op te hoeven wachten. Op het ritme van het rijtuig dommelde ze in een vredige sluimerslaap.

✦

Van Italië had ze alleen gedroomd: zuidelijker dan Frankfurt was ze nooit geweest. Voorbij de Zuid-Duitse hoogvlakte begon de reis avontuurlijk te worden. In Luzern liet ze het comfort van het eigen rijtuig achter zich om per stoomboot de oversteek naar Flüelen te maken. Daar stapte ze in een diligence naar het Alpenstation vanwaar de Gotthard-post vertrok; een gloednieuwe postkoets met vijfspan die reizigers sinds kort razendsnel over de Gotthardpas bracht en nu al legendarisch was in heel Europa.

Er was nog geen noemenswaardige sneeuw gevallen, waardoor de Alpentocht minder oncomfortabel was dan ze had verwacht. Ze genoot van het adembenemende uitzicht in het Urserental, slaakte een gilletje van opwinding toen ze de beruchte Duivelsbrug overstaken en ze in de diepte de zilveren glans van de rivier de Reuss zag schitteren. Pas bij de Tremola werd het slingeren van de koets onprettig en het gehobbel zo heftig dat ze steeds bijna de lucht in vloog. Die idiote postiljon haalde halsbrekende toeren uit! Was het wel toegestaan dat hij zijn vijfspan zo onbezonnen door die haarspeldbochten joeg? Ze greep zich stevig vast, schoof ondanks de kilte buiten haar raampje omlaag omdat ze misselijk werd van het gehobbel en gedraai, en van het enorme hoogteverschil dat overbrugd werd. De thee die tijdens de stop in Airolo geserveerd werd dronk ze op, de koekjes liet ze liggen.

Haar maag, haar gemoedstoestand en haar geest kalmeerden pas toen ze de Italiaanse grens bereikten. De avondschemer ging al over in het duister, maar de schittering van de zwarte spiegel van het Comomeer had nauwelijks meer indruk kunnen maken. Het was nog vroeg in de avond toen ze zich uitgeput op het zachte bed van het statige hotel aan het meer neervlijde. Ze staarde naar de kristallen kroonluchter aan het omlijste plafond.

Vanaf het moment dat ze in Italië was, vroeg het hier en nu haar volledige aandacht en dreven gedachten aan het oude langzaam weg. Zoals Europa – dat had ze met verbijstering vastgesteld – in de mistwolken van de Alpen een metamorfose onderging, zo was ook zij veranderd, alsof de beklimming en afdaling overgangsrituelen waren geweest, noodzakelijk om de andere kant te mogen betreden.

Ze vond Berlijn en Den Haag altijd twee aparte werelden, maar dat waren schijnverschillen. Het perspectief verschoof naarmate je bewoog. Vanuit het zuiden van Europa bezien leken de steden in het noorden juist precies op elkaar. Alles boven de Alpen was één pot nat. Wat een contrast met de zwoele, in zacht licht gewentelde wereld die ze in Italië aantrof! Het leek ineens niet meer alsof ze een leven áchter zich had gelaten, het had er meer iets van weg dat zij ergens boven uit was gestegen. Met die geruststellende gedachte zonk ze vermoeid in een diepe slaap.

De hele weg tussen Milaan en Genua voelde ze zich zo licht dat het haar duizelde. In een warme miezer kwam ze in de stad van de hertogen van Savoie aan, en nam ze haar intrek in een hotel aan de haven. Het zicht op zee vanuit de souperzaal van het logement reikte tot in de onpeilbare verte. Terwijl ze at, dacht ze aan de Italiaanse schilderijen in het atelier van haar moeder. Als klein meisje keek ze daar vaak naar. Die beelden plakte ze vroeger in gedachten aan elkaar tot een land. Italië was in haar hoofd altijd een arcadische idylle geweest, waar zacht zonlicht een warme kleur op klassieke ruïnes bracht. Misschien had dat haar hierheen getrokken.

Het onstuimige weer dirigeerde die nacht het ritme van haar rusteloze slaap. Toen ze ontwaakte was het alsof de wind de hemel had schoongeveegd. De zon kwam in stromen haar kamer binnen. Het had iets vertrouwds, een warmte die deed denken aan wat een reiziger voelde als hij na jaren weer thuiskwam. Hoewel ze niet geloofde dat zij, zoals de hofarts had beweerd, leed aan zenuwkoorts, was het duidelijk dat haar lijf moegestreden was en dat ze, als een terugkerende soldaat, zich moest overgeven aan de voorgeschreven rust. Drie weken had ze ervoor uitgetrokken om haar fysieke gesteldheid en haar gedachten op orde te brengen, om het ongeluk uit haar lijf te kuren. Drie weken op het eiland Ischia in de Baai van Napels. Daarna zou ze wel verder zien.

In de vroege ochtend ging ze in de haven van Genua aan boord van een passagiersstoomschip dat haar naar Napels bracht, waar ze overstapte op de boot naar Ischia. Tijdens de laatste etappe van de reis verliet ze het dek geen moment. Vanaf het vertrek hield ze haar ogen strak op het eiland aan de horizon gericht. Ze liet de zoute wind gelukzalig langs haar wangen suizen. Ischia lag niet ver van de kust, het vulkanische eiland prijkte met zijn grillige rotsen in het water als een verlenging van de landtong die de Golf van Napels aan de noordzijde omsloot. In gedachten zag ze zichzelf rondzwerven tussen de overwoekerde ruïnes. Hoe vaak had ze als kind niet gestaard naar dat schilderij van meester Josephus Knip, net zolang totdat het tot leven kwam, tot de blaadjes van de bomen door een mysterieuze zeebries zachtjes begonnen te wiegen en het eilandje in de achtergrond begon te dobberen in het gouden zonlicht? Ze was er, het was echt waar. Ischia doemde voor haar ogen op.

Ze zag het schilderachtige groen, dat zich als een deken van mos over de rotsen drapeerde. Toen de contouren van de kleine huisjes en weelderige witte villa's, schitterend in de zon. Een feeëriek haventje vol kleurrijke vissersschuiten. Vorsten uit heel Europa kwamen hierheen om te kuren, te herstellen van het een of ander, of om te overwinteren, te rusten, of soms alleen voor een geheim rendez-vous. Zou er ooit eerder iemand naar het eiland zijn gekomen om uit de klauwen van haar echtgenoot te ontsnappen?

Een gespierde bootsman hielp haar de trap af en de steiger op. Hij maakte een buiging en daarna een trots armgebaar naar het eiland, alsof hij een voorstelling in het theater aankondigde. '*Benvenuta, eccellenza.*'

Per diligence vervolgde ze haar reis naar Hotel La Riva Destra, een beroemd logement waar koningen, generaals en hertogen hadden gelogeerd. Ze had een grand hôtel naar Parijse maatstaven verwacht, maar wat was dit onverwacht lieflijk! Niet veel groter dan een woonhuis maar met hoge ramen, een brede trap als entree en een koele, schaduwrijke veranda voor de Italiaanse zomers die, zo had ze zich laten vertellen, afschuwelijk warm waren. Maar het was nu november, herfst die aanvoelde als een late lente.

Ze stapte uit de koets, betrad de lobby van het hotel en verstijfde, werd overvallen door een vaag gevoel van herkenning. Alsof deze plek altijd op haar komst had gewacht.

'*Chi viene in Italia piange due volte, quando arriva, e quando parte,*' hoorde ze iemand zeggen. 'Wie naar Italië komt huilt twee keer: als hij aankomt, en als hij vertrekt,' vertaalde hij in perfect Nederlands.

Hij keek naar haar. Ze glimlachte, maar was verontrust. Was dit joviale sujet te vertrouwen? Was ze herkend? Hoe kon hij anders weten dat zij een Nederlandse was? Maar de heer, een lange gestalte met uitbundige snor, scheen zich niet van haar koninklijke status bewust. Hij vertelde zonder verdere plichtplegingen, alsof ze elkaar al jaren kenden, dat hij in hetzelfde hotel verbleef, en dat hij ook uit Nederland kwam.

'Welkom op het eiland der gelukzaligen, madame. Ik meen aan u te kunnen zien dat u hier voor het eerst komt?'

'Dat meent u juist.' Ze zei het zo bedeesd mogelijk, om tegenwicht te bieden aan zijn vrijpostigheid. *Bon Dieu*, waren alle mannen hier zo?

'Ik benijd u! Ik kom hier zo vaak dat gewenning is opgetreden. Ik ben jaren geleden naar Rome verhuisd omdat het milde klimaat mij ten goede komt, maar de jicht doet mij steeds naar hier terugkeren.'

'Ik kijk ernaar uit het eiland te leren kennen. Ik blijf drie weken, dus ik zal er de gelegenheid voor hebben.'

De man lachte en schudde zijn hoofd. Had zij soms iets geks gezegd?

'Ah, madame, denk toch nog maar niet aan terugkeren. U bent er per slot pas net. Dit is Italië, wie weet wat er allemaal nog van komt.' Hij schudde weer zijn hoofd en herhaalde zachtjes in zichzelf haar laatste woorden, als een echo ('drie weken, drie weken...'). Tot haar opluchting maakte hij aanstalten om te vertrekken. Hij verontschuldigde zich, trok zijn kraag omhoog en lichtte zijn hoed. Maar voordat hij in zijn gehuurde rijtuig stapte en verdween, bedacht hij iets en draaide zich naar haar toe. 'Weet u, madame, hoe onze Goethe het verwoordde? Wie Italië gezien heeft, kan nooit meer gelukkig, maar ook nooit meer ongelukkig worden. *Nie mehr unglücklich*,' herhaalde hij, en toen nog eens, '*Nie mehr unglücklich!*', alsof het een bezwering was.

2

Wilhelmina van Pruisen (Mimi), de moeder

In de zomer van 1806 beviel Mimi, voluit prinses Frederica Louisa Wilhelmina van Pruisen, van een levenloos kind.

Het waren de onstuimigste jaren van haar leven. De wereld die ze kende uit haar jeugd was verdwenen, het Europa van vóór 1795, het jaar dat ze uit Nederland moest vluchten, noemde ze nu 'de goede oude tijd'. De adel, waar zij toe behoorde, zag zijn status sinds de Franse Revolutie vervagen. De oude vorstenhuizen hadden iets ouderwets; ze waren jong maar tegelijkertijd van de vorige generatie. De vanzelfsprekendheid van haar stand was weg en ze was bang. Bang voor de wispelturige woede van het volk, bang voor de valbijl en bang voor de Fransen, die de Republiek der Zeven Verenigde Nederlanden hadden veroverd.

Mimi was getrouwd met Willem Frederik, de erfprins van Oranje. Door de Fransen verjaagd uit Holland zwierven ze met de kinderen, Willem (Guillot), Frederik (Fritz) en Pauline (Polly), berooid door het verscheurde Europa. In de oorlogsjaren verloor zij – halverwege de dertig en in de bloei van haar leven – alles. Hoeveel smeekbrieven haar man ook aan Napoleon stuurde, er kwam nooit een antwoord. Lijdzaam zag ze aan hoe hij bijna bezweek onder de vernedering.

Ze bleven overeind, maar veel meer dan hun vege lijven konden ze niet redden. Nassau, Weingarten, Diez, Dillenburg, Siegen, Hadamar, zelfs Fulda; in naam was Willem Frederik nog steeds erfprins van een dynastie, maar Nederland was bezet gebied en hij raakte al zijn bezittingen kwijt. In 1806 verloor hij ook nog zijn vader, stadhouder Willem de Vijfde. In naam werd haar man toen stadhouder en prins van Oranje, maar als een vorst in ballingschap was hij nauwelijks een vorst te noemen.

Mimi rouwde niet om de dood van haar schoonvader. Willem de Vijfde had de hele dynastie bijna eigenhandig om zeep geholpen. Dat de Oranjes er nog waren hadden ze aan het lef en de diplomatieke talenten van haar schoonmoeder Willemijn te danken.

Het bleke gezichtje van haar stilgeboren kind zou ze nooit vergeten. Met dat beeld nog op haar netvlies keerde ze gebroken terug naar haar *Niederländisches Palais* in Berlijn, waar ze een paar maanden verbleef totdat ook die stad onder vuur kwam te liggen. In december sloeg ze noodgedwongen weer op de vlucht, ondanks de winterkou en de onbegaanbare wegen. Ergens tussen Berlijn en Koningsbergen gebeurde dat waar ze al dagen bang voor was: Polly werd ziek. Het meisje was nog maar zes jaar, ze verdroeg de regen en kou slecht. Maar er was meer aan de hand. Polly was al sinds haar geboorte zwak, altijd verkouden en vaak koortsig. De artsen zeiden dat ze aan zenuwkoorts leed, en weten het aan de grote spanningen waaraan Mimi tijdens de zwangerschap had blootgestaan.

Mimi wist dat het kind snel een bed nodig had, de warmte van een haardvuur, geneesmiddelen, kruidenkuren. Ze week uit naar Freienwalde, het oude zomerverblijf van haar ouders, dat op een halve dag reizen lag. Voor het donker stond ze voor de poorten. In de stromende regen hing Polly als een natte doek over haar schouder.

Het huis werd al even niet meer bewoond, alleen de huishouding was er nog. Mimi legde Polly in bed en week niet van haar zijde. De volgende dag kwamen ook Willem Frederik en Polly's gouvernante, Julie von der Goltz, aan op Freienwalde. Ze dacht dat vooral het weerzien met Julie het meisje goed zou doen, maar het hielp niets. Het noodweer hield aan en de koorts steeg. Mimi zong zachtjes een Duits wiegeliedje uit haar Pruisische jeugd. *Morgen früh, wenn Gott will, wirst du wieder geweckt*. Freienwalde was het zomerhuis uit haar kinderjaren, de melodie moet er in de lucht hebben gezweefd. Op de zoete klanken van het liedje gleed Polly weg. Ze stierf een paar dagen voor Kerstmis, op 22 december.

Mimi vertrok nog voordat het graf was gedolven, terug naar Berlijn. Terwijl de villa achter haar uit het zicht verdween dacht Mimi eraan hoe akelig hard en koud de decembergrond was, en dat er amper tijd zou zijn voor een gebed.

Willem bleef achter met gouvernante Julie. Met het verdriet nog op de wangen maakten zij haastig een graf in de overwoekerde tuin.

Wat Mimi niet meer zag, wat ze toen onmogelijk kon vermoeden, was dat haar echtgenoot en Julie bij elkaar troost vonden. Dat zich die nacht, in het lichaam van de vrouw die het kind had begraven, een nieuw leven nestelde. Dat negen maanden later, toen het graf in Freienwalde al in groen gebladerte was verdwenen, een nieuw meisje werd geboren. Zij was de eerste van de vier kinderen die Willem bij Julie von der Goltz zou verwekken.

✦

Niet alleen Mimi's familie leed onder de tijdgeest, het hele continent verkeerde in een vreemde, zwevende staat. De tijden veranderden zienderogen en in hoog tempo vatten nieuwe ideeën post. Oorlog ging niet meer om het veroveren van land, maar om de verspreiding van ideeen, om oprukkende idealen, zoals de Franse Revolutie had laten zien. Het oude Europa bevocht de nieuwe vijand manmoedig, maar wat ze in werkelijkheid met man en macht probeerden, was zich een weg terug vechten naar een verloren verleden, terug naar de onbezoedelde wereld van vóór 1789.

In het voorjaar van 1810 keerde het tij voor haar familie en het Huis Oranje-Nassau. Mimi week met haar door wanhoop uitgeputte gezin uit naar Berlijn, waar het weer veilig was omdat Napoleon zich blindstaarde op de Russen, en Pruisen zich angstvallig afzijdig hield. Mimi was weer zwanger en nam in haar kielzog twee weduwen mee: haar schoonmoeder Willemijn en haar schoonzus Louise, de geliefde *tantelette* van haar zonen Fritz en Guillot. Het rusteloos rondwaren, het wanhopige zoeken, het koortsachtige smeken, alles kwam in het Niederländisches Palais aan de lommerrijke Unter den Linden even tot stilstand. Ineens was er tijd om scherven te rapen, om bij te komen. Konden ze nog een laatste poging doen het Huis Oranje-Nassau van de ondergang te redden?

Haar man klaagde dat hij nauwelijks aan nadenken toekwam. Het Pruisische hofleven druiste ondanks de oorlog door en alsof de wereld niet in brand stond, waren er thé dansants, diners, bals en theaterbezoeken. Maar steeds weer hoorde ze de jammerklachten van haar echtgenoot, die het gewicht van de dynastie op zijn schouders voelde. Ze zag met lede ogen aan hoe hij zich ontredderd van feest naar feest sleepte, het pijnlijke gebrek aan een plan voor de toekomst verdovend met vergeefs vertier. Ze wist dat hij het niet lang meer kon opbrengen. Ondanks de aanstaande geboorte van hun kind, stond ze hem toe dat hij rust zocht in Racot en Widzim, zijn buitens in Posen. Hij had de stilte van het platteland nodig, zei hij. De uitgestrektheid van het land zou zijn geest helder maken.

Toen hij na een paar weken terugkwam, zei hij vastbesloten dat ze zich moesten richten op Guillot, hun oudste zoon. Guillot was de erfprins en hun laatste hoop voor de toekomst. Hij zou hem naar Engeland sturen, officieel om in Oxford te gaan studeren en daarna in Britse dienst te treden, maar in werkelijkheid om naar de hand te dingen van Charlotte, de erfgename van de Britse troon.

Mimi vroeg zich af of dat wel verstandig, was, om alles in te zetten op Groot-Brittannië. Maar haar echtgenoot was ervan overtuigd dat Napoleon door de Engelsen verslagen zou worden.

Ze liet hem begaan, haar hoofd stond er niet naar. Als een dier sloot ze zich intuïtief af van alle onheil en zocht een veilig nest. Ze stond op het punt te bevallen en ze wist als geen ander dat er voor een vrouw, hoog of laag geboren, weinig meer te vrezen viel dan het kraambed. Er ging een doodgezwegen wereld van verdriet schuil achter alles wat met de bevalling, het kraambed en de zuigelingentijd te maken had. De kans dat je het zelf niet overleefde was bij de geringste complicatie al groot, maar het kind verliezen tijdens of na de geboorte was haar grootste angst. En tussen de nietsontziende dood en een blakende baby zaten nog duizend schakeringen van onheil. Stuitliggingen, koorts, beknelde ledematen. Je kon een mismaakt kind krijgen. Of een meisje, wat in haar kringen net zo teleurstellend was.

Maar Mimi bad om een meisje. Drie kindjes had ze verloren, twee gezonde zonen waren haar geschonken. Guillot was de erfgenaam, Fritz de reserve, ze had haar plicht jaren geleden al gedaan. Twee zonen had ze gekregen, haar dochter was ze verloren. Ze hoopte vurig op een meisje.

Op 9 mei 1810 veranderde het paleis aan de befaamde Berlijnse Lindelaan in een wolk van zoet geluk. Er kwam een meisje ter wereld. De oorlog die buiten woedde verstoorde het bestaan van het kindje amper. Mimi en haar man keken, voor het eerst in jaren weer innig omarmd, naar hun pasgeboren dochter. Maar buiten stonden de wagens dag en nacht klaar, nooit ongespannen. Klaar om te vluchten als het weer moest.

Mimi vernoemde het meisje naar haar tante Marie Anne, in die dagen de eerste dame aan het Pruisische hof en een beroemdheid, een dappere patriot en een activiste. Marie Anne had al haar sieraden van edelmetaal aan de oorlogskas geschonken, en andere prinsessen aangespoord hetzelfde te doen. 'Goud voor ijzer!' schreef ze strijdlustig en onvermoeibaar in honderdvoud aan alle vermogende vrouwen die ze kende. Alles voor het vaderland, alles om de Fransen te verslaan. Ze was een uitgesproken vrouw, en heimelijk hoopte Mimi dat iets van die moed op haar dochter zou afstralen.

Ze verhuisde met de baby en haar gouvernante naar het enige landgoed dat ze nog bezat, een buitenverblijf in het relatief veilige Silezië. Daar verloor ze de ernst van de oorlog uit het oog, ze had alleen nog maar aandacht voor het meisje dat ze zag als een godsgeschenk. Het was alsof de hemel plotseling was opengebroken en de zon weer in haar leven had toegelaten. Totdat de oorlog op het platteland toch dichtbij kwam. Napoleon bereidde zich voor op een invasie in Rusland en zijn troepen verzamelden zich met honderden, duizenden in het oosten van Europa. In een paar dagen werden in de wijde omtrek van het buitenverblijf van Mimi op alle boerderijen de kelders geplunderd, kuddes uitgeroeid en wintervoorraden geroofd. Zo plotseling als ze verschenen vertrokken de soldaten weer, en lieten een als door sprinkhanen kaalgevreten niemandsland achter. Het was een wonder dat ze het huis van Mimi hadden overgeslagen.

Napoleons avontuur liep uit op een ramp. Met minder dan de helft van zijn Grande Armée ploeterde hij zich in de winter van 1812 een weg terug door de toendra. Dat was het moment waarop in heel Europa het gefluister aanving dat zich verspreidde alsof de landen zich hadden verzameld rond de galerij van een akoestische koepel. *Zijn einde is nabij*, schreef ook haar echtgenoot, die in Londen was om steun te vragen voor zijn ambitieuze plan een Oranjelegioen op te richten. Mimi en hij schreven elkaar in die dagen veel, ze durfden voorzichtig weer plannen te maken voor de toekomst. Een toekomst die ze zich in Silezië voorstelden, want alleen daar hadden ze nog bezittingen. Het gaf niets, ze leefden nog, ze hádden tenminste nog een leven om weer op te bouwen.

Toen ontving haar echtgenoot een oproep uit Nederland. Er werd hem zonder omhaal gevraagd terug te keren naar het vaderland en het regeren op zich te nemen. De tijd was gekomen, schreven de orangisten, om na jaren van ballingschap, van vluchten en verbergen weer naar buiten te treden, de natie te doen opstaan.

Waar wachtte hij nog op? Napoleon was in Leipzig verpletterd onder de voetzolen van de toekomst. De Fransen waren vertrokken (al wist hij niet helemaal zeker, schreef haar man, of er in Scheveningen, berucht bolwerk van Fransozen en anti-orangisten, niet nog wat rondliepen). Holland was vrijverklaard. Ja, het was tijd om terug te keren. Voor de vrijheid, voor het vaderland.

Ondanks alles had hij de hoop op een terugkeer naar Nederland nooit verloren. Hij ging aan boord van het Engelse oorlogsschip The Warrior en zette koers naar huis, naar Den Haag, naar Scheveningen. Op een heldere dinsdagmiddag, 30 november 1813, kreeg Willem Frederik, prins van Oranje, nazaat van Willem de Zwijger, hij die al bijna twintig jaar geen voet op Nederlandse bodem had gezet, de vertrouwde haven van Scheveningen in zicht. De schemering zou weldra inzetten en zijn voeten verlangden zo naar het vaderlandse zand dat hij niet op bericht van de verkenners wachtte. Hij stapte in een bootje en roeide op de mistige golven van de Noordzee zijn toekomst tegemoet. En Nederland was geen veroverd gebied meer, maar weer een vrij land.

Wat was zij er graag bij geweest toen Willem Frederik veranderde in Willem de Eerste, Soeverein Vorst der Verenigde Nederlanden. Maar zoals altijd beleefde ze het vanuit huis, waar ze het moest doen met de verslagen die per postkoets kwamen. *Oude tijden zullen herleven!*, schreef haar man geestdriftig.

Twee maanden later reisde Mimi met Marianne, inmiddels drie jaar oud, naar Den Haag. Ze zou het moment dat ze Nederland weer zag nooit vergeten. De dikke wolkenluchten, de huisjes die hier en daar opdoken in de polder, de molens bij bruggetjes. Dit was haar land, nu begon voor haar een leven als koningin. En Marianne, die in haar Berlijnse wiegje nog zo verloren leek, werd de eerste Prinses der Nederlanden.

Willem en Mimi waren niet bijgelovig, maar Marianne, het gelukskind, wier geboorte een wending aan hun leven gaf als de plotselinge vertakking aan de loop van een rivier – een nieuwe stroom die uitmondde in de wedergeboorte van Nederland en de soevereiniteit van het Huis Oranje-Nassau – werd hun lievelingskind.

✦

Eenmaal in Nederland nam Mimi een besluit; met al haar geduld en toewijding zou ze bouwen aan de prille monarchie in Nederland, de goede naam van het huis was alles wat ze hadden en moest koste wat kost worden beschermd. Nooit meer wilde ze meemaken wat ze had meegemaakt, nooit meer wilde ze vluchten en in angst leven.

Mimi werd het toonbeeld van een vrome Nederlandse koningin. Voor die rol was ze in de wieg gelegd; ze was immers in Pruisen opgevoed, het meest traditionele hof van Europa. Ze trad niet te veel naar voren, maar bewoog zich goedmoedig op de achtergrond, waar ze zwijgend opging in het ontvangen, het borduren of andere bezigheden die, net als haar ouderwetse Pruisische jurken, bedacht waren om zo min mogelijk aanstoot te geven. Voor haar hofhouding was ze aardig maar onbuigzaam, voor de familie warm en altijd op de hoogte van het wel en wee van ieders kinderen en kleinkinderen. Ze gaf veelvuldig aalmoezen, ze roddelde niet bij de thee, ze duldde geen spelende kinderen in de gang. Ze trad niet graag naar buiten, maar als ze het deed, als ze een weeshuis bezocht of een meisjesschool, dan glimlachte ze beminnelijk en ging ze door haar knieën om de kinderen een aai over hun bol te geven. Vooral de rol van betrokken weldoenster speelde ze met verve.

Daarnaast was ze, boven alles, dienstbaar aan haar echtgenoot. Ze was op haar zestiende aan hem uitgehuwelijkt. Het was niets meer dan een politieke overeenkomst, maar na al die jaren was er iets oprechts tussen hen ontstaan. Geen liefde, zo kon je het niet noemen, maar wel een kameraadschap. Als een liefhebbende moeder klopte ze zijn uniform af voordat hij vertrok, poetste met een vochtige duim een vergeten vlekje van zijn wang. Dat soort liefde verwachtte ze niet terug, eigenlijk verwachtte ze helemaal niets in ruil voor haar toewijding. Bijna niets, alleen dat hij haar echtgenoot bleef. Over zoiets als huwelijkse ontrouw had ze zich lang geleden al heen gezet.

In Den Haag werd de dagelijkse zorg voor Marianne haar uit handen genomen. Omdat Julie er niet meer was, nam ze een nieuwe Engelse gouvernante aan, *nurse* Bonnick, maar Marianne noemde haar al snel Juffie. Het was de gewoonte van haar stand zich pas met de kinderen te bemoeien als ze wat ouder waren, maar in stilte keek Mimi jaloers naar hoe Bonnick het kindje openlijk haar totale toewijding schonk, de warmte van een innige omhelzing, de geur van haar huid. Als Marianne huilde, was Bonnick er altijd net iets eerder om haar op te pakken, en dan zong ze zachtjes haar *lullabies* voor Marianne. Na een paar jaar duldde haar dochter niemand anders meer aan haar bed. Soms schreeuwde ze midden in angstige of koortsige nachten ongenadig hard: 'Juffie moet nu komen! Juffie moet nu komen!' Dan beet Mimi in het donker op haar lip terwijl ze wachtte tot ze de deur van Bonnicks slaapkamer hoorde opengaan.

✦

In Den Haag ontmoette Marianne haar grote broers Guillot en Fritz voor het eerst. Het kleine meisje moest haar hoofd in haar nek leggen om ze te kunnen zien.

'Mama, ze zien er helemaal niet uit als mijn broers. Ze lijken wel generaals.'

Mimi dacht iets vergelijkbaars, dat die jongens haar zonen helemaal niet meer leken te zijn. Vooral Guillot had iets ontzagwekkends gekregen sinds de laatste keer dat ze hem zag. Marianne verschool zich achter haar benen en durfde niets te zeggen. Guillot en Fritz stonden haar aan te gapen. Ze begonnen te lachen, woelden met hun grote vingers door haar haren en kriebelden ermee over haar wangen, alsof ze een speelgoedpop was. Het was een haastige ontmoeting. De jongens moesten snel weer verder. Mimi hoopte dat Marianne niet had opgevangen wat Guillot tegen Fritz zei toen ze wegliepen. Dat ze helemaal niet op haar overleden zusje leek.

Hij had gelijk. Marianne leek niet op Polly. Ze leek ook niet op haar broers. Zelfs als Mimi in de spiegel keek, zag ze nog geen schemering van haar dochter, zoals ze dat wel al vroeg bij Polly had gezien. Guillot en Fritz leken ook sprekend op haar. Dezelfde vorm van het hoofd, *petite* met een smalle kin en een verfijnde, lange neus. Met een beetje goede wil kon je een paar trekken van haar echtgenoot herkennen in Mariannes brede mond en gebogen neus, maar de waarheid was dat ze op niemand leek.

Net als Polly was Marianne als klein meisje gek op borduren en breien. Maar Polly deed dat altijd zwijgzaam en voorzichtig, Marianne was onbezonnen en aanwezig. Ze liet om de haverklap haar vorderingen zien, haar vingers zaten vol eelt en pijnlijke gaatjes, tot bloedens toe. De meeste kleine meisjes huilen als ze bloed zien, maar Marianne niet. Je zag aan haar gezicht dat ze vond dat het haar iets heldhaftigs gaf als ze niet huilde. Na weken onafgebroken oefenen vond Marianne dat ze klaar was voor het echte werk. Ze begon aan een geheim plan. Een paar weken later overhandigde ze haar vader een voor hem geborduurde zakdoek. Ze vertelde er trots bij dat het haar drie weken had gekost om hem te maken. Willem liet de zakdoek vol bewondering door zijn vingers glijden. Toen gaf hij de zakdoek, nogal abrupt, aan Guillot. Die hield het doekje tussen twee vingertoppen vast, alsof hij het uit een po gevist had.

'Weten jullie nog dat Polly een keer de hele winter had gewerkt om voor grootvader die kousenbanden te maken? Prachtige exemplaren, met franje en stras op de gesp. Typisch Polly. Altijd pas tevreden als het perfect was.'

Marianne nam de zakdoek, die de grootste prestatie van haar leven had geleken, uit zijn hand en keek ernaar alsof het een vaatdoekje was. Guillot ging ongevoelig verder, zei nog dat grootvader de kousenbanden tot aan zijn dood met trots gedragen had, ook toen die dingen allang uit de mode waren. Een tijdlang zweeg iedereen.

'Nou, geef mij maar liever een zakdoek, ik hoef niet zo nodig franjes aan mijn benen,' zei Willem.

Dat was het moment waarop Mimi had begrepen dat Guillot, die al van jongs af aan tevergeefs probeerde om zijn vader te behagen, zijn kleine zusje haatte.

✦

Schilderen was haar grote passie. Ook toen ze koningin was, bleef ze zichzelf die uitdrukking van eigenheid toestaan. Ze liet zelfs de beroemde Friedrich Bury, een leerling van Tischbein, naar Den Haag komen om haar les te geven. Marianne hing vaak nieuwsgierig rond bij haar atelier, gluurde door de kier van de deur. Zodra Mimi haar in de gaten kreeg, wuifde ze haar dochter weg en sloot de deur. Het schilderen was iets van haar alleen. Het was alles wat ze had, ze wilde er niet bij gestoord worden. Het atelier was voor haar een heiligdom. Als het licht weg was en ze haar gerei had opgeborgen, bleef ze altijd nog even staan. Dan keek ze naar de ezel, het verkleurde palet op het krukje, de doeken die her en der stonden opgesteld en naar het schilderij aan de muur van Marianne als baby in haar wiegje dat ze ooit in Silezië had gemaakt. Tevreden sloot ze de deur om zich klaar te maken voor weer een diner met de familie, met de Staten-Generaal of met buitenlandse gasten.

Die keer dat ze kwam aanlopen en zag dat de deur op een kier stond, was ze direct op haar hoede. Ze wist zeker dat ze die zorgvuldig had gesloten. Voorzichtig duwde ze de deur open. Marianne stond in de hoek, met haar rug naar haar toegekeerd, aan de mahoniehouten schrijftafel in lades te spitten. Met een schok herinnerde Mimi zich wat er in een van die lades lag, maar toen ze de houtskoolschets al op het blad zag liggen, begreep ze dat ze te laat was.

'Wat heeft dit te betekenen?'

Van schrik liet haar dochter een inktpotje uit handen vallen, dat gelukkig niet brak maar zacht landde in de met vilt beklede lade. Daarna griste ze de schets van het bureau en draaide zich om terwijl ze het papier tegen haar rug drukte.

'Wat heb je daar? Toe maar, kindje, ik word heus niet boos.'

Marianne staarde naar de grond terwijl ze de schets langzaam tevoorschijn haalde. Het was lang geleden dat Mimi die tekening had gezien. Dat tedere meisjesportret... Nu pas zag ze de gelijkenis. Hoe had ze ooit kunnen denken dat ze niet op elkaar leken?

Het duurde even voordat Marianne de moed had verzameld om haar mond te openen. 'Mama, wie is Polly?'

'Polly stierf aan de winterkou'. Dat was alles wat ze uit wist te brengen. Even voelde ze een aandrang haar dochter te omhelzen. Hoe kwam haar dochter hieraan? Wie had haar over Polly verteld? Was het Bonnick?

Marianne tuurde weer zwijgend naar haar voeten.

'Het was Juffie, toch? Zij heeft het je verteld. Het is maar goed dat we die roddeltante terug naar huis hebben gestuurd.'

Marianne verstijfde. 'Waar is Juffie heen?'

Met een schuin hoofd keek ze naar haar dochter. Haar maag wrong zich in een knoop, ze moest haar keel schrapen. 'Ik zal het je proberen uit te leggen, maar dan moet jij beloven dat je je een beetje zult beheersen. Het geeft geen pas voor een meisje om zich zo te laten gaan.' Toen vertelde ze dat Bonnick een geheim had, iets wat niet mocht.

Marianne werd helemaal bleek. 'Wat heeft ze dan gedaan? Ik kan niet zonder Juffie, mama, echt niet!'

'Ik weet dat je haar graag mocht, maar er zijn kanten van Juffie die jij niet te zien kreeg. Die ze ook voor ons verborgen hield. Gebrek aan zedelijk gevoel, bijvoorbeeld. Guillot had beter moeten weten, dat geef ik toe, hij wist hoe gek jij op haar bent.'

Tranen stroomden over de wangen van haar dochter, die begreep dat ze haar Juffie nooit meer terug zou zien. 'En welke straf heeft Guillot gekregen?'

Dat had Mimi niet zien aankomen. Waar kwam die brutaliteit vandaan? Haar dochter had nooit eerder verzet durven tonen. Wat moest ze hierop zeggen? Ze moest haar kapittelen, op haar plaats zetten. Maar op een of andere manier lukte het haar niet. Ze boog voorover en streelde haar dochters wang.

'En je leraren vertellen me nog wel dat je zo slim bent. Je weet toch dat de standen door God zijn gewild? Wie de livrei draagt, past tevredenheid met zijn lot. Vlijtig werken en geen onrust veroorzaken. De verschillen in stand zijn, net als die tussen man en vrouw, door goddelijke wijsheid ingesteld en mogen niet verbroken worden. Guillot heeft een jongensachtige stommiteit begaan, maar wat Bonnick heeft gedaan is veel erger, dat gaat in tegen Gods wil. De straf komt haar toe, niet hem. En wat jou betreft, jongedame, jij komt hier ook niet zomaar mee weg.'

Maar de straf die Marianne kreeg – drie dagen huisarrest, geen lessen, geen ritjes, niets – nam het meisje op zich met iets wat wel trots leek, als was het een kruis. Het was niets, vond ze, vergeleken met het ware leed dat haar was aangedaan.

✦

Graven, baronnen, hertogen, diplomaten, staatsmannen – op Paleis Noordeinde was het een komen en gaan van mensen uit alle hoeken van Europa. Den Haag, waar ze de helft van het jaar resideerden, was niet bepaald het centrum van de wereld en geen koopmansbolwerk als Amsterdam, maar het bloeide na Waterloo op tot een ware stad van hovelingen. Verre neven, oude tantes, vreemde vorsten en hun gezanten, ze kwamen allemaal op bezoek en brachten nieuws uit Parijse, Weense en Londense kringen. Ze kleurden Mimi's gebrekkige kennis van de wereld in met levendige details. De mannen waren er in vele soorten, maar de vrouwen waren altijd allemaal hetzelfde. Of ze nu uit Frankfurt of uit Sint-Petersburg kwamen, ze droegen allemaal dezelfde kapsels en hoeden en sleten hun dagen op dezelfde manier. Net als zij.

Mimi leefde altijd op van bezoekers. Ze brachten iets bruisends, iets wat het eentonige hofleven vaart en kleur gaf. Vooral bij bijzondere gelegenheden, als het rond het Lange Voorhout en op het Plein krioelde van de prinsessen, hofdames en diplomatenvrouwen, voelde ze zich als een vis in het water. Nooit liet ze de kans voorbijgaan een feest, bal, souper of thé dansant te bezoeken of te organiseren, en met veel overgave stortte ze zich op alles wat société was. Na al die jaren van verborgen leven in ballingschap was ze vastberaden om aan haar eigen hof een zo zichtbaar mogelijk leven te leiden.

Ze genoot er niet alleen van, ze was er ook goed in. Omdat ze drie keer per dag baadde en toilet maakte was ze op vrijwel elk moment van de dag een onberispelijke verschijning, of ze nu op bezoek ging bij een hoge militair of in de paleistuinen ging wandelen. Het meest verzot was ze op de jaarlijkse maskerades van het carnaval. Wat haar schuchtere echtgenoot als de meest ondraaglijke tijd van het jaar zag, was voor Mimi het hoogtepunt van het feestseizoen. Ze belastte haar man – die nog niet dood gevonden wenste te worden in haar zelf genaaide uitdossingen – niet onnodig met het aflopen van alle verkleedpartijen met ingewikkelde, wekenlang ingestudeerde dansparades. Veel liever ging ze daarnaartoe aan de arm van een mooie kolonel of hertog. Wat dat betreft miste ze Anton Radziwill, de hertog met wie ze in Berlijn zoveel had gedanst dat hij in de wandelgangen voor haar amant doorging. Maar hoe mooi de heren ook waren, en hoe gecharmeerd ook van háár, ze gaf er nooit aan toe. Ze zou zichzelf nooit een liaison toestaan.

Bij zulke feestelijkheden, die soms wekenlang aanhielden, stak het gewone leven saai en oninteressant af en leken alle dagen weer op elkaar. Vaak zat ze opgescheept met de oude Oranjeprinsessen, het onafscheidelijke duo weduwen dat bestond uit haar bemoeizuchtige schoonmoeder Willemijn, de douairière, en dier dochter Louise. Zij woonden samen op het paleis aan het Plein, als ze niet in hun zomerverblijf paviljoen Welgelegen in Haarlem verbleven. Meestal zaten ze bij Mimi aan de middagthee, en spraken ze honderduit over de manieren waarop ze het de mannen in hun leven, of het nou familie was of niet, gemakkelijker konden maken. Hoe ze de juiste opstelling, sfeer en omstandigheden konden creëren voor het aanstaande bezoek van een diplomaat, of voor de te ondernemen reis van de koning of de prinsen. Vrijwel altijd nam de oude Willemijn het op voor haar zoon, alleen in de kwestie van zijn ontrouw koos ze ronduit voor Mimi. Dat Willem nooit was opgehouden met het bezoeken van 'La Goltz', die nu met haar kinderen ergens in Pruisen woonde, vond ze onvergeeflijk. Bovendien, zei ze, gaf hij zijn zonen een vreselijk slecht voorbeeld met die verachtelijke liaison. Volgens haar schoonmoeder stond Mimi hier veel te ruimdenkend in, te Pruisisch noemde ze dat. Hoe kon ze dit van haar echtgenoot accepteren?

Het duurde even voordat Mimi erachter kwam waar die uitgesproken walging voor overspel vandaan kwam. Willemijn had als achttienjarig meisje een traumatische ervaring opgedaan. Haar vijf jaar oudere schoonzus Elisabeth, van wie ze zielsveel hield en naar wie ze opkeek, werd ervan beschuldigd verschillende minnaars te hebben. Omdat er uit Elisabeths huwelijk nog geen troonopvolger was geboren, was dit niet gewoon een misstap, maar een doodzonde. Tot overmaat van ramp was ze zwanger. De vader was een Italiaanse hofmusicus genaamd Pietro, met wie ze in het geheim een vlucht voorbereidde. Maar Elisabeth werd opgepakt en Pietro werd opgewacht toen hij onder valse voorwendselen naar het hof was gelokt voor een gemaskerd bal.

Bij wijze van waarschuwing had Willemijn met de andere prinsesjes moeten toekijken toen Elisabeth, nadat haar oom Frederik de Grote het banningsdecreet officieel had uitgesproken, werd afgevoerd naar het Slot van Stettin, waar ze, naar verluidt, met behulp van clandestiene *drogues* een abortus liet opwekken en levenslang werd opgesloten.

De douairière naderde inmiddels de zeventig, maar nog altijd stonden de tranen in haar ogen wanneer ze sprak over Elisabeth, in heel Europa bekend als Lysbeth van Stettin. De kiem voor de weerzin die Willemijn keer op keer toonde als het over minnaars en maîtresses ging, wist Mimi, was in een ver verleden geplant.

De enige over wie Willemijn meer klaagde dan over haar overspelige zoon, was haar frivole kleindochter Marianne. Weemoedig werd ze ervan, hoe ze roerloos moest toekijken terwijl iedereen aan het hof over Marianne roddelde. Vooral de hofdames smulden van het gedrag van het prinsesje, dat niet zozeer aanstootgevend, maar toch zeer afwijkend was. Ze zat nooit eens stil, zeiden ze, ze rende rond als een dolle, alsof ze te strak ingesnoerd was. Ze kronkelde, gebaarde, lachte, friemelde, en vond Mimi ook niet dat ze een beetje willekeurig praatte, voor een prinses? Alsof ze gewoon maar alles zei wat er in haar opkwam. Ze stak elke kamer huppelend over.

'Ze is mooi, maar ze blinkt bepaald niet uit in een waardige houding,' zei Willemijn. 'Over het geheel genomen niet onaangenaam, maar toch. Zo zijn prinsessen niet. Zo hoort een dame niet te zijn. Weet je zeker dat je het goede voorbeeld geeft? Als dame, bedoel ik, als vorstin.'

'Over haar gevoel voor waardigheid maak ik me vooralsnog geen zorgen. En wat betreft het vorstendom... Ik wens mijn dochter op geen enkele wijze een kroon toe.'

Dat was koren op de molen van haar schoonmoeder. 'Hoe durf je zoiets te zeggen? Je doet alsof de kroon geen voorrecht voor je is geweest!'

'Het is een zegen én een vloek, dat weet u ook, moeder. Een veelkoppig monster waartegen Marianne misschien wel meer dan wij in bescherming moet worden genomen.'

Vaak had Mimi zich afgevraagd waarom ze dit soort dingen nooit tegen haar dochter zei. Maar het was zoveel makkelijker om alleen maar te zeggen hoe mooi ze was, of hoe slim, complimentjes die zij vroeger ook altijd kreeg. Die ze niet geloofde, die ze omkeerde alsof het goudstukken waren die op echtheid gecontroleerd moesten worden. Mooi betekende dat haar karakter weinig voorstelde, en slim was gewoon een ander woord voor brutaal. Nu gaf zij die armoedige complimentjes aan haar eigen tienerdochter, omdat ze geen andere manier wist om Marianne te vertellen dat ze haar leven niet moest verspillen. Ze kon alleen maar hopen dat Marianne zou leren omgaan met haar gaven. Zij sprong in het oog om haar schoonheid, maar nog meer om haar karakter. Ze was zo eigenzinnig dat Mimi zich zorgen maakte over haar toekomst.

De douairière keek haar met opgetrokken wenkbrauwen aan. 'Evenwel lijkt het me goed als we deze zomer een bezigheid vinden voor de prinses die bij haar past, op een plek waar zij die energie van haar op een acceptabele manier kan kwijtraken.'

Mimi vond het een dwaas plan, maar ze liet haar schoonmoeder begaan. Die liet in de tuinen van Paleis Het Loo, waar het hof in de zomermaanden resideerde, een kleine boerderij bouwen en het echtpaar Harmen en Maria van Loenen, dat al jaren op het kroondomein werkte, werd overgeplaatst om een klein boerenbestaan te beginnen.

Het was een schot in de roos. Marianne was niet van de boerderij weg te slaan en hielp vol enthousiasme de koeien melken en de boter karnen. Ze begon zelfs haar brieven te ondertekenen met 'de Gelderse boerin' in plaats van 'Prinses der Nederlanden'. Toen Mimi voor het eerst kwam kijken op de boerderij, herkende ze Marianne aanvankelijk niet eens. Pas toen ze dichterbij kwam zag ze dat het zwalkende meisje op oude klompen, in besmeurd schort en met een juk met klotsende emmers op haar schouders, haar dochter was.

Marianne was nooit helemaal over haar woede om Bonnick heen geraakt. Mimi deed een poging weer bij haar dochter in het gevlij te komen. Ze nam haar mee naar het atelier van Josephus Knip voor een privéles. Marianne hing aan zijn lippen. In zijn atelier hingen talloze doeken, maar er was er een in het bijzonder dat de aandacht van Marianne trok. Een Italiaans landschap vol met gras overwoekerde ruïnes. Op de achtergrond dobberde een eiland zorgeloos in een zachtgeel zonlicht onder een serene hemel met een paar bleke wolkjes. Toen ze er wat langer naar keek nam Knip het van de muur en zette het op zijn ezel. Hij wilde het schilderij gebruiken om het meisje de beginselen van perspectief bij te brengen. Maar Marianne wilde liever weten waar hij het precies had geschilderd, wat al die ruïnes voorstelden, en welke reizen hij verder nog allemaal gemaakt had.

'Dit is het land van het gouden licht, dit is Italië.' Knip vertelde over zijn leven daar. Mimi zag grote kunstenaarshoeden met veren voor zich, lange loshangende haren, schilders proostend in een Romeinse taveerne. Heel even ving ze een glimp op van een wereld waar ze naar smachtte, maar waar zij nooit zou kunnen komen.

'Hoe heet dat eiland?' vroeg Marianne.

'Ischia, hoogheid.'

Zij geloofde niet dat het echt bestond, hij lachte om haar onnozelheid en tikte met zijn aanwijsstok op het doek.

'Die bomen zijn net zo echt als de wintereiken op Het Loo. Ik heb ze ter plekke geschilderd.'

✦

Toen Marianne zestien was, nam Mimi haar voor het eerst mee naar het theater. De schouwburg was de grote charme van Brussel, de stad waar het hof de helft van het jaar resideerde. Het waren de hoogtijjaren van de grote acteur François-Joseph Talma. Hij kwam nooit naar de Haagse schouwburg, in een uithoek van Europa, maar in Brussel speelde hij regelmatig.

De kranten waren unaniem: als Nero in Racines *Britannicus* was Talma fenomenaal, in de vorm van zijn leven. Ze hadden het stuk al gezien, maar Marianne wilde nog een keer gaan. 'Toe, *maman*, wat hebben we anders te doen?'

Zo gingen ze voor de tweede avond op rij, in dezelfde koets, naar hetzelfde stuk, met dezelfde spelers. Talma was weer net zo goed, misschien zelfs nog beter. Marianne zat op het puntje van haar stoel, haar ellebogen leunden op haar schoot en haar kin op de knokkels van haar hand. Mimi porde twee keer hardhandig haar vingertoppen in Mariannes borstkas om haar rug recht tegen de leuning van de stoel te dwingen. 'Ga 'ns rechtop zitten. Zo zitten dames niet.' Maar ze gaf het op. Marianne viel niet terug te duwen.

Mimi zat naast Van Maanen, de minister van Justitie, en zijn vrouw Maria.

'Het spreekt voor zich, majesteit, dat deze tragedie net zo goed, misschien wel voorál, gaat over de schande van Agrippina als over de moord op Britannicus.' Van Maanen had als jongetje in Den Haag de Latijnse school gedaan, vertelde hij.

Ze negeerde hem, maar hij kletste door.

'Dat schijnt Racine zelf gezegd te hebben, dat het stuk eigenlijk dáárover gaat. Dat is toch prachtig, hoe hij de illusie van het theater verdubbelt. In hoge mate moeten we, wanneer we over het werk van Racine spreken, spreken over de maskerade van het oude hof van *Louis Quatorze*. Pracht en praal die zich spiegelt aan de antieken.'

Hij begon steeds harder te praten. Ze was niet geïnteresseerd in Racine, en door al dat geklets kon ze de stem van Talma niet meer horen. Ze boog naar Van Maanen toe. 'Ssssh!'

'Neem me niet kwalijk, majesteit, de koning, ziet u, hij heeft mij gevraagd om u te vertellen over het stuk.' Zijn wangen werden rood, mevrouw Van Maanen keek bezorgd. De stem van Britannicus galmde door de zaal.

Hoe weinig komen lippen en hart overeen,
Hoe vreugdevol breken mensen hun woord!

'Het zou onmogelijk zijn een Nederlands gezelschap te vinden voor iets dergelijks,' ging Van Maanen verder. 'Racine, zeggen de kenners, is in hoge mate onvertaalbaar.'

Geërgerd gaf ze zich gewonnen. 'Wat een onzin. Eén volk, één cultuur, één taal, zegt mijn man altijd, nietwaar, meneer? Ik hoor dat ze bij u op het departement al geen Frans meer mogen spreken.'

In het zuiden was haar echtgenoot nooit echt een Vader des Vaderlands geworden. Hij gedroeg zich volgens de Belgen als een despoot, deed alsof hij de zuidelijke provincies eigenhandig had veroverd. Dat was natuurlijk niet zo, hij had het zuiden toebedeeld gekregen omdat het de grootmachten zo uitkwam. Hoe het ook zij, hij vond de Belgen maar een onwillig volkje, dat niet zonder scherpe sporen bereden kon worden. Hij was er stellig van overtuigd dat de voertaal Nederlands moest zijn, ook in het zuiden. Die starre houding bracht hem niets goeds. Unionisme onder de Belgen, spot in Europa aan de hoven die ertoe deden.

'Mondjesmaat, hoogheid. En met permissie: de taal van de cultuur is een andere dan die van de politiek. In zaken van nationaal belang streven we naar de eenheid die we sinds Wenen allemaal hoog in het vaandel hebben. In de ambtenarij is het Frans slechts zelden nog een noodzakelijkheid, in het theater ligt dit natuurlijk anders.'

'Met permissie, heer Van Maanen. Dat vind ik een opmerkelijke opvatting voor iemand die ze de waakhond van des konings taalbeleid noemen.'

'Maar, majesteit...'

'En wat u net zei over Versailles, is onzin. In die tijd waren Lodewijk en zijn vrouw al oud en bankroet.'

'Maar ik kan u verzekeren dat in heel het Verenigd Koninkrijk der Nederlanden geen feller voorstander van het taalbeleid van Zijne Majesteit is dan er thans naast u zit!'

Daarna durfde hij niets meer te zeggen. Het leek alsof hij ertoe overging zijn wetenswaardigheden in het oor van zijn vrouw te fluisteren.

Voor Mimi's ogen op het podium lag inmiddels een jongen te sterven. De avond ervoor had ze er met open mond naar gekeken, nu zat ze met tranen in haar ogen.

'Beoordeel het hart van een ander niet naar dat van jezelf!' had iemand de acteur vlak daarvoor nog gewaarschuwd. Maar het was te laat, het onschuldige jonge lichaam van Britannicus werd al overgenomen door het vergif. Hij lag stil op het podium, maar ze zag de strijd in zijn lijf. Wat een talent!

Toen Talma en zijn medespelers het slotapplaus in ontvangst namen, stond iedereen op. Het publiek was uitzinnig, zelfs het echtpaar Van Maanen liet zich gaan.

De zaal liep leeg, de opwinding over de uitvoering was tot in de Rode Foyer voelbaar. Ze werden naar de koninklijke kamer gebracht, waar ze zich naast haar dochter opstelde. Toen ging de mensenmassa voor haar neus uiteen, en daar liep hij, recht op hen af. François-Joseph Talma. De acteur kwam voor Marianne staan, knielde, knikte. Hij had nog maar weinig haar, zo zonder pruik zag hij er veel ouder uit.

Mimi keek afwachtend naar Marianne, maar die bleef stil. Ze wist vast niet wat ze moest zeggen. Of ze iets moest zeggen. Mimi gaf haar een bijna onmerkbaar duwtje, om haar aan te moedigen. Het was te lang stil, dacht ze zenuwachtig. Talma was allang weer opgestaan, zag ze dan niet dat hij stond te snakken naar een woord van haar?

'Duizendmaal bravo, heer Talma,' stamelde Marianne ten slotte.

En terug was de stilte. Dat was niet voldoende, ze moest hem een vraag stellen, een opening geven. De mensen verwachtten dat nu eenmaal van een prinses.

'Waarom is het eigenlijk zo moeilijk, denkt u, voor de lippen om het eens te zijn met het hart?'

Wat was dat? Dat was geen goede vraag. Mimi vermaande haar met een blik, maar Talma lachte.

'U bent jong, madame. En u bent niet als alle prinsessen.' Talma boog zich voorover, fluisterde: 'En ik heb er veel ontmoet. Misschien wel allemaal.' Hij gaf haar een knipoog, trok zijn gezicht in de plooi en keek naar Mimi. 'Ik ben oud en mag me daarom wellicht permitteren een observatie te delen die ik leerde van de Grote Revolutie, waar ik nog ooggetuige van ben geweest?'

Mimi knikte.

'Ik zag in de dagen van de revolutie eens een moeder naar het lege wiegje van een kind kijken dat ze net had verloren. Stomheid in al haar gelaatstrekken, tranen op haar wangen. Pas een dag later besefte ik waarom dat beeld zo'n indruk op mij had gemaakt: het was de alomvattendheid, dat het verdriet van een vrouw van het volk niet verschilt van dat van een vorstin. De edelman en de gewone man zijn tegengesteld in hun taalgebruik, maar drukken gevoelens op gelijke wijze uit. De ene laat zijn vulgaire gebruiken varen, de andere vergeet zijn manieren. Beiden zetten de kunstmatige mens aan de kant en worden het natuurlijke zelf, de ware mens. In de wereld van onze gevoelens zijn we allemaal gelijk, hoogheid. De grote roerselen van de ziel verheffen ons tot onze ideale aard, in welke rang het lot ons ook heeft geplaatst.'

Wat een optreden. Wat een man. Het was alsof hij nog steeds op een podium stond.

Mimi keek hem waarderend aan. 'U verstaat niet alleen de kunst van het acteren, heer Talma.'

'De gedachte gaat het woord voor. Een acteur moet eerst de kunst van het denken verstaan, daarna die van het woord.'

Ze schaamde zich voor de stilte van Marianne, ze wilde dat zij hem niet zo teleurstelde.

'Het doel van mijn vak, van acteren, is de menselijke natuur een spiegel voor te houden.'

'Is dat uw geheim?' vroeg Marianne.

'Ik heb geen geheimen, hoogheid. Ik heb alleen al op jonge leeftijd besloten dat er niets werkelijker is dan de theatrale illusie, als u begrijpt wat ik bedoel.'

Nu pas begreep Mimi waar hij naartoe ging. Dat het allemaal over Marianne ging. Over de schijnwereld, over hun leven.

'De waarheid, hoogheid. Dát is het geheim. Shakespeare wist het al, de grote schilders weten het. Blote armen, vieze voeten, antieke sandalen, haar zonder poeder. Jonge mensen, zoals u, moeten een juist beeld krijgen, niet zoals ik vroeger. Trouwe imitatie van de waarheid is wat de beste illusie oplevert. Alleen dan kun je krachtige emoties op het toneel neerzetten. Het lijkt eenvoudig, maar weinig kunstenaars kunnen het. De waarheid is in alle kunstvormen het moeilijkst om te vatten. Het standbeeld van Minerva bestaat in het marmer, maar alleen de beitel van Phidias kan haar bevrijden.'

Na die woorden maakte Talma een buiging. Hij schonk hun een laatste glimlach en loste op in het publiek, als bij een verdwijntruc op de kermis.

Mimi dacht nog vaak terug aan die vreemde avond in het theater. Het was onwerkelijk, het leek alsof de ontmoeting nooit echt had plaatsgevonden. Een paar weken later zat ze in de tuin toen ze het nieuws vernam dat François-Joseph Talma op tweeënzestigjarige leeftijd in zijn woonplaats Parijs was overleden. Ze hoorde het onbewogen aan. Ze koesterde in stilte de herinnering aan hem en aan die avond. Aan hoe Talma haar had laten zien dat Marianne geen kind meer was, maar een jonge vrouw. Aan hoe hij haar dochter de geheimen van de vrijheid had geleerd.

✦

Het liefst had ze Marianne voor altijd bij zich gehouden. De dag dat haar dochter trouwde was tegelijk de droevigste en de mooiste dag van haar leven. Het aanstaande afscheid viel Mimi zwaar, maar aan de andere kant: ze naderde de zestig, ze was dankbaar dat ze het nog in goede gezondheid mee mocht maken.

Het moment waarop ze in Paleis Noordeinde ten overstaan van vijfhonderd gasten en onder de dramatische tonen van de Militaire Kapel de bruidskroon op het hoofd van haar dochter zette, voelde bijna heilig. Ze nam de tijd, liet de kroon een tijdje zweven, bleef hem vasthouden totdat hij stabiel op Mariannes gekrulde en gesluierde haren rustte, wachtte nog enkele ogenblikken. Ze keek haar dochter aan, knikte, liet los, trok haar handen weg. Mimi dacht in de ontroerde ogen van haar dochter hetzelfde euforische gevoel te ontwaren, maar toen ze helemaal aan het einde van alle ceremonies – na het tekenen voor de burgerlijke stand, na de inzegening door hofkapelaan Delprat, na het defilé in de Rode Salon, na de gelukwensen van familie en corps diplomatique, na het souper in de galerij, na al die plichtplegingen – de kroon weer van haar dochters hoofd nam, zag ze opluchting in Mariannes ogen.

Terwijl Mimi de stoet aanvoerde die het bruidspaar naar hun appartement begeleidde, was ze ineens bezorgd en dacht aan wat haar dochter achter de slaapkamerdeuren te wachten stond. Had iemand Marianne daarop voorbereid? Ze bekeek haar dochter, zag haar rode wangen. Mimi begon aan alles te twijfelen. Zij kon er niets meer aan doen, haar dochter was nu van een ander. Marianne zou alle fouten gaan maken die zij zelf ook ooit gemaakt had.

Waren ze te beschermend geweest voor hun lievelingskind? Te toegeeflijk? Ze zag in Marianne helemaal geen echtgenote, eerder een schuw meisje dat nog niets had meegemaakt. Ze was nog zo jong! En Albrecht in wezen een vreemde. Ach, het zou wel goed komen. Die twee waren op zoveel manieren familie van elkaar dat het niet goed te bepalen was waar het Oranjebloed ophield en het Pruisische verder vloeide. Volle neef en nicht, bijna even oud. Alles aan de verbintenis, de versterking van de alliantie met haar Pruisische familie, was goed. Zeker met alle politieke onrust die er heerste. Want buiten was er dan wel een vrolijke menigte op de been, en waren de Haagse straten feestelijk verlicht en wapperden de vlaggen aan alle gevels voor het koninklijke huwelijk: iedereen wist dat Nederland op de rand van een oorlog met België stond. Terwijl Marianne in haar bruidsjapon van Brusselse kant haar jawoord gaf, riepen de Belgen een revolutionaire regering uit. Maar politiek interesseerde het kind niets, en Mimi's hoop voor haar toekomst was onverminderd groot. Met pijn in haar hart voelde ze aan dat het haar niet gegund was om er nog veel van mee te maken.

✦

Mimi realiseerde zich pas hoe oud en zwak ze was toen ze in 1837 voor de geboorte van haar kleinzoon Albert naar Berlijn reisde. Ze had haar dochter en kleindochter Charlotte, die negen maanden na het huwelijk geboren was, al bijna een jaar niet gezien. Eenmaal aangekomen wilde ze zo graag haar blijdschap tonen, maar het lukte niet meer. De reis naar Pruisen, die ze ontelbaar veel keren moeiteloos had ondernomen, had haar dit keer te zeer vermoeid. Ze keek in de spiegel en zag hoe mager, hoe bleek ze was. Ze kon amper rechtop zitten tijdens het doopmaal, hing als een slappe deken achterover. Trok met een lepel cirkeltjes in haar bouillon, maar nam geen hap.

'Waar is vader?' vroeg Marianne.

'Hij kon zich niet vrijmaken, lieve kind.'

'En Anna? Waar is Annette? Wilde zelfs de Prinses van Oranje dan niet meekomen?'

Anna Paulowna, de echtgenote van Guillot, had gezegd dat ze er niet over peinsde mee te gaan, ze had wel wat beters te doen.

'Ach, lieve kind, je weet hoe het is. Ze hebben het in Den Haag allemaal zo vreselijk druk.'

Dat haar echtgenoot geen tijd had om de doop van zijn eigen kleinzoon bij te wonen, vond Mimi niet het ergste. Wat ze hem werkelijk kwalijk nam, was dat hij zich al een hele tijd niets meer van haar aantrok. De hele zomer was hij, ondanks haar slechte gezondheid, het land doorgereisd. Hij had haar in de steek gelaten, anders kon ze het niet zeggen. Maar tegen haar echtgenoot zou ze zwijgen in alle talen. Zoals ze altijd stil en lijdzaam genoegen had genomen met de tweederangspositie waartoe zij nu eenmaal voorbestemd was.

Het duurde weken voordat ze zich sterk genoeg voelde voor de terugreis. Marianne zwaaide haar uit met de ingebakerde baby op de arm, Charlotte aan de hand. Mimi keek naar hen totdat ze uit haar blikveld waren verdwenen.

Thuis wachtte de drukte van de Haagse residentie, waar ze zich ondanks alles door liet meesleuren. De draaikolk van gasten en feestelijkheden rondom de aanstaande verloving van haar kleinzoon bracht afleiding. Daar was haar man zo druk mee geweest: het regelen van de verloving van hun kleinzoon Willem met de Duitse prinses Sophie van Württemberg, de dochter van Catharina Paulowna. Anna, de echtgenote van Guillot, was fel tegen dit huwelijk gekant. Het zal weer eens niet, dacht Mimi, die zich nog levendig herinnerde hoe Mariannes allereerste verloofde, de lieve prins Gustaaf van Zweden, bijna eigenhandig door Anna het land uit was gejaagd. Anna had haar zin gekregen en het huwelijk werd afgeblazen, maar dit keer niet. Zij kon hoog of laag springen, maar Willem zou trouwen met Sophie van Württemberg.

Aan het einde van de zomer kwam Marianne naar Nederland voor de vijfenzestigste verjaardag van haar vader. Mimi had gehoopt dat ze de kinderen meenam, maar ze kwam alleen. De hele familie trok zich terug in het dichte groen van het kroondomein in Apeldoorn. In de stille bossen van Het Loo vierden ze de verjaardag van de koning, maar alles bescheiden. De mannen gingen uit jagen, de dames maakten hun toilet. Ze hadden speciaal gekozen voor een feestmaal overdag, omdat Mimi het anders niet vol zou houden. Maar zelfs midden op de dag voelde ze zich te zwak om aan tafel te komen.

Toen Marianne terugging naar Berlijn, vond het afscheid noodgedwongen aan haar bed plaats. Mimi dacht dat ze er nooit meer uit op zou staan. Ze keek haar lievelingskind aan. 'Vermoedelijk haal ik de terugkeer naar Den Haag niet meer.' Marianne schudde snikkend haar hoofd.

Maar ze haalde het. Ternauwernood.

3

Op Ischia

Het was al laat toen ze haar slaapkamer opzocht. De reis naar Ischia had haar vermoeid en het zachte bed zag er onweerstaanbaar uit. Maar toen de laatste bediende was vertrokken, zij een bad had genomen, haar nachtkleding had aangetrokken en haar hoofd met een zucht van verlichting op het kussen liet ploffen, begon het te kolken in haar hoofd. De duisternis gaf geen rust; gedachten aan al haar fouten en dwalingen stortten zich op haar, bestormden haar als kwelgeesten.

Ze probeerde van alles om zichzelf weer rustig te krijgen en haar snel kloppende hart wat tot bedaren te brengen, maar het was alsof ze geen controle meer had over wat zich in haar gedachtewereld afspeelde. Waar was het toch allemaal fout gegaan? Steeds weer! Ergens ontspoorde steeds weer iets. O, als ze eerlijk was, had niet alleen haar echtgenoot gefaald. Ook zij had een aandeel in het mislukken van haar huwelijk... Ze kon hem toch onmogelijk van alles de schuld geven? Dat had ze lang gedaan, wat had haar dat opgeleverd?

Het was allemaal zo veelbelovend begonnen, op die mooie septemberdag in 1830. Haar bruiloft, daar had ze zich altijd aan vastgehouden, moest de dag van haar bevrijding worden. Een prins (wie precies deed er niet toe, vond ze) zou haar meenemen en haar wereld groter maken dan de paleizen en het handjevol mensen dat ze kende. Ze dacht terug aan het moment waarop de glimmende bruidskroon op haar hoofd landde. Het goud en het dikke, ossenbloedrode fluweel waren zo zwaar dat haar schedel pijn deed. Ze werd naar beneden gedrukt door het gewicht en gekweld door het gekmakende gevoel dat er constant aan haar haren werd getrokken. Opstaan was een herculeswerk, zich op een waardige manier voortbewegen leek onmogelijk. Met zweetdruppels op haar hoofd had ze de route afgelegd die ze nu in gedachten weer aflegde, terwijl ze haar hoofd onrustig op het kussen bewoog.

Eerst de noordoost-voorvleugel uit, toen naar de Blauwe Salon, nog enkele belendende vertrekken door en toen pas de Grote Zaal in, toen pas zitten. Maar liefst twee gravinnen en twee baronessen waren aangesteld om haar sleep van het fijnste, luchtigste Brusselse kant te dragen. Maar het loodzware gewicht van de kroon moest ze helemaal alleen torsen. O, hoe ze haar nagels als wanhopige klauwen in de mouw van het smetteloze uniform van haar bruidegom had gestoken. Zijn benige jongensarm, zo dun dat ze bang was zijn botten te verbrijzelen. Het was de eerste keer dat ze hem aanraakte. Zij en Albrecht hadden elkaar voorafgaand aan de bruiloft maar een paar keer gezien, nooit zonder toezicht. Vol schaamte had ze opgemerkt dat hij zijn pas inhield voor haar, zijn zwetende, traag vooruitsloffende bruid. Zonder om te kijken wist ze dat de hele stoet achter hen stagneerde. Ze had haar ogen zo wijd opengesperd dat ze prikten. Alleen op die manier, met haar blik strak op het einddoel gericht, kon ze het halen. En Albrecht met zijn kaarsrechte rug en overdreven opgeheven kin maar pogingen doen om haar wanstaltige optreden goed te maken...

Albrecht was geen kroonprins. Hij bungelde ergens onderaan de lange Pruisische lijn van opvolging, maar het ging haar niet om hem. Zij verhuisde van haar kneuterige Nederland naar zijn machtige Pruisen, de grootste en sterkste deelstaat van Duitsland, de tweede protestantse macht in Europa – het avontuur waar ze van jongs af aan naar had verlangd. Reikhalzend keek ze toen uit naar het nieuwe leven dat voor haar lag... Een glanzende toekomst in een nieuw, bruisend land, het land van Goethe, het land van Bach en de gebroeders Von Humboldt. Een koninkrijk dat zoveel meer voorstelde op het gebied van cultuur, een land van filosofen en academici, van dichters en vernieuwers. Ja, ze zou haar ouders gaan missen, maar ze zou dineren met beroemdheden in glimmende zalen met tinkelende kroonluchters en prachtige schilderijen, ze zou kasten vol avondjurken krijgen, één voor elke zinderende gelegenheid.

Maar in Berlijn wachtte geen opwindend leven. Het voelde alsof ze in een val was gelopen. Vergeleken met Den Haag, waar ze met heimwee aan terugdacht, was Berlijn een gevangenis waarin het leven werd gereduceerd tot het naleven van onbuigzame regels en het bijwonen van ontelbare, dagelijkse uitvoeringen van taptoes en bombastische cavaleriemarsen. Voor het publieke oog was ze verhuisd van paleis naar paleis, een nauwelijks merkbare verplaatsing van weelde, rijkdom en zorgeloosheid. Maar in werkelijkheid verhuisde ze van paleis naar gevangenis, van warme liefde naar kille bespotting. Ja, er waren avonden waarop ze aan Albrechts arm ergens moest verschijnen, op een feest, in een schouwburg. Maar dan bekritiseerde Elise hoe zij eruitzag – haar japon, haar schoenen, alles – en prees Albrecht in uniform de hemel in. Goed, in het wit zag hij er inderdaad indrukwekkend uit, maar wat was er mis met haar jurken? De mensen waren anders gek op haar! Als ze samen in de koets door de brede straten van Berlijn reden, stroomden de mensen toe. Ze juichten, gooiden bloemen en bliezen kusjes in de lucht. Soms lukte het haar om het allemaal heel even te zien zoals zij, de buitenstaanders. Een droom, een sprookje.

Maar van een sprookje was geen sprake. Wat had zij te zoeken aan dat spartaanse hof waar alles star, barbaars, sober en dodelijk saai was? Ze verafschuwde het gebrek aan verbeelding, de gekmakende orde. De kale tapijten op de grond. De povere kroonluchters aan het plafond, de stijve schilderijen aan de muren. Er was geen kunst, alleen wansmaak. Ja, het leger, dat was wat in Pruisen doorging voor cultuur. Alle Pruisische mannen vereenzelvigden zich met hun militaire rang, hun soldateske alter ego. Landhuizen en paleizen waren gevuld met opgeblazen jonkers die vanaf een jaar of zes in onkreukbaar Pruisisch uniform werden gehesen.

Ook haar Albrecht was vóór alles een Pruisische soldaat. In het begin zag ze hem alleen als hij verlof had. Dan werd ze geacht de deur van haar vertrekken bij het slapengaan op een kier te laten, zodat hij laat in de avond of nacht, als hij thuiskwam van zijn kroegentochten, binnen kon komen. Soms was hij zo uitbundig van de drank dat hij haar wekte en erop stond dat ze met hem door de slaapkamer danste terwijl hij zijn Duitse drinkliederen neuriede. Was het vreemd dat ze soms genoot van die momenten van bedwelming, als het haar lukte zich te laten meeslepen in zijn enthousiasme? Maar het draaide altijd op hetzelfde uit, op die enige, zo eenvoudig door haar moeder omschreven taak die ze moest uitvoeren in het leven: haar man behagen en hem kinderen schenken.

Ach, wat was er veel dat zij niet wist! Ze wist toen bijvoorbeeld nog niet dat 'kinderen' in Pruisen 'zonen' betekende. De woorden die haar troostten als hij haar kamer uit was geglipt en zij stilletjes op de rand van haar bed ging zitten, psalmboek op schoot, flitsten weer door haar hoofd. *De Heere zal mij redden. De Heere is mijn licht.* Met haar ogen gesloten prevelde ze zachtjes in haar hotelbed.

Het duurde wel een jaar voordat haar gebed werd verhoord. Toen ze eindelijk in verwachting was, dankte ze God voor het kind in haar buik, dat haar levensvreugde en een vulling van haar dagen zou schenken, maar vooral voor het feit dat de nachtelijke bezoeken zouden stoppen.

Hoe kon ze zo naïef en kortzichtig zijn? Dat was misschien wel het ergste van alles. Niet zijn gedrag, maar haar eigen onnozelheid. Waarom liet ze zich zo door hem behandelen? Als ze terugdacht aan de geboorte van Charlotte, aan die verschrikkelijk warme dag in juni, midden in de eerste zomerse week van het jaar... Toen pas had ze het begrepen. Dat het voor niets was geweest, in zijn ogen. Dat afgrijselijke moment... Rechtop in haar verschoonde bed tegen een wand van kussens. Moe, tevreden, het plots met een baby gevulde ebbenhouten wiegje naast haar bed. In een waas zag ze Albrecht staan, in de deuropening. Nog geen moment had ze aan hem had gedacht. De vader van haar kind! Zijn ogen moe en rood van de drank die ze op afstand kon ruiken. Kalm en ijzig klonken zijn woorden, de eerste woorden die hij tot de moeder van zijn kind sprak en die ze nooit zou vergeten.

'Je bent er zeker nog trots op ook?'

Wat had ze moeten zeggen? Zelfs nu, jaren later, wist ze niets te bedenken. Hoe had ze ooit kunnen denken dat het tussen hen tot een verzoening kon komen? Dat een kind hun band zou kunnen versterken...

Van alles had ze van dat moment verwacht, maar niet die waanzinnige, onderaardse lach die Albrecht uitstootte. Verward stamelde ze dat hij beter zijn roes eerst kon uitslapen. Maar hij wankelde recht op de wieg af. Instinctief kwam ze omhoog, in een halfslachtige poging zich over het bedje te werpen en haar kind te beschermen, maar die plotselinge beweging gaf zo'n felle pijnstoot dat haar ledematen ervan begonnen te tintelen en ze verslagen terugzakte in de kussens. Albrecht boog zich over de wieg. O, die ondraaglijke stank... Ze kon het nog altijd ruiken. Die vreselijke lucht in dat kleine, pure en volmaakte neusje. Heel even dacht ze iets teders in zijn ogen te ontwaren, maar toen hief hij zijn vinger, als een schoolmeester.

'Jij... Jij denkt mij te kunnen regeren,' zei hij. 'Je vergist je! Ik heb jou getrouwd om zonen voort te brengen. Zonen!'

De lucht trilde van zijn stemverheffing. Charlotte werd wakker en begon te huilen. Albrecht keek geschrokken naar de wieg, alsof hij niet had verwacht dat het ook geluid kon maken. Zijn geschreeuw galmde door de gangen terwijl hij wegliep. Hij had soldaten nodig, soldaten! Geen meisjes! Een Pruisische prinses hoorde daarvoor te zorgen!

Na de bevalling verloor Albrecht zijn interesse. Wie dacht dat het moederschap een vrouw kwetsbaar maakte... Nooit had zij zich krachtiger en onoverwinnelijker gevoeld dan in die dagen. Alsof ze een pantser had gekregen waarmee ze de wereld, hém, veel beter aankon. Geestelijk dan. Want hoewel de artsen het Albrecht sterk hadden afgeraden, begon hij haar vanaf de zevende nacht na de bevalling alweer op te zoeken. Zij liet hem geen keuze, zei hij steeds als hij in haar bed stapte.

Wat was er toch mis met haar? Alsof het niet erg genoeg was dat zij zichzelf die vraag steeds bleef stellen, groeide het in de loop der jaren ook uit tot de meest gestelde vraag aan het Pruisische hof. Ze kon het niet uitstaan dat zijn familie blind zijn kant koos, dat zíj keer op keer onderwerp van familieberaad moest zijn. Waren zij er allemaal op uit om haar te kwellen? Zij kenden hem toch al langer! Zagen zij dan niet wat een liederlijke, ruwe bruut er achter de soldateske verschijning van hun jongste telg schuilging? Natuurlijk zagen zij dat. Ze had zelfs aan de koning moeten beloven dat ze nooit ergens naar zou vragen, dat zij in geen van de 'zaken' van haar echtgenoot haar neus zou stoppen. Alsof ze bewijs van zijn ontrouw nodig zou hebben.

Zelfs onder de Italiaanse sterrenhemel vroeg ze het zich nog af. Waarom was zij zo... vreemd, zo anders dan de anderen? Was er inderdaad iets mis met haar? Was zij niet goed voorbereid op het huwelijk, of erger, op het leven zelf? Dat was toch de taak van haar gouvernantes, predikanten en leraren? Zij was altijd uitbesteed, overgelaten aan de zorg van anderen. Zelfs voor hen, die er nota bene voor betaald werden, was zij niet de moeite waard. Sommigen bleven lang, anderen kort, maar uiteindelijk gingen ze allemaal weer weg. Niemand kon het opbrengen bij haar te blijven. Zelfs Bonnick niet... Hoe hartstochtelijk zij ook van haar hield, ook Juffie was vertrokken. Ook al zei moeder altijd dat er wel weer een nieuwe kwam, zij bleef achter met de vragen in haar hoofd. Want zij wist zeker dat zij haar had weggejaagd. Maar waarom? Was het zo dwaas te denken dat je van iemand oprechte genegenheid, zelfs trouw kon eisen?

Er waren woordenwisselingen geweest, knallende ruzies zelfs, maar in dertien jaar huwelijk was er nooit een beslissende veldslag gekomen. Het verval was er meteen in geslopen, als termieten in een oude brug. Langzaam vrat het zich een weg naar de onvermijdelijke instorting.

Ze dacht aan hun laatste gesprek, het leek geen dagen maar jaren geleden. Op het laatst leken al hun gesprekken op elkaar. Of nee, het was de wijze waarop, dat was het, het voltrok zich altijd op dezelfde manier. Een gemoedelijk, alledaags en tam begin, geen wolkje aan de lucht... En dan het vergif, waarvan de woorden steeds doordrenkt waren, dat eruit sijpelde.

Ze had haar gezicht nog afgewend, maar ze wist wat er kwam. Zijn specialiteit. Ze had een bekende Berlijnse kunstenaar in het paleis uitgenodigd voor een privéles, maar Albrecht had nee gezegd. Het was een langzaam uitgesproken, minachtend en resoluut *nein* en hij blies elke afzonderlijke letter op met afkeuring. Hij commandeerde haar zoals hij dat gewend was met zijn troepen. Zo'n bohemien zou er bij hem nooit in komen, over zijn lijk. Hij zou extra bewakers bij de poorten posteren als het nodig was. Zijn woede, dat zag ze nu pas in, was meer die van een vader dan van een echtgenoot. Dát was zo vernederend eraan, dat was nog erger dan zijn uithalen.

'Als hier wat vaker van die bohemiens over de vloer zouden komen, waren jullie misschien niet van die cultuurbarbaren.' Precies het soort opmerking dat haar klappen opleverde. Ze beet op haar lip, zette zich schrap. Vlakke hand, vlammend op haar wang. Warme tranen, tintelende huid. Zij accepteerde het, wat kon ze anders? Of misschien was het erger... Was het... iets wat zij nodig had? Gestraft te worden? Ze kon niet ontkennen dat haar leven door dat ritueel van boetedoening enigszins beheersbaar bleef. Maar nu, ver weg van Berlijn, peinzend en verstrikt in haar eigen verontrustende gedachtekringen, kon ze het ineens niet uitstaan dat ze het zover had laten komen. Dat zij moest worden neergeslagen om overeind te blijven. Wat was dat voor een leven?

Albrecht was na die laatste klap afgedropen, alsof hij zich schaamde. Dat was niet zo, hij vond dat hij in zijn recht stond. Ongevoeligheid was een van zijn idealen, iets wat een man diende na te streven. Hem trof geen blaam, zei hij altijd. Het was haar verzet dat hem verachtelijk maakte. Zij was het die van hem een huistiran maakte, hem te kijk zette.

Ik ga bij hem weg, dacht ze steeds. Ik kan niet meer. Dan werden de gedachten een kluwen, sloeg ze dicht, zodat ze niet meer kon denken. De haat vertroebelde. Ik ben te ver gegaan, ik hoef hem toch niet steeds te beledigen. Hij kon er ook niets aan doen. Hij was een kind van zijn land, immuun voor verandering en als de dood om zijn kwetsbaarheid te tonen. Als een huwelijk niet functioneerde, vond je daar wat op. Zo deden mannen dat, had Elise haar verteld. En ze vonden er van alles op, die mannen, op de gekste plekken. In theaterloges, achter de coulissen, in de kleedruimtes van de kindermeisjes...

Totdat er iets gebeurde wat het laatste beetje zin en betekenis aan hun leven samen ontnam. Op een dag viel er, toen zij een vel papier wilde pakken, een brief uit haar cassette. Het zegel was verbroken, het handschrift onbekend. *Mon cher Prince*, las ze. De vrouw bedankte Albrecht voor een of ander geschenk en verder... De lieve woordjes buitelden over elkaar, en zo vulgair... *Ik kan niet slapen, mijn lieve prins, zonder je te laten weten dat ik van je hou.* De brief was ondertekend met 'Röschen'.

Rosalie! Haar eigen hofdame, de gouvernante. Ze wíst het. Ze had het al zo lang vermoed, maar ze dacht niet dat ze het lef zou hebben. Hij liet zich makkelijk inpalmen, dat wist ze, maar zij? Had die domme gans zich dan zo gemakkelijk aan hem overgegeven? Zij had de naam fatsoenlijk te zijn. Een ministersdochter! En ze was nog maar een kind! Lieve hemel, hij had een ander. Niet zomaar een danseresje of actrice voor een avond, maar een vaste minnares. Een affaire. En ze waren verliefd op elkaar! Dát vervulde Marianne, meer dan al het andere, met een zo grote ontzetting dat het leek alsof haar ingewanden in brand stonden. Het was een vreemde en onbekende sensatie die zich door haar ledematen verspreidde. Vernedering, afkeer, woede, schaamte. Niet omwille van haar trots, ze wist heus van zijn avontuurtjes en de details konden haar niet schelen. Maar dat hij een relatie had, dat hij haar belachelijk maakte door zich God weet waar te vertonen met een ander.

Marianne trok zich na het lezen van de brief terug. Zittend op de rand van haar bed kwam ze bij zinnen. Wie had die brief daar neergelegd? Wie kon er belang bij hebben dat zij... Ze kon niemand bedenken, behalve Elise. Zij had Marianne altijd veracht, zag haar het liefst verdwijnen. Dan kon zij zich in alle vrijheid over Charlotte, Albert en Alexandrine... Maar nee, zoiets bestond niet. Er moest een andere verklaring zijn, een ander wilde een wig drijven tussen haar en Albrecht. Alsof dat nodig was! Ze zakte op haar knieën. Wat moest ze doen, wat moest ze doen? Heen en weer. Hart en hoofd.

Hart. Ieder weldenkend mens was allang bij hem weggegaan.

Hoofd. Hij is de vader van mijn kinderen, dat zal hij altijd blijven.

Hart. Ik wil niet meer getrouwd zijn. Het enige wat ik wil is vrij zijn.

Ze keek op naar het schilderij aan de muur. *De Golf van Napels.* Een gouden lichtbundel leek uit het doek rechtstreeks op haar te schijnen en ze zag zichzelf, misschien wel voor het eerst. Waarom bleef ze om zijn liefde bedelen? Hoelang nog kon ze haar geduld en waardigheid op de proef stellen? Waarom moest dat vreselijke huwelijk, waar ze allebei aan onderdoor gingen, van haar per se slagen? Ze haatte Albrecht, ze haatte zichzelf, haatte haar laffe angst om het veilige en bevoorrechte leven de rug toe te keren. Het was op dat moment van diepe zelfverachting dat ze voor het eerst begon te bidden. Ze sprak mét God, alsof zij één waren. Ze stelde vragen en kreeg antwoord. Met een helderheid die niet in het verstand, maar alleen in het hart te horen is, kwamen de antwoorden terwijl ze daar gebroken op de vloer van haar slaapkamer zat.

De herinnering aan die laatste avond in Berlijn stelde haar gerust. Natuurlijk kon ze daar niet blijven. Haar eigen mening was alles wat ze nog had. Als ze daar geen gehoor aan zou geven, als ze geen blijk zou geven van het vertrouwen in haar eigen intelligentie, zou ze het voorgoed kwijtraken. Toen pas, toen ze haar overhaaste vertrek van begin tot eind had overdacht en vol vertrouwen tot een hoopvolle conclusie was gekomen, kon ze de slaap vatten.

✦

Al na een paar dagen kuren voelde ze de kracht terugkeren in haar vermoeide lijf. Ze keek naar het kerende tij, dronk helende kruidenmengsels en wandelde in parken vol bloemen, zag hoe alles op het eiland bloeide en blaakte van gezondheid. Een regel van Shakespeare cirkelde rond in haar hoofd toen ze in de vroege ochtend op een ligbed op de veranda van het hotel naar de bijna wolkeloze lucht staarde – een 'ligkuur' die door de artsen als heilzaam, zelfs onontbeerlijk werd beschouwd. *So foul a sky clears not without a storm.* Ze reikte naar de deken die naast haar lag en bedekte haar benen, om ervoor te zorgen dat de frisse ochtendbries haar ligkuur niet verstoorde.

Aan de kant van de storm waar ze zich nu bevond, was ze nooit eerder geweest. Ze was in een ver land en ze kende in dit vreemde oord geen levende ziel. Ze was in feite niets minder dan een herboren schepsel in een soort magische vallei. Haar innerlijke verdeeldheid, die ze al zo lang bij zich droeg, was ongemerkt beginnen te vervagen. Je kunt, dacht ze, altijd opnieuw beginnen. Dát, die gedachte, was vrijheid. Ze herhaalde de woorden en vroeg zich af of iemand zoals zij werkelijk kon herrijzen. Kon een vrouw haar echtgenoot, haar kinderen en haar goede naam verliezen en toch gelukkig zijn?

Na de lunch ging ze weer even liggen, waarna ze op aanraden van de dokter naar een natuurlijke sauna werd gebracht – het soort waar Ischia bekend om stond. Het was een hooggelegen grottenstelsel dat alleen op de rug van een ezel te bereiken was, via smalle, overgroeide paadjes. De ruwe, knokige rug van een ezel was het oncomfortabelste oppervlak waar ze ooit op had gezeten, maar de klim was zo zenuwslopend dat ze dat algauw niet meer merkte. Onderweg viel een van de ezeltjes – dat godzijdank alleen tassen droeg – in een ravijn. De ezeldrijver bleef onaangedaan, maar zij schrok hevig, sloeg haar handen over haar oren om het afgrijselijke gekerm niet te horen.

Na bijna een uur klimmen kwamen ze boven en betrad zij het inwendige van de aarde. Daar, in het koele, klamme duister, vond ze ten slotte de moed om los te laten. Met het zweet liet ze al haar tranen schaamteloos vloeien.

Weer terug bij het hotel bleef ze zonder reden bij de koets staan. Ze wilde nog niet naar binnen. Ze keek naar de zee. De koetsier, de maître en twee dienstmeisjes van het hotel stonden op haar volgende stap te wachten. Ze keken elkaar aan, maar niemand stak een vinger uit. Ook niet toen zij, zonder iets te zeggen, richting zee begon te lopen. Ze hoorde een beleefd gekuch, maar ze was al weg.

Aan de rand van het strand deed ze eerst haar schoenen uit, en toen haar kousen. Het was fris; als de zon over zijn hoogtepunt heen was, kon je merken dat de winter nabij was. De kou van het goudgekleurde zand trok meteen in haar voeten. Als een kind wriemelde ze met haar tenen in het zand. Er stak een windje op, en achter haar, in de verte, hoorde ze vaag geroep. Een rilling trok via haar rug door haar benen. Even overwoog ze om te keren, maar in plaats daarvan ging ze voorwaarts. Ze kon niet stoppen, liep richting de branding. Met kleding en al stapte ze het water in.

Haar hartslag sidderde in haar ledematen. De verstikkende kou van het zeewater omsloot haar voeten, enkels, kuiten, dijen. Ze liep door tot ze er tot aan haar navel in stond. De rok van haar japon bolde op als een kwal, ze voelde het zeewier aan haar enkels plakken. Durfde ze zich achterover te laten vallen? Maar de golvende armen van het eiland vingen haar al op, ze zweefde en voelde de kou niet meer. Ze dompelde haar oren onder, zodat het geroep in de verte verstomde. Eén met het water en de lucht. Met de graangouden avondzon en de bleke stofwolkjes in de lucht. Aandachtig, alsof het iets wonderlijks was, volgde ze de stroeve spieren in haar gezicht – rond de lippen, wangen. Als oud roest kwamen ze in beweging. Een glimlach.

Hoelang had ze in het water gelegen? Was ze er zelf uit gegaan? Of waren ze haar komen halen? Verward stond ze aan de kant, waar een klein leger aan personeelsleden stond te wachten met dekens en handdoeken. Misschien dachten ze dat ze zelfmoord wilde plegen! Was dat niet wat hysterische vrouwen in romans altijd deden?

Toen ze zich had omgekleed liep ze naar de foyer van het hotel. Daar stond een dampende pot kruidenthee op haar te wachten. Twee andere gasten zaten aan een tafeltje in de hoek onverhuld over haar te praten. Ze had nog steeds die vreemde glimlach om de lippen. Wat was dit, een ontwaking? Hoe kon ze zich zo leeg en rijk, alleen en gelukkig tegelijk voelen? Alsof ze weer een meisje was.

Ze voelde zich zo verkwikt dat ze besloot om voor het avondeten nog een wandeling te maken. Vanaf de overdekte veranda liep ze rechtstreeks de bossen in, waar amper een pad viel te ontwaren. Al na een minuut of tien ging het wandelen over in klimmen. Af en toe dacht ze een pad te zien, en dat volgde ze in haarspeldbochten verder omhoog, aangetrokken door het geluid van ruisend water in de verte. Steeds omringd door hoge bomen, tot ze ineens op een open plek stuitte waar ze, tussen rotsblokken, de bron van het ruisen ontwaarde – al was het hier een hard klateren. Bij een grote steen ging ze zitten, leunde achterover en sloot haar ogen. Ze gaf zich over aan de roes, zakte weg en zag zichzelf, maar dan jaren terug.

Ze was zestien en in gesprek met George de Thouars, die losjes tegen een boom leunde en naar haar keek terwijl zij klaagde over de ondraaglijke saaiheid van haar bestaan. Zijn donkere haren warrig langs zijn gezicht. Vóór George had ze nooit ervaren hoe het voelde om volledig door iemand in beslag te worden genomen. Om nergens anders aan te denken. George was de kleurrijkste persoon die ze ooit had ontmoet en ze vond het vreselijk dat ze stiekem moesten afspreken. Maar ze hadden geen keuze, haar ouders zouden het nooit begrijpen. De standen waar ze altijd zo over opgaven waren door hun voorouders bedacht, ze betekenden niets voor haar. In de enige werkelijkheid die ertoe deed, die van de geest, waren zij en George toch gelijk?

'Als je de kans zou krijgen je lot te veranderen, zou je dat dan doen?' vroeg hij, leunend tegen die boom. *Oh George, mon cher marquis.* Hij was de enige in haar wereld die haar niet benauwde. Niemand behalve zijzelf scheen in te zien hoeveel alledaagser zij was dan hij. George was een woordkunstenaar, alles wat zij zei klonk platvloers. Hij had al gedebuteerd met een dichtbundel, en wat had zij bereikt? 'Een kunstenaar bén je,' zei George altijd, 'dat draag je in je, dat kun je niet leren.'

In haar hart, wist Marianne, was zij een avonturierster. Tegen

George had ze destijds gezegd dat ze niets gaf om standen en bloed. Dat ze uit de gouden kooi wilde ontsnappen, dat ze wilde léven. Dat ze, eenmaal vrij, een opperintendant der kleurrijke dagen zou aanstellen, omdat ze geen enkele dag meer toestond om saai te zijn. Dat ze dat vrije leven voor zich zag met hem aan haar zijde. Maar voordat ze er zelf achter kon komen dat het loze kinderbeloftes waren, was ze bij haar moeder ontboden.

Haar moeder had nog nooit zo naar haar gekeken. Nooit, zei ze, zou ze toestaan dat haar dochter de naam van het Huis Oranje-Nassau te schande zou maken. Besefte ze wel dat ze al hun harde werken in één klap teniet kon doen? Alsof ze niet genoeg aan hun hoofd hadden! En wat moest haar vader hiervan denken? Wat moest een koning met een dochter die hem meer zorgen baarde dan zijn land?

'George ligt eruit, hij en zijn hele familie van idioten!'

Toen haar moeder was uitgeraasd en zij snikkend in haar kussens lag, zat George al op de postkoets terug naar de havezate Wolda. Op staande voet ontslagen wegens onkunde, dronkenschap en gebrek aan eer.

Haar voeten begonnen te tintelen. Door die sensatie werd ze eraan herinnerd waar ze was, dat de schemer al had ingezet en het koud begon te worden. George, dacht ze. Hoe zou het hem zijn vergaan? Ze had hem nooit meer gezien, ze had zelfs niet meer aan hem gedacht.

Toen ze naar beneden wandelde, richting het hotel, besefte ze dat ze nu pas aan haar leven begon. Of misschien was het wel een tweede leven, een nieuwe kans. Hoe dan ook, Ischia was haar Louteringsberg.

In volmaakte gelukzaligheid gingen de dagen op het eiland voorbij. Toen er drie weken om waren, begreep ze dat de vreemdeling die haar had verwelkomd gelijk had gehad. In Italië waren andere regels van toepassing, hier leek de tijd betekenisloos. Waarom zou ze niet verder reizen? Ze wist niet wat haar allemaal nog te wachten stond, maar wat deed het ertoe? Als ze maar niet terug hoefde naar huis!

Ze nam de stoomboot naar het vasteland, ging aan wal bij Napels en werd opgevangen door een afgevaardigde van het Nederlandse consulaat. Een dag later stapte ze op de boot naar Civitavecchia, de haven van de pauselijke staten, en vandaar reisde ze naar Rome, waar ze haar intrek nam in Hotel Meloni aan de Piazza del Popolo. Ze vroeg de receptionist opgewekt en vastberaden om de beste kamers van het hotel. Toen de piccolo haar koffers naar boven had gebracht en de deur zachtjes achter zich had gesloten, liet ze zich gaan. Ze walste met gespreide armen door de ruimte, maakte pirouetjes op haar tenen. Wat was het een gigantisch appartement! Het was niet zomaar een ruimte of onderkomen. Dit waren háár kamers, dit was háár plek. Een plek voor haar en voor haar alleen, de plek waar ze – durfde ze het ook maar te denken? – kon beginnen aan haar nieuwe leven midden in de hoofdstad van de wereld. Het idéé, de onafhankelijkheid ervan!

Er lag al post voor haar klaar. Ze ging door de stapel. Een hartelijk welkom in Rome van het Nederlandse Gezantschap, namens graaf De Liedekerke Beaufort. Toen een soortgelijk maar veel formeler bericht van het Pruisische Gezantschap bij de Heilige Stoel. Daarna iets wat er interessanter uitzag; een brief van een oude bekende, de Russische Catharina Potemkin. Zij had lang in Den Haag gewoond, toen haar echtgenoot daar gezant van de tsaar was. Madame Potemkin was een levendige en vriendelijke dame met wie Marianne het goed kon vinden, maar ze had haar niet meer gesproken sinds ze getrouwd was en naar Berlijn verhuisd. Madame Potemkin was weduwe en woonde in Rome. Ze organiseerde toevallig juist die avond een bescheiden soiree in haar woning aan de Via Gregoriana. Mocht de prinses zich in de gelegenheid bevinden haar de eer aan te doen...

Eindelijk, dacht ze opgewekt. Eindelijk, het begint.

4
Albrecht van Pruisen, de echtgenoot

Albrecht was niet eens verrast toen Elise hem vertelde dat Marianne was verdwenen. Even voelde hij woede, maar het was eigenlijk meer verontwaardiging, zoals je je hevig maar kortstondig voelt als iemand je heeft beledigd. Het deed hem denken aan die keer dat een van zijn jachthonden, eentje die hij van het nest af aan had getraind, er op een dag in de bossen vandoor ging. Hij had dat ondankbare beest nooit meer teruggezien. Als hij was teruggekeerd had hij die hond meteen de kogel gegeven. Hij dacht grijnzend aan wat hij met zijn echtgenote kon doen als ze ooit terug zou komen, maar liet die gedachte weer los en kwam tot zichzelf.

Een van de kamermeisjes had haar als laatste gezien, en zij vertelde hem over een brief. Dat ze vanwege zijn overspel vertrokken was, kon hij zich haast niet voorstellen. Marianne dacht toch niet werkelijk dat hij nog verliefd op haar was? Een knappe man in de kracht van zijn leven, en zij, niets meer dan de vermoeide moeder van zijn kinderen, een bloem die jaren geleden al was verwelkt. Hij was er altijd van uitgegaan dat ze van zijn escapades wist, zeker sinds dat akkefietje met de politie toen, in het bordeel.

God, wat had hij zich toen vernederd gevoeld. De Pruisische politie deed midden in de nacht een inval en viste hem samen met enkele andere gasten uit het hoerenhuis. De agenten lachten hem uit toen hij met zijn dronken kop stamelde dat hij prins Albrecht van Pruisen was. Uiteindelijk redde zijn oudste broer hem uit die benarde situatie en werd ervoor gezorgd dat het niet naar buiten kwam. Alleen Marianne kon het niet achter zich laten. Het leek niet tot haar door te dringen dat mannen dit soort dingen nu eenmaal doen. Al moest hij toegeven dat de meesten ervoor zorgden dat ze niet betrapt werden.

Het meest vernederende moment in die hele episode was toen de hofarts, Ricker, op bezoek moest komen omdat Marianne klaagde over onverklaarbare pijntjes. Omdat de arts bij deze gelegenheid zijn hoofd onder haar lakens moest steken, moest hij bij de visite aanwezig zijn. Hij was eerder een getuige en chaperon dan een echtgenoot. Toen Ricker er met zijn vuurrode hoofd onder vandaan kwam, stelde hij de diagnose met zijn gezicht volledig in de plooi, alsof hij een telegram voorlas. 'Venerische ziekte.'

Maar goed, dat was allemaal zo lang geleden. En los van die gênante vertoning, wat had ze gedacht? Dat ze het recht had hem zijn plezier te ontnemen? Berouw voelde hij niet. Hij zat ook niet op een verzoening te wachten, hij was blij dat ze weg was. Zij was een afgesloofde, ongelukkige en bittere vrouw die op geen enkele manier opviel. Ze was een niemand, alleen maar een moeder. Hij had wel medelijden met de kinderen, de arme kleintjes, en vooral met Charlotte, die groot genoeg was om alles te begrijpen. Wat voor een moeder is dat! Welke moeder laat haar kinderen achter om zich aan een of andere verderfelijke zucht naar het zuiden over te geven?

Hij had kunnen weten dat ze niet goed waren voor elkaar. Toen ze trouwden wist hij niets van haar en zij wist niets van hem. Maar hij was destijds zo opgelucht dat er eindelijk een geschikte huwelijkskandidaat was gevonden, dat hij met alle voorstellen had ingestemd. Niet dat hij een keuze had. In het Huis Hohenzollern besloot wijlen zijn vader, koning Friedrich Wilhelm de Derde. Thuis werd hij, de laatste in een lange rij van Hohenzollern-kinderen, gezien als niets meer dan een hekkensluiter, een nutteloze lastpak. Hij was als tiende kind opgegroeid met degenen die overleefden, drie oudere zussen en drie oudere broers, en had het grotendeels zonder zijn jong overleden moeder moeten stellen. Er restte hem in dat overvolle huis, waarin hij alleen stond, niets dan hard schreeuwen en overal tegenaan schoppen.

Marianne was als klein meisje weleens bij hem op bezoek geweest. Haar moeder, Mimi, was een prinses van Pruisen, haar grootmoeder Willemijn was een prinses van Pruisen. Zij kwamen wel vaker over de vloer. Marianne was voorbestemd om de derde vrouw in die lijn van allianties tussen Nederland en Pruisen te worden. De banden waren goed en werden door hun huwelijk, dat je net zo goed een politiek contract kon noemen, bestendigd. Hij vond dat het Huis Oranje-Nassau weinig voorstelde, zijn oudere broers waren in veel grotere vorstenhuizen getrouwd. Maar koning Friedrich Wilhelm III van Pruisen vond het Nederlandse prinsesje blijkbaar goed genoeg voor Albrecht.

'Dit is vooral voor Nederland van belang,' zei hij tegen zijn aanstaande bruid op de dag dat hij haar ontmoette. 'Zolang onze steun gewaarborgd is, zijn jullie in Nederland veilig.'

Tot zijn verbazing gaf zij hem meteen een weerwoord. 'Het is voor Pruisen anders ook geen slechte overeenkomst. Mijn vader wordt in heel Europa koning Koopman genoemd. Iedereen weet dat hij ons huis na Napoleon weer rijk heeft gemaakt.'

Op dat moment had hij het al kunnen weten. Een vrouw die het waagde zoiets te zeggen, kon nooit lang aan zijn zijde staan. Maar hij was nog jong, een kind, en de brutaliteit die van haar uitging had iets aantrekkelijks.

Toen ze een paar weken na de bruiloft naar Berlijn verhuisden, ging het meteen mis. Op de dag dat ze aankwamen hield Albrecht haar voordat ze naar binnen gingen staande.

'Doe mijn schoonzus de hartelijke groeten,' zei hij.

'Ga je weg?'

'Het komt ongelukkig uit, dat besef ik, maar het is niet aan mij. Het spijt me. Het is maar voor een paar weken.'

'Een paar weken?'

'Zoiets. Tenzij we in die Belgische kwestie van je vader worden meegesleurd, dan blijft het niet bij oefenen. Dan moet ik misschien naar het front.' Ze keek hem verloren aan. 'Wat had je dan gedacht? Je weet toch wel dat ik een soldaat ben?'

'Ja, natuurlijk weet ik dat. Maar moet je per se meteen weg? Had je niet een extra week verlof kunnen nemen om met je bruid door te brengen? Het staat nota bene in de Bijbel. Deuteronomium boek vierentwintig, vers vijf. Een pasgetrouwde man hoeft niet onder de wapens te gaan.'

Hij kon niet geloven dat ze echt uit de Bijbel had geciteerd. Wat was dit, een preek? Maar hij hield zich in, lachte charmant en kneep in haar wang. 'We zien elkaar met Kerstmis weer, je zult zien dat het voorbijvliegt. Mijn moeder en mijn zussen zullen je gezelschap houden. En jij kunt alvast meubels uitzoeken voor ons nieuwe paleis aan de Wilhelmstraße.'

'Ik ga liever met jou mee. Is dat niet wat een goede soldatenvrouw doet?'

Wat een vreemd verzoek, wat een eigenaardige vrouw! Maar die laatste woorden deden hem meer dan hij wilde toegeven. Hij kon misschien best nog even blijven, in elk geval met haar mee naar binnen gaan, ook al kwam hij liever niet in het paleis. Binnen die muren had hij nooit warmte gevoeld, niets dat zich kon meten met de veiligheid en de huiselijkheid die hij voelde als hij onder soldaten was. Albrecht reisde al zo lang door Europa dat hij niets meer wist van de wereld binnen het paleis, van de wereld van de vrouwen.

Een lakei leidde hen zonder iets te zeggen door het doolhof van trappen en gangen. Albrecht dacht dat Marianne zich het Pruisische paleis nog zou herinneren uit haar jeugd, maar ze leek volkomen verdwaald, alsof ze nooit eerder een voet had gezet op die stukgelopen tapijten, alsof ze als kind nooit in die slecht verlichte gangen had gespeeld.

Deuren werden geopend, erachter stond een stoet huishouding klaar. De koffers werden binnengedragen en uitgepakt, jurken in grote donkere kasten opgeborgen en voor hij het wist maakten de oude huishoudsters alweer een buiging, vertrokken en sloegen de deuren achter zich dicht. Marianne stond in het midden van de ruime ontvangstkamer, ze keek om zich heen en telde fluisterend de kamers. Een, twee, drie, vier, vijf.

'Een slaapkamer, een woonkamer, een salon, een tussenkamer en een badkamer. Allemaal voor jou alleen. Totdat ons onderkomen gereed is zal het je hier aan niets ontbreken.'

Hij liep achter haar aan terwijl ze zich door de ruimtes bewoog. Ze zei niets, hij kon het ruisen van haar wijd uitlopende rok horen. Bij het raam stond ze stil en luisterde aandachtig, maar hij begreep niet waarnaar. Er hing een akelig stilte, eentje die zo volkomen was dat het hem beteugelde, alsof hij bang moest zijn om zelfs zijn eigen adem te doen klinken.

'Is er verder niemand thuis?' vroeg ze ineens. 'Je zei toch dat je schoonzus er was?'

Op dat moment kwam de lakei terug, samen met een hofdame. Albrecht schraapte zijn keel om zijn echtgenote te manen dat ze mee moest komen, maar Marianne begreep het verkeerd en maakte haastig een buiging.

'Het is ongepast voor u om te buigen voor mij, hoogheid.' De hofdame was rood aangelopen. 'U bent prinses Albrecht van Pruisen. Wij volgen hier de regels van het protocol. Dat voorkomt ongewenste situaties. Zoals deze.'

Hij moest nog wennen aan die naam, aan het idee dat er nu een prinses Albrecht van Pruisen was.

'Sorry, madame,' zei ze.

'Gravin.'

Ze lachte. 'O, mijn excuses! Het spijt mij, gravin. Ik moet geloof ik nog een beetje aan alles wennen.'

De gravin bleef in het gareel, als ze ook maar een klein beetje medeleven voelde met de nieuwkomer, liet ze daar niets van blijken. Ze schonk geen aandacht aan de zenuwen van Marianne, en daarmee was haar 'opvoeding', zoals ze dat in Berlijn noemden, begonnen. Men besteedde geen aandacht aan iemands persoon, enkel aan titels, functies, het protocol en de uit te voeren procedures. Het wende. Albrecht dacht dat Marianne de Pruisische manier van leven ook snel zou leren, dat ze daarna een goede echtgenote voor hem zou zijn.

De gravin leidde hen het appartement uit. Toen ze de deur weer uitgingen, merkte Marianne de schildwachten op die aan weerszijden stonden opgesteld.

'Is men bang dat ik een ontsnappingspoging zal ondernemen?' Ze glimlachte, maar de gravin lachte niet. Die snoof en schudde haar hoofd. Zwijgend liepen ze achter haar aan, de gangen door. Even later stond hij samen met zijn echtgenote in de salon en gaf haar een zacht duwtje in de rug.

'Uwe majesteit,' zei Marianne een beetje onbeholpen tegen de kroonprinses, terwijl ze een reverence maakte. Daarna draaide ze zich naar de koningin en deed hetzelfde.

Hij bedacht dat Marianne niet meer wist wie de koningin was en wie de kroonprinses. Hij kon het haar amper kwalijk nemen, zijn stiefmoeder en schoonzus leken sprekend op elkaar, ze waren zelfs bijna even oud.

De vrouwen zeiden niets terug, gaven nog geen knikje. Hoe ze zwegen, alleen maar keken. Het deed hem denken aan de manier waarop nieuwe rekruten in het legerkamp worden onthaald. Zonder mededogen. Het bleef stil, zijn stiefmoeder en schoonzus keken hem aan en daarna elkaar, terwijl ze onafgebroken een lepeltje in hun gebloemde theekopje roerden.

'Dat zal een opgave worden, Albrecht,' zei Elisabeth ten slotte.

'Daar weten we wel raad mee,' antwoordde de koningin en ze knikte naar de gravin, die een buiging maakte en vertrok.

'Kom verder, mijn kind, kom bij ons zitten en vertel ons iets over jezelf. Je houdt er duidelijk andere gewoontes op na, maar ik neem aan dat dames zelfs in Den Haag het adellijke gebruik van de middagthee in ere houden?'

Marianne knikte, en toen ze eenmaal zat keek Elise hem aan. 'We hopen allemaal dat onze Abbat bij jou een beetje zal kalmeren.'

Albrecht had verwacht dat ze in de smaak zou vallen. Zij hadden Marianne toch voor hem uitgekozen? Dat ze een beetje een apart meisje was moesten ze maar op de koop toe nemen. Ze hadden hem verzekerd dat ze een goede vangst was, met haar Hollandse bruidsschat. Nooit zou hij de vrouwen begrijpen. Ze vonden zichzelf toch zo vooruitstrevend? Bracht hij wat afwisseling naar het hof, was het weer niet goed. Ze konden zich toch onmogelijk bedreigd voelen door dit meisje? Er viel hoe dan ook voor Albrecht niets meer te zeggen, hij had alles gedaan wat hij kon. Hij gaf zijn echtgenote een kus op de wang, keerde zich om en beende opgelucht het paleis uit.

✦

In de eerste jaren van hun huwelijk waren overal in Europa militaire manoeuvres uit te voeren. Hij kon niet voorkomen dat zij steeds vaker met hem meereisde. Naar eigen zeggen wilde ze gewoon een goede soldatenvrouw zijn, maar hij vermoedde dat het haar om het reizen ging, dat al dat rondtrekken en altijd onderweg zijn, wat door de meeste vrouwen als ongemakkelijk zou worden ervaren, voor haar juist een groot plezier was.

Misschien was het ook een manier om het hof in Pruisen te ontvluchten, want het was wel duidelijk dat zijn echtgenote in Berlijn maar moeilijk kon aarden. Ze leek volkomen blind voor de tradities en waarden die ze haar vanaf de eerste dag hadden proberen bij te brengen. Ze had het zelfs meerdere malen gewaagd audiëntie aan te vragen bij zijn vader, koning Friedrich Wilhelm de Derde. Toen het haar eindelijk lukte, gooide ze zich aan zijn voeten en smeekte hem om haar vader te helpen bij de Belgische onafhankelijkheidsstrijd. Natuurlijk wuifde hij haar woorden weg. Hoe durfde ze zoiets te vragen en waarom mengde zij, een vrouw, zich in politieke zaken? Zijn vader had groot gelijk, vond Albrecht. Natuurlijk kon hij de koning van Nederland niet openlijk steunen. Hij keek wel uit zich in die Belgische troebelen te mengen, zeker niet nadat de Fransen hun steun hadden toegezegd aan Brussel. Op een Frans-Pruisische oorlog zat niemand te wachten.

Toen een paar jaar later, nadat de Belgische afscheiding van Nederland allang een feit was, hoog Frans bezoek werd aangekondigd in Berlijn, was Marianne in alle staten. Niemand had naar haar mening gevraagd, klaagde ze, het kon niemand iets schelen of zij er behoefte aan had die Parijse lieden te ontvangen. Voor het eerst kon hij het opbrengen zich in haar positie te verplaatsen, want de Belgische overwinning, die Mariannes vader en familie zoveel ellende had gebracht, was aan diezelfde Parijse lieden te danken. Maar haar sentimenten wogen niet zo zwaar dat ze konden voorkomen dat er een groot bal werd gehouden ter ere van de komst van de zonen van de Franse koning Louis-Philippe d'Orléans.

Toen Elise hun het Franse staatsbezoek aankondigde wendde Marianne zich tot hem. 'Jij als patriot moet toch begrijpen hoe honend het is voor mij, een Nederlandse, om na het gebeurde die Fransen met alle egards te moeten bejegenen.'

'Heeft dat hele leger van hofdames waar we voor betalen je niet op z'n minst geleerd dat het van slechte smaak getuigt om hatelijkheden rond te strooien?' antwoordde hij.

'Je houdt je mond en spreekt alleen wanneer iemand iets tegen je zegt,' zei Elise, die overging tot het uitleggen van de regels voor de avond van het bal. 'Je stelt je op bij de prinsessen, maar je mag niet kletsen.'

'Stijf en zwijgzaam dus. Dat moet geen enkel probleem zijn, dat wordt hier elke dag van mij verlangd. Mag ik ook niet dansen?'

'Natuurlijk wel. Met een van de kamerheren uit de hoogste rang. Of met je eigen echtgenoot natuurlijk. Verder met niemand.'

'Mag ik op z'n minst dit keer mijn eigen japon kiezen?'

Geërgerd gaf Elise toe en ging verder met haar eigen voorbereidingen, net als hijzelf. Hij had geen idee dat zijn vrouw zich ondertussen terugtrok om haar opties te overdenken. Ze had zo vaak geklaagd, over de damesbijeenkomsten aan de theetafel, de stijve diners met diplomaten en militaire autoriteiten in uniform, over de militaire muziek onder het eten, de taptoe na het dessert en de schildwachten bij haar slaapkamer. Maar hij had het nooit echt serieus genomen. Hij was blind voor wat zich in haar begon te roeren. Achteraf snapte hij niet hoe het hem was ontgaan. Het was ondenkbaar dat zijn vrouw zich voor altijd zou inhouden, zou blijven zwijgen. Ze was er daadwerkelijk van overtuigd dat haar onrecht werd aangedaan.

Misschien was het anders gelopen als ze aan het hof iemand had gehad om mee te praten. Hij vermoedde dat zij in Elise geen vertrouweling zag, ook al was ook zij ooit als buitenstaander naar Berlijn gekomen, en kwam ze nota bene uit het vrijdenkende Beieren. Maar hij had zich niet voldoende gerealiseerd dat Elise er al heel wat Pruisische jaren op had zitten, dat ze zo stijf was geworden als de schilderijen aan de muur. Of misschien was ze gewoon verstard omdat ze haar taak niet naar behoren uit kon voeren. Het was Elise nog niet gelukt om kinderen te krijgen. Daar sprak ze nooit over, maar iedereen kon zien dat ze wat verloren rondliep. Het was ook geen gezicht, vond Albrecht, een kroonprinses die niets omhanden had. Niets dan wachten op de troonopvolgers, en op de grote dag dat haar eigen man, Albrechts oudste broer, als Friedrich Wilhelm de Vierde de troon zou bestijgen.

Het bal duurde van acht uur 's avonds tot drie uur in de nacht. Hij vond het overdreven, maar de andere aanwezigen genoten zichtbaar van het feest, van de zaal die schitterde en baadde in een warme gloed van goud en het rood van de Franse pantalons.

Toen de dames in de zaal arriveerden en zij er niet bij was, had hij zich zorgen moeten maken. Maar er was geen tijd, hij moest zich opstellen bij de andere leden van de koninklijke familie. Pas toen de muziek klonk om de binnenkomst van de twee Franse prinsen aan te kondigen, dook ze ineens als uit het niets naast hem op. Ze fluisterde iets van excuses, maar hij schraapte alleen geërgerd zijn keel om haar tot stilte te manen. De hertog van Orléans en zijn broer, de hertog van Elchingen, waren nog maar een paar passen van hen verwijderd en werden nu ieder ogenblik aan hen voorgesteld. Hun aanblik stelde hem gerust. Het waren jongens nog maar, aimabele jongens, lang niet oud genoeg om met de Franse muiters in België te hebben meegedaan. Zijn echtgenote kon deze jongens onmogelijk de zonden van hun vaders aanrekenen.

Op het moment dat de Franse prinsen recht voor hem stonden, zag hij hun verbouwereerde gezichten. Toen pas keek hij opzij, naar zijn vrouw. Ze droeg een witte japon met geborduurde fleurs de lis en daaroverheen een met zilverdraad bestikte, witte tuniek. Om haar middel was een glanzend wit lint getrokken, op haar hoofd een elegant wit gaas. Ze straalde van witheid en het was duidelijk dat ze zichzelf trots toonde, veel meer dan ze normaal deed. Wit, dacht hij terwijl het bloed klopte in zijn slapen. Wit, Franse lelies! De tekens van het Huis Bourbon, de oude vorsten van Frankrijk, die door Louis-Philippe waren verstoten. Hij kookte van woede, voelde een haast onweerstaanbare aandrang om haar aan die spierwitte ceintuur de zaal uit te sleuren en terecht te wijzen op een manier die zelfs zíj zou verstaan.

Maar toen keek hij naar zijn vader en hield zich in, ze konden zich niet nog meer gezichtsverlies tegenover het hoge bezoek permitteren. Hij negeerde de hele zaak, hoopte dat de hertogen het voor een ongelukkig toeval zouden houden. Dat leek te lukken, want al snel denderde het bal voort, vloeide de champagne rijkelijk en was de stemming van een algehele feestelijkheid en vrolijkheid. Naarstig zocht hij Rosalie, het nieuwe meisje onder de hofdames dat zijn aandacht had gegrepen, en vroeg haar ten dans. In haar armen kwam hij langzaam weer tot bedaren. Marianne zag hij de rest van de avond amper, af en toe ving hij een glimp van haar op. Te midden van al die koketterende dames zag zij er eenzamer uit dan ooit.

Totdat ze ineens niet meer op haar plek zat. Terwijl hij danste speurden zijn ogen de balzaal af. Net toen hij voorzichtig hoopte dat ze was afgedropen, zag hij haar in het voorbijgaan op de dansvloer. Maar ze danste niet met een van de kamerheren uit de hoogste rang, zoals Elise haar had opgedragen. Ze danste met een knappe jonge kapitein uit het Franse gezelschap, die haar met verbaasde, verrukte ogen door de zaal liet zweven.

Tijdens het familieberaad, een dag later, kwam hij schoorvoetend opdagen. Marianne was er al. Zijn nacht met Rosalie had wat hem betreft nog uren mogen duren. Maar zijn vader had hem ontboden, hij had geen keuze. Marianne werd door de koning, de koningin én de kroonprinses toegesproken. Maar het deed haar weinig, dat kon iedereen zien.

'Wat moeten onze gasten wel niet denken?' zei de koning. 'In heel Europa zijn zij door iedereen minzaam ontvangen, ze komen in het beroemde Pruisen en staan ineens oog in oog met een omhooggevallen prinsesje dat op een zo ongewone en ongepaste, zeg maar gerust walgelijke wijze haar afkeer van hun huis laat zien!'

'U liet mij geen keuze, hoogheid. Ik moest op een of andere manier mijn boodschap uitdragen. Ik heb nog altijd de waardigheid van mijn naam hoog te houden.'

Nu de koning had gesproken, begon iedereen zich ermee te bemoeien en ze werden kwader en kwader. Maar Albrecht zei niets. Later zou hij vaak denken dat hij haar op dat moment al niet meer als zijn vrouw zag, al moesten ze hun huwelijkse plichten nog vervullen. Wat had ze ervan verwacht, wat had ze hiermee willen bereiken? Als het leven in het paleis moeilijker voor haar werd – en dat zou het worden, daar twijfelde hij niet aan – dan had ze dat helemaal aan zichzelf te danken. Voor zo'n vrouw kon, nee wílde hij niets betekenen.

'Ik heb het altijd gezegd,' zei Elise. 'Zij heeft gewoon een andere aard. Ze past hier niet. Ze is veel te wispelturig voor onze manier van leven.'

'Hoe dan ook,' zei de koning, 'omkeren kan niet meer.'

Vanaf dat moment kon Marianne niet meer beweren dat ze genegeerd werd. Maar het omgekeerde was ongetwijfeld niet plezieriger. De koning stuurde zijn mannen in zwart-witte livrei op haar af, agenten van de beveiliging die zich de Pruisische levensstijl zo eigen hadden gemaakt dat ze onderdeel van de huisraad leken. Ze hadden de opdracht gekregen haar tot aan de deuren van haar appartement en over de grindpaden van haar eigen achtertuin te achtervolgen. Ze noteerden wat zij precies deed, hoelang en met wie. En kwamen achteraf keurig verslag uitbrengen bij de koning, die op zijn beurt zijn jongste zoon op de hoogte hield.

Ook voor Albrecht veranderde er na die avond van het hofbal iets. Hij verloor definitief zijn interesse in zijn vrouw, bezocht haar slechts in de nachten dat het volgens Elise, die de maandelijkse berekeningen bijhield, zinvol was. Alle andere Berlijnse nachten bracht hij door met Rosalie.

✦

Was het zijn schuld dat het maar niet lukte? Hij was van plan geweest om het na Charlotte op te geven. Dan maar geen jongen. Maar zijn vader maakte duidelijk dat van opgeven geen sprake kon zijn, dat er Pruisische soldaten verwacht werden. De Hohenzollern die zijn grootste plicht verzaakte moest nog geboren worden. Waren er in de slechtere delen van de stad soms niet stapels getuigenissen van zijn viriliteit te vinden? De keuze was eenvoudig: of hij leerde zijn liederlijkheid te botvieren op zijn wettige echtgenote, of vader wist nog wel ergens een afgelegen fort om hem daar voor onbepaalde tijd te stationeren.

Volgens Elise was Marianne het probleem. Marianne en haar onwelwillendheid. Ze bleef dat herhalen en bracht speciale kruiden die het vrouwenlichaam moesten stimuleren een jongen voort te brengen, die moest hij zijn vrouw toedienen wanneer hij haar bezocht. Elise zei dat Mariannes ongezonde tegenzin haar edele delen tot ontoegankelijk gebied maakte. Door zoveel vijandigheid kon zelfs een fiere Hohenzollerntelg niet heen dringen. Hij vroeg zich vaak af of Elise dat allemaal voor hem deed, hij vermoedde dat ze er ook een bepaald plezier in schiep om Marianne steeds met gênante en persoonlijke vragen lastig te vallen. Haar bemoeizuchtige adviezen klonken als een typisch vrouwelijke, nauwelijks verhulde afgunst. Ze had zelf nog altijd geen kinderen.

Het was in feite al een keer gelukt, maar dat had hij verdrongen. Een jaar na Charlotte beviel Marianne van een zoon. Albrecht was in de zevende hemel. Hij nam de jongen in zijn armen en stelde vol bewondering vast hoe delicaat zijn handjes en voetjes waren. Toen hij hem een paar woordjes toefluisterde herkende hij zijn eigen, liefkozende stem haast niet terug. Maar in zijn armen verkleurde het jongetje. De paniek was in de ogen van de dokters te lezen, ze gristen de baby uit zijn armen. Ze wreven en wreven, gaven hem een pets op de billen, en nog een, maar het hielp niet. Het kindje stierf voordat het een uur geleefd had.

Verbijsterd had hij de dokters aangehoord, maar hij verdroeg hun kille jargon niet. De vragen die hem werkelijk bezighielden, durfde hij niet te stellen. Had hij het kind verkeerd vastgehouden? Was hij te hardhandig geweest, had hij nog niet tegen de jongen mogen praten?

Het duurde jaren voordat hij zwichtte voor de druk, en hij begon zijn vrouw weer in haar slaapkamer op te zoeken. Later zou hij zich afvragen of iemand daarboven hem op de proef stelde, want na vijf jaar niet bij haar te zijn geweest, was één nachtelijk bezoekje genoeg haar te bezwangeren. Negen maanden later werd eindelijk de zoon geboren op wie iedereen had gewacht. Albert, een gezonde jongen.

Albrecht dacht er voorgoed vanaf te zijn, maar had er niet bij stilgestaan dat de plicht niet ophield bij het verwekken van een opvolger; er moest ook een reserve komen. Het leven was tenslotte breekbaar, dat wist hij maar al te goed. Hij bleef proberen, maar er kwamen alleen meisjes. De geboorte van Elisabeth maakte hij niet mee, het meisje werd God weet waar in Silezië geboren, op een familielandgoed van zijn vrouw. Na de brief waarin Marianne hem over haar geboorte vertelde, volgde al snel de overlijdensakte. Ze was zo klein als een popje, schreef zijn echtgenote, net als het jongetje kon ze de wereld niet aan.

Alexandrine, weer een meisje, was gezond, maar hield niet op met huilen. Hij was die winter van haar geboorte toevallig thuis, maar hij verdroeg de aanblik van het meisje niet en ging haar zo veel mogelijk uit de weg. Hele dagen was de voedster in de weer met het onuitstaanbare kind dat maar huilde en krijste.

Marianne klaagde honderduit, ze vond dat hij het zijn jongste dochter verschuldigd was haar op zijn minst wekelijks op te zoeken. Mariannes gezeur ergerde hem meer dan ooit. Zij moest toch begrijpen dat het allemaal niet aan hem lag, en zeker niet aan zijn kwaliteiten als vader. Hij had verdomme elke dág aan de wieg gestaan, als zij nog een jongen had gebaard. Het was toch niet zijn probleem dat dat lijf van haar alleen maar meisjes kon voortbrengen?

De dag voordat ze verdween, had ze hem tegen zijn zin meegesleurd naar de kerkdienst in de hofkapel. Na afloop wilde ze samen wandelen. Het idee stond hem tegen, waarom zouden ze? Om wandelend naar elkaar te zwijgen, zoals de gewoonte was? Als hij naar haar keek voelde hij niets, en hij wist dat zij hetzelfde bij hem had. Maar dat kon onmogelijk aan hem liggen, of aan zijn leeftijd, want in zijn paleis stikte het van de kamermeisjes die hem giechelend en blozend in het voorbijgaan bekeken. Hij zag de betovering in hun ogen. Dat was precies waar Rosalie voor was gevallen. Roosje, Roosje, lieve kleine Roosje. Hij zag haar in een oogwenk voor zich, dat jonge, ondeugende en toegeeflijke meisje met haar onweerstaanbare glimlach. Zij gaf hem alles wat hij van zijn vrouw nooit had gekregen.

Waarschijnlijk gesterkt door de preek in de kerk begon Marianne tegen hem te preken, te protesteren tegen zijn overspel. Lieve God, zeur toch niet altijd zo, was alles wat hij dacht, of misschien had hij het hardop gezegd. Ze drong aan, op haar onuitstaanbare manier, hoewel ze wist dat het geen enkele zin had. Ze noemde hem onbehouwen, onhandelbaar en ongeleid. Hij, de prins van Pruisen! De trotse soldaat, de intelligente en redelijke echtgenoot. Ze stond met heel haar karakter zo pijnlijk en lijnrecht tegenover hem. Onredelijke, emotionele vrouw, vreselijke vrouw die hem niets gunde. Er was aan alle Europese hoven toch niemand te vinden die huwelijkse trouw van een man verwacht? Waarom zat hij met zo'n vrouw opgezadeld? Waarom kon ze niet gewoon eens haar mond houden? Waarom misgunde ze hem zijn geluk?

Dat was het laatste wat hij tegen haar had gezegd, voordat ze was verdwenen.

5
Gevangen vlinder

Een herinnering waarin ze verzonken was, stokte bij de aanblik van het Pantheon. Dit zou vader eens moeten zien, dacht ze, dit zou hij prachtig vinden. Ze dacht aan haar moeder, die dit wonder nooit zou kunnen aanschouwen. Vlak voor de opening van de Staten-Generaal van 1837 was zij gestorven. 'Zachtelijk ontslapen,' schreef haar vader zalvend. Zij, Marianne en haar vader, waren altijd al sterk verbonden geweest, maar na de dood van Mimi werden ze zielsverwanten.

Het Pantheon was plotseling, na een smallestegenlabyrint, voor haar opgedoemd en had haar abrupt terug naar het heden gesleurd. De torenhoge, dikke zuilen en de grote ronde koepel erachter namen haar volledig in beslag. Het bracht een schok in haar teweeg, zo zonder aankondiging op die reusachtige en verpletterend mooie tempel te stuiten. Het had iets fabelachtigs, niet minder exotisch dan wanneer er ineens een gigantische olifant in het centrum van Rome had gestaan, en het had tegelijk ook iets vrolijks. Dat ze er bijna op was gebotst, dat ze zou kunnen struikelen over zoiets opzichtigs. Het was, bedacht ze, een perfecte kennismaking, omdat de ervaring zonder de verwachting vooraf nog grootser was.

Ze had al veel prenten gezien van het Pantheon. Natuurlijk wist ze van het bestaan, ze wist zelfs vrij precies hoe het eruitzag. Maar juist omdat ze het zo onvoorbereid aantrof, benam het haar de adem en de woorden. Dit was zoveel mooier dan alles wat ze tot dan toe in haar leven had gezien of gevoeld. Dat ze zo door een stenen bouwwerk kon worden geraakt! Ze voelde dat ze zich alleen nog maar over kon geven aan deze stad, waar tijd werkelijk iets eeuwigs was, alle betekenis verloren had.

Ook dat was vrijheid, dacht ze, niet de afwezigheid van zichtbare of onzichtbare ketens, maar een bevrijding van de tijd, of nee, een verheffing bóven de tijd. Alleen in Italië, en vooral in Rome, oog in oog met de oude tempels en de ruïnes, kon iemand die tijdloosheid waarnemen. Of misschien kon alleen zij het waarnemen? Zat de verheffing vanbinnen, was het iets in haarzelf? Het was niet iets wat je kon najagen, of vangen (hoewel dat een vorm van zelfoverschatting was waaraan genoeg mensen leden). Was het Byron of Shakespeare die schreef: 'Laten wij de tijd opwachten waar hij ons zoekt'? Hoe dan ook, zoiets hoogmoedigs kon alleen een man hebben bedacht.

Rome werd op slag de liefde van haar leven. Het was een liefde van de mooiste, onverwachte en ongeplande soort. Zij was er gewoon naartoe gegaan, achteloos bijna. Net als zoveel andere toeristen. Niet dat zij eerder in een wereldstad als Rome was geweest. Nee, haar idee van het buitenland had lange tijd bestaan uit slaperige dorpjes in Silezië, waar de heerlijkheden lagen die ze van haar moeder geërfd had. Deze kolkende, levendige stad wekte haar nieuwsgierigheid en ze voelde zich opgewonden. Wandelen door Rome had een verrassend kalmerende uitwerking op haar. Alles wat ze in haar jonge jaren had gelezen en bewonderd zag ze om zich heen tot leven komen, en met iedere stap die ze zette leefde haar jeugdige enthousiasme op. Haar buitenlandse verschijning trok de nodige aandacht van voorbijwandelende Romeinen, maar ze weigerde een rijtuig te nemen. Rome was een stad waar iedere bezoeker zich uiteindelijk overgaf aan het wandelen. Het wemelde op straat en vooral rondom de parken van de kleine Romeinse huurkoetsen, maar uiteindelijk waren zelfs die speciaal voor ontspanning bedoelde open rijtuigjes te haastig voor deze stad.

Dwalend tussen kerken en ruïnes leerde Marianne Rome in die eerste uren kennen. Ze legde de stukjes bij elkaar die altijd in haar gedachten hadden geleefd, oude, verschoten beelden gemaakt van herinneringen aan prentjes uit boeken, schetsen en schilderijen en verhalen die ze ooit las, zodat voor het eerst een geheel ontstond. Verrukt en verwonderd om zich heen kijkend besefte ze dat met het samenvallen van al die losse elementen iets nieuws geboren werd. De hemel was mild en het weer aangenaam. De winterzon drong fel haar hoofd binnen en verlichtte de stoffigste hoekjes. Ze bespeurde in zichzelf iets wat ze ooit las bij Goethe: niet zozeer dat ze in Rome ineens anders nadacht of nieuwe manieren van denken aanleerde, maar dat oude gedachten zich opnieuw aandienden en zuiverder werden, zodat ze nieuw leken. Ze dacht voor het eerst in dagen weer aan haar kinderen. Wat een dwaasheid, om haar moedergevoelens zo aan de kant te schuiven! Alsof het voor een moeder mogelijk is om haar kinderen te vergeten...

Vlak voor de schemer stak een wind op die regen met zich meebracht. Daar had de maître van Hotel Meloni haar al voor gewaarschuwd. Het was een woestijnwind die de Romeinen *sirocco* noemden en vervloekten, maar als dit het was... Voor een noorderling stelde het allemaal weinig voor. Ze keerde verkwikt terug naar het hotel om nog even te kunnen liggen voordat ze haar toilet moest maken. Haar eerste ontvangst in Rome... Wat moest ze aantrekken? Hoe zou ze ontvangen worden? Haar hoofd tolde van opwinding. Dat moest ze in toom zien te houden, wat zouden ze anders wel niet van haar denken...

Toen even later het rijtuig voorreed, zei ze zo blasé mogelijk tegen de koetsier: 'Via Gregoriana, *per favore*.' Ze hoopte – ze wist niet waarom – dat hij dacht dat zij al jaren in Rome woonde.

Madame Potemkin was duidelijk een ervaren *salonnière*, bedreven in het aan elkaar voorstellen van mensen. Ze bracht Marianne meteen naar een tengere man met hoge jukbeenderen en een spitse neus, waaronder twee helften van een snor als volmaakte bezempjes pronkten. Het was Marianne duidelijk dat hij een landgenoot was, al wist ze niet waar ze dat precies aan had kunnen zien.

'*Comte* De Liedekerke Beaufort, de Nederlandse gezant,' zei madame Potemkin, en toen noemde ze háár naam, voluit met alle titels en tierelantijnen. Wat leek dat lang geleden, dat iemand haar prinses Albrecht van Pruisen had genoemd! Marianne dankte de graaf voor zijn aardige brief, hij vroeg op zijn beurt beleefd of ze een comfortabele reis naar Rome had gehad.

'Comfortabel genoeg. Maar ik moet toegeven dat ik mij niet geheel van angst verstoken door de beruchte *campagna* heb verplaatst. Ik ben immers zo vaak gewaarschuwd om nergens uit te stappen en niet te dralen, omdat ik anders de Romeinse koorts zou oplopen.'

'*Ah oui!* Maar u heeft toch ook wel genoten, hoop ik, van het Romeinse platteland. Zo wild en verlaten, de natuur wordt er enkel verstoord door eeuwenoude overblijfselen van tombes en aquaducten. Maakt u zich toch geen zorgen, hoogheid, het is nog lang niet het seizoen van de koorts.'

'Wanneer heeft u voor het laatst een kijkje genomen in de boerengehuchten rondom Rome, *monsieur le comte*?' mengde madame Potemkin zich in het gesprek. 'Het is daar tegenwoordig bijna het jaar rond een en al ziekte en dood. Natuurlijk is de zomer zogezegd het hoogseizoen, maar dat wil niet zeggen dat wij daar nu ongestraft kunnen rondwandelen! Nee, als u het mij vraagt is het hoog tijd dat wij ophouden met dat gedweep met die afgelegen landschappen. Brokstukken, halfvergane bogen... Melancholie, meer is het niet! Weet u, wanneer ik naar de campagna kijk huilt mijn hart voor de Italianen. Waar ter wereld vind je nabij een grote stad een zo vruchtbare vlakte dat de oogst als het ware voor het grijpen ligt, maar waar men vanwege de dodelijke lucht de aarde amper durft te betreden?'

'Als ik mijn arts mag geloven,' hield De Liedekerke aan, 'en in kwesties van gezondheid ben ik geneigd zijn oordeel het zwaarst te laten wegen, dan is de temperatuur in deze maanden simpelweg te laag voor de koorts om huis te kunnen houden. Enfin, laag is hier voor een noorderling natuurlijk een relatief begrip! Wist u, hoogheid, dat er in al mijn dienstjaren hier in Rome nog nooit een sneeuwvlok uit de hemel is gevallen? Als het hier eens een keer sneeuwt, houden ze de kinderen thuis van school om ernaar te kijken.'

'Daar kan ik mee leven,' antwoordde Marianne. 'Als er ook geen dikke mist is zoals in de straten van Den Haag, blijf ik hier misschien wel wonen.'

'Zelden!' riep de graaf verrukt. 'En mag ik daaraan toevoegen dat ik eerder deze week, toen ik langs de zonnige kant van de Sint-Jan van Lateranen wandelde, zelfs al enkele madeliefjes zag staan. Madeliefjes in januari, stelt u zich dat eens voor!'

'Het wordt mij met het uur duidelijker waarom alle schilders naar Rome komen. Als het tenminste klopt, comte, dat zich hier veel kunstenaars uit het vaderland ophouden?'

'*Oui, oui, mais*... Ik kom van België, ziet u... Maar het spreekt vanzelf dat ik niettemin zeer Oranjegezind ben!'

Marianne glimlachte, arme kerel. 'Ik had niet anders verwacht van de man die mijn vader vertegenwoordigt bij de Heilige Stoel.'

Nu lachte ook de graaf, al was het waarschijnlijk van de zenuwen. Hij zei dat hij zijn huiswerk goed had gedaan. 'Hoogheid, u bent zowaar de eerste Oranje in Rome sinds het verblijf van Frederik Maurits de la Tour d'Auvergne, de kleinzoon van Willem de Zwijger en Charlotte de Bourbon, in 1644.'

Ze kon niet geloven dat er in geen tweehonderd jaar iemand in Den Haag op het idee was gekomen naar Rome te reizen, hoewel ze natuurlijk wist hoe antipaaps de familie altijd was geweest.

'Frederik Maurits,' ging de graaf verder, 'had zich nota bene eerst tot het katholicisme bekeerd en was door de paus zelf ontboden.' Hij keek haar voor het eerst echt aan. 'Toen ik jaren geleden in Rome werd aangesteld, had ik nooit durven vermoeden dat ik nog eens de eer zou krijgen een Oranjeprinses rond te leiden. Het is mij een groot genoegen, dat mag ik u hopelijk wel opbiechten.'

'U gaat haar rondleiden?' vroeg madame Potemkin met haar scherpe stem. 'Ik had gehoopt met die eer te mogen strijken.'

'De stad is groot genoeg, dunkt me,' zei de graaf.

'Misschien wil onze hooggeëerde gast zo goed zijn ons te vertellen waar haar koninklijke interesses in het bijzonder naar uitgaan?' Madame Potemkin keek Marianne vragend aan.

'Wel, eens zien... Ik zou wel heel graag een van de Nederlandse schilders aan het werk zien.'

'Kijk eens aan! Zo ziet u maar, mijn beste graaf, dat een bijzondere gast vanzelfsprekend om een bijzondere behandeling vraagt. Niets geen Pincio of Pantheon, we gaan naar een rommelig atelier.'

'Het is een eer en genoegen om een dergelijk bezoek voor u te verzorgen, hoogheid,' zei de graaf. 'Ik sta, mag ik wel zeggen, op zeer goede voet met de gehele schildersbent. Als u mij toestaat een voorstel te doen, zal ik u met veel genoegen naar de werkplaats van onze grootste laaglandse trots begeleiden, die van de man die ook wel de Rafaël van het Noorden wordt genoemd.'

'Prachtig!' zei madame Potemkin. '*Son Altesse Royale* kan dan later altijd nog met mij de Pincio bezoeken. Als u ons nu zou willen excuseren, monsieur le comte. Er zijn begrijpelijkerwijs meer gasten aan wie ik de prinses graag zou willen voorstellen.'

Hangend aan de arm van madame Potemkin ging ze de zaal rond. 'Ik dacht even dat hij een Fransman was,' zei ze toen de graaf buiten gehoorsafstand was.

'Nee, de Nederlandse gezant is een Belg... Het best bewaarde geheim in Romes diplomatieke kringen. Maar als ik u een advies mag geven, hoogheid, vraag hem niet naar zijn sentimenten tegenover Napoleon. Alhoewel u dan wel meteen gelooft dat hij nooit een Fransman van geboorte kan zijn. Enfin, nu we toch even alleen zijn: vertel eens, waarom bent u eigenlijk naar Rome gekomen?'

Ze had van tevoren nagedacht over die onvermijdelijke vraag. De ware reden kon ze onmogelijk vertellen. Wat moest ze zeggen? Dat haar huwelijk een hel was, dat ze was gevlucht. Dat haar echtgenoot zich misdroeg in de kroegen en gokhuizen van Berlijn. Dat ze zelfs nog geen fractie wist van wat hij allemaal uitspookte. Dat hij niet alleen buitenshuis zijn onzedelijke gang ging, maar ook onder hun eigen dak, met de bedienden en de huishoudsters van het paleis, en op plekken waar het nog veel ongepaster was. Er schoot haar ineens een voorval in de schouwburg te binnen, toen Albrecht na de voorstelling verdween en zo lang wegbleef dat ze een van de dienaren eropuit stuurde om hem te zoeken. Die trof haar echtgenoot achter de coulissen aan, met een actrice in zijn armen.

Nee, nee, dat kon ze allemaal niet zeggen. Maar wat wilde ze het graag open en eerlijk vertellen! Ze kon het niet helpen, het was alsof zelfs de lucht die ze hier inademde anders was. Niet dat de dames hier op het eerste gezicht losser of vrijzinniger waren, zoals ze weleens gehoord had, maar zij kon zich vrijer bewegen omdat ze ongezien was, of zich althans minder bekeken voelde. In deze schaduwwereld kon ze onmogelijk een schandaal veroorzaken, toch?

Ergens hoog in de ijle Alpenlucht (wat leek dat alweer lang geleden!) was ze daadwerkelijk een grens of breuklijn gepasseerd. Vóór de oversteek was ze, in essentie, nog altijd het verwende kind van vroeger, gewend om haar zin te krijgen en zich geen raad wetend als de dingen anders liepen dan zij voor ogen had. Ze had zich haar hele leven met die oude, hulpeloze gedaante vereenzelvigd, maar dat was allemaal buitenkant. In werkelijkheid was zij juist krachtig. Was dat dan onevenwichtig? Wat ze in Berlijn wispelturigheid hadden genoemd, was in feite haar eigenzinnigheid. De nieuwe kracht die bezit van haar genomen had, was in wezen niet nieuw, hij was er altijd geweest. De hulpeloosheid die ze vroeger voelde was in werkelijkheid een tijdelijke stuurloosheid, iets wat nooit écht onderdeel van haar ziel geweest was.

In een oogopslag peilde ze de blik van madame Potemkin en vertelde haar alles. 'Ik vermoed overigens,' zei Marianne luchtig toen ze een hele tijd had gesproken en ze niets dan ernst zag in de ogen van de eerder zo opgewekte gastvrouw, 'dat het vooral een combinatie was van Goethe en Byron. Dat wat me aantrok aan Rome, bedoel ik.'

Madame Potemkin knipoogde en zei dat ze precies begreep wat ze bedoelde. Ze legde haar hand op haar schouder en zei: 'Hier bent u welkom, hoogheid. Rome is de enige juiste stad voor vermoeide zielen.'

Het was even verrassend als vanzelfsprekend, de wijze waarop de vriendschap ontstond. Vanaf dat moment spraken ze steeds vaker af om samen kunstgalerijen te bezoeken of de oude ruïnes van de stad te bekijken. Bij die gelegenheden vertelde madame Potemkin, die scheen te weten wat er zich achter de deuren van ieder aristocratisch huis in Rome afspeelde, honderduit, zodat Marianne werd ingewijd in de betere kringen van de stad en steeds op de hoogte was van de veelvuldige soirees die werden gehouden.

Het was niet de eerste, maar wel de eerste echte, open en gelijkwaardige vriendschap in haar leven. Steeds vaker dacht ze 's ochtends bij het opstaan niet aan waar ze vandaan kwam, maar aan wat haar te wachten stond. Er was nog steeds een gevoel van leegte, maar van die lege ruimte ging nu een enorme kracht uit. Zij had geen huwelijk, geen vastomlijnde rol meer, maar ook geen zorgen. Ze was gezond, en nog jong! Haar ongeluk, dacht ze opgewekt toen ze naar buiten stapte, bestond niet meer, en het enige wat ze daarvoor had hoeven doen was zichzelf ervan verwijderen.

✦

Voor de deur van het hotel stond de tengere heer De Liedekerke in bestofte zonnestralen op haar te wachten. Zij vroeg waar het rijtuig was, maar hij stelde voor om te gaan wandelen. Ze waren de piazza nog niet overgestoken of hij barstte los. Of ze die obelisk al goed had bekeken? Hij wachtte niet op antwoord. De Flaminische obelisk, Egypte, Ramses II. Die vreemde tekens waren hiërogliefen, een geheimschrift dat duizenden jaren onleesbaar was geweest. En zo kletste hij maar door, vertelde over de wedloop tussen Champollion en de Britse Egyptoloog Young, die hij de Nelson en Napoleon van de archeologie noemde, en dat de Fransen wonnen, maar dat het dom geluk was dat ze die steen van Rosetta hadden gevonden.

'Die Champollion zag in dat de sleutel tot ontcijfering, zoals alle zaken van mensen, nergens anders dan in zichzelf verborgen kon liggen. Op de steen van Rosetta zag hij als eerste dat het een en dezelfde tekst was, in drie talen: Demotisch, Grieks en die eigenaardige Egyptische tekens. Het kostte Champollion het grootste deel van zijn leven, maar hij heeft het ontcijferd. De Brit, Thomas Young, die veel eerder van alles had ontdekt, bijvoorbeeld hoe je koningsnamen kon herkennen, had zijn rivaal alleen maar op weg geholpen. *Mais pardonnez-moi!* Ik dwaal af.' Wat hij wilde zeggen: dat ze konden vaststellen, als ze de hiërogliefen lazen, dat de obelisk ooit stond opgesteld in Heliopolis en gewijd was aan de zonnegod Ra. Vele eeuwen later veroverden de Romeinen Egypte, en de rest was geschiedenis. Keizer Augustus liet de obelisk naar Rome overbrengen.

Intussen stonden ze nog steeds op hetzelfde plein. Marianne begreep berustend dat de obelisk nog maar het begin was, en een paar meter verderop stonden ze inderdaad weer stil. De graaf wees: de *Tridente*, de drietand van straten, zag ze wel? Via del Babuino, Via del Corso en Via di Ripetta.

Al wandelend overspoelde hij haar met zijn verhalen. Toen ze zelf door Rome dwaalde werd ze vooral betoverd door de terloopse schoonheid van de stad, die haar verraste na elke hoek die ze omsloeg, maar nu ineens drukte het op haar, al die cultuur en geschiedenis. Achter iedere stukje marmer in Rome ging weer een andere, nog oudere steen schuil. De beelden, de stenen, de fonteinen en de koepels die ze eerder bewonderde, leken nu wel valluiken, de grond verdween onder haar voeten.

Een gele gloed danste over de Tiber. Aan de oevers zag ze de bedelaars zitten ('Nee, nee, dat zijn geen bedelaars maar rivierdieven,' zei de graaf, 'ze stelen uit de Tiber zoals hun beruchte collega's de *tombaroli*, de graven leegroven.'). Marianne begon over de wolvin die de tweeling zoogde en ze stelde zich het gevlochten mandje met twee kleine jongetjes voor, dobberend in de rivier. Op een brug stond een verliefd koppeltje naar de koepel van de Sint-Pieter te staren. De dame draaide nerveus haar parasol, die op haar schouder rustte. Ze liepen langs een gigantische ronde ruïne, overwoekerd met bomen en gras, en de graaf legde uit dat het een mausoleum was, het graf van keizer Augustus, die van de obelisk.

'Bent u een beetje bekend met de Romeinse geschiedenis, hoogheid?'

'Ach, het mag geen naam hebben. Wat lessen kunstgeschiedenis en klassieke talen, en Shakespeare en Racine, maar dat is allemaal zo lang geleden! Ik weet precies genoeg om te weten dat ik niets weet.'

De graaf lachte om de ironie die ze met opzet had getoond door Socrates te citeren, en hij leek zo blij als een kind. 'De meeste jongelui van stand denken anders dat ze alles weten. Totdat ze in Rome aankomen. Ik word vaak aangesteld als cicerone van Nederlandse of Belgische jongeheren die hun grand tour maken in Italië, en ze zijn allemaal hetzelfde. Bij aankomst hebben ze de grootste praatjes, maar ze vallen stil zodra ze oog in oog staan met het Colosseum, de Sint-Pieter of het Pantheon. Dat is precies de bedoeling. Juist door die innerlijke verstilling is een bezoek aan Rome zo'n verrijking.'

Marianne dacht aan haar zoon, Albert, die waarschijnlijk nooit een Italiaanse reis zou maken. Binnenkort werd hij zes! Ze zagen hem daar al als een halve volwassene, nog even en hij trad officieel in dienst. Dan was hij niet meer haar kleine jongen, maar een Pruisische soldaat. De droom van zijn vader zou dan eindelijk uitkomen. Ach, wat was zij ver van huis... Het liep bijna tegen Kerstmis en zij was hier in Rome. Dit was de weg die ze was ingeslagen, en er was geen ontsnappingsmogelijkheid. Als er iets zeker was, was het dat zij kerst voor het eerst niet met haar kinderen zou vieren. Dat had ze steeds geweten, maar het deed haar ineens... verdriet, pijn. Hoe kon ze zich daar zo door laten overvallen? Ze zag de kleintjes voor zich, rond de boom... Ach ja, dat deed haar denken aan de winters van haar eigen jeugd. Wat had ze gehouden van de Hollandse winters. En van Den Haag, de stad die ooit haar thuis was. Met die grote lieflijke bomen en donkere kerkspitsen, de lanen en pleinen, het ruisen van de zee.

Niet afdwalen! Rome wachtte op haar, in het hier en nu. Rome, Rome. Intussen waren ze de Piazza Navona overgestoken, dat volmaakte ovaal met zijn berniniaanse barokfonteinen, zelfs nog veel groter, lieflijker, pittoresker dan de Piazza del Popolo.

'We naderen onze bestemming al, hoogheid!' De graaf klonk verheugd.

Al? Het leek haar anders of ze al uren onderweg waren, maar dat hield ze voor zich. De Via dei Coronari, straat van pelgrims en rozenkransen, was een lange, smalle steeg vol kunstenaarsateliers. De vensters, drempels en straatstenen waren bezaaid met troep en versleten schildergerei. Wat een chaos! Herbergen, kroegen, eigenaardige winkeltjes. In een smalle deuropening leunde een schaars geklede dame tegen de deurpost. In een open venster zat een oude, kabouterachtige man met een baret en een rode neus – hij rookte rustig zijn pijp alsof hij ergens op wachtte, in zijn hand een beker bier. Er reden rijtuigjes voorbij, die bij het passeren met hun ratelende wielen in elkaar haakten. Er liepen ouden van dagen en deftige dames door de straat, hoertjes en dronkenmannen die kleverige fluimen op de grond spuugden. Uit een donker lokaal klonk muziek en gelach. De gele, roze en oranje gevels waren bedekt met klimplanten, graffiti en aanplakbiljetten.

Was ze ooit verder verwijderd geweest van Pruisen, van het gemaskerde hofleven? Nooit, nooit wilde ze terugkeren naar die wereld.

Bij een zware houten deur stopte De Liedekerke. Verrassend genoeg stond er te midden van de kleurrijke chaos een Nederlandse naam op de gevel: CORNELIS KRUSEMAN. PITTORE. Dit was, in de woorden van de graaf, het bescheiden onderkomen van de trots van Holland, de man die in heel Europa bekendstond als de Rafaël van het Noorden. Hij klopte aan, ze wachtten op een bevestigend *avanti* en de deur vloog open.

Ze werd getroffen door de wondere wereld die achter die smalle, armoedige gevel schuilging. Het rook naar stro, verbrand hout en een po die geleegd moest worden. Om zich heen zag ze vooral doeken. Op ezels, aan de muren, op tafels en in rijen op de grond. Ze gaven haar inkijkjes in het Italiaanse landleven en in allerhande huiskamers, ze zag hier en daar ook taferelen uit de Bijbel die ze onmiddellijk herkende, alles teder en in diepe kleuren gevangen.

Te midden van die wirwar van werelden stond een man die stukken ouder was dan zij, maar over een woeste aantrekkingskracht beschikte. Die volle bos loshangende krullen, zoveel jongensachtige charme... Hoewel, bij de slapen begonnen zijn haren al te grijzen. Maar die zachte, volle lippen, ze leken wel van een vrouw! Maar dan omlijst door een warrige en smetteloos geknipte snor die aan beide kanten doorliep naar beneden, tot aan zijn bruin-grijs gevlekte baardje. Het was alsof ze oog in oog stond met een allegorie op de schilderkunst. Op zijn kleding na, want die was onberispelijk, van een heer. Dat was ongetwijfeld vanwege haar komst. Omwille van haar, dat waar zij voor stond.

De graaf stelde hen aan elkaar voor – hij noemde haar hoogheid. Natuurlijk deed hij dat. Hoe had ze kunnen denken, nee hópen dat hij haar zou voorstellen onder haar schuilnaam, gravin Von Seitenberg. Ze had zich even een avontuurlijke reizigster gewaand, een mysterieuze vreemdelinge, gewoon een geïnteresseerde koper... Nu zag de Rafaël van het Noorden natuurlijk alleen nog maar haar titel, de vervloekte kroon.

In haar ooghoek ontwaarde ze achter in het atelier een groot schilderij van Johannes de Doper en vlak daarnaast een kleiner, meer teder werk. Het stelde een vrouw voor met een zacht, rond gezicht, een krachtige neus en een scherpe blik. Een prachtige, heilige boerin met twee engeltjes van kinderen om zich heen, een vrome, liefdevolle moeder. Van dichtbij was het schilderij zo mooi dat het haar de adem benam.

'Schildert u naar levende modellen, heer Kruseman?'

'Er gaat niets boven het echte leven.' Hij reisde stad en land af om ze te vinden. 'Want weet u... Soms is iets zo gewoon dat het zeldzaam wordt.' De vrouw op het doek had hij in Albano gevonden, een bergdorpje niet ver bij Rome vandaan. 'Toen ik haar zag zitten vormden de klimmende wijnranken op de oude muur waar ze tegenaan leunde als het ware meteen een omlijsting.'

'En begint u in zo'n geval ter plekke te schilderen?'

'Tja, dat kan men in zekere zin wel stellen, ja. Het geheel kleur ik als het ware in mijn geest in met helder coloriet.'

Net als alle schilders op doortocht ving hij het beeld in een schets of in een paar vluchtige, felle penseelstreken. De rest gebeurde later, in de rust van het atelier. Hij sprak nog, maar zij hoorde hem al niet meer. Ze zat zelf op die stoel voor die deur, in dat bergdorpje. Wat zou het opwindend zijn als hij haar zou schilderen, om net als die dorpelinge te worden gevangen in de kleurrijke verbeelding van deze man. Het object van zijn fascinatie te worden, te worden gezien door zijn ogen... Zou ze hem dat zo durven vragen? Nee, ach nee... O nee, nu keek hij haar nog aan ook! Ze moest iets zeggen, iets om de conversatie gaande te houden. Om niet onnozel over te komen.

'Wilt u geloven dat dit werk mij doet denken aan Rafaëls *Heilige Familie?*'

Kruseman gaf graaf De Liedekerke een stootje en lachte dat hij weleens had mogen vertellen dat de prinses een connaisseur was. Dat was nu ook weer niet haar bedoeling! Straks zou hij haar nog allerlei ingewikkelde vragen... Ze haastte zich te benadrukken dat ze, welnee, zéker geen kenner was.

'Het stelt niets voor, ik heb slechts een paar jaar tekenles gehad van Josephus Knip.'

'Knip!' riep Kruseman verrukt. 'Onbetwiste meester in het schilderen van dieren en landschappen. Een pionier ook. Een van de eerste avonturiers in Italië.'

'Ik heb natuurlijk ook lessen kunstgeschiedenis gevolgd.' Ze voelde zich vreemd genoeg aangemoedigd. 'En muziekles. Maar zoals ik ook een stuk beter ben in het kijken naar kunst dan in het maken ervan, gaat mij het componeren gemakkelijker af dan het musiceren.'

Wat kraamde ze toch allemaal uit? Wat onbeleefd! Net een klein meisje dat indruk probeerde te maken. Ze voelde zich ineens eindeloos ongemakkelijk, en alsof de graaf dat allemaal haarfijn in de gaten had kuchte hij opzichtig.

'En waar in Rome zou men het genoegen kunnen smaken u te kunnen horen spelen?' vroeg Kruseman.

Maar waarom zei die man zoiets? Hij wist toch dat een prinses niet zomaar een podium kon betreden? Schiep hij er soms genoegen in haar verlegen te maken? Wat was dit voor een uitgesproken, onweerstaanbare man...

'Ook ik ben een groot bewonderaar van het doek met de dame uit Albano, hoogheid,' zei de graaf ineens. 'Met permissie, ik durf wel te wedden dat u nog niet heeft ontdekt wat het werkelijke onderwerp van het schilderij is?'

Verward wierp ze nog een blik op het doek. 'Moederliefde?'

De graaf veerde op en vroeg haar nog eens goed te kijken, vooral naar het jongste kindje. Toen zag ze ineens de zonnige gele, haast transparante vleugels van een kleine vlinder, vastgeklemd tussen mollige cherubijnenvingertjes.

'Voilà. Dit schilderij is getiteld *De gevangen vlinder*,' zei de graaf.

De vlinder stond symbool voor het fladderende dolce far niente, iets typisch Italiaans, legde De Liedekerke uit. 'Iets wat bij de aard van het volk hoort zoals, ja, zoals de koopmansgeest bij de Hollanders.'

Dat was grappig bedoeld, maar het landde in een pijnlijke stilte.

'Wij noorderlingen zijn bijen,' ging hij verder. 'Niets mis met godvrezende ijver, maar het is ook allemaal zo kleurloos, zo zuiver functioneel. Nee, dan de Italianen. Zij léven het leven, zij verstaan de kunst van het nietsdoen en het flaneren, van het mooi zijn om gezien te worden. *Voilà, c'est tout.* De idylle tegenover de harde werkelijkheid van het bestaan, niet eerder zo krachtig verbeeld.'

Het kwam ineens in haar op dat er een spelletje met haar gespeeld werd. Spanden die twee soms samen? Wilde de arme schilder gewoon iets verkopen aan de onnozele rijke prinses? Wie weet streek de graaf wel een deel van de winst op. Maar zij zou zich niet laten kennen, zeg! Zonder omhaal zei ze dat ze het werk van hem wilde kopen.

'Maar... wenst u dan vooraf geen prijs te horen, hoogheid?' vroeg de graaf.

'Niet nodig, hij komt mij over als een eerlijk man. Onderhandelingen laat ik aan anderen over. Kan ik nog een moment alleen met de schilder krijgen?'

Geschokt droop de graaf af. Toen de deur dichtviel, vroeg ze het hem meteen, of hij haar wilde schilderen.

'Hoogheid, ik zou vereerd zijn! Maar staat u mij toe, al die geheimzinnigheid, wat heeft dat te betekenen? Als het nu een onbehoorlijk verzoek betrof, maar zoiets...'

'Ik heb liever niet dat mijn familie ervan weet. Ik zit niet te wachten op nog een staatsieportret, heer Kruseman. Schilderijen van mijzelf als een soort versierde feesttaart, daar heb ik er al genoeg van. Als u het echt wilt weten, ik heb het idee dat ik in Italië een ander mens ben geworden. En nu wil ik heel graag dat u mij ook zo schildert. Gewoon, als een van uw modellen.'

'Ben ik vrij om te schilderen wat ik zie?' vroeg hij.

'Dat spreekt vanzelf.'

'Ook wanneer... Wanneer wat ik zie weinig gelukkig is?'

'Maar ik bén gelukkig, heer Kruseman, zoveel kan ik u wel verzekeren.'

'Geluk bestaat uit twee delen, hoogheid. Voor het lichaam het ontbreken van pijn, voor de ziel het ontbreken van zorgen. Hoe dan ook...'

Hij stelde een dag en tijdstip voor, en zij ging akkoord.

✦

Binnenkort zou ze met een huurrijtuig de campagna in gaan, dacht ze verrukt toen ze 's middags in haar hotel was. Ze tuurde uit het raam, zocht de koepel van de Sint-Pieter. Daar, op het platteland, zou Cornelis Kruseman, de Rafaël van het Noorden, haar schilderen.

In de verte zag ze een bode aan komen snellen.

Niet haar buitenkant maar, zo had hij plechtig beloofd, haar binnenste, haar ziel. Precies zoals bij *De gevangen vlinder*.

Het beeld van de bode werd scherper, hij kwam dichterbij. Ineens wist ze dat hij voor haar kwam. Toen hij even later voor haar stond, stelde ze ongerust vast dat de jongen haar amper aan durfde te kijken. Het afgewende gezicht van slecht nieuws.

De bode maakte een buiging en overhandigde een brief, waarop ze het wapen van Oranje-Nassau in het zegel gedrukt zag.

'Het is mijn meest trieste taak u aan te kondigen dat het de goede God in zijn Opperste Wijsheid heeft behaagd van dit ondermaanse weg te nemen,' – hij haalde adem en even leek het alsof hij zijn zin niet verder af wilde maken – 'uwe geliefde vader...'

'Mijn vader? Maar wat... Hoe...' Zonder te bewegen hoorde ze aan hoe ze hem hadden gevonden, in zijn werkkamer, achter zijn bureau.

Hij was in elkaar gezakt vlak nadat hij de laatste letters van een brief aan zijn dochter – aan háár! – op papier had gezet.

Vader, lieve vader... Zo ze iets had verwacht bij dit onvermijdelijke moment... Maar niets, er gebeurde niets. Ze zakte niet in elkaar, ze stortte niet in, integendeel. Ze vond haar vertrouwde vastberadenheid en wilskracht, schakelde snel van denken naar doen. Terug naar haar kamers. Ze moest naar huis. Natuurlijk moest ze naar huis. Ze pakte haar koffers. Zo anders, zoveel lichter dan toen ze een paar weken eerder uit Berlijn was vertrokken! Ze dacht terug aan haar reis naar Italië, de trage trajecten opwaarts en het reizen in de nacht, hoe ze die lange weg nu weer terug moest afleggen.

De laatste reis voor haar vader nu voltooid... Pas toen ze in de koets zat die haar naar de haven van Civitavecchia moest brengen, liet ze haar tranen gaan. Om haar oude vader, dat ze hem niet meer over de wonderen van Italië zou kunnen vertellen... Om haarzelf. Om Rome. Om Kruseman, die haar niet zou schilderen.

Ze verdronk in herinneringen aan haar vader. Er waren vage, zoete jeugdherinneringen, maar ook kraakheldere beelden van nog maar even geleden – herinneringen gescheiden door de jaren van afstand, haar kindertijd enerzijds, en de winterjaren van haar vaders leven anderzijds, toen ze weer nader tot elkaar waren gekomen.

Ja, zij was haar vaders lieveling. Dat wist iedereen. Hoe ze zomers lang huppelend door de tuinen van Het Loo aan zijn hand liep. Het had de vanzelfsprekendheid en de warme geruststelling van een ritueel, die dagelijkse ochtendwandeling. Hoewel dat zo'n beetje alle tijd was die ze met elkaar doorbrachten – op haar vaders schouders rustten immers de zwaarwegende taken van een koning – zwegen ze tijdens het wandelen vaak. Ze wist zeker dat er weinig was waar haar vader meer van genoot dan van die wandelingen. Vaak liepen ze naar het boerderijtje, waar Maria hen verwelkomde met thee en haar befaamde krentenmik, of een stapel pannenkoeken.

Nu was dat allemaal voorbij... Ze kon het zich amper voorstellen, ze had geen vader en geen moeder meer. Door het gehobbel van de wagen schudde het landschap heen en weer, het ritmische geluid van de hoeven en het gekraak van het hout brachten haar in een soort trance, en ze werd bevangen door een onverklaarbare angst. Ze zag haar herinneringen in vage beelden, alsof ze van een ander waren.

Ze was altijd al alleen geweest... Nu was ze het echt, nu had ze alleen haar broers nog. Maar zij waren getrouwd, hadden hun eigen gezinnen. Fritz en zijn Louise, Guillot en zijn Annette. Wie had zij nog? Met Anna op de troon mocht ze misschien hopen dat zij wat clementie... Gezien hun zusterlijke band... Zou Anna bereid zijn voor haar in te staan als ze van Albrecht wilde scheiden? Guillot, nee. Die niet. Maar Anna? Vrouwen onderling... Als ze de koningin aan haar zijde had... Anna had haar per slot vroeger eens gezegd dat een huwelijk dat zonder persoonlijke instemming werd gesloten gedoemd was te mislukken.

Zo verloor zij zich in herinneringen en gedachtekringen, om steeds weer bij dezelfde vraag te belanden. Wat stond er in die brief?

6

Anna Paulowna, de schoonzus

Na de Slag bij Waterloo in 1815 trouwde de Russische tsarendochter Anna Paulowna met Guillot, de Prins van Oranje; een aimabele jongeman die door de oorlog beroemd was geworden en in heel Europa bekendstond als de held van Quatre-Bras. Uit de armen van Napoleon, tegen wie de Nederlandse prins zo heldhaftig had gestreden, was zij ooit op het nippertje ontsnapt. Over déze verbintenis was iedereen het echter eens, en aan de verschillende hoven werd instemmend geknikt. In Sint-Petersburg werd er met geld gesmeten om de bruiloft in het Winterpaleis met een zo uitbundig mogelijke Russisch-orthodoxe dienst te vieren. De feestelijkheden hielden weken aan, en zelfs daarna gingen Anna en Guillot nog maandenlang van bal naar parade.

Anna had persoonlijk ingestemd met het huwelijk – ze dacht zelfs even dat het liefde op het eerste gezicht was. Ze wist toen nog niet dat Guillot een paar jaar voor hun huwelijk openhartig in een brief aan zijn vader had geschreven dat hij eruit wilde stappen. Dat hij het liefst alle grandeur zou vergeten en verruilen voor een rustig bestaan op het platteland.

Hoewel ze elkaar mochten en in de kunst een gedeelde liefde hadden, was het Anna al snel duidelijk dat zij, een ontembare Romanov, op romantisch gebied weinig te verwachten had van een jongen als Guillot, wiens hart volgens de halve hofhouding uitging naar jongemannen. Ze waren intellectueel misschien aan elkaar gewaagd, maar tegelijk zo ongelijksoortig. Zij droeg tiara's met diamanten en gouden ringen aan haar vingers, zij was een trotse dochter van de beroemde

Maria Fjodorovna. Een illustere, sprankelende verschijning, altijd behangen met blinkende familiejuwelen, haar haren in pijpenkrullen met een opstaande wrong. *A la girafe*, zoals de twee hoorntjes van dat wonderlijke beest waar heel Europa gek op was.

Haar moeder adoreerde ze, maar voor haar vader, tsaar Paul I, had Anna weinig goede woorden over. Hij was een ziekelijke, aartslelijke verschijning, het zware anker aan de zo levendige esprit van haar beeldschone, intelligente en cultureel verfijnde moeder. Zelfs zijn eigen moeder Catharina, Anna's grootmoeder, verafschuwde haar wanstaltige, krankzinnige zoon. Zij achtte hem niet alleen ongeschikt voor staatszaken, maar ook als vader. Zozeer dat toen Anna's moeder haar eerste kind baarde, dit meteen bij haar werd weggenomen. Catharina, toen nog tsarina, had besloten dat zij het beter zelf kon opvoeden. Toen de tweede zoon geboren werd, deed zij hetzelfde. Catharina ontvoerde de borelingen voor de bestwil van haar eigen zoon, zoals Kronos keer op keer de pasgeborenen van Rhea verslond: om het geslacht te beschermen. Twee zonen, Alexander en Constantijn, groeiden op bij Catharina in het winterpaleis, buiten het zicht en zonder bemoeienis van hun ouders.

Maria was natuurlijk ontroostbaar, en tussen haar en haar schoonmoeder kwam het nooit meer helemaal goed. Ook niet toen bij de geboorte van Anna's oudste zus Alexandra – de eerste van zes dochters – alles veranderde. Catharina schonk een nieuw paleis aan haar zoon en schoondochter en stond hun toe het meisje daar zelf op te voeden. Na Alexandra volgden Helena, Maria, Catharina, Olga. Maar elk nieuw meisje betekende een heel pakket aan zorgen: het vinden van een geschikte en waardige echtgenoot, het bijeensprokkelen van een fatsoenlijke bruidsschat... Toen de hofarts op 18 januari 1795 luidkeels aankondigde dat de zesde dochter, grootvorstin Anna Paulowna, was geboren, kon niemand nog vrolijkheid veinzen.

Net als de andere dochters mocht Anna bij haar ouders blijven. Zij voelde zich echter weinig verbonden met haar veel oudere zussen. De jongste van hen, Olga, was op tweejarige leeftijd overleden, in het jaar waarin Anna geboren werd. De zus die daarna in leeftijd het dichtst bij Anna stond, was Catharina. Maar zij waren water en vuur. Catharina was zeven jaar ouder dan zij, maar ze leek een volwassene. Zij leek sprekend op hun vader, die in Anna's jonge jaren de ene na de andere aanval van krankzinnigheid had. Catharina droeg dezelfde zwakheid uit die Anna zo verafschuwde in hun vader, en toonde zich naar haar jongste zusje even tiranniek als tsaar Paul I naar zijn volk en familie. Van de eerste jaren van haar leven herinnerde Anna zich later niets anders dan de angstaanjagende woedeaanvallen van haar vader en de kwaadaardige pesterijen van haar zus, die vaak ook nog samenspande met hun oudere zus Maria.

Het tij in Anna's leven keerde toen Nicolaas en een paar jaar later Michaël geboren werden. Anna was van meet af aan dol op haar twee jongere broertjes. Met hen voelde zij zich verbonden. Met hen groeide ze op, volgde ze lessen in correct spreken, in rechtop lopen als een kaars met een houten lat langs je ruggengraat. Ze deelden dezelfde gouvernante, de Zwitserse juf Bourcis, en Anna was zo slim dat ze zelfs de lessen wiskunde en natuurkunde van haar broers mocht bijwonen. Anna, Nicolaas en Michaël voelden zich even sterk verwant aan elkaar als ver verwijderd van hun oudere broers en zussen, alsof zij een compleet nieuwe, andere generatie vormden. Ze sloten een pact, richtten een geheime club op en noemden zich de Triopathie. Ze bezegelden hun heilige drie-eenheid met een speciale ring, die Anna altijd droeg.

Ze was zes toen haar vader vermoord werd – oud genoeg om verlies te begrijpen en verdriet te voelen, maar ze voelde vooral opluchting. Tien kinderen had hij verwekt, van wie vier zonen; je kon wel stellen dat tsaar Paul I het Huis Romanov bij zijn dood zo goed als onverwoestbaar achter had gelaten. Romanovtelgen hadden de naam krachtig te zijn, maar het bloed had zich zwak getoond. Van de tien kinderen uit Anna's gezin waren er toen zij met Guillot trouwde nog maar zeven over, inclusief Anna. Alexander was hun vader opgevolgd als tsaar, en de andere broers en zussen leefden verspreid door heel Europa, uitgehuwelijkt, ingezet om nieuwe draden te spinnen in het onontwarbare adellijke web en het familiebezit veilig te stellen voor weer een generatie. Van haar zussen waren alleen Maria en Catharina nog in leven, met wie ze geen contact meer had. Met haar moeder, haar oudere broer Constantijn en vooral met Nicolaas bleef ze ook in Nederland veelvuldig schrijven.

Anna was ervan overtuigd dat zij hoger geboren was dan haar echtgenoot, dat zij als redder in nood naar Den Haag was gekomen. Aanzien, invloed, veiligheid, zij nam het allemaal in haar bruidsschat mee. De status van het Huis Oranje-Nassau was nog maar net bijgesteld van stadhouderlijk naar koninklijk. Zij wist wat ze bracht, ze wist dat de vorsten van Oranje-Nassau zwaar hadden geleden onder de Franse bezetting en de vernederende ballingschap. Zij zaten te springen om de wereldlijke allure die een illustere vrouw als Anna Paulowna bracht. Zolang Guillot dat begreep, zou ze de zijne kunnen blijven.

De eerste keer dat ze Nederland zag zou ze nooit vergeten. Het was een schok om te zien hoe klein en kneuterig alles was. Het sobere Paleis Noordeinde viel in het niet bij het Russische praalhof van haar jeugdjaren, en zelfs het weer was niet beter dan thuis. Ze kwam midden in de ijskoude Haagse winter aan en trok zuchtend de conclusie dat die kon wedijveren met die van Sint-Petersburg.

Wat Anna op de been hield, was het vooruitzicht dat zij koningin zou worden. Dat was haar droom geweest, evenals die van haar moeder Maria. Anna verlangde hevig naar de onsterfelijkheid van de monarch, ze smachtte naar het gewicht van de roodfluwelen, met hermelijn afgezette mantel om haar schouders en de gouden kroon op haar hoofd, zoals ze die al even had gedragen op de dag van haar bruiloft – en met pijn in haar hart ook weer had afgestaan. Zij was weliswaar de zesde dochter in een groot, met zonen gezegend gezin, toch was zij er zolang ze zich kon herinneren van overtuigd dat ze was geboren om een kroon te dragen. Dat, en niets anders, zou haar de onvergankelijkheid verlenen die zij als Russische grootvorstin, als waardige opvolgster van de grote Maria Fjodorovna verdiende.

Hoe verguld zij ook was in haar nieuwe koninkrijk en haar nieuwe rol, de winterse dagen strekten zich in Den Haag lang en eindeloos uit. Opgelucht zag ze hoe het voorjaar kwam en de stad een reusachtige tuin leek te worden. De bloemen, de bleke zon, de jaarmarkt die neerstreek, die vrolijkheid bracht naar de stad en de verveling verdreef. De gedresseerde honden en katten, de wafelkramen op het Toernooiveldje en Martins wildebeestenshow op de Plaats. Anna sloeg het kleurrijke Haagse straatleven met verwondering gade en kon niet geloven hoe uitbundig en los het volk zich in haar nieuwe vaderland gedroeg, en hoe dicht bij de leden van het Koninklijk Huis zij konden komen.

De nieuwe hoop kwam in vele gedaanten: ze ontdekte dat ze een kind droeg. Alleen de hoop op ware liefde, die ze op haar bruiloft zo sterk had gevoeld, liet ze varen. Want het was duidelijk dat ze was beland in een familie vol problemen, in een huwelijk met een man die zijn vader haatte en die met zichzelf maar moeilijk kon leven. De relatie tussen Guillot en koning Willem de Eerste bleek onder hoogspanning te staan, zozeer dat Anna vreesde dat zijn jongere broer Fritz in beeld kwam als vervangende troonopvolger. Dat mocht niet gebeuren, of liever gezegd: dat zou zij niet láten gebeuren. Want als zij de hoop op de kroon zou verliezen, zou ze zichzelf verliezen.

Anna kwam weer tot zichzelf toen ze voor het eerst in de zuidelijke residentie kwam. In het Brusselse paleis voelde ze zich, ondanks de groeiende spanningen tussen de noordelijke en zuidelijke Nederlanden, het meest thuis. Dat koning Willem de Eerste in het zuiden verafschuwd werd en haar Guillot juist op handen werd gedragen, droeg in hoge mate bij aan haar gemoedsrust.

✦

Toen Anna Marianne voor het eerst ontmoette, kon ze niet vermoeden dat het zesjarige meisje haar zoveel ellende zou bezorgen. De ontmoeting was in Berlijn, toen Anna als pasgetrouwde vrouw vanuit Rusland onderweg was naar haar nieuwe vaderland en de schoonfamilie haar tegemoet was gereisd. Maar het was kortstondig en het kleine zusje had niet veel indruk op haar gemaakt. Zeker niet zoveel als Fritz, Guillots jongere broer. Dat was de meest ingetogen man die ze ooit had gezien, nuchter en gezegend met een groot gevoel voor redelijkheid, een goed hart en het vermogen zijn gevoelens altijd in toom te houden. In voorkomen en in karakter was hij de tegenpool van het kleine, springerige meisje.

Jarenlang bemoeide Anna zich niet met Marianne. Ze was veel te druk met haar eigen kinderen, die ze in hoog tempo op de wereld zette. Willem, de troonopvolger, werd precies één jaar na haar bruiloft geboren. Alexander volgde het jaar daarna, Hendrik twee jaar daarna, weer twee jaar later Ernst Casimir en ten slotte het kleine leeuwinnetje,

Sophie. Ze hield veel van haar kinderen en wilde een toegewijde moeder voor ze zijn. Maar zij kon het niet helpen dat ze al vroeg de zwaktes en onuitstaanbare trekken van haar vader ontwaarde in Willem. En ook niet dat, van de jongens, de aimabele Alexander haar lieveling was, ook omdat Hendrik zo vreselijk op zichzelf was en Ernst Casimir, amper een halfjaar oud, stierf aan de gevolgen van een waterhoofd.

Ze had in die jaren simpelweg geen tijd om zich bezig te houden met Marianne, al was haar nichtje de laatste nog ongetrouwde telg uit het Huis Oranje-Nassau. Ineens doken er prinsen op die naar de hand van het meisje dongen. Als toekomstige koningin der Nederlanden vond Anna dat ze zich die zaak aan moest trekken, maar men ging aan haar voorbij. Ze zag slechts hier en daar, bij toeval, de tekens: koning Willem die brieven aan verre familieleden in de hand van bediendendrukte, gezanten en diplomaten in het voorbijgaan aanschoot en vroeg of er al antwoord was gekomen. Er werd beraadslaagd, er werden tête-a-têtes gehouden met Marianne als onderwerp en er werd gewichtig gedaan alsof het een kroonprinses betrof.

Uit heel Europa kwamen brieven binnen, zelfs van daarbuiten. Dom Pedro, de keizer van Brazilië, kwam zelfs helemaal naar Den Haag. Hij was een verachtelijke man die het waagde Anna bij hun ontmoeting met begeerte van top tot teen te bekijken. Datzelfde deed hij even later bij zijn beoogde verloofde en vol afschuw zag Anna hoe Marianne koketteerde, zich van haar stuk liet brengen, zenuwachtig, verlegen en wiebelig werd. Het was tijd, vond ze, om zich in de kwestie te mengen. Het was tenslotte ook háár toekomst die op het spel stond.

Ze trof Marianne aan voor haar kapspiegel, joeg het kamermeisje dat haar haren borstelde de kamer uit en nam het borstelen over. In die spiegel zag Anna wat de koning en koningin maar niet wilden zien: dat Marianne allang geen klein meisje meer was. Dat zij die nieuwe fase van vrouwelijke volwassenheid al was ingegaan, waarin ze plotseling anders naar zichzelf keek. Anna ging zacht met de borstel door haar haren.

'Ben ik mooi, *chère* Annette?' vroeg Marianne.

'Ach, lieve kind. Je kunt toch niet werkelijk geloven dat het die mannen om jouw schoonheid te doen is, en niet om je geld?'

'Denk je dat ik moet trouwen met Dom Pedro?'

'Nooit. Al zingt die man ter plekke uit zijn hoofd en zuiver als een nachtegaal alle psalmen uit de Schrift, Brazilië is jouw vader veel te ver weg. Stoort het je niet dat niemand jou iets vraagt? Dat was vroeger bij ons thuis ondenkbaar. Mijn voorvader, tsaar Peter de Grote, besloot dat in zijn familie nooit ofte nimmer een huwelijk gesloten mocht worden zonder persoonlijke instemming. Die regel wordt nog steeds in ere gehouden, tot op de dag van vandaag.'

'Maar een huwelijk heeft toch ook politiek belang? Hoe moeten wij vrouwen daar nu over... oordelen?'

Anna stak een pluk haren achter Mariannes oor en boog zich naar voren. 'Het geheim is dat je zo veel mogelijk grijze mannenhoofden zich over jouw huwelijk laat buigen, en ze dan laat geloven dat je eigen idee bij henzelf vandaan komt.'

'Maar hoe krijg je zoiets voor elkaar?'

'Door ze te geven wat ze willen, natuurlijk. Het versterken van allianties, posities verbeteren of bestendigen, dat soort dingen. Dát zijn de onderbouwingen waar zij naar op zoek zijn. Leg het belang van het land, nooit dat van je hart, openlijk in de weegschaal.'

Was het verkeerd van haar geweest het meisje valse hoop te geven? Het was volkomen duidelijk dat in de zaak van haar huwelijk de mening van Marianne niet werd meegeteld. Het Huis Oranje-Nassau was nog veel te zwak, het koninkrijk bungelde met een dun draadje aan de goede intenties van Engeland en Pruisen, de hoven die er echt toe deden. Anna had in Sint-Petersburg indrukwekkende verhalen over koopmansparadijs Holland gehoord, maar na een bezoek aan Amsterdam – waar de mensen in krotten woonden en de stank van bloed uit de slachterijen walmde, waar geen elegante pleinen of fraaie parken te vinden waren, zelfs geen opera of theater, geen enkele allure – had ze begrepen dat de grandeur van de beroemde Republiek der Zeven Verenigde Nederlanden allang niet meer bestond.

Toen ze de deur van Mariannes slaapkamer zachtjes achter zich dichttrok, besefte ze dat ze het kind niet mocht, dat haar karakter haar niet aanstond, maar waaróm niet? Misschien gewoon een te gelukkige jeugd gehad, dacht Anna. De koning en koningin schenen niet te begrijpen welke gevaren er kleefden aan bandeloze verwennerij. Hun dochter betrad de wereld van de volwassenen onvoorbereid, overtuigd van het idee dat het er iets toe deed of zij gelukkig was. Marianne was misschien keurig opgevoed en kende de regels, wist hoe een deugdelijk meisje van hoge komaf zich hoorde te gedragen, maar al die liefde, al die vertroeteling en verwennerij hadden haar verpest. Ja, dat was het, stelde Anna ten slotte vast.

Marianne was behept met een onbezonnen hart.

✦

Op 9 mei 1828 arriveerde er tot ieders verrassing een delegatie uit Wenen op het paleis in Den Haag.

Anna zou die avond naar de Haagse schouwburg gaan, waar een blijspel met zang ter ere van de achttiende verjaardag van prinses Marianne werd opgevoerd. Ze was bezig met de andere dames haar toilet te maken. Vlak voordat ze vertrokken, verscheen de koning. Hij wreef met zijn handen over de witte mousseline mouwen van zijn dochter, alsof hij dacht dat Marianne het koud had.

'Prins Gustaaf van Zweden is er en hij komt voor jou.'

De twee werden in de schouwburg aan elkaar voorgesteld, Anna nam plaats op hetzelfde balkon. Ze zaten naast elkaar, met een gouvernante op de stoel tussen hen in. Anna keek af en toe naar het stuk, *De Sneeuw, of de proefsteen van de trouwring*, maar vaker draaide ze haar hoofd naar de twee jongelingen vóór haar. Gustaaf was ongelofelijk knap, het soort prins waar meisjes overdag van dromen. En toch was hij bescheiden. Er ging iets deugdelijks uit van zijn blonde, zacht golvende haren. Zijn open blik gaf Anna het misselijkmakende gevoel dat zij het vertrouwen en de veiligheid van een jongen als Gustaaf nooit zou kennen. Misschien zou het voor Marianne op wonderbaarlijke wijze toch allemaal op liefde uitdraaien... Die gedachte vervulde haar met woede en afgunst.

Toen ze na afloop van het stuk in de foyer van de schouwburg met haar man en schoonouders stond opgesteld om enkele hooggeplaatste bezoekers de hand te schudden, nam ze afkeurend waar hoe Marianne zich bewoog, hoe zij het aandurfde om prins Gustaaf aan te spreken en grapjes te maken die hem deden grijnzen van verlegenheid.

Het verliep na die avond allemaal zoals het hoorde. Ouverture, wachten, antwoorden, wachten, antwoorden. Heen en weer, van graaf tot graaf, en weer terug. Liefde via tussenpersonen.

Graaf Van Reede, de opperintendant der paleizen, en graaf Polier-Vernand, de gouverneur van Gustaaf, zaten dagenlang te onderhandelen. Gustaaf en Marianne bleven in hun kamers. Totdat de zaak beklonken was, mochten ze samen nog geen wandeling maken.

Toen de graven waren uitgepraat, gingen ze met z'n allen naar Het Loo, waar Marianne en Gustaaf in de luwte gelegenheid kregen om elkaar beter te leren kennen. Het was niet om aan te zien, vond Anna, hoe overdreven dromerig ze arm in arm met haar aanstaande verloofde door de bossen wandelde, hoe lieflijk ze na het wandelen in de salon theedronk met hem. Ze zag door de deuropening hoe ze elkaars hand vastpakten en hoe Marianne haar blik steeds minder naar de grond richtte, haar ogen soms zelfs opsloeg om recht in die van hem te kijken. Hij die schijnbaar voortdurend grapjes maakte en zij die zich overdreven giechelend in haar thee verslikte. Gelukkig riep de dienstplicht Gustaaf al na een paar dagen terug naar Karlsruhe en eindigden de wanstaltige pogingen van de twee geliefden om elkaars hart te veroveren.

Op de middag na zijn vertrek zat ze met Marianne onder de pergola in de tuin brieven te schrijven. Anna schreef eerst aan haar broer Constantijn in Warschau en daarna aan Nicolaas in Rusland, om hun te vragen wat zij eigenlijk wisten over die Gustaaf. Marianne schreef nietsvermoedend een brief aan Guillot. Die was steeds maar op reis en wist nog niets van de aanstaande verloving. '*C'est la future épouse du prince Gustave de Suède qui vous écrit!*' las ze enthousiast voor.

'Dat vindt hij toch niet erg, Annette, dat mag ik toch wel zo schrijven?' vroeg Marianne.

Anna knikte. 'Liefde maakte een huwelijk draaglijker, *chère* Marie-Anne,' (ze weigerde die naam op die volkse Hollandse wijze uit te spreken) 'maar hoe groot denk je dat de kans daarop is?'

Guillot schreef woedend terug. Hoe kon vader de controverse niet hebben aangevoeld? Over de titel van de jongen, *prince Gustave de Suède*, werd aan álle oude hoven van Europa gepraat. Gustaaf, schreef Guillot, was geboren als kroonprins van Zweden, maar zijn vader was afgezet en verbannen, en zwierf sindsdien door Europa onder de schuilnaam kolonel Gustafsson. Prins Gustaaf had weliswaar alle banden met zijn vader verbroken, maar bleef zich Prins van Zweden noemen. Tot grote frustratie van de nieuwe, kinderloze Zweedse koning, die geloofde dat Gustaaf de ambitie had om de troon van zijn vader weer op te eisen. Anna las de woorden van haar man en voelde haar troon al wankelen.

'Zeg tegen mijn vader dat ik direct huiswaarts keer en druk hem ook dit op het hart: in Engeland schrijven de kranten al dat we afstevenen op een oorlog met Zweden. Zeg hem dat de hachelijke diplomatieke situatie rondom Gustaaf ons, toekomstig koning en koningin van Nederland, ernstig zorgen baart.'

Ook Nicolaas antwoordde haar snel. Gustaaf diende niet zomaar in het Oostenrijkse leger, schreef hij, hij werd gezien als een handpop van Metternich. *Die jongen heeft misschien zelf weinig kwaad in de zin, maar je weet, lieve zus, hoe wij over Oostenrijk denken. Een Romanov is een gezworen vijand van Metternich.* Bovendien hadden ze nog een rekening te vereffenen met de vader van Gustaaf. Die zonderlinge 'kolonel Gustafsson' was ooit beloofd aan een van Anna's zussen, maar op de groots aangekondigde dag van de verloving kwam hij niet opdagen. De hele familie had zich uitgedost, úrenlang hadden ze voor schut gezeten.

Anna wist wat haar te doen stond. Zij moest de toekomst van haar man en de eer van haar familie redden, zij moest een stokje steken voor dit belachelijke huwelijk. Ze regelde een privéonderhoud met de koning, om op hem in te praten.

'Zo iemand is toch geen geschikte huwelijkskandidaat. Waarom zou u het dat arme meisje aandoen een bron van politieke onenigheid te worden? Er is voor uw mooie, lieve dochter toch wel iets beters te vinden dan een telg uit een onttroond vorstenhuis?'

Haar schoonvader zei niets terug, verzonk in gepeins.

'Die jongen zal het er heus niet bij laten. Vroeg of laat zal hij opeisen wat hem toekomt. Gustaaf zal de troon van Zweden weer opeisen. Leest u de kranten er maar op na. Ze staan er vol van!'

'Misschien. Maar tot die tijd zijn ze hier. Ze kunnen leven in de schaduw, kinderen grootbrengen. Gelukkig zijn.'

Toen pas begreep Anna waarom de koning zo'n voorstander was

van dit huwelijk. Die status van 'prins zonder land' zag hij juist als een voordeel, dan zag hij zijn geliefde Marianne niet naar een of ander ver koninkrijk vertrekken. Ze konden in Nederland wonen, hij kon zijn dochter dicht bij zich houden. Maar kon iemand die koning was werkelijk zo dwaas, zo blind zijn? Dacht hij werkelijk dat hij de diplomatie kon veronachtzamen ten behoeve van zijn eigen kleinburgerlijke gevoelens? Dat hij zo belangrijk was dat hij kon doen en laten wat hij wilde? Hij zou er goed aan doen te beseffen wat een klein landje hij eigenlijk bestuurde. Iedereen in Europa dacht er zo over. Zelfs Constantijn had haar in een brief gevraagd waarom haar schoonvader zo hardnekkig deed alsof de zuidelijke provincies hem toebehoorden, alsof hij dat land eigenhandig had veroverd! Het was de Europese grootmachten zo uitgekomen, alleen daarom had Willem die grond gekregen in 1815, en het had allemaal alleen maar geleid tot dat onuitstaanbare unionisme in het zuiden, dat eerloze verbond der Belgen. Haar schoonvader had werkelijk geen realiteitszin, geen idee hoe ze over hem praatten aan de belangrijke hoven.

Guillot arriveerde op de dag van de verloving; hij kwam binnenstormen op het moment dat de ceremonies op het punt stonden te beginnen. Hij barstte meteen los.

Guillot schreeuwde dat hij niet zou opgeven. 'Ik ben een oorlogsheld! Als ik wederom moet vechten voor het landsbelang, dan doe ik dat! Voor mijn toekomstige koningschap, voor mijn geliefde schoonfamilie in Rusland. De situatie in België dreigt volledig uit de hand te lopen en nu wilt u ons ook nog een oorlog met Zweden in slepen! Het is voor een kleine mogendheid als wij toch het toppunt van dwaasheid om met iedereen op kwade voet te staan!'

Fritz kwam tussenbeide. Fritz, de vredelievende, die nooit tegen spanningen kon. 'Je gaat te ver. Je zou de politiek buiten beschouwing kunnen laten en in Gustaaf gewoon de persoon zien die uw zuster is bevallen en die bereid is haar gelukkig te maken.'

'Het huwelijkscontract is getekend,' zei de koning kalm-dreigend. 'Ik ben genoodzaakt iedere vorm van verzet hiertegen niet zomaar te beschouwen als verraad van een zoon aan zijn vader, maar van de toekomstige koning aan zijn land.'

Voor het eerst zag Anna dat haar Guillot een buitenbeentje was in het geslacht dat hem had voortgebracht. Haar man had zich lang geleden al van zijn familie afgekeerd. Van zijn vader, zijn zus. Het was voor Guillot onverteerbaar dat zijn vader altijd zo toegeeflijk was naar Marianne, zo liefdevol naar het ene kind en tegelijk zo afkeurend naar de andere.

'Denkt u dat wij niet in de gaten hebben wat hier werkelijk speelt?' zei Guillot. 'Dan bent u niet alleen een slechte vader, maar ook een zwakke koning. Dat u bereid bent om de veiligheid van het vaderland op het spel te zetten alleen om uzelf te behagen, zegt genoeg. Geef toch toe wat iedereen allang heeft gezien! U wilt die Gustaaf alleen maar omdat hij geen land heeft, geen buitenlands paleis om uw lievelingskind mee naartoe te nemen.'

Marianne viel snikkend in de armen van haar moeder en kermde dat ze niet gedwongen wilde worden te kiezen tussen haar broer en haar echtgenoot. Guillot moest van Mimi zijn excuses aanbieden aan Gustaaf, die er nog altijd bij stond. Maar dat weigerde hij. In plaats daarvan stormde Guillot de zaal uit, en schreef hem dagen later een vernietigende brief. Hij liet er geen misverstand over bestaan dat Gustaaf in geen geval op zijn hulp kon rekenen om hem weer op de troon van Zweden te krijgen, of op welke andere troon dan ook.

Dankzij Anna en haar Russische netwerk wist heel Europa dat er binnen de muren van het Huis Oranje-Nassau onenigheid was ontstaan over het aanstaande huwelijk. Dat gaf de Zweedse koning genoeg moed om openlijk steun te zoeken bij Rusland, waarna de Zweedse gezant in Den Haag op het Noordeinde dreigend kwam vertellen dat hij niet instond voor de gevolgen als de trouwplannen werden doorgezet. De koning had geen andere keuze dan de verloving af te breken, als hij regelrechte oorlog met Zweden wilde vermijden. Tussen Guillot en zijn vader kwam het nooit meer goed.

Amper een paar weken later kwam er een brief van de koning van Pruisen, waarin bekend werd gemaakt dat zijn jongste zoon Albrecht genegenheid voelde voor Marianne. Het werd de snelste verloving in de geschiedenis van het Huis. In september 1830 trouwde Marianne, alleen niet in Brussel, zoals ze van plan waren geweest, want daar was het met alle oproertjes veel te gevaarlijk geworden. De bruiloft werd gevierd in de balzaal van Paleis Noordeinde. En terwijl Anna met de hele familie opgelucht feestvierde, brak in België de opstand uit.

✦

Na het huwelijk verdween Marianne grotendeels uit Anna's leven. De berichten die haar vanuit Berlijn wisten te bereiken, gingen altijd maar over twee zaken: geboortes van nieuwe kinderen en klaagzangen over het wangedrag van prins Albrecht. Anna had geen tijd zich druk te maken over zaken die zich buiten haar invloedssfeer afspeelden, zeker niet sinds haar schoonvader in 1840 besloot zijn troon op te geven en zij, veel eerder dan zij verwacht had, Koningin der Nederlanden was geworden.

Het was de dood van haar schoonvader die Marianne voor het eerst in jaren weer bij Anna bracht. Ze wist niet eens meer hoeveel tijd er was verstreken sinds zij Marianne voor het laatst zag. Wat er allemaal niet gebeurd was sinds haar vertrek naar Berlijn... Er was inmiddels zoveel meer verloren gegaan dan alleen België. Met het verstrijken der jaren had de oude koning alle waardigheid verloren. Anna had zijn laatste besluit, in het huwelijk te treden met die d'Oultremont de Wégimont, die Belgische hofdame van hem, niet begrepen. En ze zou het Marianne nooit vergeven dat zij hem in Berlijn nog met open armen had ontvangen ook, en naar verluidt zelfs warme banden onderhield met die katholieke buitenvrouw.

Anna zag Marianne meteen bij binnenkomst, in de zaal die was omgebouwd tot een enorme grafkapel. Aan het plafond en langs de muren hingen zwarte doeken die als reusachtige kraaienvleugels wapperden in het kaarslicht, afkomstig van vier manshoge, in de hoeken van de zaal opgestelde kandelaars. Rillend van verdriet stoof de prinses recht op haar af, even dacht Anna dat ze haar zou omhelzen. Maar Anna deinsde terug en Marianne knielde op het laatste moment voor de koningin.

Honderdvijftig gasten waren op komen dagen om de mis bij te wonen, veel meer dan Anna had verwacht voor iemand die wat haar betrof enkel herinnerd hoefde worden als afvallige koning, als voorbeeld van hoe het níét moest. Hofpredikant Delprat leidde de dienst. Anna keek de zaal rond. Ze zag niets dan oude mannen. Sommigen kwamen haar vagelijk bekend voor, maar lang niet allemaal. De hovelingen kon ze eruit pikken, en de bevriende staatslieden, en natuurlijk was de familie er ook, haar kinderen.

Met haar oudste zoon Willem leefde ze sinds zijn huwelijk met Sophie van Württemberg – de dochter van haar zus Catharina – niet meer op goede voet. Die kille, onuitstaanbare vrouw met haar duizend krulletjes over de oren gefriseerd was het evenbeeld van haar moeder, die jaren geleden gestorven was, maar in Sophie leek te zijn herrezen uit het land der doden. Prins Alexander, haar lieve Sasja, was alweer vijfentwintig. Maar hij leek meer van zijn valkenjacht en zelf gefokte Friese paarden te houden dan van eender welke vrouw. Ze wist dat Sasja een duizendmaal betere koning zou zijn dan haar eerstgeborene, en die wetenschap was een tantaluskwelling waar ze voortdurend onder leed. Hendrik, de jongste, was vrijwel altijd op zee en zelfs deze dag afwezig. Haar leeuwin, Sophietje, was nog maar net getrouwd en de enige die waarlijk gelukkig leek te zijn. Goddank was tenminste één van haar kinderen gelukkig.

Naast Fritz stond zijn altijd afstandelijke vrouw Louise, zo'n typisch Pruisische prinses met wie Anna maar weinig gemeen had. Toen keek ze naar Marianne en merkte op dat prins Albrecht er niet was.

De familie verzamelde zich in het midden van de macabere, zwart beklede zaal. In het zwakke schijnsel van kaarsen vormden ze een kring rond de baar, als heksen rond een brouwsel. Onder haar donkere sluier hoorde Anna haar eigen, hoge ademhaling. Vlak voor aanvang van de mis, toen ze hun plek hadden ingenomen rond de gigantische, onder kransen bedolven baar, keek Anna voor het eerst de kist in.

Daar lag hij, zijn grote bebaarde hoofd op een zijden kussen zodat hij een knikkend, bijna goedkeurend gebaar leek te maken. Op zijn enorme buik rustten zijn brandschone, half uit de grote witte manchetten stekende handen.

Voetstappen verstoorden haar gedachten. Iedereen keek op en zag met verbazing dat de vrouw van Willem, Henriëtte, recht op de familie afliep die zich bij de baar had opgesteld. Guillot maakte een wegwuivend gebaar, een lakei snelde eropaf om die uiting van minachting kracht bij te zetten, maar omdat ze weigerde te vertrekken begeleidde hij haar zo discreet mogelijk naar een zitplaats op een van de achterste rijen, tussen de gewone gasten. Even leek de rust wedergekeerd, maar toen liep Marianne ineens hoofdschuddend weg. Ze reikte Henriëtte de hand en liep, met de weduwe stevig aan haar arm, terug naar de baar.

Delprat ging moedig door met zijn lijkrede, maar het was zo kleurloos, zo protestants, dat Anna's gedachten afdwaalden. Ze keek afwisselend naar de kist en naar Henriëtte. Misschien was die eerloze demi-mondaine wel de enige die ooit werkelijk van hem had gehouden. Waarom had ze anders tot het laatst voor zo'n bejaarde man gezorgd? Ach wat, ze verdienden elkaar.

'Hij was een rechtvaardig, weldadig man,' galmde het door de kapel. 'Een goede vader voor zowel zijn eigen kroost als zijn onderdanen.'

Ze wist niet wat haar meer stoorde: de algemeenheid of de leugenachtigheid van die woorden. Wat was het toch een saaie, koude, afstandelijke familie! Was er dan niemand die op grootse wijze afscheid wilde nemen van deze man, zoals de gewoonte was in haar eigen, Russisch-orthodoxe kerk? En dan die belachelijk grote kist, wie was daar verantwoordelijk voor? Anna wilde weglopen. Vluchten. Haar adem stokte, ze kuchte onder haar sluier. Ze proefde het zilt op haar bovenlip en besefte dat ze stond te huilen. De zachtjes golvende doeken in de kapel kwamen als in een nachtmerrie op haar af. Langzaam werd ze opgeslokt door de zee van zwart. Het waren geen tranen van verdriet, zelfs niet van woede. Het was weemoed, of angst, beide misschien. Knipperend probeerde ze het huilen te stoppen, maar het werd alleen maar erger. Ze sloot haar ogen en dacht aan de schijnvertoning die haar huwelijk was, aan de mensen die ze haar familie moest noemen. Ze rilde. Niet het waterige en mistige landje aan de Noordzee, maar zíj, háár leven was klein en middelmatig. De grootsheid waar ze op had gerekend, was nooit gekomen.

✦

Na het zegenen van de doodskist verlieten ze de zaal, zodat het lijk kon worden klaargemaakt voor vervoer naar Delft. Ze verzamelden in de salon, waar thee werd geserveerd. De condoleances duurden eindeloos, maar zelfs toen bijna alle gasten waren vertrokken om zich buiten in rijen op te stellen, waren de lijkdragers nog bezig met de kist, die de zaal nog niet had verlaten. Het gevaarte was kennelijk te zwaar om te tillen. De koninklijke stoet stond buiten al een tijdje klaar, de fakkels waren inmiddels aangestoken. Anna zocht Marianne op.

'Hoe durf je haar erbij te halen?' fluisterde ze.

'Hoe durven ze haar weg te sturen?' zei Marianne.

'Sssh! *Silence*, Marie-Anne,' siste Anna, maar het was al te laat, Guillot had haar gehoord. Tegen hem ging Marianne onverminderd verder met haar tirade.

'Beseft dan niemand hoe dit voor haar is? Hoe ongemakkelijk deze bijeenkomst voor haar moet zijn? Ze is nooit voor vol aangezien, hier niet en in Pruisen niet. Dat laatste kan ik nog begrijpen, vanwege onze moeder, maar dat jullie, mijn eigen broers, nooit van je standpunt zijn geweken vind ik ondraaglijk. Jullie hadden haar eens moeten zien, die laatste jaren! Vol overgave, als een zuster der liefde heeft ze onophoudelijk aan het bed van onze oude vader gezeten.'

'Je snapt er niets van,' zei Anna. 'Jij bent zo vervreemd van je vaderland dat je niet ziet hoe zwaar de misdaden van die vrouw hier wegen. Vergeet niet dat je vader pas nét voor zijn troonsafstand de onafhankelijkheid van het zuiden aanvaardde. Al dat bloed en geld van onze mannen, verspild aan zijn zinloze oorlog tegen de katholieke Belgen. En dan trouwt hij met een katholieke Belg!'

'En waar was jij trouwens toen het erop aankwam?' zei Guillot. 'Jij had er voor vader moeten zijn, je wist toch dat hij ziek was? Maar je verkoos een plezierreisje naar het zuiden. Je hebt geen enkel recht van spreken. Is dat de reden dat je echtgenoot hier niet aanwezig is? Ben je zonder zijn toestemming op reis gegaan? Wat spook je daar eigenlijk uit in Rome?'

Marianne wendde zich van hen af, zweeg, vroeg aan Fritz waarom het allemaal zo lang moest duren. Fritz haalde zijn schouders op.

Anna keek Marianne aan. 'Hebben ze je dat niet verteld? De ontbinding van het lijk heeft ongewoon snel ingezet, daarom moest er een provisorische loden kist komen. Om maar iets te hebben, dacht baron Schimmelpenninck van der Oye kennelijk. Maar dat was natuurlijk niet erg koninklijk, dus werd de volgende dag een nieuwe, tweede loden kist geleverd, waar de eerste in geplaatst werd. Daaromheen kwam een sierlijke kist van mahoniehout, die werd omkleed met zwart fluweel. Daarop is ten slotte maar meteen al het zilverbeslag gemonteerd.'

'Alles volgens mijn directe orders,' zei Guillot. 'Maar ik geef toe, het verdient geen schoonheidsprijs. Dat gevaarte is nu bijna niet meer te tillen.'

Het omhulsel van het stoffelijk overschot van koning Willem de Eerste, dacht Anna, dat wat zijn praalbed had moeten zijn, was een passende parodie op zijn leven geworden. Log als zijn lichaam en omslachtig als zijn geest. Hij verdiende het.

Pas om tien uur 's avonds kon de stoet vertrekken. Ondanks het tijdstip en de koude wind was er nog altijd veel publiek op de been. Vanaf het bordes keek ze toe hoe de paarden traag wegsjokten in de nacht en als geesten verdwenen aan de duistere horizon. Anna bleef net zo lang staan tot ze alleen nog wat fakkels in de verte zag, als sterren uit een verdwenen verleden.

✦

Toen Willem de Eerste eenmaal met zijn voorouders was herenigd, spraken Guillot, Fritz en Marianne dagenlang met elkaar over de erfenis. Anna moest geduldig wachten tot ze achteraf verslag kreeg. Ze zou nooit te weten komen hoe het kon dat alles tussen de broers en zus even later vergeven en vergeten leek, hoe ze met z'n drieën tijdens de diners ineens onophoudelijk herinneringen aan vroeger zaten op te halen alsof er niets gebeurd was.

Wat Anna vreesde, gebeurde al snel. Guillot vroeg haar of ze Marianne niet wat meer bij de vrouwen kon betrekken. Het beviel haar niet, maar Anna wilde haar man plezieren en nodigde Marianne uit voor de middagthee met prinses Sophie en prinses Louise.

Zij gingen zo op in hun dagelijkse geklets dat niemand merkte dat Marianne aan kwam lopen. Niemand stond op, niemand stopte met praten. Ze stond daar maar, luisterde geduldig naar Sophies geroddel over een diplomatendochter die ze spottend Lodewijk XIV noemde.

'Ze lijkt toch sprekend, met die lange krullen en die grote neus.'

‘Kom zitten, Marie-Anne,’ zei Anna. ‘Je weet dat het eerste bal van het jaar op komst is?’

‘Ik moet absoluut nog naar de kapper,’ zei Louise.

‘Mijn jurk uit Londen kan elk moment komen, je zult niet geloven hoe wijd de rok is,’ zei Sophie. ‘Iedereen draagt het daar nu zo, *mind you*.’

‘Marie-Anne, morgen gaan we de quadrilles instuderen,’ zei Louise.

Marianne keek haar verbaasd aan.

‘Ze zal er niet voor in de stemming zijn, Louise,’ zei Anna. En, tegen Marianne: ‘Het bal zal pas over een week plaatsvinden. Ik heb het laten verplaatsen, uit respect voor je vader.’

De stilte die viel was ongemakkelijk, maar Louise – koud, Pruisisch bloed – voelde het allemaal niet aan en kletste ongehinderd door. ‘Ook goed. Zeg eens, schoonzusje van me, hoe is het in Rome?’

‘Het is de heerlijkste stad op aarde. Alles is er beschilderd met de kleuren van de liefde, je kunt het je niet voorstellen zonder je ogen dicht te doen.’

‘Je kunt je ogen beter niet sluiten voor de werkelijkheid,’ zei Anna.

‘Ik reis veel,’ zei Sophie, ‘ik begrijp je nieuwsgierigheid. Maar wanneer eenmaal dat vage gevoel tevreden is gesteld, kan ik niet het plezier bevatten van het leven te midden van onbeschaafde mensen.’

‘Ik moet de eerste onbeschaafde Italiaan nog tegenkomen, ze zijn juist heel galant. Maar ik moet toegeven dat het me goeddoet terug in Den Haag te zijn. Het is hier levendiger dan ik me herinner.’

‘Maar hoelang is dat allemaal geleden?’ zei Anna. ‘Lieve kind, Den Haag is je thuis allang niet meer.’ Ze keek aandachtig naar Marianne, die leek te verstarren.

‘Nu je het zegt,’ zei ze, ‘ik schijn inderdaad geen thuis meer te hebben. Mijn bestaan is gebroken en ik ben de weg volledig kwijt. Ik weet niet waaraan ik mij nog moet vastgrijpen.’

‘Kind toch!’ riep Louise uit. ‘Doe niet zo *sérieux*, er is een bal op komst, we zullen feestvieren en ons vermaken!’

‘Wie ben ik nog, als ik geen echtgenote en geen moeder meer ben?’

‘Wil hij dan van je af?’ vroeg Sophie.

‘Hij heeft een ander.’

‘Dat hebben ze allemaal,’ zuchtte Sophie, en ze rolde met haar ogen.

‘Ik weet niet wat je daar in Italië allemaal geleerd hebt,’ zei Anna, 'maar hier zijn we van mening dat het van slechte smaak getuigt om onzedelijkheden te debiteren. Het zou mij behagen wanneer we dit onderwerp laten voor wat het is.'

'Maar hij verdraagt de aanwezigheid van zijn eigen vrouw niet meer!' riep Marianne. 'De situatie is ondraaglijk. Voor mij, voor hem, voor mijn arme kinderen, die nooit liefde hebben gezien. In mijn huwelijk zijn er drie, iemand moet eruit stappen. Ik zal diegene zijn.'

'Snap je dan niet dat het ons bestaansrecht is?' zei Louise zacht. 'Wij zijn er om het onze vaders, broers en echtgenoten naar de zin te maken.'

'Ach kind, heeft Fritz je dat wijsgemaakt?' lachte Sophie. 'Typisch Hollandse vrouwendiscriminatie. Nederlanders hebben nu eenmaal een onvoorstelbaar lage dunk van het begripsvermogen van een vrouw. Hun vrouwen moeten huisvrouw zijn, de kinderen in bad doen en dienstboden kapittelen, meer niet.'

'Wij vrouwen hebben misschien de macht niet in handen,' zei Marianne, 'maar wij hebben toch onze eigen manieren om macht uit te oefenen.'

Anna keek haar geïrriteerd aan. 'Zo is het genoeg geweest. En we dachten nog wel dat je veranderd was.'

'Er zijn net zoveel definities van vrouwelijke waardigheid als er vrouwen zijn,' drong ze aan, 'en het is de treurige waarheid dat wij geen mannen nodig hebben om elkaar de maat te nemen.'

Anna haatte het om uit haar slof te schieten. Elke botsing diende vermeden te worden, elke emotie weggestopt. Maar nu kon zij het niet laten om haar stem te verheffen. 'Zachtheid en verzoening zijn het sieraad van onze sekse, jongedame. Er zijn regels! Die regels horen bij ons, bij onze wereld, een wereld waarin ook jij bent geboren en waar ook jij altijd gretig de vruchten van hebt geplukt. Die regels kun je niet zomaar veronachtzamen. Denk je dat wij niet weten wat je in Berlijn en God weet waar allemaal uitspookt? Dat we niet op de hoogte zijn? Jij hebt geen enkel zedelijk gevoel. Je zet je familie voor schut. Wat zeg ik, je maakt alle vorstinnen te schande!'

'Als je soms denkt dat je de enige bent die het zwaar heeft,' zei Sophie, 'dan kan ik je meteen uit die droom helpen: een triester leven dan het mijne is niet denkbaar.' Ze wendde haar gezicht af.

'Ik kan niet wachten om te horen wat Guillot over je gedrag te zeggen heeft,' zei Anna.

'Hoe een vrouw zich opstelt naar andere vrouwen,' zei Marianne met vuurspuwende ogen, 'onthult haar ware aard.'

'Vergeet niet dat je tegen je koningin spreekt.'

'Ik wil niet met de kroon spreken. Ik wil met een mens praten, niet met een titel. En ik wil niet zijn zoals jullie zijn, ik wil niet verlamd raken! Altijd maar klagen dat je het allemaal anders wilt en nooit iets ondernemen. Of niet begrijpen dat je, om anders te leven, ook andere keuzes moet maken.'

'Ach, hou toch op,' lachte Anna. 'Je hebt geen idee waar je over praat. Jij bent nooit een kandidate voor de troon geweest, jij zult nooit weten wat het is een rol van betekenis te spelen in de dynastieke cyclus die het leven van onze familie en de toekomst van ons hele geslacht bepaalt.'

'Maar die dynastieke cyclus bepaalt wel mijn leven.'

'Misschien is dat wat je zo dwarszit. Je bent altijd zo zenuwachtig omdat je maar een prinsesje bent,' zei Anna, 'een figurante in de geschiedenis. De enige kroon die jij ooit droeg was niet bedoeld om jou als persoon te verheffen, maar die ene gebeurtenis waarvoor je hele leven één grote repetitie is geweest: het huwelijk. En nu je dat huwelijk om zeep hebt geholpen, kom je hier je bondgenoten zoeken? Het is bespottelijk.'

'Met het risico jullie met mijn al te grote openhartigheid nogmaals te mishagen: ik heb het altijd als een onmogelijke opgave gezien zowel vrouw als prinses te zijn. Om innerlijk verdeeld te zijn in een wereld die rechtlijnig en onbuigzaam is, die vasthoudt aan het oude. Als je het mij vraagt wensen de meeste vorstinnen in hun hart dat ze als gewone vrouw geboren waren.'

'Wat een onzin,' zei Louise. 'Elke vrouw droomt van een bestaan als prinses.' De deuren werden geopend ten teken dat de theetijd voorbij was. Marianne stoof de salon uit en verdween in de gang. Anna stond rustig op, terwijl Sophie haar arm in die van haar haakte.

'Veel te begrijpen is voor een vrouw bepaald geen onverdeeld geluk,' zei ze.

✦

Toen Anna haar echtgenoot tijdens het diner vertelde over Mariannes wens om van Albrecht te scheiden, reageerde hij precies zoals ze verwacht had. Hij smeet zijn servet op tafel en begroef zijn hoofd in zijn handen.

'Lieve God, hoeveel beproevingen staan mij en mijn koningschap nog te wachten? Snapt ze dan niet dat ze mijn pad alleen maar doorniger maakt? Wat heb ik misdaan? Waarom maken ze het mij zo moeilijk? Eerst vader. Nu zij.'

'Ze heeft geen enkel besef van wat het betekent hier geboren te zijn,' zei Anna. 'En onze naam te dragen. Ze maakt het huis te schande.'

'In heel Europa schuilen ze voor de sansculottes, maar alleen hier, alleen in Den Haag kunnen ze zich de moeite besparen. Wij richten onszelf wel te gronde! Mijn lieve Anna, als dit allemaal zo doorgaat kan ik niet langer met de hand op het hart verantwoordelijk zijn voor de openbare rust.'

'Ach Guillot, dat meisje is toch lang niet zo belangrijk als vader was, God hebbe zijn ziel. Het zal niet hetzelfde zijn. Kan het iemand in Nederland iets schelen wat zij doet?'

'Je vergist je. Er is momenteel maar één bedreiging voor onze kroon, en dat is zij. Niet de liberalen. Maar zíj. Ik vrees dat je haar onderschat.'

'Ik denk dat jij haar een beetje overschat. We kunnen haar toch gewoon wegsturen? Het is niet de eerste keer dat ze dit doet. En het begint iedereen zo langzaamaan behoorlijk de keel uit te hangen. Ze schopt alles overhoop en gaat dan de vermoorde onschuld zitten spelen. Maar ze is niet meer haar vaders kleine meisje. Vader is er niet meer, en niemand heeft nog zin om op te draaien voor haar grillen.'

'Zo is ze altijd al geweest. Wij kregen de volle lading en zij kwam overal mee weg. Maar je hebt gelijk. Vader is er niet meer. En zij is prinses Albrecht van Pruisen en heeft zich te houden aan de huwelijkse plichten.'

'Laat het maar aan mij over. Dat is het minste wat ik voor je kan doen.'

Guillot keek haar aan met dankbare ogen. 'Je weet hoe ik over mijn rol denk. Ik ben het niet die mij op deze plaats gezet heeft, maar nu ik er ben is het mijn plicht om alles te doen om er te blijven.'

Anna had al meteen spijt van haar aanbod, want het scheen niet tot Marianne door te dringen dat het geen advies van haar liefhebbende broer was, maar een direct bevel van de koning. Na een eindeloos heen en weer zenden van briefjes, onderhandelingen, mitsen en maren kon Fritz het niet laten zich als bemiddelaar op te werpen.

'Heeft zij je weer gestuurd?' vroeg Anna toen Fritz haar voor de zoveelste keer kwam opzoeken. 'Ik wil er niets meer over horen. Ik dacht dat ik duidelijk genoeg was geweest. Dat meisje moet zich geen illusies maken.'

'En ik wil niet tussen twee vuren geplaatst worden,' antwoordde Fritz. 'Maar ze blijft volhouden dat Albrecht evengoed van haar af wil, dat als we haar dwingen bij hem te blijven, het haar ondergang betekent.'

'En de koning blijft zeggen dat er in het gunstigste scenario een soort regeling getroffen wordt, maar dan nog zullen ze voor de buitenwereld de schijn op moeten houden. Ze móét terug naar Berlijn. Heb je mijn advies doorgegeven? Ze moet gewoon zorgen dat ze iets omhanden heeft. Ongelukkige huwelijken bestaan niet, alleen gebrek aan fantasie. Ze heeft die enorme landerijen in Neder-Silezië geërfd! Waarom gaat ze daar niet naartoe? Ze heeft de koopmansgeest van haar vader, ze kan zich storten op het beheer van haar bezittingen.'

'Ik heb het haar gezegd en ik moest u laten weten dat zij niets liever wil dan naar de heerlijkheden in Silezië reizen, al was het alleen maar omdat reizen betekent dat ze niet terug hoeft naar Berlijn. En dat, aangezien ze de middelen heeft, ze niet inziet waarom ze zich die zoete voldoening niet zou gunnen.'

'Maar dan is de kwestie dus opgelost?' zei Anna.

Fritz knikte. 'Majesteit...'

'Voor de dag ermee, deze zaak heeft lang genoeg geduurd.'

'Ze had nog een laatste verzoek, als u dat inwilligt, belooft ze meteen te vertrekken.'

'En wat mag dat zijn?'

'Ze heeft een koetsier nodig, ze wil die van vader meenemen.'

'Welke is dat?'

'Van Rossum, Johannes.'

'Van Rossum? Ik dacht dat die dood was. Ja, welja, ach, wat maakt het allemaal uit. Al neemt ze de halve hofhouding mee, als ze maar weggaat. En wegblijft!'

Tweede boek

1844-1849

I

God is genadig

De eerste die ze zag toen ze weer terug was in Berlijn, was Fritz. Hij was naar Unter den Linden gekomen om de begeleiding van vaders kist naar Den Haag op zich te nemen. Ze omhelsden elkaar. Toen klopte hij met zijn hand op zijn borst.

'Ik heb iets voor je.' Hij haalde een brief uit zijn binnenzak. Ze wilde het document gretig aanpakken, maar Fritz hield het vast. 'Ik heb de koning van Pruisen beloofd dat ik de brief zou vernietigen. Maar ik vond dat je het recht hebt om hem te lezen. Vader heeft zijn laatste woorden nu eenmaal aan jou gericht.'

Vernietigen? Wat gaf hem het recht? Wie dacht die verwaande schoonvader van haar wel niet dat hij was? Ze hield zich in, moest beloven dat de brief zou verdwijnen zodra ze hem had gelezen.

Fritz keek haar smekend aan. 'Je moet het me niet onmogelijk maken,' drong hij aan.

God, wat kon die man toch af en toe zeuren. 'Het komt goed. Waar is Henriëtte eigenlijk?'

'Ik houd veel van je, dat weet je. Je bent een goede zus en ook een goede ziel. Maar het zou helpen als je wat minder vaak zo... openhartig was.'

Wat had ze nu weer misdaan? Ze mocht toch wel vragen naar... Kon ze er niet gewoon tussenuit piepen om die brief te gaan lezen? Een excuus had ze nodig...

'Ik weet hoe gek je bent op de gravin d'Oultremont de Wégimont, maar besef alsjeblieft aan welk huis je toebehoort...'

'Mag ik dan alleen nog maar mooie woorden wisselen? Want dan geef ik er de voorkeur aan onze relatie tot verjaardagsbrieven te beperken.'

Fritz gaf haar een verzoenende kus op de wang en wees naar de deur van vaders oude werkkamer. 'Ze is al de hele tijd daar.'

Marianne liep al weg.

'Zus?'

'Wát? Wat nu weer?'

'Hoe was het in Rome?'

Ze lachte. 'Het was mooier dan ik had durven dromen.'

Ze vond Henriëtte hikkend en sniffend achter het bureau van haar vader. De plek waar hij was gestorven... Teder streelde Henriëtte het blad, alsof het geen levenloze tafel was maar een poesje op haar schoot. Ze begon heviger te snikken toen ze Marianne zag. Zwijgend stond Henriëtte op en viel haar in de armen, hoewel ze nooit eerder zoiets had gedaan. Hadden ze eigenlijk ooit meer dan een handdruk uitgewisseld? Ach, wat zou het ook, die vrouw was gewoon eenzaam en verdrietig. Zij waren de laatste vrouwen die van hem hadden gehouden...

Henriëtte sprak verward, in halve zinnen. Ze gaf haar versie van het verhaal, gedetailleerder dan Marianne het eerder hoorde. Het was kolonel Johannes Spengler die haar vader gevonden had. Hij was vrijwel op het moment van de attaque zelf binnengekomen, zei ze.

Was haar vader nog in leven geweest toen hij Spengler zag? Had diens aanblik hem hoop gegeven? Had haar vader, heel eventjes, gedacht dat hij gered was? Of wist hij dat hij ging sterven? 'Heeft hij nog iets... achtergelaten?'

'Ze hebben op zijn schrijftafel een Franse editie van Thomas a Kempis' *In navolging van Christus gevonden*,' zei Henriëtte zacht.

Een meditatieboek, dat was toch niets voor haar nuchtere vader! Maar ze hield haar mond, want ze zag dat het Henriëtte – die blijkbaar niets van een brief wist – troost bood. Geëmotioneerd voegde Henriëtte eraan toe dat het boek lag opengeslagen op een bladzijde met de titel 'Over de overdenking van den dood'.

'Maar verder... Nee, niets,' zei Henriëtte. Ze legde een hand op Mariannes schouder. 'Maar weet, lieve kind, dat jij zijn geest voortdurend en tot het laatst toe beheerste.'

Het onvermijdelijke gebeurde in de late middag: het rijtuig van Albrecht kwam voorrijden.

Het was koud, ze wachtte hem binnen bij het raam op. De deur van de koets ging met een zwaai open en hij stapte uit. Ze rechtte haar rug. O, die groteske geruite mantel... Die gaf hem het uiterlijk van een zwaarlijvige oude man, hoe vaak had ze hem dat niet... Maar goed, verder zag hij er... Ja, ze kon niet anders zeggen, hij zag er goed uit. Zijn snor was voller dan gewoonlijk en zijn huid was zongebruind, alsof híj net terugkwam van een lange vakantie in Italië. Maar die ogen... Nog altijd diezelfde doffe blik, alsof hij het leven met een kleine dosis afkeuring waarnam. In zijn rechterhand smeulde de oranje punt van een sigaar – ze gruwelde nog altijd van die gewoonte – maar zijn andere arm was nog onzichtbaar. Toen die uit de koets tevoorschijn kwam, schrok ze. Er lagen lange, gehandschoende vingers op. Ze zag de wapperende rok van een japon. Nog voordat ze het gezicht, die uilachtige ogen zag, wist ze dat het Rosalie was.

Had hij haar werkelijk... Durfde hij dat? Werd dat mens eigenlijk nog steeds van haar bruidsschat betaald, schoot het door haar hoofd. Ze had haar nooit officieel ontslagen... Wat een vertoning! Naast hem leek Rosalie een klein meisje. Ze wás ook nog een kind. Rosalie was niet knap, daarvoor waren haar trekken veel te geprononceerd, maar ze had een zachte huid en de beloftevolle droomogen van de jeugd. Veel te jong! Ze moest wel echt van hem houden... Of over een grote dosis ambitie beschikken, dat kon natuurlijk ook... Die grote uilenogen strak op de flonkerende toekomst gericht.

Marianne sloeg het tafereel zwijgend gade. Hoe hij haar hoffelijk uit de koets hielp, iets wat ze hem alleen bij zijn oude, doodzieke vader had zien doen. Hoe hij naar Rosalie keek. Niet eens verliefd, dat was het woord niet. Trots. Of nee, vaderlijk was het woord dat ze zocht. Dat ze minnaars waren deed haar niets, maar dít... Hoe hij zich zo openlijk met haar liet zien! Ze moest zich inhouden om niet naar buiten te stormen en een scène te trappen. Maar toen hoorde ze iets. Ze draaide zich om en keek in de grote waterige ogen van Charlotte.

'Mama, hij weet misschien niet dat je weer terug bent,' zei ze zachtjes.

Nou ja! Nam zij hem nog in bescherming ook? Haar bloedeigen

dochter koos kant voor hém. Hoe wist Charlotte er eigenlijk van? Zou hij ook in huis openlijk met zijn nieuwe vlam… Maar lieve God, als Charlotte het wist, dan wist iedereen het. Albrecht had van haar hele bestaan, nota bene onder haar eigen dak, iets volkomen belachelijks gemaakt. Hoe durfde hij haar zo te vernederen? Ze stond te kijk ten overstaan van de kinderen, de familie, de hofhouding.

'Verdwijn!' Meteen had ze spijt van haar bitse toon. Och, dat arme kind, haar ouders niet meer vereend te zien… Maar ze wilde geen getuigen, geen publiek. Charlotte begroef haar gezicht in haar handen en rende snikkend de hal uit.

Lachend kwamen Rosalie en Albrecht binnenvallen. Ze wachtte geduldig tot ze haar opmerkten. Toen hij haar zag, begon hij opgelaten te blozen, als een op heterdaad betrapte dief.

Voor één keer was hij sprakeloos. Voor één keer was Albrecht zijn zelfingenomen lachje kwijt.

'Dit hof is in rouw,' zei ze. 'Het zou jullie sieren als jullie wat gepaster gedrag zouden vertonen, en wat respect.'

Rosalie staarde naar haar voeten.

'Het… Het spijt me van je vader.' Albrecht leek het te menen.

Dit is het, wist ze. Dit is het moment om er voorgoed een einde aan te maken. 'We zullen een scheiding aan moeten vragen.' Ze zei het zonder aarzeling. O, die angstige blik in zijn ogen! Hij dacht dat hij haar had geraakt, dat zij als een zielig vrouwtje… Hij moest eens weten! 'Ik reis zo snel mogelijk door naar Den Haag. Voor het afscheid daar, en om de notariële zaken door te spreken met mijn broers, natuurlijk.' Rosalie maakte aanstalten om iets te zeggen, hapte naar lucht. 'Dat zou ik maar uit mijn hoofd laten, meisje. Vergeet niet wie je voor je hebt. En houd wat afstand, wil je? Zoals het personeel betaamt.'

Rosalie keek smekend naar Albrecht, maar hij maande haar te gehoorzamen. Ineens zag ze niets anders meer dan een onbeholpen meisje met een onzekere oude man aan haar arm. Een jager op leeftijd, een man die haar nooit het respect, de bewondering zou geven waar zij naar hunkerde. Ook op haar zou hij uitgekeken raken…

Zakelijk werkte ze haar punten af. Zij ging haar broers vragen om een officiële scheiding goed te keuren. Als ze vertelde van Albrechts relatie met Rosalie, moesten ze wel instemmen. Ze genoot van haar eigen vastberadenheid, van de toon waarop ze hem bevelen gaf. Zij was geen hulpeloze vrouw die gered moest worden uit een huwelijk. Het was Albrecht die redding nodig had.

'Jij moet hetzelfde vragen,' zei ze, 'aan je broer.'

'Onmogelijk.'

'Je zorgt maar dat je het mogelijk maakt.'

Wat had ze eigenlijk ooit in deze man gezien? Hij was geen man, hij was maar een knulletje. Iemand die zich altijd weg had laten zetten, eerst door zijn vader, daarna door zijn broer. Hij was veel te zwak om de waarheid aan te kunnen.

'Zeg hem maar dat wij beiden ziek zijn van ellende, dat wij het hof van Pruisen samen meer te schande maken dan apart.' Ze wist dat het ondenkbaar was dat de koning van Pruisen ooit zijn toestemming zou geven. Scheiden was de grootst denkbare zonde, veel erger dan overspel. Scheiden betekende tornen aan de bloedlijn, schudden aan de fundamenten van het bestaansrecht van de dynastie. Het was ondenkbaar, ja, maar er was geen andere denkbare weg.

Albrecht keek naar haar met een blik van... Was het dankbaarheid? De zoete overwinning. Zonder haar had hij dit nooit gekund. Haar wilskracht, haar doortastendheid, alles wat hij al die jaren zo had veracht... Dat alles was nu zijn redding.

✦

Laat op de avond, alleen op haar slaapkamer, opende ze de brief van vader die Fritz haar had gegeven.

Ze las. Vader en Henriëtte waren van plan geweest naar Italië te komen! Haar vader voelde zich alleen al een paar dagen niet zo lekker. Zodra hij weer de oude was, zouden hij en Henriëtte haar achternareizen. Pijnlijk levendig zag ze voor zich hoe het had kunnen zijn, hoe ze met haar vader door Rome had kunnen wandelen, hoe ze samen het Colosseum zouden bewonderen en daarna de Pincio, en arm en arm naar het Pantheon lopen... Ach, haar goede oude vader. Wat had hij dat prachtig gevonden! Er waren wel wat problemen ontstaan, las ze verder, want baron Schimmelpenninck van der Oye had lucht gekregen van zijn reisplannen en was erop tegen. *Hij valt niet gerust te stellen en die oude rat heeft het ministerie van Buitenlandse Zaken alweer geïnformeerd, zodat wij nu moeten wachten op een officieel bericht van de koning.* Maar Guillot zou er niets op tegen hebben, dacht haar vader, om religieuze zaken had die jongen nooit een zier gegeven. Als een vader zijn geliefde dochter wilde opzoeken, dan zag hij niet in waarom het een probleem was dat die dochter zich in het hart van de kerkelijke staat bevond. *Of ze hebben mij op het Noordeinde al opgegeven, zijn bang dat ik in het roomse hol van de leeuw het loodje zal leggen, mij in mijn laatste uur als een Constantijn... Stel je voor, een doodsbed omringd door kardinalen! Dat die Schimmelpenninck zich nog altijd zo laat opjutten...* Hoe dan ook, hij had er alle vertrouwen in dat hij zijn lieve dochter snel zou komen opzoeken.

Daarna schreef hij over Albrecht, die al weken niet thuis was. Hij was op reis, net als zij. De kinderen maakten het goed, ze leken gelukkig en onbezorgd en ze kwamen hun oude grootvader regelmatig lastigvallen. Toen werd de toon van de brief ernstiger. Hij schreef dat hij spijt had van veel dingen, maar misschien nog het meest van alle keren dat hij haar weg had gestuurd. Dat hij haar noodkreten genegeerd had en er al die jaren op had aangedrongen dat ze terugkeerde naar haar echtgenoot. Want sinds hij in Berlijn woonde, zag hij met eigen ogen hoe kapot haar huwelijk was, hoe diep haar ellende. *Heb ik je weleens verteld hoeveel je mij doet denken aan mijn moeder, jouw grootmoeder Willemijn? Dat was ook zo'n intelligente vrouw. Sterker dan haar echtgenoot. Net als jij.*

Voetstappen op de gang. Marianne wachtte, maar het geluid stierf weer weg in de verte. Dat moesten de dienstboden zijn geweest die de lampen op de gangen doofden. Ze las verder.

Misschien hebben we gefaald, je moeder en ik. Misschien hadden we je met een echte vorst moeten laten trouwen, een heerser. Je bent, meer dan je broers, uit het juiste hout gesneden. Ik weet zeker dat je een geweldige koningin was geworden. Geloof me, met de beste bedoelingen gaven we je aan Albrecht. We zagen een leven zonder zorgen voor ons, dicht bij huis, in de warme kring van onze eigen familie. Wat hebben we ons vergist. Wat mijzelf betreft, ach, was ik maar eerder mijn eigen weg gegaan. Ik heb de kroon voor de liefde opgegeven, en het heeft mij geen enkele moeite gekost. Wat is een kroon? Waarom doet het er toch zo toe wie hem draagt? Het is een obsessie voor de mensen geworden. En het is niet zo dat degene die de kroon draagt zelf een gedaantewisseling ondergaat. Hij verandert slechts in de ogen van anderen. Alleen in andermans ogen lonkt, fonkelt en schit-

tert de kroon. Er zijn er maar weinig die weerstand kunnen bieden, die zich niet gewillig laten verblinden en aan je voeten werpen. Maar de mensen moesten eens weten. Het enige wat telt, is je niet te voegen naar de mening van anderen, jezelf vinden en dan zijn, van harte. Je weet nooit wat anderen zouden doen, als ze in jouw schoenen zouden staan.

Luister niet naar anderen. Luister naar God, lieve kind, naar God en je geweten. Er zijn in het leven twee wegen die je kunt bewandelen, je eigen weg en de weg die anderen voor je kiezen. Ik kan alleen maar hopen dat je voor het eerste zult gaan, en dat je er niet te lang mee wacht, zoals ik heb gedaan. Maar ik klaag niet! Ik heb geluk gekend, ik heb liefgehad. En jij zult ook je weg vinden, daar ben ik van overtuigd. Jij bent altijd een dapper meisje geweest, veel moediger dan de meeste mannen die ik ken. We hebben geprobeerd het vuur te doven, maar het werd alleen maar groter.

Ik ga gebukt onder je glanzende afwezigheid. Als God het wil treffen we elkaar snel in Italië. Dan zullen we erover praten. En ik zal je steunen, wat je ook besluit. Uiteindelijk is er niets dan God, lieve kind. God en le bon sens. Ik zeg je adieu, mijn allerliefste dochter, pour la vie, Guillaume Fred.

✦

Een blik, een oogopslag eigenlijk. Meer was het niet. Ze had gedacht dat er wel meer nodig was om haar hart te doen ontwaken.

Hiervoor was ze niet naar Den Haag gekomen! Ze was gekomen om... Ja, officieel om de erfenis te verdelen, maar toch vooral om te vechten voor wat ze zag als haar recht: een officiële scheiding, waarin haar overspelige man als de schuldige partij werd aangewezen. Voor haar recht om de kinderen te blijven zien, hen deels te mogen opvoeden, te zien opgroeien. Zíj had weliswaar alles overhoopgegooid, maar ze stond als moeder nog altijd in haar recht. Door de dood van vader was ze teruggekomen, maar dat betekende niet dat alles nu afgelopen was. Ze had zich zoveel vrijer en gelukkiger gevoeld in Rome, ze kon het niet meer opbrengen om terug te keren naar het oude.

Maar natuurlijk hadden ze geweigerd. Guillot was onverbiddelijk geweest. Zelfs Annette! Marianne was weer eens te eerlijk geweest, te goed van vertrouwen. Ze had beter moeten weten... En juist op dat moment, juist toen ze dacht dat alles afgelopen was, vond ze... hem.

Ze zag hem voor het eerst bij de hofmaarschalk, één vluchtig-oneindige blik in zijn donkere, fluwelen ogen. Daarna informeerde ze zich en kwam er al snel achter dat hij op het staldepartement was aangesteld. Zijn naam was Johannes. Johannes! God is genadig, betekende dat, hoe kon ze dat niet zien als... Als een teken? Ze stuurde er dienstmeisjes op uit om te zien waar hij was en maakte dan zo blasé mogelijk een wandeling door de tuinen, pal langs de stallen. Ze bekeek hem van een afstandje, altijd in de weer, altijd in zijn onkreukbare, met goudgalon afgezette rokjas van Nassaublauwe lakense stof. Op zijn hoofd de galonhoed met oranje kokarde die – vervloekt hoofddeksel! – zijn ogen aan haar zicht onttrok.

Het was het tegenovergestelde van wat zij droeg: elke dag weer iets anders. Die avond dat ze – al haar moed bijeengeraapt, al haar twijfels overboord – naar hem toe ging, was het de dubbelzinnige, transparante maar allesverhullende Franse avondjurk met korte mouwtjes, waarin haar hoge taille door een zijden lintje werd geaccentueerd. De zeer wijd uitgesneden hals, gerimpeld aan de randen, en de duizend laagjes soepele mousseline riepen het verlangen op om haar, zo wist ze, laagje voor laagje uit te pakken.

Lieve hemel, wat bezielde haar? Ze waren onverenigbaar, de rokjas van Johannes en haar japon. Iemand die haar livrei droeg diende ze op afstand te houden, zoals alle vorsten deden. Het was de door God ingestelde orde der dingen, zo had ze dat als kind geleerd. Maar hoe kon het dan dat zij Gods genade, ja Zijn vreugde voelde als ze naar hem keek? Waarom zou ze niet... Wat had zij nog te verliezen? Ze was geen echtgenote meer en als het aan haar schoonfamilie lag zou ze ook geen moeder meer zijn. Ja, ze had de heerlijkheden in Silezië, de erfenis van haar ouders... Ze was niet voor niets van plan daarheen te reizen, zich met veel zorg te ontfermen over de inwoners van haar nieuwe land. Maar hém mee te nemen, dat idee leek haar ineens zo'n zegen, zo vreselijk aantrekkelijk, zo... onvermijdelijk.

Toen ze toestemming vroeg om vaders voormalige koetsier aan haar hofhouding toe te voegen, deed ze dat per brief. Na alle ruzies had ze de moed niet meer Guillot en Anna onder ogen te komen, en bovendien was ze bang dat haar ogen haar hart zouden verraden. Ze kreeg snel antwoord via de hofmaarschalk. Haar verzoek was ingewilligd. Guillot koesterde geen achterdocht, hij had wel wat anders aan zijn hoofd. Het land kampte met mislukte oogsten en hongeroproertjes en na jaren van financieel wanbeleid moest hij de Nederlandse staat van de ondergang zien te redden. Een kleine gunst, zoiets als het overnemen van een lakei, stond hij zonder na te denken toe. In het ergste geval zou hij het gewoon zien als weer een van die dwaze invallen van zijn zuster.

Wás zij dan zo dwaas? Deed zij iemand kwaad door die beeldschone staljongen met de zachte ogen dicht bij zich te wensen? Alleen omdat zij een prinses was, hij een lakei... Wat deden al die zaken ertoe, in de wereld van het hart? En wie anders dan God, en God alleen, bepaalde wat juist handelen was? De warmte, de liefde, de begeestering die zij voelde, al die zaligheden die ze nooit eerder had gevoeld en die haar volledig in bezit namen, dat alles was door God zelf in haar gekomen, dat wist ze zeker. God had hen bijeengebracht, aan Gods wil zou ze gehoorzamen. Als de wereld er andere meningen op na hield, dan was dat maar zo... Geluk was onvindbaar voor wie waarde hechtte aan wat andere mensen dachten. En welke andere mensen waren er nog in haar leven, behalve haar kinderen? En zelfs de kinderen... Ze had geen idee wanneer ze hen weer zou zien, óf ze hen, als het nieuws van de echtscheidingsaanvraag eenmaal was doorgedrongen tot het Pruisische hof, nog wel mocht zien.

Het idee Charlotte, Albert en Alexandrine niet van dichtbij te zien opgroeien, verstikte haar precies op het moment dat ze voor zijn deur stond. Ze vermande zich en klopte aan.

2

Johannes van Rossum, de secretaris

Hij was misschien wel kapitein op een vissersboot geworden, als hij niet op zijn twintigste was opgeroepen mee te rijden in de veldtocht tegen de Belgen. Hij hield van de zee. Als klein kind hing hij altijd rond in de haven van Scheveningen, waar hij in ruil voor een paar haringen klusjes deed voor de vissers of nettenvlechters. Als er niets te doen was, gooide hij steentjes op de golven, plukte uitgebloeide paardenbloemen in de duinen en blies ze leeg, of speelde met de propellervormige esdoornzaadjes.

Zijn vader, Willem van Rossum, was kruidenzoeker. De kalmoes, kruizemunt, elzenbladeren, valeriaan, brandnetel, lindebloesem en al het andere dat hij soms in de natuur, soms op het water vond en in gevlochten manden mee naar huis bracht, verkocht hij aan apothekers als grondstoffen voor geneesmiddelen. Dat vak had hij van zijn eigen vader geleerd, en die had het weer van diens vader. En met het vak had vader tegelijk de norse zwijgzaamheid die erbij leek te horen aangeleerd gekregen. Johannes' vader was een man van weinig woorden, en als hij wel sprak was het bijna nooit zonder woede of ergernis. 'Laat je vader maar,' zei zijn moeder dan. 'Hij heeft het als kind altijd moeilijk gehad.' Alsof dat alles verklaarde.

Het was geen vetpot, de kruidenzoekerij. Voor het meeste werd een schamele prijs per kilo betaald, en steeds vaker liet men van alles uit het buitenland komen. Met wat er overbleef na de gang langs apothekers maakte zijn moeder, Maria Tammerijn, daarom speciale kruidenbuidels die ze aan huis verkocht voor een extra zakcentje. Johannes bewonderde zijn moeder om haar vindingrijkheid, maar het 'handeltje' was zijn vader om voor hem onbegrijpelijke redenen een doorn in het oog. Pas later besefte Johannes dat de stille, ingehouden woede van zijn vader niets anders was dan schaamte.

Johannes werd geboren in de Breestraat en gedoopt in de Johanneskerk. Dat was voor iemand die Den Haag kende genoeg om te weten dat hij opgroeide in armoede. Bij hem thuis moesten ze allemaal van jongs af aan werken om het gezin te helpen onderhouden. Omdat er sinds 1806 een nieuwe Schoolwet was kon Johannes drie dagen in de week naar de openbare school. De resterende dagen trok hij met zijn vader de bossen in, of hij hielp zijn moeder met het schoonmaken en bundelen van de kruiden. In zijn klas, waar kinderen van alle leeftijden door elkaar zaten, gold hij als een van de nieuwsgierigste en pienterste leerlingen en hij leerde al vroeg lezen en schrijven. Op zijn achtste hield hij op eigen initiatief de voorraad kruiden bij, en op zijn tiende had hij voor zijn moeder een kasboekje ontwikkeld. Ondanks zijn talent voor de boeken was Johannes een buitenkind. Hij hield ervan de wind achterna te jagen, of liever nog konijnen, fazanten en valken. Soms kon hij hele dagen wegblijven. Dan struinde hij door de duinen of de Haagse bossen en stal fruit uit boomgaarden en kastanjes uit de grote zakken die bij de markt klaarstonden. Grijnzend haalde hij zijn schouders op als zijn moeder de buit ontdekte en vroeg waar al dat dure spul in 's Herennaam vandaan kwam.

Rond zijn elfde veranderde alles in het leven van het gezin Van Rossum, dat naast Johannes bestond uit zijn zusjes Wilhelmina en Maria en een oudere broer, Dirck. Met een mengsel van gember, kurkuma en duivelsklauw had zijn vader een hoge officier van diens gekmakende pijnen afgeholpen. Dat leverde hem een aanbeveling op aan het hof van koning Willem de Eerste. Kort daarna trad hij in dienst als lakei. Johannes bleef bij zijn moeder, die weer in verwachting was, en zag zijn vader bijna niet meer. Toen het nakomertje – een jongen, die ze uit dankbaarheid aan het hof Willem Frederik noemden – gezond en wel ter wereld was gekomen, ebden de grote zorgen weg en brak een periode van rust en welvaart aan in het huis aan de Breestraat. Aan dat alles kwam abrupt een einde toen de oorlog uitbrak en hij samen met Dirck en zijn beste vriend Bertus Keijzer werd opgeroepen zich te melden bij het Eerste Bataljon Jagers te 's Gravenhage.

Hij had er nooit van gedroomd in het harnas te sterven, zoals sommige jongens. Maar toen blies luitenant-ter-zee Van Speijk zichzelf en zijn kanonneerboot met een lading kruit op de Antwerpse Schelde de lucht in, alleen maar om te voorkomen dat zijn vaartuig in handen van de Belgen zou vallen. Dat verhaal ging rond in Nederland en maakte ook op Johannes diepe indruk. Vooral het ooggetuigenverslag van de enige overlevende, de scheepsjongen Hendrik Frederik Wijler, die op het laatste moment van de boot gesprongen was, stond op zijn netvlies gegrift. Het had niet veel gescheeld of die jongen had tussen de zesentwintig lijken gedreven die samen met de afgebroken scheepsmast in de Schelde dobberden. Naar verluidt had Wijler zelfs nog geprobeerd de resten van Van Speijk – romp, hals en rechterarm – uit de handen van de Belgen te redden. Dat lukte hem niet, maar na flinke onderhandelingen werden de overblijfselen in een vat spiritus gestopt en per trekschuit naar Amsterdam gebracht.

De heldendaden van Van Speijk, die in alle garnizoenen uitbundig werden geëerd, hadden Johannes, Dirck en Bertus, inmiddels alle drie benoemd tot korporaal, geraakt. Voor het eerst in zijn leven dacht Johannes serieus na over de toekomst, over het nastreven van een hoger doel, over dingen als eenheid van natie en een edele dood sterven. Toen de Belgen begin augustus 1831 Leopold inzwoeren als hun nieuwe koning en Johannes net als alle andere jongens van zijn leeftijd te velde moest, was hij gepromoveerd tot foerier en trots om mee te mogen werken aan de operatie Eerherstel. De onafhankelijkheid van België leek onvermijdelijk, maar dankzij de heldendaad van Van Speijk – een weeskind en ooit kleermakersknecht – durfde iedereen te dromen van een tweede Waterloo. Hoewel Johannes als foerier verantwoordelijk was voor het voorraadbeheer van het militaire materieel en de inkwartiering van de soldaten, en dus weinig kans zou krijgen zich te velde strijdend te onderscheiden, droomde hij er net als iedereen van een oorlogsheld te worden als Van Speijk.

Toen ze eenmaal de grens waren overgestoken en de eerste successen boekten, begon Johannes te begrijpen dat de werkelijkheid van de oorlog niets te maken had met hogere doelen. Ze hadden Poppel nog niet veroverd of zijn wapenbroeders sloegen wild aan het plunderen.

Toen kort daarna Turnhout viel, had Johannes meer bewondering voor die ene Belgische soldaat die achterbleef en zijn schoten bleef lossen terwijl alle Belgen gevlucht waren, dan voor de gretig razende jongens uit zijn eigen kamp.

Terwijl de Nederlandse driekleur wapperde op het marktplein van Turnhout, marcheerden Johannes, Dirck en Bertus enigszins ontgoocheld met de derde divisie richting Limburg. Ter hoogte van Lanaken stuitten ze op het Belgische Maasleger, dat in het voordeel was omdat het over cavalerie beschikte. De generaals besloten toch de aanval in te zetten, dan maar via de bossen, omdat de Belgen daar niets aan hun ruiterij hadden. Dat was een grove inschattingsfout. Het liep uit op een veldslag en iedereen, zelfs de jongens van voorraadbeheer, moest nu de wapens oppakken. Zo kwam het dat Johannes op een warme en heldere donderdagochtend in augustus in de bossen bij Lanaken eigenhandig vijf jonge Belgische knullen uit het Maasleger doodde. Voor die daad van vaderlandsliefde zou hij later met een metalen kruis gedecoreerd worden, maar dat hielp hem niet in de lange, zweterige nachten waarin hij de gezichten van die jongens voor zich zag. Sinds die dag, die later bekend kwam te staan als het 'Offer van Lanaken', sliep Johannes nooit meer goed.

De grote veldtocht die de Oranjes in België weer terug in het zadel moest helpen, liep spaak toen de troepen, onder leiding van de Prins van Oranje, op het Franse leger stuitten, dat België te hulp was gekomen. Tien dagen had de hele operatie al met al geduurd. Terug in Den Haag merkte Johannes dat de stemming volledig was omgeslagen. Op straat sprak niemand nog over eenheid van natie, alleen over koning Kaas of Willem de Koppige, de vorst die ten koste van het volk bleef weigeren het verlies van België te accepteren.

Het weerzien met zijn moeder was warm en vol tranen, zo opgelucht was ze dat haar beide zonen heelhuids terugkeerden uit de strijd. Maar toen hij zijn vader voor het eerst weer zag, volledig uitgedost als de livreiknecht die hij was geworden, zag Johannes hem ineens niet meer als zijn vader, maar als onderdeel van het Huis Oranje-Nassau – dat onbetrouwbare en zelfzuchtige genootschap dat de mond vol had van vaderlandsliefde, maar ondertussen alleen oog had voor het eigen belang. Het ontaardde in een ruzie.

'Die veldtocht heeft je veranderd,' zei zijn vader, 'en ik bedoel niet ten goede.'

'Ik ben in de zuidelijke provincies inderdaad bij zinnen gekomen, ja! En het is me zonneklaar hoe het zit. En met mij de rest van de stad! Geen enkele rechtgeaarde Nederlander wil nog langer toestaan dat de welvaart van het land wordt opgeofferd aan de familiebelangen van Oranje-Nassau.'

Er vlogen nog een paar onvertogen woorden heen en weer, zijn vader schold hem uit voor sokkenteller, de gangbare spotnaam voor de jongens van de bevoorrading, en Johannes noemde zijn vader een familieverrader.

Voor getoonde krijgsmoed kreeg Johannes, net als alle anderen die hadden meegedaan aan wat al snel de Tiendaagse Veldtocht werd genoemd, een metalen kruis om zijn hals. Hij nam zich voor om veilig werk te zoeken en een rustig bestaan op te bouwen. Maar hij kon het niet helpen dat hij elke avond in de kroeg belandde, waar hij dronk om de nacht aan te kunnen. Want het was in de nacht dat hij ze voor zich bleef zien, de jongens die hij doodde. Soms zag hij zelfs hun vrouwen, die als schimmen wachtten op een terugkeer die nooit zou komen, en heel af en toe, in een oogwenk, spookverschijningen van kinderen die nooit geboren zouden worden. Hij werd dan bevend wakker van zijn eigen gegil, wat de arts deed vermoeden dat hij ziek was.

Misschien had de oorlog hem inderdaad ziek gemaakt. Er vrat iets aan hem wat anderen niet zagen, een bederf van binnenuit, alsof hij langzaam verteerd werd. Maar hij kon en wilde er met niemand over praten, zelfs jaren later niet met zijn echtgenote, die zijn nachtelijk gewoel zo slecht verdroeg dat ze al snel het bed niet meer met hem wilde delen.

Zij, een pittige vrouw die grof was van lijf en in de mond, was de jongste zus van zijn vriend Bertus en tapster in de kroeg waar hij vaak kwam, midden in de Haagse rosse buurt. Ze was niet bijzonder of mooi, ze wás er gewoon – op de juiste plek, het juiste moment. Na zijn dagen tussen de jongens van het Eerste Bataljon Jagers was hij gecharmeerd van alles wat ook maar in de buurt kwam van een vrouw. Catharina Wilhelmina Keijzer – Toos voor de mannen aan haar toog – was gewend aan opgeblazen en grove soldatentaal. Vanachter de bar hoorde ze zijn verhalen over de ontberingen van het front geduldig aan en bewonderde zijn onderscheiding, die hij om zijn nek droeg als een os zijn juk.

'Omgesmolten wapengeschut,' zei hij terwijl hij het kruis een beetje omhooghield. Ook al had hij het al God weet hoe vaak verteld, ergens in zijn mistige, beschonken hoofd herinnerde hij zich heus wel dat hij haar al eens met dat verhaal had proberen te imponeren. Maar ook daarin was Toos bedreven, ze luisterde iedere avond even aandachtig naar dezelfde dronkenmanspraat.

'Gemaakt van de kanonnen die we op de Belgen hebben veroverd.'

Dirck van Rossum zag zijn broertje afglijden en regelde voor Johannes een baantje als klerk op het Haagse notariskantoor Lybreghts, waar hij via de familie van zijn vrouw connecties had. Zijn oude talent voor het schrijven, ordenen en archiveren kwam daar al snel weer bovendrijven. Johannes kreeg langzaamaan ook de rest van zijn leven terug op orde. Hij betrok een klein huisje in de Dronkemanssteeg. 'Aan de overzijde van het water', zoals het daar genoemd werd. Geen al te beste buurt, want aan de overkant, ongeveer vanaf het Spui, begonnen de drek en het slijk, de straten vol gebochelde mannen en bleke, halfnaakte kinderen. Maar de huur was laag en de ruimte volstond. De storm die in hem woedde kwam dankzij de voorspelbaarheid en de regelmaat van zijn nieuwe bestaan een beetje tot bedaren. Hij begreep ineens dat hij zijn oude vader niet zo had moeten uitfoeteren. Maar toen hij zover was dat hij zijn verontschuldigingen wilde aanbieden, was het te laat.

✦

Voormalig kruidenzoeker Willem van Rossum stierf in dienst van koning Willem de Eerste. Niet in het harnas, maar in livrei. Op een dag reisde hij met het hof mee naar Berlijn, en in het Nederlandse Paleis aan Unter den Linden was hij, pats-boem, zomaar dood op de grond gevallen. 's Avonds hadden de jongens na het werk nog met hem geproost, de volgende ochtend vonden ze hem stijf op de vloer.

Na het overlijdensbericht van zijn vader zocht Johannes de kroeg weer op. Hij bleef avond na avond hangen en dronk zijn hele inkomen op. Pas als Toos hem er persoonlijk uit zette, strompelde hij morrend naar huis. Dan liep hij langs het bekendste goedkope hoerenhuis van de stad, en zag er vaak een van zijn oude wapenbroeders naar binnen glippen – vooral op traktementsdag. Hoewel hij hun gedrag moreel verwerpelijk vond, moest hij bekennen dat het gewoon een andere manier was om in één nacht al je geld aan de zinsbedwelming kwijt te raken. Hem zou je er niet op betrappen, hij gaf de voorkeur aan het zure bier van Toos. Dat spul gaf je misschien een fikse koppijn, maar tenminste geen syfilis. Je kon het zien aan het door kwikkuren aangevreten uiterlijk van de soldaten die door zijn straat zwalkten: ontbrekende tanden, uitgevallen haren. Hoe het mogelijk was dat die wandelende geraamtes steeds weer terugkeerden naar het broeinest van de ellende, ging Johannes' begripsvermogen te boven. Hoewel hij maar al te goed begreep waar de soldaten en veteranen verdoving voor zochten, wist hij één ding zeker: zó wilde hij niet eindigen.

Een paar weken later trok Johannes de kraag van zijn oude, met gouden chevrons beklede onderofficiersjas omhoog, schikte het metalen kruis om zijn hals, nam een diepe teug adem en beende vastbesloten richting Paleis Noordeinde, waar hij aan het hof van koning Willem de Eerste een verzoek indiende om de opengevallen plaats van zijn vader als lakei in te nemen. Zijn kaarten waren goed – hij had zijn vaderlandsliefde moedig betoond, hij was belezen en had als klerk een voor zijn stand zeer sierlijk handschrift ontwikkeld (het mooiste, sierlijkste dat ze ooit had gezien, zei zijn moeder altijd).

De hofmaarschalk ontving hem, schreef een persoonlijke aanbeveling en niet lang daarna werd Johannes aangenomen als kamerdienaar. Die avond bleef hij aan de bar van Toos hangen tot ze klaar was met werken, en vroeg haar om naast hem te komen zitten. Ze dronken samen verder en lachten. Het voelde goed, hij voelde zich weer jong, vrolijk, zelfs licht. Toos was lief en op een aantrekkelijke manier brutaal. Hij vergezelde haar naar huis. Johannes vroeg het haar ineens – hij had het niet voorbereid, hij had geen ring of ook maar een bloemetje voor haar meegenomen. Maar Toos vond dat niet erg, ze zei ja en niet veel later trouwden ze in de kerk waar ze beiden gedoopt waren. Daarna gaf Toos haar werk in de kroeg op en trok ze bij hem in, in zijn kleine huurwoning in de Dronkemanssteeg.

Het was genoeg voor hen beiden. Johannes vond zijn rust, en in plaats van zijn avonden in de kroeg door te brengen, las hij bij het licht van de gaslamp in de Bijbel. De woorden die hij als kind in de kerk vaak had horen preken, drongen nu, na alles wat hij had meegemaakt, op een heel andere manier tot hem door. Hij ontwikkelde een band met God, die persoonlijk en intiem was, en Johannes besefte dat Hij speciale bedoelingen had gehad met Zijn beproevingen, dat God kastijdt wie Hij liefheeft. Toos, die niets moest hebben van Bijbelpreken of kerk, noemde zijn openbaringen, die hij enthousiast met haar deelde, dwaas en zweverig, nieuwlichterij. Maar Johannes wist dat hij zijn redding gevonden had. De vreselijke, angstaanjagend echte dromen over het Offer van Lanaken verdwenen.

Zo leefden ze samen, misschien niet gelukkig, maar toch zeker tevreden. Tot het, naarmate de jaren verstreken, op het gemoed van Toos begon te drukken dat ze maar niet in verwachting raakte. Terwijl zij, die gewend was veel omhanden te hebben, thuis vergeefs kindersokjes breide om niet weg te kwijnen, leefde hij juist steeds meer op. Hij promoveerde en werd een van de meest gevraagde koetsiers van koning Willem de Eerste, die gesteld was geraakt op Johannes, zijn gezelschap, zijn gevatheid en zijn onderhoudende conversatie.

Toen Johannes na de abdicatie met Willem, die hij voortaan geen koning maar graaf Van Nassau moest noemen, meereisde naar Berlijn, dacht hij dat het tijdelijk zou zijn. Maar de oude Willem week al meteen van zijn plannen af en trok in bij zijn dochter, prinses Marianne, die met haar echtgenoot aan de Wilhelmstraße woonde. Johannes kreeg haar niet te zien, want Willem liet zijn hofhouding stationeren in het Nederlandse Paleis aan Unter den Linden, om daar alles in gereedheid te brengen voor zijn komst, samen met zijn nieuwe echtgenote. Maar hij werd ziek – koortsig, kortademig, opgezwollen ledematen – en van een terugkeer naar Den Haag leek met de dag minder sprake. Willem overleefde zijn ziekbed ternauwernood. De oude koning en zijn tweede vrouw, gravin Henriëtte d'Oultremont de Wégimont, met wie hij eindelijk herenigd was, besloten niet meer naar het hun zo vijandige Nederland terug te keren en zich in plaats daarvan min of meer permanent te vestigen in Berlijn.

De brieven die Johannes van Toos ontving werden korter en killer.

Hij kon het haar niet kwalijk nemen. Het krijgen van kinderen was niet vanzelfsprekend gebleken en nu vervlogen dankzij hem langzaam de enige middelen waar zij in deze strijd over beschikte: haar jaren. Johannes had zich juist voorgenomen een overplaatsing naar het Noordeinde aan te vragen, toen de oude Willem in december van het jaar 1843 stierf.

Tegen Kerstmis trok Johannes met een groot deel van het personeel terug naar Den Haag, waar het weerzien met Toos koeler was dan hij had verwacht. Hij verzekerde haar dat ze zich geen zorgen hoefde te maken, want hem was beloofd dat hij onder de zoon, koning Willem de Tweede, zijn dienstverband mocht voortzetten. Of hij door kon gaan als koetsier of een andere betrekking zou krijgen wist hij niet, en zolang hij in afwachting was zou hij in elk geval wat vaker thuis zijn. Maar er verscheen nog geen flauwe glimlach op het gezicht van Toos.

Aan het begin van het nieuwe jaar werd Johannes door de hofmaarschalk ontboden. Op het afgesproken tijdstip begaf hij zich naar de antichambre van een van de audiëntievertrekken, en wachtte tot hij werd geroepen. Het was op dat moment dat hij de prinses ontmoette.

Het was een ontmoeting zoals hij nog nooit eerder had gehad. Ze werd aan hem geschonken door het toeval.

Nog voordat hij in de gaten had waar het vandaan kwam, voelde hij al dat er een glimlach op hem rustte. Hij keek op, zag haar. Niets, geen enkel woord, leek gepast om haar te omschrijven. Haar lippen waren zacht en wekten vertrouwen, net als het licht dat van haar gelaat afstraalde. Het meest nog uit haar donkere, zielvolle ogen, die hem hypnotiseerden. Ze was lang, verheven boven al het andere in haar zalmroze jurk met pofmouwtjes van weerschijnende zijde. De tinten van haar rok dansten in de binnenvallende zon, veranderden steeds met de inval van het licht. In niets leek zij op de Hollandse vrouwen die hij op straat of in de kroegen zag. Ze vielen in het niet, zouden eerbiedig voor haar opzijgaan, buigen als ze haar zagen. Maar er was ook iets eigenaardigs aan haar majestueuze verschijning. Zij hoorde overduidelijk hier thuis, op deze plek van gouden ornamenten en fluwelen divans, en toch ook weer niet. Alsof ze van het leven een missie toebedeeld had gekregen die ze niet wilde aanvaarden.

Haar gelaat was blank, op de rozige gloed van haar wangen na.

Het viel niet te ontkennen dat hij dat gezicht vanaf het eerste moment liefhad. Toen ze langs hem liep, of nee, hem voorbijgleed (want ze zweefde als een verkoelende windvlaag op een hete zomerdag), keek hij haar aan, en het scheelde niet veel of ze hadden iets tegen elkaar gezegd.

Enigszins verward vernam hij kort daarna van de met linten en onderscheidingen bedekte hofmaarschalk dat er een aanstelling voor hem was gevonden op het Koninklijk Staldepartement.

Vanaf dat moment begon hij elke werkdag naar haar uit te kijken, en voelde hij elke ochtend bij het opstaan de spanning of hij haar die dag zou zien. Hij zag ineens op tegen alles wat hij altijd zo plezierig vond: als hij naar de stoeterij in Loosduinen moest rijden, of een ritje in het Haagsche Bos moest maken op een pas aangekocht paard. Het was alsof hij steeds rondwaarde met een onweerstaanbaar, verrukkelijk geheim. Strikt genomen was er niets voorgevallen, er waren geen woorden gesproken, er was geen enkele aanraking geweest. Ze hadden elkaar formeel niet eens ontmoet. Ze kenden elkaar niet, en toch had hij het sterke vermoeden dat ook zij hoopte hem tegen te komen. Of had hij zich dat allemaal ingebeeld?

Op een avond verscheen ze plotseling, in het schijnsel van de maan. Het was geen dwaze verbeelding geweest. Ze zag er verloren uit in de schimmige steeg, bijna onherkenbaar in haar zwarte mantille en met een klein hoedje zonder rand. Achter haar stond een officier uit haar hofhouding, die haar de hele onderneming zeker had afgeraden. Het was een ongewoon tijdstip voor bezoek. Ergens ging een gordijn opzij: wat moet dat, en op dit uur? Een zwerfkat schoot bang weg.

Het opmerkelijkste was dat ze een hele tijd niets zei. Hij zweeg eveneens, wachtte geduldig. Het was niet aan hem, een lakei, om als eerste het woord te nemen als een koninklijke hoogheid op zijn stoep stond. Geen enkele man mocht zomaar, zonder heel specifieke aanleiding, tegen haar spreken.

Zijzelf leek helemaal niet verlegen, ze kreeg zelfs geen kleur toen ze eindelijk sprak – een verontschuldiging voor het onaangekondigde bezoek en het tijdstip. Maar vrijwel meteen daarna was ze weer even bleek in haar gelaat als die dag dat hij haar voor het eerst zag. Hij vroeg of ze wel aan het juiste adres was. Ze keek naar het huisnummer op de muur en daarna, zonder schaamte maar ook weer niet schaamteloos, naar hem.

'Nummer 343, is het niet?'

'Dat klopt.'

Ze glimlachte, en het was de meest innemende lach die hij ooit had gezien. Hij maakte een kleine buiging. Hij wilde kalm blijven, want zijn gebrek aan verlegenheid leek haar te bevallen. Hij nodigde haar uit om binnen te komen, zonder verontschuldigingen, al was zijn huis donker en niet groter dan een schuur. Voor hij het wist stond ze midden in zijn woonkamer, tussen de divan en de ronde eettafel. Haar ogen gleden door de ruimte, langs alle boeken. Langs de kasten met boeken, en ook donkere hoeken met stapels. Cassetten, folianten, papieren, mappen, banden, vooral op het kleine houten bureautje, waar een waskaars brandde naast de veer en een potje inkt.

Toos keek argwanend naar de vrouwelijke verschijning in haar woonkamer, de vuisten vijandig in de zij gedrukt. Toen ze haar mond opendeed, greep hij snel in, stelde haar voor.

'Prinses Albrecht van Pruisen, Wilhelmina Frederica Louisa Charlotte Marianne, Prinses der Nederlanden, Prinses van Oranje-Nassau.'

De prinses deed haar mantel en hoedje af, hij haastte zich om ze aan te pakken. Onder dat omhulsel bleek de verrukkelijkste, luchtigste japon schuil te gaan die Johannes ooit had aanschouwd. Haar blanke, glanzende hals grotendeels ontbloot, haar fijne, tere schouders... Een pollepel viel uit de hand van Toos op het tapijt. Haastig raapte ze het ding weer op, maakte een buiging en begon zich te verontschuldigen.

Ze gingen zitten aan de ronde tafel, terwijl Toos luidruchtig alle kastjes afzocht naar iets te drinken. De prinses vertelde dat ze hem had zien rijden, die ochtend nog.

'Dat was een gunst aan de jongeheer prins Alexander. Hij vroeg me een van zijn paarden te trainen dat moeilijk in de omgang was. De prins voelde zich niet sterk genoeg om het zelf te doen. De arme jongen is vaak ziek, naar ik begrijp.'

'Maar het paard waar ik u op zag rijden was Soufflé. Mijn paard.'

'Ah, maar dan mag ik u wel feliciteren! Wat een prachtig beest, zo tegendraads. Dat zijn de beste.'

'Ik heb hem nooit eerder zo volgzaam gezien.' Ze keek hem aan en meteen kroop de warmte door zijn wangen. Dat kwam vast ook door die zure sherry die Toos had geschonken. Had ze niets beters kunnen bedenken? Waar was Toos eigenlijk? Hij keek om. Ze stond nog steeds zwijgend achter hem, alsof ze zichzelf onzichtbaar wilde maken.

'Bent u blij weer in Den Haag te zijn?' vroeg de prinses.

Toos roerde zich. 'Hij wil liever terug naar Berlijn.'

'Stil toch! Wacht liever tot je iets gevraagd wordt.' Dat was geen doen zo, hij stuurde Toos weg, verontschuldigde zich voor haar gedrag.

Wat de prinses toen deed was zo onverwacht, zo ongehoord eigenlijk, dat hij zich daarna altijd bleef afvragen of alles wat in zijn leven gebeurde zich ooit op die bizarre en onverwachte wijze zou hebben voltrokken als zij niet dat ene moment van ongekende ondernemingsgeest had getoond. Want het was zonder spot, zonder blozen, zonder hapering en zonder omhaal dat zij, de bevalligste, charmantste en meest hooggeboren dame die ooit in zijn huis was geweest, hem een aanstelling aanbood.

Het trof hem zo onverhoeds dat hij alles wat ze verder nog zei maar vaag, als in dronkenschap hoorde. Dat zij erfgename was van een aantal landerijen in het graafschap Glatz in Neder-Silezië en van plan was om als eerste naar haar jachthuis op het landgoed Seitenberg te reizen. Ze kon een goede koetsier gebruiken.

Zelfs de manier waarop ze het vroeg overdonderde hem. Het was alsof zij hém om een gunst kwam vragen. Alsof hij alle kaarten in handen had. Ze had het hem kunnen bevelen, hij was in zekere zin toch al in haar dienst. Wat was zij anders dan de andere prinsen en prinsessen! De manier waarop ze tegen hem sprak, alsof hij helemaal geen bediende was, alsof ze elkaar al jaren kenden. En ook: alsof ze erop aanstuurde hem in verlegenheid te brengen. Hij was te verbluft om meteen te antwoorden en begon onhandig te stamelen. Hij keek naar de deur van de slaapkamer, waarachter zich zijn echtgenote bevond, herpakte zich.

Vlak voordat hij helder, bijna fonkelend zijn antwoord gaf, wist hij dat met haar meegaan het belangrijkste was op de hele wereld. 'Met permissie. Mocht het uw goedkeuring wegdragen, dan zou ik ook graag mijn diensten als kabinetssecretaris aanbieden.'

Zij liet haar mooie ogen weer over de stapels boeken glijden en knikte tevreden. Ze maakte aanstalten om op te staan. Hij deed wat gebruikelijk was, knielde voor haar neer en uitte zijn dankbaarheid. Wat moest hij anders? Hij had haar pas net leren kennen. Het was bijna niet te geloven dat een koninklijke hoogheid zo eerlijk en charmant kon zijn, zo dichtbij kwam. Was zij dat alles in onschuld, flitste het door zijn hoofd, was zij te vertrouwen? Of was ze brutaal, geraffineerd, misschien zelfs gevaarlijk? Hij had vaak verhalen gehoord over gewetenloze vorsten die er plezier in schiepen hun bedienden voor de gek te houden.

Hij duwde zijn kin op zijn borst en voelde dat ze omlaag keek, haar blik brandde op zijn schouders. Dit was hoe het hoorde te gaan, dit was precies wat vorsten van hun onderdanen verlangden, maar het was duidelijk dat zij dit allemaal niet wilde. Hij begreep dat zij niet voor niets in de schemer bij hem was gekomen. Dat zij wilde dat hij rechtop voor haar stond, haar recht in haar ogen keek.

'Kom alstublieft overeind,' zei ze, en hij weerstond zijn verlangen haar hand te kussen.

✦

Op het riddergoed Seitenberg in Neder-Silezië zagen ze elkaar elke dag. In de ochtend haalde hij haar op met de koets. Dan zat ze als een kind op de trap op hem te wachten, haar jurk als een tapijt over de stenen gedrapeerd. Met een dromerige blik keek ze om zich heen, pas als hij afstapte maakte ze aanstalten om op te staan.

Hij bracht haar vaak naar Camenz, waar zij een groot kasteel liet bouwen, of naar een van de boswachterijen of houtvesterijen, of de marmergroeve die ze in het gebied liet afgraven ten behoeve van haar bouwplannen en waarmee ze de dorpelingen aan werk wilde helpen. Zelfs de meeste wegen die hij bereed waren uit haar middelen aangelegd. Het was niet verwonderlijk dat de mensen, als ze langsreed, altijd even stil bleven staan, het hoofd eerbiedig gebogen, terwijl hun kinderen uitbundig riepen en omhoogsprongen om een glimp op te vangen van de vreemde vorstin-weldoenster die in hun midden was opgedoken. Zelfs de meest haveloze lieden namen hun hoed voor haar af. Het werd Johannes langzaam duidelijk hoe geliefd zij was, en hoe omvangrijk de taak van secretaris in haar dienst was, en het had er alle schijn van dat zij nog vol plannen voor de toekomst zat.

In de middagen zocht ze hem op in de kleine bibliotheek van het idyllische jachthuis op Seitenberg, waar hij in zijn (door de prinses geschonken) fluwelen jacquet tussen de koperen kandelaars en zwavelstokjes werkte aan het opstellen van een inventaris. Telkens als ze binnenkwam zat hij aan zijn secretaire, gebogen over het papier. Ze studeerden vaak enkele uren samen. Hij las haar voor uit de Bijbel, maar ook uit al het andere dat aanwezig was. De klassieken, de kerkvaders, de Franse zeventiende eeuw en wat niet meer. Winckelman, Piranesi, de romans van Balzac, Tacitus, *Les Césars* van graaf De Crespigny. Hij las, zij luisterde.

Hij maakte haar aan het lachen en nam haar in vertrouwen, vertelde over het gezin waar hij uit voort was gekomen. Zij leek alles wat hij vertelde gretig in zich op te nemen, ze kreeg geen genoeg van zijn verhalen. Hij stond ver af van de overdadige wereld van haar jeugd, maar ze wilde hem, zoals ze graag zei, leren kennen en leren begrijpen. Zij deelde ook steeds meer met hem. Haar ideeën, haar gedachten. Vaak stelden ze zich voor waar ze allebei op een bepaald moment waren, toen ze van elkaars leven nog geen weet hadden. Op 8 mei 1837 bracht zij haar zoon Albert ter wereld in Berlijn, nog geen tien dagen later trouwde hij in Den Haag met Toos.

Dagen, weken gleden voorbij. Bij mooi weer kreeg hij soms de gelegenheid om in de vroege ochtend te gaan jagen, en elke middag kwam ze naar hem toe. Soms zeiden ze helemaal niets. Hij werkte door, enigszins afgeleid omdat hij wist dat zij niet echt las, maar voortdurend naar hem keek. Er waren momenten waarop hij ineens zag hoe absurd het allemaal was, zijn verschijning in die ruimte vol kunst en antiquiteiten. Er hingen oude portretten, prenten en kaarten aan de muur. Op de donkere kasten in empirestijl stonden antieke globes. Daar zat hij, een rijzige maar in wezen straatarme man tussen een verzameling die een fortuin waard was. Hij was zo anders, in een compleet andere omgeving opgegroeid, en toch was er iets wat maakte dat alles klopte. Wat hem in al zijn eenvoud en ernst zich thuis deed voelen in haar bibliotheek, in haar huis. Hun opvoeding verschilde, hun levens lagen mijlenver uiteen, maar er was geen echte afstand. En steeds voelde hij, zonder op te kijken, hoe ze, timide maar duidelijk genoeg, haar ogen op hem liet rusten.

'Niet wat uw koninklijke ogen gewend zijn, vrees ik.'

'In tegenstelling tot wat u misschien denkt, zijn mijn ogen weinig moois gewend.'

Hij keek onwillekeurig op, naar een portret van Albrecht aan de muur. Hij wist natuurlijk heus wel wie dat was.

'Ik heb u niet aan hem voorgesteld. De prins verkeert dan ook zelden in mijn gezelschap, u zult hem niet snel tegenkomen. We zijn wel getrouwd, maar we leven niet... samen.'

'Wat een idioot!' Het was eruit voordat hij er erg in had. Hij ontwaarde een blos op haar wangen.

'Pardon?'

Hij hield op met schrijven. 'Ik bedoel, u bent geen gewone prinses. U bent mooi en intelligent en bevlogen. Als ik zo'n vrouw had, zou ik nooit van huis weggaan.'

Geldstromen, spaargelden, rentes, overzichten; de bezittingen van de prinses waren sinds de dood van haar vader gegroeid en de boekhouding nam hem steeds meer in beslag. Maar hij kon er goed mee uit de voeten. Met het beheer van landgoederen en de daarbij behorende opbrengsten of de bouw van een kasteel was hij niet eerder belast geweest, maar op het notariskantoor had hij het een en ander geleerd over grondbezit. Hij hield van zijn werk, was haar privésecretaris met overgave. Door zich over haar papieren te buigen had hij op de een of andere manier het gevoel heel dicht bij haar te komen. Als hij zijn vingers over de letters liet glijden, bekroop hem het verlangen altijd aan haar zijde te blijven, met haar mee te reizen naar de verre oorden van haar landerijen. Naar de Villa Sommariva, een zomerpaleis aan het Comomeer, dat ze net op aanraden van de gezant in Rome, een zekere graaf De Liedekerke Beaufort, had aangekocht zonder er zelf nog te zijn geweest.

'Bent u weleens in Italië geweest?'

Hij sloeg zijn ogen neer, schudde zijn hoofd. Zij vertelde opgewonden verder. 'Het is moeilijk te omschrijven wat het zuiden is. Het landschap rondom Napels is bijvoorbeeld voor veel Nederlandse schilders een grote inspiratiebron. U zou het eens moeten zien bij het vallen van de avond, wat een groots tafereel! De avondschemering valt in stroken licht goud op de rust van het land.'

Ze sprak zonder ook maar een greintje terughoudendheid. Ze vertelde hem over haar reis naar Italië, over het eiland Ischia en over Rome, en al die tijd luisterde hij zwijgend en verbluft naar haar, nam alles feilloos in zich op.

'Ik ben van plan weer terug te gaan.' Er viel een verwarde stilte, alsof ze zelf niet goed wist wat ze met die woorden bedoelde. Was het een vraag?

Hij droeg haar livrei, ze hoefde hem niets te vragen. Ze hoefde het hem alleen maar op te dragen. Toch was er veel dat niet werd uitgesproken in haar woorden, en klonken ze als een nederig verzoek, een stille smeekbede.

Ondanks de verschillen. Ondanks je huwelijk. Ondanks de wereld. Ben je bereid om met mij mee te gaan?

✦

Nog voor het aanbreken van de herfst kroop hun rijtuig rammelend door het Noord-Italiaanse bergdal van de Valtellina.

Soms kwam het verlangen in hem op haar tegen te houden. Besefte ze wel wat zij op het spel zette, wat haalde ze zich eigenlijk allemaal in het hoofd? Het kon nooit lang verborgen blijven. Het zou onvermijdelijk uitlekken dat de Prinses der Nederlanden op haar reizen steeds vergezeld werd door dezelfde koetsier. Al dat roddelzieke personeel overal, om over luistervinken die met de post mee over de Europese postiljonroutes vlogen nog maar te zwijgen. Het was niet de vraag of, maar wanneer men ontdekte dat zij, een prinses, samenleefde met hem, een lakei. En wat zou men van hem denken? Hij was tenslotte nog altijd een getrouwd man.

Ze hadden een paar weken reizen achter de rug, weken waarin hij haar gezelschap als een nog groter genoegen beleefde dan de majestueuze aanblik van de Alpen, die ze per vijfspan via de Gotthardpas overgestoken waren. Het was alsof ze een heel nieuw leven waren begonnen, een leven alleen van hen samen, in onbekend gebied. Er ging iets avontuurlijks van uit, iets van grenzeloosheid en vrijmoedigheid. Wat of waarnaar ze verlangden deed er niet toe, de aantrekkingskracht van het onbekende was voldoende. De wereld was tegelijk vreemd en vertrouwd.

Onderweg spraken ze veel en hartstochtelijk over de liefdes die ze deelden: kunst, literatuur, de Bijbel. Om de lange uren in de koets te doden bladerden ze, watervallen en bloemenstruiken passerend, in de kunstkronieken en reisgidsen die Johannes had meegenomen, leerden Bijbelse spreuken en parabels uit het hoofd en droegen ze aan elkaar voor. Ze spraken niet meer over elkaars verleden, in plaats daarvan gingen ze op in de plek en in het moment. Ze lazen Ovidius, bespraken de mythen van Persephone en Amor en Psyche. Ze spraken over Hagar, Rebecca, Magdalena, Judith, de naamloze echtbreekster voor wie Christus zelf in de bres was gesprongen. Zij wapende zich, dacht hij, met dat oude verhalengoed. Zij besefte maar al te goed wat er op het spel stond en trok ter verdediging een pantser aan van Gods genade, Zijn liefde en Zijn barmhartigheid.

Het laatste stuk ging per houten roeiboot over het Comomeer. In de bleke zon ontwaarden ze het idyllische paleis tussen bruin gebladerte en okergele boomtoppen. De Villa Sommariva, pal aan het meer gelegen, bruiste van een uitbundige nazomer. Johannes staarde in blinde verbazing naar de weelderige villa die voor zijn ogen was opgedoemd.

Was het toeval of voorzienigheid dat ze, eenmaal aan wal en nadat ze het atrium van de villa waren overgestoken – het meer en het schilderachtige Bellagio de rug toegekeerd – oog in oog stonden met Tadolini's tedere, carraramarmeren verbeelding van Amor en Psyche?

Marianne zei dat ze niet precies wist wat ze hierbinnen zouden aantreffen, er moest misschien nog allerlei meubilair of decoratie aangekocht worden. Maar de villa was perfect en had niets nodig. Het was een wonderbaarlijk samengaan van woning, museum en lusthof. In stille bewondering slopen ze door de gangen, in de schaduw van de Italiaanse huismeester die hen binnen had opgewacht. Hij liet het grote schilderij zien waarop de vorige eigenaar, Gian Battista Sommariva, zichzelf had laten vereeuwigen aan het hof van keizer Augustus, daarna het levensgrote beeld van Palamedes, en toen Hayez' *De laatste kus van Romeo en Julia*. Dat schilderij, vrij van Venussen, Apollo's of Caesars, was het wellustigste kunstwerk dat hij in zijn leven gezien had.

Op de eerste verdieping bleven ze staan voor de openslaande deuren naar een breed, met sierlijke stenen balustrade omheind terras dat een verbluffend uitzicht bood op het Comomeer. Zonlicht weerspiegelde op het heldere wateroppervlak. Een beeld waaraan je, als een in de vijver turende Narcissus, niet anders kon dan je hart verliezen. Er was geen bewoonbare plek op aarde, dacht Johannes, die beter bij hen tweeën paste dan deze villa.

In de weken die volgden vulden ze hun dagen zoals ze dat ook in Neder-Silezië deden: werkend, lezend en eindeloos pratend over wat ze lazen. Ze vergaten hun oude levens, of in elk geval verdween het allemaal naar de achtergrond. Het was misschien wel helemaal uit het zicht verdwenen, als zij haar kinderen niet had gehad. Ze had nog geprobeerd om Charlotte, Albert en Alexandrine mee op reis te nemen, maar in Pruisen hadden ze het verboden. Albrechts verzoek om een scheiding was in Berlijn, net als dat van haar in Den Haag, niet in goede aarde gevallen. Nu was ze er voor de tweede keer vandoor gegaan, en had de koning van Pruisen alle kaarten in handen.

In de ochtend gingen ze meestal op pad. Net als in Seitenberg wachtte ze hem zittend op de trap op. Hier waaierden de brede treden uit in het azuren meer, waarin ze verdwenen alsof er nog een hele wereld onder het wateroppervlak schuilging, en wachtte er een bootje in plaats van een koets op haar. Ze trokken met gehuurde rijtuigen de heuvels in en lieten zich naar de mooiste grotten en waterlopen brengen. Wanneer het te steil werd voor de koetsen stapten ze uit en klommen in de warme stralen van de najaarszon te voet over smalle paden verder omhoog.

Van deze tochtjes keerden ze vaak pas terug als het al donker begon te worden. In het maanlicht dwaalden ze door de tuin van de villa.

Ze trok haar handschoenen uit.

Natuurlijk had hij haar eerder aangeraakt. Hij was een heer, galant, goede manieren. Hij hielp haar in en uit rijtuigen, hij ondersteunde haar als ze op een wiebelende boot stapte of een ruw stuk grond bewandelde. Maar altijd was er de veilige en tergende barrière van lagen fluweel, mousseline, leer of wol.

Daar in de tuin, beschut door het duister en het lover en bevangen door de nachtelijke betovering van het meer, legde ze voor het eerst haar naakte hand in de zijne.

Hij keek niet op, maar hij kon zijn vingertoppen voelen tintelen.

Toen de huismeester voor hen opendeed, liet ze plotseling weer los. Trok ze zich terug? Wilde ze zichzelf behoeden voor een misstap? Onzekerheid, onhoudbaar verlangen verscheurde hem.

'Vanochtend las ik dat een belangrijke kunstkenner, ene Defendente Sacchi, het schilderij van Hayez ziet als een *manifesto*,' zei hij toen ze langs het door waskaarsen verlichte *De laatste kus van Romeo en Julia* liepen. 'Hij beweert dat zijn Julia met opzet bepaald geen Venus is. Ze is lief, maar alleen omdat ze liefheeft. En Romeo is niet echt een Adonis of Apollo, maar toch wekt hij naar verluidt de nieuwsgierigheid van vrouwen.'

'Hm,' zei ze alleen maar, 'een manifest.'

Ze namen de trap naar boven. Hij was niemand, wist hij, maar hij wilde niets liever dan Romeo, Apollo en Adonis tegelijk voor haar zijn.

Hij kon het niet helpen dat ze hem, voordat ze in de grote hal uit elkaar gingen, meerdere keren kuste. Hij kon het niet helpen dat hij haar warm terugkuste. Dat hun handen traag in elkaar grepen, vier tegelijk, en dat hun lijven volgden, ineens haastig, gejaagd, de slaapkamer in. Ze bloeiden, bruisten, gonsden en hijgden, steeds weer opnieuw, vielen in slaap en werden weer wakker, ontlokten elkaar opnieuw kussen, nog eens en nog eens, koortsachtig, tot aan het eerste, milde ochtendschijnsel.

3

Een storm van revolutie

Toen ze wakker werd, zocht ze hem. Ze voelde zijn warme ledematen, hoorde zijn zachte ademhaling en glimlachte gerustgesteld. Ze sloop stilletjes uit bed, wikkelde zich in een kamerjas en schuifelde de gang op. Door de open deuren zag ze dat de haard in de werkkamer al door de huismeester was aangestoken. Ze ging zitten achter de schrijftafel die uitzicht bood op het meer. De ochtendzon viel door het grote raam met stralen de kamer binnen, deed het papier, dat ze voor zich klaarlegde, goud oplichten.

Hoofd. Wat heb je gedaan? Je bent gek geworden.

Hart. Als liefde je krankzinnig maakt, dan ben ik dat graag.

Hoofd. Je brengt ons altijd in de problemen!

Hart. Ach, de wil van God strookt nu eenmaal niet met onze verlangens.

Hoofd. Heb je ook maar een moment aan je kinderen gedacht?

Hart. Later zullen ze me begrijpen.

Hoofd. Je raaskalt, je bent jezelf niet.

Hart. Wie zou ik hier anders kunnen zijn? Volgens mij ben ik juist voor het eerst in mijn leven echt helemaal, volledig mijzelf.

Hoofd. Ben je soms vergeten wie je bent? En dat je nog getrouwd bent?

Hart. Ach. Ik gooi mijn trouwring met liefde het meer in, als ik er ook maar één gelukzalig moment met hem voor terug kan krijgen.

Hoofd. Doe het dan! Schrijf je broer een brief, vertel hem over je nieuwe liefde.

Hart. Je denkt dat je altijd gelijk hebt, maar je weet dat je deze dingen aan mij moet overlaten.

Ach, die onnozele dialoogjes ook van haar... Hup, weg ermee. Ze stond op, gooide het papier in het vuur. Het hielp haar altijd haar hart op het papier uit te storten, maar ze moest er niet aan denken dat hij het zou lezen! Als ze uiteindelijk, na alles, alleen hem overhield, dacht ze, was ze gelukkig. Of nee, dat was te weinig gezegd. Nooit zou ze gelukkiger kunnen zijn.

Wat bedoeld was als een kortstondig inspectiebezoek aan haar nieuwe villa, veranderde na die nacht in een tijdloos verblijf van dromerige, zich uitstrekkende dagen en nachten. De nazomer vloeide over in de herfst, die zich aandiende in de vorm van warme druppels die het meer zachtjes deden rimpelen. Ze brachten lome middagen in de villa door, keken naar de miezer en lagen op de fluwelen divans.

Ze vertelde hem voor het eerst over haar huwelijk. Hij luisterde geduldig naar het hele verhaal, met al zijn lelijke plekken.

'Ik dank God dat Hij mij het verdriet bespaard heeft jou zo mishandeld te zien.'

'Nee, nee, bespaar me alsjeblieft je medelijden.'

'Goed dan. Als je de waarheid wilt: ik voel niets dan jaloezie.'

'Jaloezie? Ik kan je verzekeren dat er op deze wereld geen twee mensen meer gescheiden zijn dan Albrecht en ik. Ook al zijn we dat niet echt, natuurlijk... Maar hij wenst al net zo lang van mij bevrijd te worden als ik van hem.'

'Dat weet ik wel, maar ik benijd hem niet als persoon, ik benijd zijn jaren. De jaren waarin hij jou had, waarin ik de jouwe had kunnen zijn. In een rechtvaardige wereld had ik je ontmoet toen je hart nog ongeschonden was.'

Ze kuste hem. 'In plaats daarvan is alles aan deze wereld scheef, mijn lieve Johannes.'

Toen de winterkou plotseling uit de besneeuwde Alpen op kwam trekken, besloten ze verder zuidwaarts te reizen. Ze namen de kunstenaarsroute, de veelbereisde wegen die schilders uit heel Europa namen. Via Bologna, Florence, Siena, Rome.

De rusteloosheid die haar dreef sinds ze haar huwelijk was ontvlucht, joeg haar nog steeds voort. Ze brandde nu nog heviger, als opgelaaid vuur in haar hart. En het reizen voelde niet meer als vluchten, maar als zwerven in een eindeloos schemergebied.

✦

Onderweg zijn was haar lotsbestemming. Ze trok met hem van Rome naar Napels, Como, Neder-Silezië. Maar het was geen reizen meer voor het genoegen of voor het avontuur, ze bleef zwerven om maar niet stil te staan. Ze reisde om de angst te overwinnen die in haar sluimerde.

Zich ergens vestigen, met hém... Dat was alles waar ze naar verlangde, maar het was onmogelijk. Dat zou betekenen dat zij hun samenzijn, de zonde, bekenden. Maar was het dat werkelijk... Een zonde?

'De liefde leidt tot God,' zei Johannes vaak, 'God is immers liefde.' Om dan uit het evangelie te citeren dat zijn naam droeg: 'Wie in de liefde blijft, die blijft in God en God in hem.'

Zij had altijd al haar toevlucht gezocht in preken en voordrachten uit de Bijbel, in haar jongere jaren reisde ze stad en land af om naar een dominee te luisteren als hij de naam had bevlogen te zijn. Maar Johannes droeg mooier, bezielder, diepzinniger voor dan alle predikanten die ze ooit gehoord had. God, wat was ze dankbaar dat ze hem gevonden had! Dat ze naar haar hart had geluisterd en hem in dienst had genomen. Hij was alle religieuze leiding die ze nodig had, en nog zoveel meer dan dat... Nooit eerder had ze iemand ontmoet met wie zij zo een was in geest, zo verbonden wat betreft levensopvatting, godsdienst. Zoveel meer dan een vriend of zelfs een geliefde. Hij was haar zielsverwant.

Johannes week nog zelden van haar zijde. Hij steunde haar toen zij de volgende winter naar Seitenberg en Camenz wilde reizen, omdat ze had vernomen dat haar volk honger leed vanwege de mislukte oogst. Samen maakten ze plannen om de mensen te helpen.

Ze stelden voedselpakketten samen, deelden gratis dekens van paardenharen en zakken kachelhout uit en organiseerden nieuwe arbeidsprojecten om de haveloze, hongerige dorpelingen aan seizoenswerk te helpen. Ze wilde anderen helpen, maar leefde er zelf ook van op. Ze was op haar best als er snel besloten moest worden. Als er geen ruimte was voor twijfel, als standvastigheid en handelen geboden waren. Dit, voelde ze, was waar zij voor geboren was, hier was zij werkelijk goed in. Een barmhartige vorstin zijn in een streek die zij de hare mocht noemen, een rechtvaardige landvrouw die niet boven de mensen stond, maar zich tussen hen begaf. Zij ontbeerde dat wat de mensen gewoonlijk verwachtten bij 'koninklijk', en juist dat, wist ze, maakte haar geliefd bij het gewone volk. Was zij niet precies zoals zij? Eerst en vooral een vrouw, een moeder die het leed van andere vrouwen en moeders zag en maar al te goed begreep!

De bouw van het slot in Camenz nam haar steeds meer in beslag. Ze had altijd nauw contact onderhouden met Ferdinand Martius, die van architect Schinkel de leiding over de bouw had gekregen, en debatteerde per brief intensief met hem over alle details. Het kasteel zou haar levenswerk worden, een blijvende herinnering aan haar aanwezigheid op aarde en vooral hier, in dit land waar zij zo geliefd was. Misschien was het voorbestemd, door God gestuurd... Was dit per slot niet het land dat haar moeder ooit, toen zij als banneling door Europa zwierf, had aangekocht, rond de tijd dat zij geboren werd?

Juist op het moment dat ze zich op de toppen van haar kunnen voelde, ontving ze een brief van Fritz.

Ik weet dat je je niet meer in beslag laat nemen door de buitenlandse politiek en weinig kranten leest, maar er zijn dingen gaande die ook ons vaderland zullen treffen en ik ga ervan uit dat niemand je nog op de hoogte brengt. De orde der dingen wankelt. Hoelang zal Europa er nog uitzien zoals in Wenen afgesproken? Dat zogenoemde 'concert der mogendheden' waar men zo de mond vol van heeft, laat valse tonen vallen. Hebben de Grieken in het oosten hun vrijheid niet al bevochten? Zijn de Bourbons in Frankrijk niet door het Huis Orléans aan de kant geschoven om een burgerkoning te kronen? Dat lijkt misschien allemaal ver weg, lieve zus, maar vergeet niet dat ook wij zijn geraakt door de geest van de revolte toen wij het zuiden moesten opgeven. Wij dachten dat Metternichs antiliberalisme zo diep in de kaart van Europa was gekrast dat de lijnen nooit zouden vervagen, maar wij hadden het mis; de wind der verandering is weer opgestoken, en weldra zal hij aanzwellen tot een storm van revolutie!

Wellicht meen je dat ik overdrijf, maar in Parijs, die brandhaard van het militante burgerschap, is het al geschied. Louis-Philippe moet zijn koningschap opgeven, de Tweede Republiek zal spoedig een feit zijn. Wij zijn hier allen hevig verontrust, uit ons evenwicht gebracht door alle berichtgeving. Woelingen, niet alleen in Frankrijk, maar ook in Italië, Oostenrijk, Pruisen, België... Overal vlamt het verzet tegen de oude staatsvormen weer op. Heel Europa houdt de adem in, wij voor ons zijn begonnen de grenzen te versterken.

Je zult begrijpen dat de sensatieberichten over een aanstaande scheidingsprocedure tussen jou en je Pruisische echtgenoot, die ons vanuit Berlijn zijn toegestuurd, vooralsnog ondergesneeuwd worden. Ik heb, om onze broer de koning, die al genoeg aan zijn hoofd heeft, niet te zeer te belasten, de vrijheid genomen alle brieven bestempeld met de Pruisische adelaar te onderscheppen. Maar ik smeek je, zorg dat het ophoudt. Geef de geruchtenstroom geen nieuwe voeding door je langdurige afwezigheid. Keer terug naar huis, smeek om vergiffenis en wees de moeder die je kinderen zo nodig hebben in deze roerige tijden!

Het raakte haar, nog steeds. Lieve God, wat raakten de woorden van Fritz haar steeds weer. Fritz, de lieve goeierd. Hij had nog altijd het beste met haar voor... Ja, natuurlijk wilde ze haar kinderen zien, nu meer dan ooit! Maar naar Berlijn gaan, in deze omstandigheden... Nee, dat kon ze niet. Ze moest haar gedachten op orde zien te brengen, maar wie kreeg dat voor elkaar in zulke verwarrende omstandigheden? Wat te doen, wat te doen...

Ze besloot, ten langen leste, om niets te doen. Zich voorlopig in Camenz gedeisd te houden, hopend, nee biddend dat het allemaal wel over zou waaien. Ze bemachtigde iedere krant die ze maar kon krijgen, las over Metternich, die zijn functie als kanselier van het Habsburgse rijk neerlegde, en over de koning van Piemonte, die de Italiaanse staten bijeen wilde brengen en bereid was Oostenrijk de oorlog te verklaren. Het gonsde van de berichten over onrust in Beieren, Wenen, Bohemen... Maar ze zouden háár toch nooit...? Zij had de inwoners van haar heerlijkheden altijd zo goed behandeld! Ze kon zich niet voorstellen dat... Maar ja, de ongeregeldheden kwamen wel steeds dichterbij. Ze had gehoord over een opstootje op het platteland bij Liegnitz, even ten noorden van Camenz. En in het nabijgelegen Gleiwitz en Hirschberg was het volk de straat opgegaan.

Toen het bericht kwam dat de leiders van Opper-Silezië en Neder-Silezië van plan waren in Breslau bij elkaar te komen en een centrale regering uit te roepen, was de maat vol. Fritz had gelijk, ze moesten daar weg. Dan maar terug naar Nederland, en snel.

Wat deed het haar pijn het personeel te laten gaan, om de bouwlieden, die arme drommels die zo om werk verlegen zaten, verlof voor onbepaalde tijd te moeten geven! Wat waren dat voor een idealen, als het volk er zelf zo onder leed! Ach, de bouw van haar geliefde kasteel, al zo ver gevorderd, het zou nu allemaal volledig stil komen te liggen, net nu ze er met de architect eindelijk uit was dat in de nissen grote ramen in de vorm van lange spitsbogen zouden komen. Dat moest dan maar gebeuren als ze weer terug konden keren. In een flits dacht ze wanhopig, onheilspellend: zouden ze ooit het werk kunnen hervatten?

Gelaten aanvaardden ze de terugreis, vermeden de brandhaarden van revolutie, maar ontkwamen niet aan de opwinding. Overal waar ze kwamen gingen de verhitte berichten rond. In de Europese pers circuleerde niets anders meer dan pamfletten, vlugschriften, gevatte leuzen en sinistere aankondigingen. Wankelende en omvallende vorsten. Een voor een maakten ze een knieval voor de opstandelingen. Hier en daar zagen ze burgers in het voorbijgaan, wapperend met hun vlaggen van verlichte vooruitstrevendheid.

Ze bekeek hen van een afstand en voelde niets van de opwinding en euforie die ze op hun gezichten las. De politiek zei haar niets meer, bemerkte ze. Niet meer zoals vroeger. God, er was een tijd dat ze zich avond na avond smekend aan de voeten van de Pruisische koning had geworpen. Voor haar vader, voor het behoud van België. Wat was zij sinds die tijd veranderd, ze herkende zichzelf amper. Wat had ze zich in die dagen opgewonden over dat *conduite infâme* van de Belgen, zo fel zou ze nu nooit meer... Nee, gelukkig kon ze er nu buiten blijven!

Of nee, toch niet helemaal. Want zelfs Guillot... Terug in Den Haag kon ze met eigen ogen in de kranten lezen over zijn salto mortale, hoe hij – hoe was het mógelijk, Guillot! – in één nacht liberaal was geworden. Toegegeven aan de thorbeckianen, toch nog, zelfs hij. Tot grote ontsteltenis van Willem, de troonopvolger, die meteen daarna openlijk had gezworen zelf nooit akkoord te zullen gaan met een constitutioneel koningschap. Ach, dat onbezonnen neefje van haar, die onstuimige halve Romanov... Hij was al net zo star als de koning van Pruisen!

Ze kon niet geloven wat ze nu weer over hem schreven, over Friedrich Wilhelm IV. Dat zelfs hij, die botte, ouderwetse zwager van haar, bepaalde toezeggingen had gedaan... Het stond er echt, gedrukt en al in de krant. Hij had de plannen om in Frankfurt een parlement te vormen als hoogste instantie, waaraan alle Duitse vorsten dienden te gehoorzamen, goedgekeurd. *Bon Dieu*, het geknars van zijn tanden moet tot in Potsdam te horen zijn geweest! Ja, officieel moesten niet alleen de onderdanen maar ook de soevereinen zich in dat nieuwe parlement vertegenwoordigd voelen. Maar wie zoiets idioots geloofde, was nog nooit aan het hof van Pruisen geweest. Er was geen trotser, ouder, adellijker bloed dan dat van de Hohenzollern, en het moest nu kokend door zijn aderen stromen. Het verbaasde haar niets dat Friedrich Wilhelm de Vierde, toen zij uitgerekend hem de keizerskroon van deze nieuwe 'Duitse Bond' aanboden, had geweigerd. 'Die kroon uit het slijk zal nimmer mijn hoofd tooien.' Zo kende ze hem weer.

Het was ongeveer op dat moment dat het bericht over Sasja Den Haag bereikte. Alexander, de tweede zoon van Guillot en Anna, was naar een herstellingsoord op Madeira gereisd om de tuberculose uit zijn lijf te kuren. Daar was hij, moederziel alleen, gestorven.

✦

Onderweg naar de Haagse Kloosterkerk, waar de afscheidsdienst voor Alexander werd gehouden, werd ze vergezeld door Fritz.

'Arme Sasja,' zei ze, 'eenvoudige, lieve Sasja. Geen vlieg deed hij ooit kwaad.'

'Je zou haast niet geloven dat hij een broer van Willem was,' zei Fritz.

'Wat bedoel je?'

'Dat weet je toch. Onze toekomstige koning is een bruut met een teveel aan Russisch temperament in zijn bloed, dat bedoel ik. We houden ons hart vast voor de dag dat hij de troon zal bestijgen.'

'We?'

'Ik. Nou ja, vooral Sophie, de arme. Zij lijdt het meest van ons allemaal onder...'

'Ach Fritz, laten we het over Sasja hebben. Hoe heeft het kunnen gebeuren? Konden zelfs de artsen daar niets meer voor hem doen?'

'De artsen hier hadden al genoeg gedaan. Het was een inschattingsfout, zus, kun je nagaan... Toen ze hem opensneden zagen ze dat zijn longen onaangetast waren, alleen zijn maag was verwoest. Wat het ook was dat hem doodde, het was in elk geval geen tbc.'

'Goede God...'

'Niets tegen de koningin zeggen, in Godsnaam.'

'Nee, o nee, ik...'

'Maar Sophie heeft gelijk, het was wel een beetje een vreemde jongeman... Nooit een vrouw in zijn buurt, altijd alleen maar die verdomde paarden. Paarden, de jacht, en het gezelschap van zijn vrienden. Als je het mij vraagt is Sasja nooit helemaal hersteld van dat zware ongeluk dat hem in zijn studententijd trof, weet je nog?'

Of ze dat nog wist... Sasja was op een avond met zijn broer Willem en generaal Bagelaar onderweg van Leiden naar Den Haag. Ze kwamen in een zware storm terecht. Door de vele omgevallen bomen en afgewaaide takken was de weg, die het laatste stuk dwars door het Haagse Bos ging, onbegaanbaar en moesten ze te voet verder. Ter hoogte van de Laan van Nieuw-Oosteinde viel een hoge boom om. De generaal wierp zich op de erfprins en duwde hem net op tijd weg. Alexander werd onder de boom bedolven. Pas toen de hulpdiensten kwamen en de grond was afgegraven, kon hij bevrijd worden. Maar hij werd nooit meer bevrijd van de gedachte dat hij in zijn eigen leven altijd op de tweede plaats zou komen.

'Een treurig einde,' zei Fritz.

'Maar nu is hij bij Hem, waar Sasja zal bidden voor ons achterblijvers.' Mariannes woorden leken Fritz weinig troost te bieden.

Ze liepen samen zwijgend nog een stukje op, en toen hield Fritz zijn pas in. 'Hier scheiden onze wegen, lieve zus.' Ze begreep het niet. Waarom deed hij ineens zo afstandelijk? 'Het spijt mij, maar ik kan het me niet meer veroorloven om gearmd met jou een tot de nok met mijn familie gevulde kerk binnen te treden.'

En weg was hij. Ze kreeg niet eens de kans nog iets terug te zeggen. Nu moest ze alleen verder lopen, dat was toch geen gezicht! Goed, kin omhoog, ze had geen keuze.

Niemand keurde haar daarbinnen een blik waardig. Zelfs Louise, de echtgenote van Fritz, die naast haar zat, draaide zich niet naar haar om. Ruggen keerden zich naar haar, als een falanx van familieleden die op een geheim teken voor haar ogen de gelederen sloten. Zij wist zich geen raad. Wilden ze niet eens meer met haar praten? Ze konden toch onmogelijk weten... En bij zo'n vrome gelegenheid, nota bene in de kerk... Wat probeerden ze haar nu duidelijk te maken? En wat kon ze doen? De zielenrust van die arme Sasja op het spel zetten door haar eigen sores hier openlijk... Nee, nee! Dat zou ze nooit doen. Ze had geen keuze, ze moest de kilte ondergaan. Gelaten gaf ze zich eraan over.

Later, terug in Hotel Stanislaz aan het Plein, waar ze met Johannes een paar kamers huurde, ijsbeerde ze tot het hem op de zenuwen begon te werken. In Den Haag blijven stond haar ineens enorm tegen. Om ook nog maar een dag in de buurt te blijven van die, die... die schijnheilige, kille familie van haar. Geen sprake van! De vernedering. Hoe durfden ze haar zo onbeschoft te behandelen! Was zij dan geen Prinses der Nederlanden, verdiende zij dan niet met gepast respect... Maar wat dan, wat dán? Het was voorlopig niet mogelijk om naar Seitenberg of waar dan ook heen te reizen. Veel te onrustig. Nederland was de enige veilige haven, voor nu. De revolutie was stilletjes aan het vaderland voorbijgegaan, omdat Guillot overstag ging nog voordat het volk eraan dacht zich met meer dan woorden te roeren.

'Ik wil dat je een nieuwe residentie voor ons zoekt,' zei ze.

Johannes keek haar verbouwereerd aan. Had ze te veel... Ze wilde hem niet bevelen, maar... God, ze kon toch niet met alles rekening houden! Ze moesten hier zo snel mogelijk weg, dat zag hij toch ook wel in? Maar hij zei niets wat erop duidde dat ze hem gekrenkt zou hebben.

'Een woning... hier? In Nederland?'

'Je kent de spoorlijn tussen Den Haag en Amsterdam? Die hebben ze een paar jaar geleden geopend. Het zou niet verkeerd zijn om een huis te zoeken dicht bij een van de stations... We zullen toch wel steeds blijven reizen, nietwaar? Voorlopig hebben we geen keuze. En alles wat we niet per rijtuig hoeven te doen... Denk je eens in wat een tijd ons dat zal schelen.'

Ja, dacht ze tevreden, dat is het! De nabijheid van een station alleen al deed elke denkbeeldige afstand korter lijken. Het wegkomen uit Nederland – als het moest – zou dan niet meer zo moeilijk lijken en de mogelijkheid om te kunnen vluchten wanneer het nodig was... Alleen op die manier maakten zij een kans om rust te vinden. En was niet rust wat zij zocht? Het zwerven en zoeken, het nergens thuis zijn... Ze was het allemaal zo beu!

Vanaf dat moment speurde Johannes iedere ochtend aan de ontbijttafel de kranten af, op zoek naar een plek die aan haar wensen kon voldoen. Op een zonnige voorjaarsochtend viel zijn oog op een advertentie. 'Ik heb iets! Moet je zien, hier... Nee, wacht, zal ik het voorlezen?'

'Nou, dat klinkt veelbelovend. Toe dan, lezen maar!'

'Men is voornemens te doen veilen, op 7 maart 1848, de aanzienlijke, smaakvolle en alleraangenaamst gelegen buitenplaats Rusthof, gelegen in de nabijheid van de kom der gemeente Voorburg, aan de Straatweg en Trekvaart, op korte afstand der stad 's-Gravenhage, in de nabijheid van de halte des Spoorwegs, op de Laan van Nieuw-Oosteinde, onder de gemeente Voorburg, bestaande in een kapitale, buitengewoon welonderhouden heerenhuizing. Stalling voor 8 paarden, 2 koetshuizen, een ruime oranjerie met biljartkamer erboven, perzikenkas, druivenkas, een zeer vruchtbare boomgaard, tuinmanswoning en schuur...'

Zo ging hij geruime tijd door. Het was te mooi om waar te zijn. Een prachtig groot en landelijk gelegen herenhuis met een enorme hoeveelheid groen en grond eromheen, een geweldig uitzicht en een idyllische ligging aan het water van de Vliet, op een steenworp van Den Haag en dicht bij station Laan van Nieuw-Oosteinde.

'Hoe heet het, zei je?'

'Wat bedoel je?'

'De villa, het huis. Hoe heet het?'

Hij bladerde terug. 'Rusthof. Buitenplaats Rusthof.'

✦

Kort nadat de kist van prins Alexander in de grafkelder van de Nieuwe Kerk in Delft was bijgezet, konden ze Rusthof in Voorburg al betrekken.

Zij had onopgemerkt naar binnen willen glippen, uit vrees dat de Nederlanders – net als haar familie – haar niet meer wilden. Maar het dorp was blij, zo niet uitzinnig van blijdschap dat er een prinses in hun midden kwam wonen. Er gingen vlugschriften rond waarop zij geliefd genoemd werd, geroemd werd om haar warmte, betrokkenheid en liefdadigheid... Als ze haar aan het hof in Den Haag niet meer wilden hebben, dan wilde Voorburg haar heel graag, leken ze te willen zeggen.

Voor haar komst was het hele dorp uitgelopen. Het slaperige Voorburg veranderde voor een dag in een uitzinnige zee van wapperende driekleuren, oranje vaandels en zelfgeknutselde kronen, zelfs het gemeentebestuur was enigszins verrast door de omvang van het welkom en de opwinding van de mensen. Toen ze het dorp in reden – Marianne in de coupé, Johannes op de bok van de koets – begonnen de klokken te luiden en de mensen toe te stromen. En op elke kerktoren prijkte sierlijk de nationale vlag. *De hemel scheen zich met de vreugdekreten van de ingezetenen te verenigen*, zou een dag later in de krant staan.

Bij Rusthof stond een ontvangstcomité van burgemeester, hoge bestuurders en geestelijken haar op te wachten. Ze lachte hen minzaam toe, maakte een praatje, straalde, wuifde. En alles begon weer te stromen.

Dit had zij eerder gedaan, dít was de rol die zij was voorbestemd te spelen. Niet alleen in het verre Silezië maar ook – juist! – in haar eigen geliefde vaderland. Zij was Marianne, prinses van het volk. Hadden de kranten en periodieken er niet vaak genoeg over bericht dat de gewone Nederlanders al jaren het gevoel hadden dat zij zich niet meer vertegenwoordigd voelden door hun eigen koningshuis? Maar zíj was anders, zíj stond veel dichter bij hen. Zij schaamde zich er niet voor dat ze, net als ieder ander, worstelde met alledaagse problemen als een slecht huwelijk. Dat zij, met andere woorden, ook maar een mens was! Integendeel. Zij kwam er juist openlijk voor uit.

De overdaad overviel haar, of nee, verrukte haar. Wat een zalig gevoel om zo onthaald te worden! Maar ze kon zich er tegelijk maar nauwelijks aan overgeven... Veel te bang dat iemand toch... De moeilijke vragen, ze zouden onvermijdelijk volgen. Waar was de echtgenoot? Waarom was zij alleen? Waarom ging zij hier wonen in plaats van in Berlijn, waar haar man en kinderen waren? Maar ach, ze waren zo uitzinnig! Wilden ze dat allemaal wel weten? Ze leken veel te blij dat zij in hun midden was, zulk geluk wilde niemand verspelen met achterdocht. Ze gedroegen zich als waren ze betoverd. Vrouwen juichten haar toe, reporters van de lokale krant riepen haar naam, kinderen wapperden met vlaggetjes. Wie was zij, schoot het door haar hoofd, dat haar zoiets te beurt mocht vallen? Stond het volk dan aan haar kant? Hadden zij mededogen met een vrouw wier droomhuwelijk op de klippen was gelopen?

Nee, in Voorburg zat voorlopig niemand te wachten op prins Albrecht van Pruisen. Maar zij ontving plotseling wel bericht van hem. Het was een klein pakketje, met een brief en een officieel document uit Berlijn. Ze brandde van nieuwsgierigheid, van opwinding, maar ook van... Angst? Ja, na al die jaren was ze nog steeds bang, hij had nog altijd die macht over haar, nondeju.

'Wil jij alsjeblieft...' Ze gaf de documenten aan Johannes.

'Lieve hemel!'

'Wat? Wat is er?'

'Je... je gelooft het niet. Het is geweldig nieuws! Je hebt gewonnen!'

'Gewonnen? Hoe bedoel je...' Ongeduldig griste ze de papieren uit zijn handen, en las, hoewel de woorden maar moeilijk tot haar doordrongen.

Albrecht had, na jaren vergeefs smeken bij zijn broer, het heft in eigen handen genomen. Hij was op eigen houtje, niet als prins maar als burger, naar de Berlijnse Volksrechtbank gestapt en had een wettelijke scheiding aangevraagd.

'Hij weet van mij,' zei Johannes meteen. 'Dat kan niet anders.'

Ze dacht even na. 'Nee, nee, dat is het niet. Het is nog eerder een politieke zet... Hij wil de publieke opinie naar zijn hand zetten, juist nu het volk roerig is. Je kent hem niet, hij wordt gedreven door haat. In dit geval voor zijn eigen broer, koning Friedrich Wilhelm de Vierde. Degene die hem zijn vrijheid steeds heeft ontzegd.'

'En nu? Hoe gaat het verder?'

'Nu wachten we af. En bidden we dat de letter van de Pruisische wet biedt wat geen enkele koninklijke familie kan bieden: ondubbelzinnigheid.'

Het leek erop dat ze met de aankoop van Rusthof in Voorburg de goede weg was ingeslagen. Ze investeerde om de tuinen en landerijen die bij de buitenplaats hoorden op te knappen, of liever gezegd om te toveren. Waterpartijen, bruggetjes, slingerende paadjes, nieuwe aanplant. Geen kiezel van wat ze aan moest schaffen kwam van buiten Voorburg; ze stond erop dat zo veel mogelijk dorpelingen konden profiteren van haar komst. Al haar aardse bezittingen waren per slot slechts in bruikleen aan haar geschonken en het was in haar ogen niet minder dan een plicht om anderen erin te laten delen. Ze gebruikte haar titel en haar voorrechten steeds intensiever om zich in te zetten voor minderbedeelden.

Ze bezocht weeshuizen en armenopvangcentra, scholen en meisjesinstituten, ging ook langs bij mensen thuis, gewone huisgezinnen die moeilijk rond konden komen, om giften achter te laten. Toen ze tijdens een van haar bezoeken – aan het meisjesinstituut van mejuffrouw Goudappel in Voorburg – werd omringd door zoveel bestuurders en hoogwaardigheidsbekleders dat ze amper bij de jonge vrouwen kon komen om hun een vraag te kunnen stellen, besloot ze dat het anders moest. Bij het bezoek daarna, aan een school in het dorp, liet ze Johannes vooraf schrijven dat ze geen begeleiding meer wilde. Van nu af aan liet ze alleen de burgemeester zelf nog toe, als ze dan per se iemand mee wilden sturen.

Daarna voelde ze zich vrijer en dichter bij de mensen, zonder een gevolg met toeters en bellen. Overal waar ze kwam knoopte ze gesprekken aan met wezen, kinderen, jonge vrouwen. Het kon haar niet schelen of ze in lompen gehuld, tandeloos of besmet met waterpokken waren. Op de ziekenafdeling van een weeshuis knielde ze neer bij het bed van een meisje van een jaar of acht. De directeur, de artsen, de zusters, allemaal fluisterden en friemelden ze van de zenuwen, niemand wist hoe ze om moesten gaan met een vorstin die knielde. Niemand, behalve het meisje in het ziekbed. Zij lachte lieflijk, vouwde haar handjes en zei samen met haar een gebedje op.

Natuurlijk wenste ze dat ze ondertussen wat meer op zouden schieten bij de rechtbank in Berlijn, maar Albrecht schreef dat het nog wel even zou duren voordat de scheiding een feit was. Hij vroeg haar een gevolmachtigde aan te stellen in Berlijn, ze liet er meteen werk van maken. In hetzelfde stapeltje post vond ze nog een andere brief. Ze zocht vergeefs naar een afzender.

Het ging over hem, over hen samen. Hoe wisten ze…

Het was volkomen ongepast, schreef de anonymus, en met 'het' bedoelde hij 'het zo nabij zich stellen van een persoon die daar niet hoorde. Hoe liberaal ook de gemoederen zijn mogen,' las ze hardop voor aan Johannes.

'Van wie denk je dat het is? Fritz?'

'Niet Fritz. Die heeft geen reden zich te verschuilen.'

'De koningin?'

'Anna is niet in staat anoniem te zijn. Veel te trots op haar naam om niet te ondertekenen.'

Het bleef even stil, ze herlas een stukje en zei: 'Zou het baron Schimmelpenninck van der Oye zijn?' Bon Dieu, als hij het echt was, dan was dezelfde brief, zo niet een veel ernstiger variant, inmiddels ook in Den Haag aangekomen...

'De gezant zit nog altijd op zijn post in Berlijn, nietwaar? Ik ben daar amper geweest... En waarom zou hij zich überhaupt druk maken om mij?'

'Hij is het, het kan niet anders. Die toon, de woordkeuze. Niemand anders uit zich zo... Nou ja, luister maar!'

Terwijl ze hardop verder las hoorde ze de stem van de baron in haar hoofd galmen.

'Al zong de persoon hier bedoeld alle psalmen in één adem uit, als een nachtegaal, al floot hij alle gezangen als een goudvink, al bad hij zo mooi als pater Innocentius, dan nog kan een hoge vrouw, prinses van geboorte, prinses bij huwelijk, moeder van prinsen en prinsessen, niet iemand bij zich toelaten die haar livrei draagt.'

'Hij durft mijn naam niet eens te schrijven.'

'Ik denk dat hij bang is voor represailles.'

'Van de Pruisische koning?'

'Van God.'

Vanaf dat moment begon vooral Johannes zich steeds meer zorgen te maken. Niet alleen om de berichten uit Berlijn, maar ook om haar. Ja, ze was vermagerd. Maar dat kwam vast door de lange dagen en de vele verplichtingen. Of anders door dat vele overgeven van de laatste tijd. Maar goed, dat kwam door de spanning en de zorgen, dat had allemaal met elkaar...

Of niet? Ze bekeek zichzelf eens goed in de spiegel. Was zij dit? Ze ontwaarde, voor het eerst, trekken van haar moeder bij zichzelf. Niet in haar gezicht, maar in haar knokige lijf, haar vermoeide houding. Het linnen ondergoed hing futloos om haar lijf, slap als was aan een lijn. Ze legde haar hand op de ruwe stof en voelde hoe zelfs haar huid plooide. Ze streek over haar bovenlijf en telde haar ribben, duwde haar vingers zachtjes in de holtes.

In een flits zag ze het. Hoe kon het dat ze het niet eerder had gezien, zelfs niet gevoeld?

Het begon onder haar navel. Vanaf daar golfde haar vermagerde silhouet naar voren, alsof ze iets onder het linnen verborgen hield. De huid was daar niet los. Ze volgde de welving met haar tintelende hand.

Twintig... Negentien... Minstens zestien weken, gokte ze.

4

Frederik van Oranje-Nassau (Fritz), de broer

Hoe vaak had Fritz zich niet afgevraagd of hij iets had kunnen doen om te voorkomen dat alles zo vreselijk mis was gelopen? Had hij eerder moeten inzien dat zijn zus zich in een afgrond stortte? Maar er was geen enkele aanwijzing geweest. Of het moest die ene keer zijn, toen ze die ongewoon koude, natte winter – het was januari 1846 – eindelijk weer in Den Haag was. Ze verbleef toen in haar oude vertrekken op het Noordeinde, met haar eigen huishouding, maar toen al zonder haar echtgenoot. Dat had natuurlijk de nodige wenkbrauwen doen fronsen. Maar de hele familie wist van hun huwelijksproblemen, en de meesten waren er zelf maar al te zeer mee vertrouwd.

Marianne gaf een diner, en wie niet uit beleefdheid op haar uitnodiging inging, deed het uit medelijden. Fritz herinnerde zich het allemaal nog goed, want hij zat die avond naast zijn schoonzus Sophie van Württemberg. Het was Sophie die, fluisterend achter haar hand, woorden gaf aan het gevoel dat hij sinds de aankomst van Marianne in Den Haag had gehad. 'Ze is veranderd.'

Fritz was getrouwd met zijn volle nicht Louise van Pruisen, maar hij hield van Sophie, de vrouw van zijn neefje Willem, de Prins van Oranje. Hij hield al van haar sinds het betoverende moment dat hij haar op Het Loo quatre-mains had zien spelen met Franz Liszt, jaren geleden. Hij was er in de loop der jaren zo slecht in geworden die liefde naar behoren te verbergen dat hij van hogerhand de opdracht kreeg zich niet meer te vertonen wanneer Sophie bij hem thuis in Wassenaar op bezoek kwam om thee te drinken met zijn vrouw. Hij wist niet wie er had geklaagd en waarom; zijn eigen vrouw uit jaloezie of zijn schoonzus uit ergernis. Hij hoopte vurig op het eerste, maar de ontwijkingsmanoeuvres van Sophie waren hem de laatste tijd niet ontgaan. Ze nam de briefjes niet meer aan die hij haar in de hand duwde, ze maakte zich los als hij haar aanklampte. Het was verstandig, maar het was ook ondraaglijk. Hij verlangde er vurig naar alles voor haar te zijn wat zijn neef Willem niet voor haar was. Maar ze was al verloren, of tenminste zo beschouwde zij zichzelf.

Hij hield van Sophie, maar Sophie hield van Goethe en *Die Leiden des jungen Werthers* en dweepte met het ongelukkige wegkwijnen. Volgens koningin Anna was ze chronisch ontevreden, vond ze Nederland lelijk en klein, de mensen saai, het klimaat vreselijk. Ze was er bijna van overtuigd dat Sophie nog eens dood neer zou vallen van verveling. Sophie op haar beurt betichtte haar schoonmoeder van zelfingenomenheid, typisch Russische hoogmoed en een compleet overdreven orthodoxie in haar geloof. Eigenlijk, had Sophie hem jaren geleden toevertrouwd, was Fritz de enige aan het Nederlandse hof die ze sympathiek vond. Zij gaf hem daarmee het gevoel dat alleen zij, en niemand anders, werkelijk begreep hoe belangrijk hij voor de familie was. Dat niet Guillot, de held van Waterloo, maar juist hij, met zijn waardevolle connecties en onberispelijke reputatie die via zowel het leger als de vrijmetselarij tot ver buiten de grenzen van het koninkrijk reikte, prestige gaf aan het land.

Het grootste deel van zijn leven had hij naast de troon gestaan, in de schaduw van zijn bekvechtende broer en vader en als enige in staat zijn ego aan de kant te schuiven en aan de toekomst van het Huis te denken. Bruggenbouwer, verzoener. Altijd had hij naar eer en geweten gehandeld. Waarom had het lot aan zijn brute, liederlijke neefje Willem een vrouw als Sophie gegeven, een jongen die niet wist wat cultuur was en sowieso liever in de armen van zijn revuemeisjes lag? Wat moest zo'n beestachtige man met een zo belezen en kosmopolitische vrouw? Hoe kon hij ooit haar intellectuele behoeftes bevredigen? Met Fritz deelde Sophie haar liberale en avantgardistische idealen, zaken waar hij met geen andere vrouw over zou kunnen spreken, en het was tijdens die bevlogen gesprekken dat hij het idee kreeg dat ze zijn liefde beantwoordde.

Maar dat was allemaal voorbij. Hij mocht niet meer in haar buurt komen wanneer zij alleen was, en als hij dat wel deed ontweek ze hem meestal. Het was een verademing om tijdens het diner bij Marianne eindelijk weer in haar nabijheid te zijn. Zij sprak even geanimeerd als altijd tegen hem, alsof er niets gebeurd was, en hij genoot er te veel van om vragen te stellen. Zij wilde wat extra brood hebben, en vroeg Fritz in welke taal ze dat boerse personeel van zijn zusje diende aan te spreken. 'Het zijn allemaal Hollanders, op die knappe Italiaan daar na, de maître d'hotel,' zei hij.

Sophie trok een wenkbrauw op en vroeg doelgericht een van de andere, minder glad uitziende bedienden om haar nog wat *brötchen* te brengen (Frans en Engels sprak ze vloeiend, maar Nederlands bleef ze uit principe met een zwaar accent spreken) en ze was zeer verontwaardigd over de familiaire manier waarop de jongen haar antwoordde.

'Ik ken geen onfatsoenlijker huis dan dat van prinses Marianne.'

Fritz kon amper nog iets uitbrengen, zo verrukt was hij om weer dicht bij haar te zijn. Haar adem, het gefluister in zijn oor... Hij volgde nog maar half de roddel die ze hem toevertrouwde, over een verhouding tussen Marianne en een adjudant van de prins van Pruisen of zoiets. Hij vond het een ongeloofwaardig verhaal, maar liet zich er omwille van de boodschapper volledig door in beslag nemen.

De volgende ochtend ontving hij een bericht dat Marianne ziek was. Dat kwam vast door de kou en het vocht van de reis naar Den Haag, schreef zijn zusje, ze had onderweg alles van bliksem tot hagelbuien over zich heen gekregen. Nog voor het einde van de ochtend was Fritz bij haar. Ze lag nog in bed en hij schrok van haar aanblik, ze was lijkbleek en bezweet.

'Het is niets. Ik voel me wat koortsig, ik denk dat ik me toch wat meer zorgen om alles maak dan ik had gedacht.'

'Heb je de dokter al laten komen?'

'Welnee. Even op bed liggen is alles wat ik nodig heb.'

'Er komt een dokter, nu meteen.'

✦

Vrijwel elke avond was er wel ergens een ontvangst of een feest. Niet alleen in de paleizen van de adel, maar ook in de ambtswoningen van ambassadeurs of hooggeplaatste staatslieden. De avondagenda was altijd al genoeg om Fritz gek te maken, maar sinds de abdicatie van zijn vader in 1840 waren daar nog de vele koninklijke bals bij gekomen. Anna en Guillot hadden wat dat betreft in korte tijd een geweldige reputatie opgebouwd. Vader had altijd een hekel aan protserige feestjes gehad, maar sinds zijn broer de troon had overgenomen hadden de koninklijke bals in Den Haag ineens allure gekregen. Guillot was verfijnd, had smaak, verstond de kunst van het plezier maken. Hij schitterde, wond gasten van over de hele wereld om zijn vinger met zijn charmante praatjes en zijn verhalen over Waterloo.

Fritz was anders. Aanwezig, maar altijd op de achtergrond. Hij had al op jonge leeftijd een indrukwekkende carrière in het leger opgebouwd. Ook hij voerde zowel in Leipzig als in Waterloo troepen aan, was zelfs benoemd tot erekolonel in het Pruisische leger en werd na de Tiendaagse Veldtocht in Nederland benoemd tot grootkruis in de Militaire Willemsorde.

Maar hij was bijna vijftig en hij had het beklemmende gevoel dat het hoogtepunt van zijn leven achter hem lag. Sinds zijn broer de troon had beklommen liet hij zich meer in beslag nemen door zijn grootmeesterschap van de orde van vrijmetselaren onder het grootoosten der Nederlanden. Zijn echtgenote Louise liet zich vooral in beslag nemen door de vele bals en soirees. Louise was een goede moeder, maar ook een jaloerse vrouw en zij en Sophie hadden regelmatig ruzie. Ook daarom, wist Fritz, was het beter zich wat meer terug te trekken op zijn landgoed De Paauw in Wassenaar.

In die dagen richtte hij zich meer en meer op zijn enige zoon, Frederik, die al bijna negen was en een echte jongeman begon te worden. Hij leerde hem sinds kort jagen op het aangrenzende landgoed De Horsten, eerst op kleine watervogels en later ook op hazen, fazanten en wilde zwijnen. De jongen was zo enthousiast dat Fritz hem onlangs zijn eerste geweer cadeau had gedaan, en toen hij de blik in Frederiks ogen zag, was er ineens iets van geruststelling over hem neergedaald. Het was goed zo, zelfs al had hij zijn beste tijd al gehad. Fritz hoefde zichzelf niet meer te bewijzen. Zijn dochters waren voorbestemd om op een dag te trouwen en uit te vliegen naar de hoven van Europa, maar deze jongen, de kleine Frederik, zou de landerijen in Wassenaar erven en daarmee de nagedachtenis aan het leven van prins Frederik der Nederlanden in ere houden. Als het hoogtepunt van zijn leven achter de rug was, was er altijd nog zijn zoon die de hoopvolle toekomst representeerde.

Het was in de eerste januaridagen te koud om te jagen. Hij was net begonnen zijn zoon de regels van het edele biljartspel uit te leggen, toen zijn echtgenote binnenkwam met een ongebruikelijk bericht. Het eerste koninklijke bal van het seizoen, dat pas over een week zou plaatsvinden, was plotseling vervroegd naar de volgende dag. Hij vroeg waarom ze het hadden verplaatst. Louise haalde haar schouders op. 'Weet ik niet. Ik heb van alles gehoord. Maar het zal de extreme winterkou wel zijn die maar toe lijkt te nemen. Zonde voor je zuster.'

'Mijn zuster?'

'Marianne is toch ziek, zei je? Het is een geluk dat we de danspasjes al weken paraat hebben!'

Natuurlijk wist Louise wat de reden was en hij had het ook kunnen weten. Het enige wat net zo legendarisch was als Anna's hooghartigheid, was haar doortraptheid. Ze had vernomen dat Marianne op bed lag en de gelegenheid met beide handen aangegrepen. Als ze dat bal snel zouden houden, kon zij niet komen en was Anna verlost van het dilemma over wat ze met Marianne aan moest.

Toen ze de volgende avond met de koets Den Haag binnenreden waren de straten glad als spiegels en de kale bomen op het Lange Voorhout omhuld met een dunne laag ijzel. Vanuit alle richtingen kwamen de rijtuigen aangereden. Het bal mocht dan plotseling vervroegd zijn, iedereen die iemand was in Den Haag was op komen dagen. In het flikkerende licht van de net ontstoken gaslantaarns stapten de mannen uit in zwart galatenue en staken hun hand uit om de vrouwen te ondersteunen, wier gezichten verborgen bleven achter voiles. Onder hun bontmantels droegen ze jurken met lange mouwen; koningin Anna had het vanwege de kou speciaal toegestaan.

Even later stond iedereen in de zaal in vierkantjes opgesteld, maar de muziek was nog niet begonnen. Die ving pas aan als alle hoogheden hun hand door de gasten hadden laten kussen. Japonnen ruisten, veren wuifden en satijnen linten wiegden zachtjes mee op de golven van buigingen. Toen er een einde kwam aan de lange rij, klonken de eerste tonen van de muziek. Maar precies op het moment dat de quadrilles moesten beginnen, sloegen de deuren van de balzaal met een klap open. Fritz herkende haar meteen, ondanks haar uitdossing.

De gestalte die als een geestverschijning was opgedoemd in de deuropening, trok haar vermomming – een Venetiaans oogmasker – resoluut af, deed haar lange handschoenen uit en stoof de zaal in. In een moment van onwezenlijke stilte kon iedereen haar voetstappen horen, gevolgd door de ingehouden, bijna beleefde paniekkreetjes van de lakeien die haar tegen probeerden te houden. Haar eigen personeel had zich als een schild en stormram rond haar opgesteld en maakte de weg vrij. Zij was vastbesloten een *grande entrée* te maken, dat was wel duidelijk. Het geroezemoes in de zaal verstomde, iedereen keek naar haar. 'Marianne is er,' zeiden de gasten tegen elkaar. 'Kijk, prinses Marianne, ze is toch gekomen.'

Ook met een door vuurrode pokken bedekt gezicht was ze uit duizenden herkenbaar. In een purperen avondjurk vloog ze door de zaal, dwars door de menigte heen. Ze versnelde haar pas, alsof ze niet kon wachten, of misschien bang was om door lakeien onderschept te worden voordat ze haar doel had bereikt. Want een doel had ze. Ze stapte recht op de koningin af. Naarmate ze dichterbij kwam, zag Fritz haar bultige huid beter. Haar gezicht, hals, ontblote polsen en onderarmen, alles zat onder. Het was geen gezicht. De gasten deden hun best niet achteruit te deinzen, want dat gaf geen pas. Maar de ontsteltenis was groot. 'Bon Dieu', fluisterden ze, 'opzij, blijf uit haar buurt!'

Fritz keek naar de koningin. Anna verstijfde. Ze week niet, hield haar rug kaarsrecht. Zonder aarzeling pakte ze de hand vast die Marianne haar reikte. Nu werd de paniek groter. Jurken ritselden, linten raakten in elkaar verstrikt en hier en daar kletterden diademen op de grond. Terwijl Marianne haar familieleden een voor een de hand kuste, verzamelden moeders hun dochters en brachten hen naar een naastgelegen vertrek. Maar Marianne liep er vastbesloten achteraan en bleef maar doorgaan, er was geen dame die ze niet haar besmette hand bood. De regels waar ze zich door lieten leiden bleven zelfs onder deze afwijkende omstandigheden gelden. Ze konden niet weigeren; als een vorst je de hand reikte, dan pakte je die aan.

Fritz was verbouwereerd, maar hij kon niet ontkennen dat hij van de opschudding en de uitdrukking op de normaal zo gladgestreken gezichten genoot. Iedereen was ontsteld, maar er hing tegelijk een vreemde zweem van gelatenheid in de zaal. Ze keken naar haar, ze vergaapten zich. Zoiets verwachtte je bij een artiest, een tragédienne of een operazangeres, niet bij een prinses... Zelfs Sophie keek een beetje jaloers. Zijn dwaze zus! Ze vonden haar allemaal verdorven, en ze wilden haar allemaal zijn.

✦

Hij was verwikkeld in een verhitte discussie met zijn echtgenote toen de gouvernante met rood hoofd en grote ogen binnenstormde.

De avond van het bal was als een roes aan hem voorbijgegaan, waaruit hij pas de volgende ochtend weer ontwaakte. Eenmaal bij zinnen wist hij dat hij zijn verbolgen echtgenote al bij het ontbijt te woord moest staan, en als altijd zijn kleine zusje zou moeten verdedigen. Hij probeerde iets verhevens te zeggen over de tegengestelde krachten die in Marianne leefden. Over haar onevenwichtigheid, hoe zij altijd moeilijk de balans kon vinden. Maar toen zei Louise dat er naar schatting honderden mensen besmet waren geraakt en wist hij niet meer wat hij moest antwoorden. Wat dat betreft kwam de gouvernante als geroepen.

'Zijne Koninklijke Hoogheid prins Frederik, hij is bij de lichaamsoefeningen van deze ochtend ten val gekomen.'

Met bonzend hart rende Fritz op de speelzaal af die hij onlangs had ingericht als gymnastiekruimte voor de kinderen. Al dat moderne geklets over harmonische vorming van lichaam en geest, waarom had hij zich ook laten overtuigen om zulke gevaarlijke toestellen in huis te halen!

Hij trof zijn zoontje schreeuwend van pijn op de grond aan. Met beide handen omklemde de jongen zijn linkerkuitbeen, dat paars en opgezwollen was. Fritz riep tegen zijn vrouw dat ze direct een arts moest laten komen, knielde bij Frederik neer en legde diens verhitte hoofd in zijn schoot. Toen pas zag hij het grijzige stuk bot uit het onderbeen van de jongen steken. Lijkbleek bleef Fritz zitten, de bezwete haren strelend, wiegend, sussend, totdat de dokters kwamen en hem meenamen.

Toen ze hem op het bed plaatsten dat ze voor de gelegenheid snel klaar hadden gemaakt, begon de jongen nog harder te krijsen. Een van de artsen greep een zakdoek uit zijn jasje, ontkurkte een flesje waar een scherpe, penetrante geur uit kwam en doopte de zakdoek erin. Vastberaden liep hij met de druipende doek op de kleine Frederik af. Fritz protesteerde, ze zouden zijn zoon nog vergiftigen! Maar de dokter verzekerde hem dat het veilig was en ten behoeve van de patiënt, die buiten westen zou raken en de pijn niet zou voelen. Kort daarna was de jongen stil en zou je kunnen zweren dat hij in een vredige slaap was beland. Fritz werd vriendelijk verzocht de geïmproviseerde operatiezaal te verlaten en de heelmeester zijn werk te laten doen.

De operatie duurde eindeloos. Het bot moest gezet worden en dat was een moeilijke en riskante ingreep, maar die was geslaagd. Het bot was nog jong, zeiden de dokters, dus bij voldoende rust zou het goed genezen. En van al die pijnlijke ingrepen, tot aan het dichtnaaien toe, had de jongen niets gemerkt of gevoeld. Ze hadden hem al naar zijn eigen slaapkamer overgebracht, zeiden ze, en hij sliep nog steeds.

In de dagen en nachten die volgden week Fritz niet van het bed van zijn enige zoon. Frederik was al snel ontwaakt uit zijn verdoofde staat, en meteen opgewekt. Hij vertelde niet zonder trots over de circuskunsten die hem noodlottig waren geworden en smeekte zijn vader om het speelvertrek niet van hem af te pakken. Om de paar uur kwam er een dokter langs die het laken optilde, keek, knikte, kneep, klopte, luisterde naar de longetjes en weer vertrok. Op de vele vragen die Fritz stelde – wanneer de jongen weer mocht opstaan, of hij niet al zijn spierkracht zou verliezen door het vele liggen, of hij ooit weer normaal zou lopen – kreeg hij geen antwoord.

'We zullen moeten zien hoe het heelt', was alles wat hij te horen kreeg.

Maar na een paar dagen kwam de arts steeds vaker terug. De kleine Frederik knapte niet op, hij kreeg koorts en werd kortademig. Er werd gevreesd voor koudvuur, afsterving van het weefsel, en de dokters kwamen op de proppen met kruidendrankjes, bloedzuigers, aderlatingen. Het was allemaal tevergeefs.

Een week nadat hij was gevallen, stierf Frederik, zijn oogappel, zijn enige zoon, op negenjarige leeftijd.

Fritz had verlies gekend in zijn leven. Zijn eerstgeboren zoon overleed een paar maanden na zijn eerste verjaardag. Hij had zijn zusje Polly verloren, zijn ouders waren gestorven. Hij wist wat de dood was en toch had hij hem nooit eerder zo vol in de pikzwarte muil aangekeken. Het gevoel met huid en haar verslonden te zijn, alsof ook hijzelf niet meer bestond, was alles wat er nog van hem over was. Ineengedoken zat hij dagenlang snikkend naast het waskleurige lijkje. De enige keer dat hij opkeek, was toen Sophie binnenkwam.

Ze keek kortstondig naar de baar, omhelsde Fritz met trillende armen en kuste zijn hand met bevende mond.

'Daar ligt al mijn liefde,' zei hij. 'Nu is het voorbij.'

Wat moest gebeuren, gebeurde ook zonder dat Fritz er zelf iets voor ondernam. De begrafenis, de stoet, het eerbetoon, de bijzetting in Delft. Maar het was voor hem onmogelijk om daarna zijn leven, de dagelijkse gang van zaken weer op te pakken. Het huilen stopte niet, ook niet na weken. Alles leek simpelweg te zijn opgehouden. Het enige wat opnieuw begon na de dood van zijn zoontje, was zijn dagelijkse bezoek, in de vroege ochtend, aan prinses Sophie. Zij weigerde hem niet meer, ze ontweek hem niet langer. Het was louter medelijden dat haar dreef en dat wist hij, maar het was alles wat hij nog had. Haar salon was de enige plek waar hij het gevoel had niet steeds ten onder te gaan in de zwarte golf van verdriet. De wrange pijn – dat zijn ongeluk haar bij hem terug had gebracht – voelde hij pas maanden later.

✦

Het was de dood van zijn zoon Frederik waar Fritz onophoudelijk aan dacht toen hij, twee jaar later, in de kloosterkerk de afscheidsdienst voor zijn neefje Alexander, de zoon van Guilllot en Anna, bijwoonde.

Het laatste nieuws uit Parijs, dat koning 'Louis-Filevite' (Lodewijk-vlug-ter-been) op stel en sprong was gevlucht en de republiek was uitgeroepen, was hard aangekomen en het duurde niet lang voordat in Amsterdam de eerste pamfletten opdoken met leuzen als 'Leve de Republiek!' en 'Weg met den koning!'. Guillot leek eerst niet bereid toe te geven aan de eisen van de liberalen, maar alles veranderde toen zijn ministers gezamenlijk hun ontslag aanboden. Terwijl Guillot er nog over nadacht hoe hierop te reageren – misschien dan toch maar een commissie tot grondwetsherziening aan te stellen – werd in koffiehuis De Gouden Kroon aan de Haagse Groenmarkt een demonstratie georganiseerd om de koning aan te moedigen. Het nieuws van het ontslag van de ministers bereikte de betogers, en nog diezelfde dag lieten zij pamfletten door Den Haag verspreiden met de tekst 'Leve de hervormingen!'. Er werd opgeroepen die avond mee te lopen in een optocht om de koning te danken. Ze trokken met fakkels naar het paleis, riepen 'Oranje boven!' en Guillot – opgelucht – kwam zelfs naar buiten om de leiders van de optocht de hand te schudden. Een dag later zei Guillot tijdens het diner lachend dat hij in vierentwintig uur van '*très conservatif très libéral*' was geworden. Prins Willem, die naast hem zat, kon niet om de grap lachen. Hij keek doodongelukkig en zei de hele avond geen woord.

In de dagen die volgden werden nieuwe ministers gezocht en werkte Thorbecke aan het grondwetsontwerp. En juist in die zware, overvolle dagen die het uiterste vroegen van Guillot, was het onheilsbericht uit Madeira binnengekomen. Sasja was overleden. Fritz wist als geen ander dat Guillot de dood van zijn lievelingskind maar moeilijk te boven zou kunnen komen.

Het duurde bijna twee maanden voordat het stoomschip Phoenix, dat het lijk van Alexander aan boord had, aanmeerde in de haven van Rotterdam. Terwijl Nederland de langverwachte metamorfose naar constitutionele monarchie onderging, ging het met de koning en zijn gezondheid bergafwaarts vanaf het moment dat de deuren van de Delftse grafkelder zich achter hem sloten. Dat zijn nog levende zoon Willem, de erfopvolger, na alle staatkundige concessies had verkondigd dat hij op deze manier helemaal geen koning meer wilde zijn, afzag van zijn rechten op de troon en naar Engeland vertrok, duwde Guillot over een dunne, onzichtbare rand.

Vermoeid, afgemat en vol verdriet week Guillot uit naar zijn geliefde buitenverblijf in Tilburg. Het was tijd eindelijk toe te geven aan zijn vermoeidheid, bij te komen van het meest onstuimige jaar uit zijn leven. Onderweg werd hij steeds bleker, zwakker, benauwder.

Fritz ontving het nieuws van de zorgwekkende gezondheidstoestand van zijn broer op een koude ochtend in maart van het jaar 1849. Het bericht trof hem zozeer dat hij zijn koffie uit zijn handen liet vallen. Nog diezelfde ochtend reisde hij met zijn neefje Hendrik, Guillots jongste zoon, ijlings naar Tilburg, waar ze de zieke zuchtend van opluchting in de armen vielen. Anna kwam even na hen aan, maar zij mocht niet meer bij haar man, de artsen waren bang dat zijn zwakke hart het niet aan zou kunnen. Kort na Anna arriveerde Marianne, aan wie ook de toegang tot de kamer van de zieke koning werd ontzegd. Iedereen besloot te blijven en er werden onderkomens voor een langer verblijf geregeld. Maar een lang verblijf zou het niet worden. De volgende middag stierf Guillot op zesenvijftigjarige leeftijd en kwam er een abrupt einde aan het koningschap van Willem de Tweede.

Fritz trad het sterfbed van zijn broer met moeizaam bijeengeraapte moed en een droge keel tegemoet. Anna zat naast hem, maar hij kon haar gezicht niet zien. Ze was een zwarte vlek, voorovergebogen en slap op het bed hangend, alsof ook zij het leven gelaten had. Haar gezicht in zijn kussen gedrukt, haar ademhaling een zachte ruis, haar snikken nauwelijks hoorbaar. Fritz wist niet of ze besefte dat hij er was.

De troostende armen die hij het meest nodig had, waren er niet. Sophie was eerder die week naar Hoek van Holland gereisd om de terugkomst van haar echtgenoot Willem uit Engeland af te wachten. De hele familie hield de adem in. Hoe had Willem het bericht ontvangen dat zijn moment was gekomen? Zou hij blijven vasthouden aan zijn koppige weigering de troon te aanvaarden? Hij was volgens alle wetten in het land, de nieuwe grondwet inbegrepen, koning Willem de Derde geworden.

In tegenstelling tot Willem had Sophie juist altijd naar dit grote moment uitgekeken, wist Fritz. Als koningin zou ze eindelijk iets noemenswaardigs te doen hebben. Maar ze wist ook dat haar man spuugde op de grondwet, die hij belachelijk noemde, en dat hij niet naar de andere kant van het water was gegaan om – zoals hij zelf beweerde – te jagen, maar omdat daar een meisje op hem wachtte. Ze wist zelfs dat het meisje in kwestie in verwachting was. Het enige wat ze niet wist, wat niemand wist, was of haar man in Engeland van gedachten was veranderd. Bij zinnen was gekomen.

Het was een klein wonder. Zelfs Sophie moest toegeven dat Willem, eenmaal terug in Nederland, een ander mens leek te zijn. Hij voegde zich waardig bij zijn rouwende moeder, maakte geen ophef, was zelfs volgzaam en gehoorzaam. Toen hij als koning Willem de Derde terugkeerde naar het hof in Den Haag, keek zelfs het personeel op van de schijnbare gedaanteverwisseling. Net als Sophie hadden zij altijd enorm geleden onder zijn driftbuien. De hofarts van Paleis Noordeinde had zelfs een keer ten einde raad bij Fritz op de stoep gestaan om op te biechten dat hij zijn handen vol had aan de zenuwinzinkingen van het personeel. Maar voor de nieuwe Willem maakten ze allemaal ineens met plezier een buiging. En de nieuwe koning deed er zelf ook alles aan zich geliefd te maken. Officieel was hij in de rouw, maar achter de schermen was hij vrolijk en hij deelde onderscheidingen uit als speeltjes.

Ergens in de daaropvolgende dagen ontving Fritz Marianne op zijn landgoed in Wassenaar. Ze zeiden niet veel, maar omhelsden elkaar innig. Ze zag er verdrietig uit, hij nam aan dat het kwam doordat ze haar ruzie met Guillot niet op tijd bij had kunnen leggen. 'Het spijt me. Hij was ook jouw broer, ik weet hoeveel je ondanks alles van hem hield.'

Nu Willem op de troon zat, besefte hij ineens, kon hij nog maar weinig voor haar betekenen. Hij had zich altijd schuldig gevoeld dat hij niet meer dan een scheiding van tafel en bed had weten te regelen. Ze zag haar kinderen zelden, alleen buiten de Pruisische grenzen.

'Hij zal gemist worden. Waar is Louise eigenlijk? Komt ze niet bij ons zitten?'

Fritz moest het haar vertellen, maar hij wist niet hoe. Dat de roddels, die hij zelf weigerde te geloven, welig tierden aan het hof. Dat de hele familie zich, terwijl zij in Rome en God weet waar verbleef, tegen haar had gekeerd, dat de banden na die aanvaring op het bal onherstelbaar beschadigd waren.

'Heb je dan geen idee? Weet je echt niet hoe slecht je ervoor staat? Hoe er over je gesproken wordt?'

'Natuurlijk wel, maar...'

'Anna weigert je nog te ontvangen. Sophie denkt er net zo over. De vrouwen praten over je, zus, en het is weinig goeds. Ze zeggen dat je een hofhouding als een straatcircus hebt, dat je je laat aanspreken als hun gelijke.'

'Ach, die vrouwen. Hebben zij het dan zo goed voor elkaar? Ik heb gehoord dat Willem er plezier in schept zijn echtgenote te pesten en te provoceren. En Sophie haat haar eigen man bijna net zozeer als ze haar schoonmoeder verafschuwt. En zij, de grootvorstin die het monster heeft gebaard dat de Voorzienigheid aan ons vaderland heeft geschonken, heeft naar verluidt een nog grondiger hekel aan háár, die jammerende schoondochter. Als ik de reden ben dat die twee het eindelijk eens ergens over eens zijn, nou, dan doet me dat deugd.'

Marianne, besefte Fritz, had er allang mee leren leven om gehaat te worden. Hij kon haar niet helemaal ongelijk geven, de meeste vrouwen aan het hof hadden ook niets beters te doen dan elkaar het leven zuur maken. Hun levens, zo wist hij maar al te goed van zijn gesprekken met Sophie, waren een dodelijk saaie reeks van whistavonden, theemiddagen, soupers en bals. Natuurlijk keken ze neer op Marianne; maar ze haatten haar niet om de hoogdravende redenen die ze ervoor opgaven. Zij was de enige die het lef had gehad eruit te stappen en dat maakte hen gek van jaloezie. In het licht van haar ontsnapping zagen zij er treurig uit, gekooide vorstinnen die gebukt gingen onder het gewicht van hun eigen wereld. Maar hij wilde zijn kleine zusje niet kwijtraken. Waarom maakte ze het hem toch steeds weer zo moeilijk? Het was geen pretje om daar staan, midden in die troebele poel van afgunst, als altijd alleen op een verlaten eiland.

'Heb je gehoord dat ze mijn hofhouding hebben teruggeroepen naar Pruisen?'

'Je hebt anders geld genoeg om je eigen personeel uit te zoeken.'

'Dat heb ik graag gedaan.'

'We hebben het gemerkt.'

'Wat? Te kleurrijk? Na dertien jaar tegen die uitgestreken smoelen van mijn Pruisische lakeien te hebben moeten aankijken, leek het mij goed om het werven van de nieuwe huishouding rigoureus anders aan te pakken.'

'Is er iets waar van de geruchten? Is er een man? Een... bediende, een officier of kolonel of iets...?'

'Nee.' Het kwam er iets te resoluut uit.

Hij keek haar aan, besloot haar te geloven. Zoveel was hij haar nog wel verschuldigd. 'Ik denk ook niet dat je geschikt bent voor een geheime liefde.'

'Er is niemand, Fritz. De markt voor in ongenade gevallen prinsessen is niet erg groot.'

✦

Anna zei ijzig tegen Fritz dat romantische liefde de laatste illusie van de eeuw was. Dat Marianne zich nogal wat in het hoofd haalde. Dat zij zelf amper een woord wisselde met haar lakeien, ze keek ze niet eens aan, zo hoorde dat. 'En over ongelukkige huwelijken hoef je mij niets te vertellen, Fritz. Het siert een dame als ze het verdraagt ten koste van alles. Want een man die zijn eigen vrouw niet aankan, is een man die het leiderschap nergens aankan.' Ze keek Fritz indringend aan, alsof ze niet in raadsels maar in visioenen sprak. 'En God weet dat we in deze barre tijden leiders te velde nodig hebben.'

Fritz zweeg, wat kon hij nog zeggen tot haar verdediging?

'Ze heeft de regels overtreden,' zei ze met een plotselinge directheid.

'Ik weet dat je haar als een misdadigster ziet.'

'Het probleem is niet hoe ik het zie, het probleem is dat jij denkt dat het slechts mijn zienswijze is. Onze gezant in Berlijn, Schimmelpenninck van der Oye, heeft een gedetailleerd verslag gestuurd van de algemene opinie in het Pruisische rijk. De hele wereld staat aan mijn kant in deze zaak, maar wij hebben hen niet eens nodig, want wij hebben God aan onze zijde. Alleen Hij bepaalt wat het juiste is. Uit zuivere godsdienstplicht behoort jouw zus alles op te offeren aan de sociale positie die haar door de Voorzienigheid gegeven is.'

Anna sprak zonder haar stem te verheffen, maar het trotse tsarenbloed kookte. Het was alsof ze haar woorden kort en resoluut op de grond spuugde, als kersenpitten. Zijn naam was nog altijd niet gevallen, maar Fritz wist over wie het verslag, dat hij vluchtig las, ging. Anna zou die naam nimmer over haar lippen kunnen brengen. 'Ze moet hem verwijderen,' zei ze.

'Dat zal ze nooit doen, ze zal aanvoeren dat hij onschuldig is.'

'De man is toch volgens de wet getrouwd? Wat mij betreft beschouwt ze de verwijdering van de persoon als een beproeving van God. Hoe dan ook moet ze hem verlaten.'

Het had geen zin eromheen te draaien en nu hij zeker wist dat Marianne tegen hem had gelogen, was Fritz het zat haar te verdedigen, zich omwille van haar in bochten te moeten wringen.

Anna beet op haar lip. 'Ik kan het gewoon niet geloven dat een vrouw zo... Is ze dan echt zo verdorven? Geeft ze dan niets om haar kinderen?'

'Ze zegt dat haar kinderen haar al jaren geleden zijn ontnomen.'

'Ach, Fritz, Marianne is verloren... Een vrouw zonder eer. Heb je gehoord wat ze nu weer van plan is?'

Fritz zweeg.

'Lees je soms geen kranten? Ze gaat op bedevaart, Fritz. Met hém.'

'Natuurlijk lees ik de kranten,' zei hij. Maar Fritz las het later pas, thuis in Wassenaar. Toen hij de krant, waarin de reis van Marianne werd aangekondigd, dichtsloeg, had hij zijn besluit al genomen. Het was tijd om een bezoek te brengen aan mevrouw Van Rossum.

Toen hij eenmaal de drempel van het huis in de Dronkemanssteeg over was gegaan, begon hij te twijfelen of het wel zo'n goed idee was geweest. Een meid had opengedaan. Mevrouw Van Rossum zat met opgestroopte mouwen aardappels te schillen aan de ronde keukentafel. Haar benen wijd, bruine schillen vielen als sneeuwvlokken in het bevlekte schort dat tussen haar benen hing. Ze stond niet eens voor hem op, ging onverstoorbaar door met het vakkundig mikken van glimmende aardappels in een grote pan met melk. Hij rook een weeïge geur van uien, die op het vuur sisten.

Zij keek op. 'Wat kan ik voor u doen?'

Goed, geen meegaande dame. Maar het ergste was wel dat hij vond dat ze groot gelijk had om hem te wantrouwen. Zij had geen enkele verplichting naar hem of zijn familie. Vermoedelijk koesterde ze vooral sterke gevoelens van afkeer, al was haar gezicht ook weer niet vijandig te noemen. Ze was eerder... onverschillig. Voor zijn rang, voor de situatie, voor de wereld.

'Ooit dacht ik dat het ontbreken van kinderen het grote probleem van mijn huwelijk was,' begon ze uit het niets. 'Maar het feit dat er een Koninklijke Hoogheid op mijn stoep staat, doet mij vermoeden dat zelfs jullie er inmiddels achter zijn wat al die tijd het probleem is geweest.'

'Wij zijn ons bewust van uw lijden, mevrouw Van Rossum.'

'Denkt u dat werkelijk, Hoogheid? Dat u mijn lijden kent?'

'Misschien meer dan u zich voor kunt stellen, madame. Huwelijksproblemen zijn er per slot in alle rangen en standen.'

'Maar ik heb het niet over mijn huwelijk. Meneer, of Hoogheid, of hoe ik u ook moet noemen, ik heb er allang vrede mee dat mijn huwelijk kapot is. Maar u begrijpt toch zeker ook wel dat het laatste nieuws mij pijnigt. Al die jaren heb ik het nota bene Johannes kwalijk genomen!'

'Het laatste nieuws, mevrouw?'

'Misschien is het tijd om eens bij uw zuster langs te gaan, Hoogheid, dat is alles wat ik zeg. Dan zult u begrijpen wat ik bedoel. God heeft mij pijnlijk duidelijk gemaakt dat het probleem van mijn kinderloosheid altijd precies dat is geweest: míjn probleem.'

Fritz sloot zijn ogen en zuchtte diep. Hij haalde de envelop, waarvan hij had gehoopt dat hij hem niet hoefde te gebruiken, tevoorschijn. Hij overhandigde haar een som die genoeg moest zijn voor een maand.

Ze bekeek het geld en knikte.

Ze kon erop rekenen, zei hij, voortaan elke maand precies dat bedrag te ontvangen.

'En wat wilt u daarvoor terug?'

'Niets. We willen dat u niets zegt en vooral ook niets doet. Wij zijn een conservatief huis. We zien graag dat alles bij het oude blijft en daarmee bedoel ik: dat u belooft de rest van uw leven in de echt verbonden te zullen blijven met uw wettige echtgenoot de heer Johannes van Rossum.'

Hij had het naar zijn eigen mening aardig opgelost, en het had hem maar een schijntje gekost. Die vrouw kreeg een bescheiden toelage voor het leven en Johannes van Rossum zou nooit vrij zijn om een ander te kunnen trouwen. De geldstroom liet hij veilig, via geheime wegen, ongezien haar kant op gaan. Zelfs Marianne zou het nooit kunnen achterhalen.

Maar goed, de woorden van mevrouw Van Rossum bleven wel door zijn hoofd spoken. Marianne, Marianne... Onnozele, koppige zus, wat had ze zich weer op de hals gehaald? Een paar dagen later liet hij zich naar Voorburg brengen, maar toen hij aanklopte bij Rusthof bleek ze al te zijn vertrokken. Het personeel was in alle staten. Blijkbaar had Marianne tegen hen gezegd dat ze na een dag of drie weer terug zou zijn, maar niemand had iets van haar vernomen.

Een verontrustend lange tijd hoorde ook Fritz helemaal niets meer van Marianne. Het eerste teken van leven dat hij ontving, was een brief afkomstig van het eiland Malta.

5

Pelgrimstocht voor een zoon

Er viel niets te begrijpen, het was nu eenmaal zoals het was. Hoe kon het niet zijn gebeurd? Wat haar nog het meest bevreemdde, was dat ze het pas zo laat in de gaten had. Het was nota bene haar zesde zwangerschap! Vijf zwangerschappen, drie kinderen, een hardvochtige optelsom van droevige getallen. Mannen telden hun kinderen, voor vrouwen was alles anders. Misgeboortes, doodgeboortes, levens die maar een paar uur of een aantal weken duurden... Zij had die anderen evengoed gedragen, gevoeld, gekoesterd. Ze had, zelfs maar voor het kortste moment, van ze gehouden.

En dan dit kindje... Al in haar baarmoeder verdoemd! Een kind dat niet geboren mocht worden. Toch... Ja, ze zag de moeilijkheden, de gevolgen, de gevaren. Maar ze kon haar blijdschap amper verbergen. Ze was bijna veertig! En dan nog een kind, zo'n onuitsprekelijke zegen, een kroon op haar leven. Het eerste, enige kind dat uit ware liefde zou voortkomen. Zoiets was in Gods ogen toch onmogelijk verkeerd, of zondig, of... Nee, wie uit God geboren was, kón niet zondigen.

Die avond bezocht ze, tot aan haar kruin gehuld in bedekkende kleding, een vroedvrouw. Ze voelde zich ongemakkelijk, het was nu eenmaal niets voor haar om geheimzinnig te doen over iets waar haar hart van overliep.

'Het is nog te vroeg, Hoogheid,' zei de vroedvrouw.

'Ach toe, ik heb mij laten vertellen dat u het nog nooit mis heeft gehad.'

'Kan zijn. Maar ik heb nog nooit een Koninklijke Hoogheid...'

'Maakt u zich geen zorgen, madame. Mijn naam is gravin Von Seitenberg, en ik wens als iedere andere vrouw behandeld te worden.'

Het vrouwtje keek inschattend. 'Mag ik...?'

Ze voelde, duwde zachtjes.

'Goed, goed. Als ik iets moet zeggen... dan ben ik geneigd een jongen te voorspellen.'

Zodra ze het gezegd had, ontglipte Marianne ineens alle hoop. Angst bonkte door haar lijf. Niets werd meer gevreesd dan bastaardzonen. Zelfs die van een prinses... Als het een meisje was, zouden ze misschien clement zijn, dan was er tenminste een káns geweest. Ze dacht aan het afschuwelijke lot van Elisabeth, de schoonzus van grootmoeder Willemijn, die levenslang werd opgesloten in Slot Stettin en moederziel alleen een misgeboorte opwekte. Ze verloor zichzelf in een web van angstbeelden. Straks eindigde dit kind nog in de koloniën; die verschrikkelijke, door de Maatschappij van Weldadigheid gestichte oorden op het platteland! Bar, vuil, woest, onveilig. Bedoeld om verpauperde gezinnen aan een stuk land te helpen, maar ondertussen! Hoeveel hulpeloze zuigelingen, hoeveel in het geheim gebaarde schepseltjes waren daar al niet naartoe gebracht?

Daar had ze nog helemaal niet aan gedacht... Waar moest dit kind in 's Herennaam ter wereld komen? Was er ergens een veilige plek voor haar om... Ze dacht aan Neder-Silezië, aan de villa aan het Comomeer. Maar nee, dat zou niet gaan, zij was daar veel te bekend. En op de discretie van haar eigen personeel durfde ze niet te rekenen. Nee, als het al zou lukken om in het geheim te bevallen op een van haar landgoederen was het onmogelijk het kind voor de buitenwereld verborgen te houden. Waar kon ze heen? Moest ze de kranten afspeuren, als een... als een... als een meid die per ongeluk door haar heer bezwangerd was? In het holst van de nacht naar zo'n onveilige, afgelegen hoeve tijgen voor een geheime kraamuitlegging... Het idee!

Voor het eerst voelde ze zich net zo ontredderd als zes jaar geleden, toen ze nog vastzat in haar ongelukkige huwelijk. Voor het eerst ontbrak het haar weer aan hoop, aan het vermogen een uitweg te zien uit haar ellende. Maar terwijl zij zich in die al te herkenbare, wanhopige toestand voelde afglijden, ontving ze een brief. Speciale post, een gezant uit Berlijn... God, ze moest er niet aan denken dat hij nog meer slecht nieuws bracht. Met de dood van Guillot en haar eigen toestand... Dat kon ze er nu gewoon niet bij hebben. Ze las, eerst rustig, en toen steeds sneller, ongeduldiger.

De echtscheiding. Het was... officieel, het was echt. De hamerslag van God, de hamerslag van de rechter. Bevrijd... eindelijk vrij! Ze kon het niet bevatten. Maar het stond er, zwart-op-wit, haar huwelijk met Albrecht van Pruisen was officieel ontbonden. Lieve hemel, dat niet een huwelijk maar een echtscheiding de droom van haar leven was gebleken! Hoe zou de familie hierop reageren? Ze bleven er fel op tegen natuurlijk, zij meenden zich van een wetboek niets aan te hoeven trekken. *Bon*, ze hoefden het niet te erkennen, nu hadden ze de staat aan hun zijde. Zij en Albrecht zouden eindelijk ieder hun eigen weg gaan, zonder schaamte, *sans s'inquiéter de ce que les gens pensent...*

Ze plaatste een hand op haar buik. Haar zoon... Een levenslustige, kleine jongen, stelde ze zich voor. Een gloednieuw leven had zich in haar genesteld, terwijl de oude dingen langzaam waren vergaan. Haar oudste broer, die nooit aan haar kant had gestaan, was er niet meer. Haar echtgenoot, die haar al die tijd gegijzeld had gehouden in een onzalige verbintenis, speelde geen rol meer. Zij was onafhankelijk, vrij; niemands kind meer, niemands wettige echtgenote. Aan middelen ontbrak het haar niet, ze was altijd zuinig geweest en was slim met haar vermogen omgegaan. Wat weerhield haar nog om... Het was God zelf, in wie ze met smartelijke smeekbedes haar toevlucht had gezocht vanaf het moment dat ze haar zwangerschap ontdekte, die haar had vervuld met een gloedvol vertrouwen. Het leven, het nieuwe leven, daar hoefde ze zich alleen nog maar op te richten.

Deze jongen – als het een jongetje was – was haar weg. Haar ware, buitengewone missie.

'We moeten weg,' zei ze tegen Johannes zodra ze weer thuis was. 'Het is een jongen, we kunnen hier niet blijven.'

'Weg? Je bedoelt... Vluchten? In deze toestand?' Ja, dacht ze, als Hagar in de woestijn, als Leto voor Hera... 'En waar moeten wij dan naartoe, in Godsnaam?' Johannes praatte op haar in. Hij vond het veel te gevaarlijk. Bovendien had hij er genoeg van altijd op de vlucht te zijn.

'Maar we zullen vluchtelingen zijn met geld en middelen, dat zal toch alle verschil maken!'

Die nacht lag ze lang wakker, niet alleen van het kind in haar buik dat zich begon te roeren, maar ook van het plan dat zich in haar hoofd begon te vormen. Ze wist niet wat er in haar was gevaren, maar alles, iedereen, kon haar gestolen worden. *L'opinion du monde*, ach wat! Ze was vastberaden om dit kind te redden.

'Ik heb er nog eens over nagedacht,' zei ze de volgende ochtend in alle vroegte, nog voordat Johannes uit jagen ging.

'En je bent bij zinnen gekomen, hoop ik?'

'En... Ik wil jou graag als eerste vertellen dat een lang gekoesterde droom binnenkort voor mij in vervulling zal gaan.'

Hij keek haar verloren aan. Ze popelde om hem uit zijn onwetende lijden te verlossen, om haar geniale plan uit de doeken te doen.

'Deze zomer zal ik eindelijk mijn langverwachte pelgrimage naar het Heilige Land ondernemen.'

'Een zeereis, nu? O nee, geen sprake van!'

'Het is de perfecte dekmantel, ga maar na...'

'En waar had je gedacht ons kind ter wereld te brengen? Op het glibberige dek misschien, of in de van ratten vergeven hut met een bootsjongen als arts aan je brits?' Johannes begon te lachen, alsof hij het werkelijk niet kon geloven.

'Weet je nog de mythe van Leto? Dat zette mij aan het denken. Als er geen land is waar ik mijn kind kan baren, dan is er altijd nog de zee.'

'Je bent je verstand verloren.'

'Ik bedoel niet letterlijk op zee. Leto kon op Delos haar tweeling ter wereld brengen, voor mij zal er toch ook ergens een eiland zijn...'

Johannes lachte niet meer.

Goed, heel goed, nu drong het tot hem door dat zij serieus was. Nu moest ze toeslaan, hem over de streep trekken. 'Maak je geen zorgen, ik ben sterker dan je denkt. Maar niet zo sterk dat ik het alleen kan. Ik heb jou nodig...'

'Een vrouw in verwachting, zo'n verre tocht over zee... En we zullen maandenlang weg zijn!'

'Dat is precies de bedoeling! Ik houd het nu al niet meer uit in al die mantels, kun je nagaan als het straks warmer wordt.'

'En wat als je een dokter nodig hebt?'

'Dan vinden we die, aan land. We zullen overal aan denken, alles tot in de puntjes organiseren. Heus, er zal mij niets gebeuren. Althans, niets wat erger is dan wat er zal gebeuren als wij hier blijven.'

'Een eiland...' Hij klonk eindelijk een beetje berustend.

'Het is de enige mogelijkheid.'

Zodra Johannes had toegegeven, zette ze door. Er kwam een officieel document uit Pruisen dat haar nog ongeduriger maakte dan ze al was. In het Huis Hohenzollern was zij niet langer welkom. De grenzen werden streng bewaakt en zij moest voortaan nadrukkelijk toestemming aan de koning vragen om in Pruisen te mogen verblijven.

Nu voelde ze zich pas echt opgejaagd, zowel door het hardvochtige nieuws uit Berlijn als door het nieuwe leven dat zich in haar had genesteld. Ze wilde niet meer afwachten, ze moest iets doen. Er moest nog zoveel geregeld worden! Een dominee, ze moesten er allereerst voor zorgen dat er een dominee mee aan boord ging. Ze had dominee Van Oosterzee genoemd, die kende ze het langst. Maar Johannes had hem geschreven, en Van Oosterzee had geweigerd. Had hij soms het een en ander over haar gehoord? Wilde zijn reputatie zeker niet riskeren, de lafaard! Maar Johannes kwam met een alternatief, ene dominee Van Senden uit Zwolle. Een lokale beroemdheid, een geprezen Bijbelkenner. Goed, al goed, er was geen tijd te verliezen. Als Van Senden mee wilde, nam ze genoegen met hem.

Dan de bestemming, althans de geheime bestemming, ergens tussen de haven van Amsterdam en de kust van Palestina... De vaarroute naar Jeruzalem ging langs Frankrijk, Spanje, door de Straat van Gibraltar de Mediterranée op. Maar het kon niet zomaar ergens zijn, ze moesten van bestaande, discrete contacten gebruik kunnen maken... Het was onvermijdelijk dat ze bij Italië uitkwam. Daar lag per slot een eiland voor de kust dat een koninkrijk op zichzelf was. Het was een door onrust en revolutie geteisterd gebied, ja, dat wel, maar waar in Europa was het nog rustig te noemen na het afgelopen jaar? En als ze daar een klein, onbetekenend dorpje zouden kunnen vinden, dan... Hoe gevaarlijk kon het zijn? Via Madame Potemkin kende ze een Italiaanse arts in Rome, zo iemand zou buiten de wegen van de Nederlandse diplomatie om kunnen...

Une prompte expédition est absolument indispensable, schreef Johannes waar zij bij stond aan de Nederlandse gezant, graaf De Liedekerke. Johannes sloot een verzegeld document bij, bedoeld voor de arts. De Liedekerke, de goeierd, was te discreet om zoiets te openen, dat wist ze zeker. Snelheid was geboden, drukte Johannes de gezant op het hart, *parce que les affaires dont il s'agit dans la dite lettre vont se réaliser sous peu.* Ja, dat moest maar volstaan, dat was informatie genoeg over wat er in het verzegelde document stond. Dat de zaken 'spoedig zullen gaan plaatsvinden'.

Marianne knikte tevreden, Johannes ondertekende de brief.

Le Secretaire de Son Altesse Royale, J Van Rossum, 31 mei 1849.

✦

Voor ze het wist stond ze in de volle wind aan dek uit te kijken over de haven van Amsterdam. Wat een gekrioel van mensen, een zoemende drukte van aanstaand vertrek. Gesleep met koffers, uitzwaaiers. Zij reisde incognito, in een sobere beige jurk, daarover een donkere mantille om haar buik te camoufleren, haar haren volledig bedekt door een grote reishoed die ze, ondanks het brede lint waarmee hij om haar kin geknoopt zat, vast moest houden om te voorkomen dat hij wegwaaide. Maar ze was minder onherkenbaar dan ze gehoopt had.

'Er is een beroemdheid aan boord!' riepen jongens die nieuwsgierig rondhingen bij de loopplank, waarover de rest van het reisgezelschap aan boord klom. Dominee Gerhard van Senden uit Zwolle, Dirck van Rossum, de broer van Johannes, haar Voorburgse hofmeester Jacobus Hartman, boekhouder Jan Dirck Peletier en ten slotte een trio manus-jes-van-alles, die zich bij hun achternamen Bolle, Stopfel en Van Dijk lieten noemen.

Ze zag hen een voor een aan boord van het ss Willem de Eerste stappen, als acteurs die het toneel op kwamen. Geen van hen, dacht ze niet zonder schuldgevoel, kende de ware reden van de reis. Als onwetende stervelingen in een Griekse tragedie liepen ze ongewild hun noodlot tegemoet...

God, wat was alles snel gegaan op het laatst. Sneller dan zelfs zij voor mogelijk had gehouden. Terwijl ze de laatste voorbereidingen troffen, waren Charlotte, Albert en Alexandrine nog op bezoek gekomen. Wat was het een zoet genot geweest hen weer in haar armen te sluiten, en tegelijk zo bitter vanwege alles wat ze voor hen verborgen moest houden... Charlotte was een vrouw geworden, achttien jaar alweer! Het was volledig buiten haar gezichtsveld gebeurd. En haar kleine Albert... Wat was ze bang geweest dat het Pruisische leger hem in een ongemanierde bruut had veranderd, maar hij had niets van zijn spontane vrolijkheid verloren. Alleen Alexandrine was nors, ze had haar omhelzing geweigerd, stak alleen haar hand afstandelijk toe. Maar ach, Marianne had zich er niet kwaad om kunnen maken, zo blij was ze om hen weer even bij zich te hebben.

Ze had de kinderen het Binnenhof laten zien, en de schilderijen in de Galerij, en ze meegenomen op dagtochtjes naar Leiden, Haarlem, Amsterdam. Ja, dat kwam toevallig zo uit. Daar konden ze dan mooi alvast de stoomboot inspecteren. Zelfs Alexandrine kon een glimlach niet onderdrukken bij de aanblik van de grote schepen in de beroemde Amsterdamse haven. Daar, op de kade, hadden de kinderen haar aarzelend verteld dat hun vader met Rosalie ging trouwen. Natuurlijk had ze de aanvechting gevoeld er iets van te zeggen, te vragen hoe hij in hemelsnaam onder het alziend oog van Pruisen een morganatisch huwelijk dacht te kunnen sluiten... Maar ze hield zich in. Ze wilde de droom die ze samen beleefden niet verstoren. En wat betreft haar eigen, nou ja, situatie: ze kon de kinderen altijd later nog vertellen over Johannes en het kind, na de reis.

De wind ging tekeer, met opgerolde zeilen waren ze vertrokken. Het deinen bracht haar uit balans, of misschien kwam het ook door haar gladde schoenzolen. Ze had toch beter haar andere laarsjes... Nou goed, te laat. Het zeewater klotste tegen de zijkanten van het schip, kou steeg op vanuit de diepte onder haar. Ze rilde, maar dat kon ook komen door de siddering die door haar ledematen trok. Wat had ze zich allemaal op de hals gehaald! Wie niet beter wist, zou haar voor een avonturierster kunnen aanzien... Een onbevreesde ontdekkingsreizigster, op weg naar onbekende oorden.

Maar ze was allesbehalve onbevreesd. Had ze het allemaal wel helemaal goed doordacht? Er kon zoveel misgaan! Had ze het achtergebleven personeel op Rusthof niet te veel verontrust met haar plotselinge vertrek? Wie weet wat daar nu voor wilde verhalen de ronde deden. En aan boord van het schip? Niemand was op de hoogte van de ware aard van de reis, maar zou dat wel tot het einde toe zo blijven? En als ze erachter kwamen dat ze onder valse voorwendselen gevraagd waren... De dominee als eerste. Op een bepaald moment moest ze hem in elk geval de ware reden van haar uitnodiging onthullen. Arme kerel. Hij was zo uitzinnig van blijdschap, zo vereerd naar het Heilige Land te mogen reizen.

Ze werd uit haar gekmakende gedachten gerukt door Johannes. De kapitein, Savert was zijn naam, wilde de prinses graag persoonlijk welkom heten aan boord en Peletier, de boekhouder, wilde de reisroute doornemen, haar wensen nog eens bespreken voor het geval zij van gedachten was veranderd over het een of ander. Nou, dat zou ze hem dan te zijner tijd wel laten weten. Voorlopig had ze helemaal geen behoefte meer zich waar dan ook op vast te leggen.

Al snel werd duidelijk dat ook de zee weinig ophad met de schema's van Peletier. In Den Helder, amper een paar uur onderweg, moesten ze op de rede blijven liggen vanwege het aanhoudende noodweer.

✦

Na een paar dagen konden ze eindelijk de open zee op, en toen ging het ineens vlot naar het Franse Le Havre, waar ze een stukje voor de kust het anker uitgooiden. Er was meteen gedoe. Ze wilden aanleggen in de haven, maar een of andere *chef douane* liet het niet toe omdat de lading eerst geïnspecteerd moest worden voor de belastingen. Alsof ze tabak of weet ik wat bij zich hadden! Als ze eens wisten dat er een koninklijke gast... Nee, nee, dat wilde ze onder geen beding. Straks gaven ze haar nog een heel onthaal, met kanonschoten en alles erop en eraan. Geen denken aan, dan maar wachten.

Hoe langer het allemaal duurde, hoe meer ze zich opwond. Peletier was inmiddels met de kapitein in een roeiboot gestapt om aan wal nog eens uit te leggen dat ze echt niets bij zich hadden. Schijnbaar zag het er allemaal uiterst verdacht uit, want ze mochten nog altijd niet binnenlopen, althans niet voordat de douane een schriftelijke toestemming van de Nederlandse consul ter plaatse had ontvangen.

Hè, moest dat nou? Nu stroomde er ook al allemaal volk toe in de haven, om te zien wat er gaande was. Maar ja, ze kon onmogelijk hardop zeggen dat ze liever niet langs het consulaat ging, dat ze op een geheime missie waren. Nee, er zat niets anders op dan wachten. Verdomme, hier hadden ze niet aan gedacht!

'Je maakt je veel te druk.' Johannes had gelijk, ze maakte zich ook druk. Helemaal toen duidelijk werd dat het vereiste toestemmingsbriefje pas de volgende dag verwacht werd. Die consul moest eens weten dat hij de Prinses der Nederlanden liet wachten! Enfin, dan maar per roeischuit aan wal gaan, in Godsnaam even van boord, even wat droge lucht scheppen.

Johannes werd gefouilleerd (zo hardhandig! Was dat nodig?), haar lieten ze gelukkig met rust. Ze wandelden de stad in, haar arm in de zijne gehaakt, tussen de vijgenbomen en bloemenperkjes door. Hoelang zou het duren, dacht ze, voordat het reisgezelschap de rol van Johannes als haar kabinetssecretaris begon te wantrouwen? Niet aan denken, nu niet aan denken. Dat zouden ze dan wel zien.

Ze namen een omhoogslingerend paadje totdat ze uitkwamen in weilanden met grazende paarden en wuivende korenhalmen. Ze kwam weer tot zichzelf. Die aanvallen van paniek, dat was helemaal niet goed voor de baby. Er was in feite niets gebeurd, niets noemenswaardigs. Ze konden per slot de nacht doorbrengen op het schip, dat op de rede kon blijven liggen, en dan morgenochtend de permissie afwachten, de haven binnenstomen en alsnog de benodigde voorraad steenkolen inslaan.

Maar het schip deinde en klotste die nacht nog meer dan ze gewend waren, zo half op open zee dobberend. Ze kon de slaap niet vatten door de misselijkheid en de kou, wikkelde zich in een extra deken, maar slaagde er maar niet in warm te worden. Het kindje bewoog amper in haar buik, terwijl ze gewend was zijn schopjes te voelen zodra ze ging liggen. Er zou toch niets aan de hand zijn?

De volgende ochtend voelde ze zich leeg, ongerust, moe en uitgeput. Zo kon ze onmogelijk verder reizen, dat was in elk geval zeker. Als ze even wat rust kon nemen... Ze verlangde hevig naar een echt bed, een warm bad... Kon ze niet eventjes naar Dieppe, was dat hier niet vlakbij? Ze had gehoord dat het onder de Franse elite badplaats nummer één was. Het zou toch ook goed zijn voor de baby om even op adem te komen...

Peletier, die had verwacht dat ze na het aanvullen van de voorraden weer zouden vertrekken, volgde de nieuwe orders gelukkig op zonder al te veel vragen te stellen. 'Vraag hem te kijken of er nog post voor me ligt op het consulaat,' zei ze tegen Johannes. 'Dat houdt hem in elk geval een middagje bezig.'

Goed, het was uiteindelijk toch nog een behoorlijke rit naar die fameuze badplaats Dieppe, maar ze knapte wel op van de zeebaden. Johannes verbleef in een eigen kamer. In haar toestand was het beter haar bed niet te delen, om hem niet tot last te zijn met haar gewoel, haar groeiende buik... Het kind was tot haar opluchting weer levenslustig aan het woelen. En om Johannes hoefde ze zich ook weinig zorgen te maken, die vermaakte zich wel. Hij ging uit wandelen of hing wat rond in de koffiehuizen, waarna hij haar 's avonds bij het diner opgewekt vertelde hoe hij zich had verbaasd over het Franse gebruik wijn in bierglazen te schenken, of andere onbenulligheden.

Verkwikt keerden ze terug naar Le Havre, klaar om de zeereis te hervatten. Maar het was zondag, dus was er eerst een preek van dominee Van Senden. Het samen bidden en zingen gaf haar nieuwe moed, al voelde ze ondertussen dat de wind alweer toenam. En inderdaad, toen ze wilden vertrekken was het hoge zee en hing er een dichte mist, zodat het uitvaren bemoeilijkt werd.

Ze waren het Nauw van Calais nog niet uitgestoomd en de Spaanse Zee opgevaren, of de elementen keerden zich tegen hen. Het begon zo hard te regenen dat de kapitein een bootsjongen naar haar hut stuurde om te vragen of ze niet mochten omkeren, of in elk geval naar de dichtstbijzijnde haven zouden uitwijken. Maar ze konden zich niet nog meer vertraging veroorloven, ze hadden nu al zoveel tijd verloren... 'Zeg hem dat hij doorvaart,' zei ze vastberaden, ondertussen overvallen door een vlaag van benauwdheid. Het kon niet anders, ze moesten op tijd aankomen.

De wind zwol aan, en toen het donker inviel sloeg bij velen de angst toe. Het aanhoudende slingeren en het onheilspellende bonzen van de golven die op de zijkanten van het schip stuksloegen, joegen iedereen al vroeg zijn kooi in. Maar van slapen kwam bij niemand veel terecht. Ook zij zat rechtop te bidden, bracht vrijwel de hele nacht prevelend met gevouwen handen door.

Pas in de ochtend ging de wind wat liggen, maar wie in staat was op te staan en iets te eten, moest zijn bord nog altijd in de hand houden. De bootsjongen kwam nog een keer langs met dezelfde vraag. Wat moest ze nu doen? Zelf wilde ze ook niets liever dan van boord gaan ergens, waar dan ook!

'Doorvaren,' zei ze. 'Het zal toch zeker geen dagen blijven stormen?'

Dat was natuurlijk de weergoden verzoeken. De wind hield drie etmalen aan. Lange, uitgestrekte dagen die iedereen verdwaasd van zeeziekte in de eigen hut doorbracht. En toen, ineens, trok de lucht open. Ze sliepen tot na het middaguur om bij te komen, en aten daarna op het dek, zich warmend aan een ijle, onwezenlijke zon, een ontbijt van hompen taai oud brood.

'Hoe ouder, hoe beter,' zei Dirck, 'als het maar niet al te veel schimmelt. Oud brood kalmeert de maag. Niet zo goed als citroenmelisse of kardemom, zou mijn vader zaliger gezegd hebben, maar het schijnt een prima alternatief te zijn.'

'Land in zicht!' klonk het van vooraan op het dek. Iedereen stond op om te gaan kijken, behalve de dominee.

'Volgens mijn berekeningen is het nog een halve dag varen naar Lissabon,' zei hij afgemeten, en hij ging verder met het maken van notities – precies zoals hij dat had gedaan vanaf het moment dat ze waren vertrokken vanuit Nederland, zijn aantekeningenschriftje op zijn schoot.

De rest hing inmiddels nieuwsgierig over de reling, maar het was een teleurstellend gebeuren. Wat nou 'land in zicht'? Alleen maar ruige kustlijn met grillige rotsen, geen enkel teken van bewoning. Van Lissabon, de volgende stop, was al helemaal niets te zien, nog geen silhouet in de verte. Marianne wilde alweer weglopen toen... Wat was dat? Zagen de anderen het ook? Een enorme schaduw, of nee een vlek, een bruinachtige vlek, onder het wateroppervlak.

Nog voor ze iets kon uitbrengen, was ze drijfnat. Wat nu?

'Help!' riep ze, volledig in paniek. Ook de anderen gilden het uit. Er klonk een onheilspellend geruis, dat leek op de raspende adem van een of ander... beest, ja, een monster. Een zeemonster!

Een tweede aanval van zeewater, een soort magische, opwaartse nevel.

Rustig blijven, rustig aan, het is maar water... Ze wreef haar ogen droog om beter te kunnen zien. Nu staken meerdere beesten hun platachtige kop boven water, ze omsingelden de boot. Het waren reusachtige vissen, dikke bruine zeewezens van wel vijftig voet lang. Ze schoten onder de boot door en kwamen aan de andere zijde weer boven water. Ze schepten telkens een nieuwe lading en bliezen het, zodra ze bovenkwamen, met de kracht van een spuit de lucht in, wel drie of vier voet omhoog. Wat een schouwspel, wat een spektakel!

Iedereen was in alle staten, sommigen klapten van plezier en het leek wel of de beesten dat merkten, zo sloofden ze zich uit voor het enthousiaste publiek. Maar toen bemerkte zij ineens dat haar kleding aan haar lijf plakte. Lieve hemel, je kon er praktisch doorheen kijken. Nee, dit kon niet waar zijn! Angstig keek ze om zich heen, op zoek naar Johannes. Ze sloeg haar armen rond haar onderlijf, maar ze wist dat het weinig uithaalde. Gelukkig, daar kwam Johannes al met een deken aanzetten. Hij sloeg hem om haar heen en nam haar mee, weg van het opgetogen gezelschap dat nog volop in de ban was van het schouwspel op zee. Goddank, dacht ze, goddank.

Vanaf zijn klapstoeltje riep de dominee dat het gewoon noordkapers waren. 'Geen monsters, onwetenden, walvissen!'

✦

In de avond aten ze Franse worst en gedroogde vis uit Le Havre en dronken wijn, grinnikten en proostten. Ze hielden niet op over de walvissen, en dat ze nog nooit zulke wonderlijke beesten hadden gezien. Ook zij voelde zich eindelijk weer opgewekt, zong zelfs mee toen 'Wien Neêrlandsch bloed door d'aderen vloeit' door Dirck werd aangeheven.

Ze kon amper geloven dat ze al een maand op zee waren. De groep was hechter geworden, ze voelden zich steeds meer op elkaar aangewezen. Wat waren de verhoudingen in korte tijd vervaagd! Zij was voor de andere opvarenden weliswaar nog steeds een Koninklijke Hoogheid, maar toch... Zulke strenge regels konden vervagen op zee, ze hoorden meer bij het leven op het land, bij de beschaving die ze achter zich hadden gelaten. Hier, op dit schip, hadden ze hun eigen wereld gecreëerd, een republiek met eigen regels. Als ze straks weer voor anker lagen en van boord gingen, vaste grond onder de voeten zouden voelen, ja dan werd het weer anders, dan golden weer de oude normen en waarden. Maar hoe langer ze onderweg waren, hoe meer ze besefte dat voor die grote, uitgestrekte, onverschillige zee die hen omringde iedereen gelijk was, of nee: iedereen even onbelangrijk.

Tot haar opluchting ging het het ss Willem de Eerste na het avontuur met de walvissen voor de wind en het duurde niet lang voordat ze probleemloos de haven van Lissabon binnen konden varen. Godzijdank, want het was inmiddels overal op het schip behoorlijk gaan stinken ('Willem de Stinkerd' werd de boot nu door de jongens onderling genoemd). Johannes was er al drie keer wat van gaan zeggen bij de kapitein, maar die onbehouwen vent had het weggewuifd. Hadden ze maar niet zoveel vis moeten inslaan in Havre, zei hij, kun je nagaan! Alsof het aan hén lag. Die bootsjongens had ze ondertussen in al die weken nog geen enkele keer met een schrobber in de weer gezien.

Eenmaal voor anker in Lissabon wachtte een onaangename verrassing. Ze moesten vijf dagen in quarantaine blijven, vijf dagen! Die tijd hadden ze helemaal niet. Johannes probeerde haar te kalmeren, stuurde haar naar haar hut om even te gaan liggen. Maar toen ze daar lag begon het kind in haar buik onrustig te trappelen. Dat deed hij nu steeds vaker, en ook steeds heftiger, zodra ze op haar linkerzij ging liggen, alsof hij dan een geheime deur vond naar een of andere ruimte waar hij zich eens even lekker kon uitleven. Bon, ze voelde zich al wat beter.

Terug op het dek zag ze dat de douane aan boord was gekomen. Ze probeerden aan de kapitein de in Portugal geldende regels uit te leggen, maar ze spraken in een onbegrijpelijk taaltje en niemand kon er een touw aan vastknopen. Ze wilde zich omdraaien, maar... Nee toch, te laat, die Moren hadden haar al in het vizier. Ze begrepen in een oogwenk dat zij een hoge dame was, wilden haar hand kussen. Maar Peletier kwam ertussen, riep verontwaardigd dat *Son Altesse Royale la princesse*... Toen was het hek van de dam, en het duurde niet lang voordat het nieuws van het koninklijke bezoek als een lopend vuurtje door de haven ging.

Het ergste was nog wel dat haar titels voor die verdomde verplichte quarantaine niets uitmaakten. Nu zouden ze zeker de instanties gaan inlichten... God, die onhandige Peletier ook! Ze had iedereen van tevoren met klem verzocht te verzwijgen dat er een prinses aan boord was.

Johannes schoot de douanebeambten nog een keer aan voordat ze van boord gingen, probeerde in zijn beste Frans uit te leggen dat het om een privéreis ging, een zuiver religieuze onderneming waarin de prinses de aandacht geenszins op zich wenste te vestigen.

'Een stille intocht, alstublieft...'

In iets wat je niet eens gebrekkig Frans kon noemen, beaamden de douaniers alles wat hij zei. Althans, ze knikten er fanatiek en beleefd bij. En toen zat er niets anders op dan te wachten, eindeloos te wachten.

Op zondag kwamen ze allemaal bijeen voor een preek van de dominee, want de tijd moest verdreven en het moreel hooggehouden. Van Senden las een verhaal voor over een vijgenboom die geen vruchten droeg. Hij was gek op de parabels, elke week kregen ze weer een nieuwe te horen, ook al leek de diepere betekenis de meesten te ontgaan. Hartman vroeg waarom hij niet voor het verhaal van Jona en de walvis had gekozen. Hij was een goede vent, een stevige kerel die vast nog van pas kwam, maar als er prijzen te verdienen vielen voor onnozelheid...

Op de dag dat de quarantaine werd opgeheven, bleek dat die jongens van de douane inderdaad geen woord Frans verstonden. Een schitterende driemaster vol matrozen en een opgedirkte consul mét attaché kwamen de prinses persoonlijk en met veel bombarie ophalen van het ss Willem de Eerste. Aan wal stond een militair muziekkorps klaar in smetteloos uniform en met blinkende instrumenten. Voordat ook maar iemand zijn beklag kon doen, klonk een cavaleriemars die tot in de verre ommelanden te horen moest zijn. Twee fonkelende rijtuigen, door de koning van Portugal persoonlijk beschikbaar gesteld, kwamen aanrijden. Toen ze dacht dat het – eindelijk! – voorbij was, klonken er nog kanonschoten, doffe knallen waarvan de weerklank over de bergen bulderde.

Wat was dit een toestand, alsof er een kroonprins was geboren! Maar wat kon ze doen? Niets, ze stond machteloos. Dit gedoe kon ze niet tegenhouden, ze werd er als een drenkeling door een sterke stroming in meegesleurd.

Ze stapte in de voorste koets, gebaarde Johannes mee te komen. In defilé reden ze door de bloedhete straten van Lissabon. Ze werden eerst naar de kerk van Santa Justa geleid, en daarna naar alle andere parels van de stad gebracht. Het was prachtig, dat moest ze toegeven. Zo'n exotische stad! De pittoreske wirwar van witte huisjes met rode daken, overal bloemen en fruitkraampjes. En zag ze daar nu een fontein vol goudvissen?

Ze voelde zich weer wat beter, al was ze benauwd van de warmte, leek het gehobbel van het rijtuig onaangenamer dan ooit en moest ze zich vastgrijpen om houvast te vinden... Het kind werd groter en sterker, merkte ze. Ze voelde hier en daar harde, uitstekende botjes als ze zachtjes op haar buik duwde. Vooral bovenop, een beetje aan de zijkant... Nee, niet doen, dacht ze geschrokken, niet nu je hand daar... Straks zag iemand het nog!

In andere omstandigheden had deze stad haar ongetwijfeld betoverd, maar nu? Wat was ze opgelucht toen ze een dag later weer weg konden uit dat verschrikkelijk hete, lawaaiige oord. Ze kon er amper over straat, zo uitbundig werd ze door iedereen begroet en toegejuicht. 'Hoogheid!' riep Peletier toen ze net weer aan boord wilde gaan. Hè nee, niet nu, kon dit niet wachten?

'Hoogheid, er zijn brieven bezorgd.'

Ze keek met een schuin oog naar het met een rafelig touwtje bij elkaar gebonden pakket in zijn handen, door regen en onachtzame koeriers gehavende brieven vol stempels.

Nog voor ze goed en wel de haven uit waren, opende iedereen gretig zijn post. Van Senden had een brief van zijn oudste zoon, en hij vertelde iedereen trots dat de jongen een meisje had gevonden. Dirck was aandoenlijk verguld met de brief van zijn vrouw, Christina, die hij zo vreselijk miste. Dat was een zo lieflijk koppel, pasgetrouwd, stapelverliefd.

Johannes sjouwde zakken vol groente en fruit de voorraadkamers in, langs Peletier, die met zijn reissecretaire, veer en inkt klaarzat. Hij keek even op naar Johannes en vroeg hoeveel het was.

'Zo weinig voor zoveel? We zullen misschien omkomen door een zeemonster, maar niet van de honger.'

'De aardappelziekte is terug!' riep Dirck, nog altijd verzonken in zijn brief.

Hartman knikte bezorgd, ook in zijn brieven was erover gerept. 'Ik houd mijn hart vast. Als we niet op tijd thuis zijn voor de winter, hoe moeten mijn vrouw en kinderen die dan doorkomen? Ze schrijft dat ze het goed maken, maar ik vraag me af of ze iets anders zou schrijven, als je begrijpt wat ik bedoel.'

'Had je nog meer?' vroeg Peletier aan Johannes.

'Meer?'

'Gekocht, bedoel ik, in Lissabon. Lieve God, de hele oogst mislukt, misschien komen ze inderdaad om van de honger.'

'Dit was alles.'

'Maak jij je geen zorgen dan? Jij bent toch ook getrouwd?'

'Ik denk dat ze het wel zullen rooien,' zei Johannes, al wist hij zelf ook niet wie hij met 'ze' bedoelde.

✦

De eerste stop na Lissabon was Cádiz. Daar stapten ze over op de Adriano, een rivierboot die hen over de Guadalquivir naar Sevilla bracht.

De hele tocht stond ze buiten op het dek, snoof de kruidige, droge lucht op van het land vol palmen, olijfgaarden, fruitbomen. Wat een idyllisch, goddelijk gebeuren na al die dagen in de natte, zoute wind! Kuddes schapen, paarden, ezels en zwijnen wisselden elkaar af, struinend langs de rivieroevers. Zelfs hún geur kwam haar niet onaangenaam voor.

Bij het haventje stond een rijtuig klaar, dat maar groot genoeg was voor twee. Johannes – *gentilhomme, toujours gentilhomme* – liet zijn plek aan Van Senden en sprong met de rest in de kar waar ook de bagage in vervoerd werd. Ze hobbelden de hoog bebouwde, smalle straten van Sevilla in, rechtstreeks naar het logement, waar ieder een broeierig bed van schapenwol en een zwerm muskieten toebedeeld kreeg.

Was het mogelijk dat de zon hier nog feller brandde dan in Lissabon? Dit was toch geen doen meer voor een vrouw in haar toestand... Men was het hier blijkbaar gewend, op straat ging iedereen luchtig gekleed, de meeste heren zelfs blootshoofds. Kleine kinderen renden naakt rond. Het hele leven leek hier te draaien om de hitte, of beter gezegd, het vermijden ervan. Overal stenen bankjes op lommerrijke plaatsen, de winkelstraten waren overdekt met een eenvoudige maar vernuftige zonwering van doeken, hangend aan touwen die ter hoogte van de tweede etage waren bevestigd.

Een wandeling maken, vooruit dan maar. Even vrij rondslenteren. Van al die bankjes werd zowel door arm als door rijk gretig gebruikgemaakt, hier en daar zelfs tegelijkertijd. Net als van de bankjes bij de kleine kraampjes waar venters hun water of vruchtenlimonade aanprezen. Het was een aangename stad, maar midden op de dag wandelen, zelfs een klein stukje, was vermoeiend voor haar.

'Wil je voor mij ook eens zo'n verfrissing halen?' vroeg ze aan Johannes, die meteen een van die kereltjes aanschoot. Ze zochten een vrij bankje op, schoven een beetje naar elkaar toe, dronken hun limonade.

'Zo zoet,' zei ze, 'wat verrukkelijk!'

'Voor een habbekrats, het kost hier allemaal niets,' zei Johannes.

Er wandelden voortdurend charmant geklede mensen voorbij, heren in zwarte zijde, dames met een waaier in de hand. Een bijzonder elegante vrouw met een kanten parasolletje in haar hand wierp haar een blik toe. Wat dachten zij, als ze haar hier zagen zitten? Een keurige dame, goedgekleed, die het haar knappe begeleider toestond zo dicht tegen haar aan te zitten...

'Kom, laten we weer teruggaan, ze zullen zich in het hotel wel afvragen waar we blijven. Het wordt me trouwens ook veel te warm.'

Omdat een of ander schouwspel in een stadje nabij Cádiz was aangekondigd waar iedereen naartoe wilde, verlieten ze Sevilla de volgende dag alweer, zonder de befaamde gebouwen te hebben bezocht. Vooral Hartman was er vol van: de stierenarena van Santa Maria was de bekendste van heel Spanje, en hij had in een café gehoord dat het die zondag een extra hevig gevecht beloofde te worden.

Ging ze werkelijk naar het stierenvechten kijken? Het was niets voor haar, maar goed, als ze de jongens er een plezier mee deed. Ze hadden wel een verzetje verdiend. In de avond schoven ze gezamenlijk aan de table d'hôte van hun hotelletje in Santa Maria aan. De madera vloeide rijkelijk en de mannen rookten lokale sigaren. Na afloop wandelden ze naar het festivalterrein, Hartman en het drietal ietwat beschonken, maar niet te ver heen om zich niet nog precies te herinneren waar de stierenarena zich bevond. God, wat was ze moe... Te moe, eigenlijk, maar *soit*, ze zou zich maar eens van haar beste kant laten zien.

Had ze dat maar achterwege gelaten! Ze keek lijkbleek toe hoe liefst acht reusachtige, pezige stieren en twee paarden – prachtige exemplaren! – op de gruwelijkste, bloedigste wijze stierven in het zand. Wat een barbaars volk, die Moren, hoe kónden ze zulk bruut bloedvergieten toejuichen? Volgende keer gingen ze maar alleen, op dit soort uitstapjes liet ze zich niet nog een keer meeslepen.

Vermoeid van de korte en onrustige nacht, maar vastbesloten om dit Havana van Europa snel achter zich te laten, gaf ze kapitein Savert een dag later opdracht de reis voort te zetten.

Bewonderend staarde ze omhoog toen het schip even later laveerde tussen de reusachtige Zuilen van Hercules, zoals de rotsen aan weerszijden van de Straat van Gibraltar al sinds de oude Grieken werden genoemd. Het hele gebeuren kwam op haar over als een groots moment, iets waar ze bij stil zou moeten staan, niet te licht over moest denken. De reis, het avontuur, begon pas nu ze door die zee-engte waren gegaan die wel wat van een enorme poort weg had.

Ze voelde zich langzaamaan vervreemd... of nou ja, ze voelde zich anders. Het kind werd pas rond september verwacht, maar misschien diende hij zich eerder aan... Ze herkende dit gevoel nog vaag, het verlangen om zich terug te trekken, zich op te rollen als een kat in een mandje...

Het was gelukt, besefte ze in een flits. Ongelofelijk, het was bijna zover! En niemand had haar grote geheim ontdekt. Ze voelde het: zij was eindelijk klaar voor dat moment, voor de verwezenlijking van haar missie. Ze besefte nog iets. Ze was er haar hele leven lang al klaar voor geweest. Dit hele gebeuren, deze zeereis en alles wat zij meemaakte, het had allemaal als het ware in haar verborgen gelegen. Haar leven tot nu toe, alles was maar voorspel geweest.

Het liep al tegen eind augustus toen ze aankwamen in Málaga. Daar konden ze gelukkig probleemloos de haven binnenstomen. Op de 21ste vierden ze Johannes' veertigste verjaardag, maar het vuurwerk – dat zijn broer als verrassing mee aan boord had genomen – mocht van de autoriteiten in de haven van Málaga niet worden afgestoken. In plaats daarvan bracht zij een feestelijke toost uit op hem.

De volgende dag lieten ze het Iberisch Schiereiland achter zich. Nog bijna een volle week op open zee varen voordat – eindelijk! – de kust van Sicilië in zicht kwam. Bij Trapani raakte het schip voor het eerst weer land. Toen ze daar voor anker lagen duurde het niet lang voordat Dirck het vuurwerk weer tevoorschijn had gehaald. Een oorverdovend fluiten en knallen barstte los en zette de donkere hemel in een gouden gloed. Marianne staarde naar het licht en voelde de jongen draaien in haar buik. Zo onopvallend mogelijk droogde ze met de mouw van haar jurk haar wang af. Ze besloten de heldere sterrennacht door te brengen op de plek waar ze het anker hadden uitgegooid, en stoomden een dag later verder, richting Palermo.

✦

Bijna twee maanden waren ze onderweg. Nog niet halverwege de eindbestemming, dacht ze, maar je kon natuurlijk net zo goed zeggen dat ze al op hun bestemming waren.

Meteen na aankomst in Palermo kreeg ze wilde verhalen te horen over plunderingen, brandstichting en andere gevaren van de beruchte revolutie op Sicilië, maar eenmaal aan wal merkte ze daar weinig van. Of het moest zijn vanwege de leegstand, want in een mum van tijd vond Peletier logement – alle hotels waren leeg. In het rijtuig vertelde hij opgewonden wat hij binnen had gehoord: dat er die ochtend achtendertig Maltezen waren gefusilleerd, alleen omdat ze geen belasting hadden betaald. Hartman gierde van de opwinding.

Wat was ze ineens in een andere wereld beland! Sicilië leek niet op de kust van Andalusië, die was bezaaid met witte kerktorens en met moskeeën beschilderd in roodbruine patronen. Hier rook het naar haven, naar vis en naar gevaar dat je niet kon zien, dat je onverhoeds kon bespringen in de stinkende steegjes. Palermo was van alles tegelijk, en van alles heel veel. Kleurrijk, rommelig, lawaaiig, zwoel. En overal die verweerde, afgebrokkelde sporen die waren achtergelaten door... Door wie niet, eigenlijk? Grieken, Romeinen, Saracenen, Byzantijnen, Moren, Normandiërs. De erfenis van God weet hoeveel eeuwen geschiedenis. Van Senden wilde meteen de Monte Pellegrino, de Pelgrimsberg, beklimmen. Te voet, zoals het hoorde. Moest ze dat wel doen, kon dat nu allemaal nog? Ze kreeg hem in elk geval zover het een dagje uit te stellen, maar de volgende ochtend aan het ontbijt begon hij er weer over. Ach, waarom ook niet, ze had lang geslapen en voelde zich nog goed. Het kind in haar buik gaf haar vooralsnog geen enkel teken, hij liet nog wel even op zich wachten.

Over smalle paadjes ging ze vol goede moed van start, maar het gíng maar door, meanderend in haarspeldbochten, onder dichte bladerdaken en tussen cactusvijgen, steeds hoger. Ondanks de schaduw moest ze steeds rusten, God, ze hield de hele boel zo vreselijk op... Ze schaamde zich dood! Zouden ze iets aan haar merken? Waarom was ze ook meegegaan, wat was dat nu weer voor een dwaze inval? *Bon*, het ging wel weer, hijgde ze, ze konden verder.

Na een uur klimmen kwam zij puffend en bezweet als allerlaatste boven. De mystiek van de natuur en de magische sfeer van de nazomerse middag, of wat het ook allemaal was waar de anderen zo vol van waren, waren geheel aan haar voorbijgegaan. Uitgeput plofte ze neer op de trap die leidde naar het heiligdom gewijd aan Santa Rosalia, de patrones van de stad. *La santuzza* noemden ze haar op het eiland liefkozend, zei Eugenio, de gids die steeds met Van Senden voorop had gelopen. Eugenio vertelde ook dat Rosalia, in lang vervlogen tijden, als kluizenaar in de grotten van Monte Pellegrino had geleefd. Ergens in de zeventiende eeuw werden haar botten daar gevonden, en op die plek – midden in de rotsen – was het heiligdom verrezen. 'Goethe,' voegde Eugenio er trots aan toe, 'noemde dit het mooiste voorgebergte op aarde.'

'En al die bloemstukken?' vroeg Van Senden.

'Het was gisteren de sterfdag van de heilige,' zei de gids.

Marianne keek omhoog naar de façade. Hetzelfde warme, poederachtige oranje als van de kerkjes die ze beneden in de stad had gezien, maar voor het overige was dit een heel eigenaardig godshuis. Het leek te verdwijnen in de hoge rotswand.

Goed dan, die laatste paar treden kon ze er ook nog wel bij hebben. Ze klom omhoog en betrad de grotachtige holte van de kerk. Wat een zalige verkoeling! Ze knapte helemaal op, zowel van de suizende, onderaardse koelte als van het vrolijke gedrup dat voor een aangename verfrissing in de lucht zorgde. Ze zag hoe de dorpelingen zich met hartstochtelijke overgave aan de voeten van de heilige wierpen.

Hun vrome eenvoud raakte haar. Ze brandde een kaars en knielde neer voor het bleke, goudomrande gelaat van de patroonheilige. U zult mijn gastvrouw zijn, dacht ze. Tot U zal ik in het uur van mijn barensnood bidden. Santa Rosalia, waak over mij en mijn ongeboren kind, prevelde ze in gedachten, geef mij een voorspoedige bevalling, schenk mij een gezonde zoon.

De zon scheen alle dagen in Palermo, maar niet meer die ondraaglijk broeierige van augustus. De septemberzon was veel aangenamer. Ze was inmiddels zo uitgedijd dat ze enorme gewaden droeg, wat moesten de mensen wel niet denken als ze haar zagen, zo'n opgezwollen dikkerdje! Ondanks haar omvang voelde ze zich nog energiek. Ze was in Palermo wat op adem gekomen, daar kwam het vast door. Dat, en het idee dat ze voorlopig op dit eiland zou blijven, dat ze niet weer de open zee op hoefde. Ze maakte zelfs nog een tochtje op de rug van een ezel, wie had dat gedacht! Johannes wilde er niets van weten, maar goed, ze deed uiteindelijk toch wat ze zelf wilde. Ze was ver genoeg, het kind liep geen gevaar. En eerlijk gezegd begon ze de onhandige, loodzware ballast inmiddels een beetje beu te worden; het gehobbel op zo'n beestje kon de bevalling misschien bespoedigen.

In Monreale vergaapte ze zich in de kathedraal, een wonder van Saraceense en Normandische schoonheid, aan talloze oogverblindende gouden mozaïeken. Katholieke afgoderij natuurlijk, maar toch. Geen sterveling kon weerstand bieden aan zoveel pracht! Daarna bezocht ze het gigantische benedictijnerklooster van San Martino, waar ze een gouden kelk zag waarvan werd beweerd dat het de gifbeker van Socrates was. Na zulke dagtochtjes keerden ze in de middag steeds terug naar Palermo, waar Van Senden steevast begon te klagen over de vuile straten, de zwarte varkentjes die her en der rond het hotel scharrelden, de naakte kinderen die luidruchtig rondrenden. 'Hebben jullie gezien dat ze elkaar de hele dag vlooien?' zei hij bijna elke dag wel een keer. 'Als apen!' Hij had er zoveel over gezeurd dat Hartman een kammetje kocht op straat, zo'n speciaal vlooiending, en het als cadeautje aan de dominee gaf. Van Senden kon er niet om lachen.

Aan het einde van de middag begaven de lokale bewoners zich massaal naar de *passeggiata*, de brede wandelplaats bezaaid met bloemen die, zodra het duister inzette, sierlijk door gaslantaarns werd verlicht, wat een bijna feestelijk einde aan elke dag gaf. Johannes kon zich moeilijk overgeven aan al dat gelanterfant. Hij maakte zich zorgen. Ze moesten naar het dorp, zei hij steeds, moesten ze nu toch niet eens naar het dorp gaan? Wanneer zou het kind komen, kon het niet elk moment...?

Hoewel alles nog steeds rustig was, had Johannes gelijk, het was tijd. Op 8 september gingen ze weer aan boord en stoomden verder langs de Siciliaanse noordkust. Na nog geen twee uur varen gooiden ze voor de kust van het kleine vissersplaatsje Cefalù het anker uit. Peletier maakte, geroutineerd als hij inmiddels was, meteen aanstalten van boord te gaan, om een geschikt logement te zoeken.

'Alleen voor mijzelf, de secretaris en de dominee dit keer,' zei ze tegen hem.

Hij keek haar verschrikt aan. 'Hoogheid?'

'Wij gaan van boord, de rest vaart door naar Catania. Ik ben voornemens de reis naar Catania met mijn secretaris en de dominee over land te ondernemen.' Het klonk onzinniger dan ze had gedacht, ze hoopte dat hij het zou slikken. Maar die goedhartige Peletier had niets in de gaten, knikte begrijpend en volgde haar orders op zonder ook maar één vraag te stellen.

Hij keerde al na een uurtje terug en gaf Johannes de naam van een hotelletje. Toen klommen Johannes en Van Senden in de felblauwe roeiboot. Met een soort provisorische draagstoel werd zij ten slotte naar beneden getakeld, het bootje in.

Wat een toestand, dat was toch geen gezicht zo! Maar voor ze het wist, stond ze al op het strand. Met een mengeling van melancholie, opluchting en blijdschap staarde ze naar de rookpluimen van het SS Willem de Eerste, dat zonder haar vertrok.

✦

Het strandje vulde zich met toegestroomde nieuwsgierige pottenkijkers, pijp rokende vissers, schreeuwende venters. Straatjochies schoten het stadje in om het nieuws van de komst van het vreemde drietal te verspreiden. Er kwamen meer mensen bij. Ze mompelden, roddelden, fluisterden. Gezette oude dames gehuld in zwarte wol sloegen kruisjes, kinderen in vodden gierden van opwinding.

Ineens week de menigte uiteen om iemand door te laten. Dat moest hem zijn, dacht ze, dokter Biagio Pernice. Iedereen ging eerbiedig voor hem aan de kant. Ja, allicht, hij stond vast bij alle families uit het dorp aan wieg en graf. Met uitgestrekte armen kwam hij op hen afgelopen. Hij nam zijn hoed af en maakte een reverence. 'Welkom in Cefalù, *signora contessa* Von Seitenberg.'

Kon niet missen, dat moest hem zijn! Hij had de instructies dus ontvangen, hij was zelfs zo goed om haar schuilnaam te gebruiken. Johannes was al even opgelucht als zij, alleen Van Senden stond wat verward te kijken. 'Gingen wij dan niet naar dat hotelletje...?'

'Nee, nee, geen sprake van,' zei Johannes, alsof de dominee iets volstrekt idioots had geopperd. '*Son Altesse Royale* onderhoudt uitstekende banden in dit gebied. Er zijn andere regelingen getroffen, betere.'

En hup, daar verdwenen ze, aangevoerd door de *dottore*, de straten van Cefalù in, terwijl de mensen achter hen nog bleven staan dralen, al even onverholen als dominee Van Senden gissend naar wat hier in 's hemelsnaam loos was.

Ja, de dominee, die zouden ze nu toch wel zo'n beetje... Maar ze kon het niet opbrengen daarover na te denken, niet nu. Eerst plat. God, wat verlangde ze naar een bank! Een brits desnoods, of wat kussens, iets comfortabels om haar vermoeide ledematen, haar gezwollen kuiten en enkels op te laten rusten. Nu pas drong de meedogenloze vermoeidheid, plotseling en hevig, tot haar door, alsof die al die tijd had zitten wachten om haar onverhoeds onderuit te trekken. Gelukkig hoefde ze niet ver, ze waren er al.

Nou, dat was wel een beetje achteraf, en zo pal naast een watermolen. Enfin, ze kon zich er niet kwaad om maken. Ze was veel te moe zich waar dan ook over op te winden. Die blauwe deuren onder een door weelderige bougainville bedekte boog, ja die hadden wel wat. Als je hier en daar wat door de vingers zag, was het charmant te noemen.

Van Senden moest maar even buiten wachten, Johannes kon wel bij hem blijven terwijl zij werd ontvangen.

Dit, wist ze, was niet het huis van Pernice, de plaatselijke dokter, maar van Gloriosa Pipì, trotse moeder van een pasgeboren tweeling. Zij was het nichtje van Pernice, op zijn beurt een goede bekende van de arts in Rome via wie Johannes dit hele gebeuren geregeld had. Madame Pipì woonde sinds de dood van haar schoonouders in een huis dat te groot was voor haar gezin. Er waren genoeg kamers over om een paar vreemde reizigers gastvrijheid te bieden gedurende hun verblijf. Zelfs groot genoeg voor nóg een ziel, een kleintje dat zich waarschijnlijk snel bij het gezelschap zou voegen. Het was toch wel aangekondigd dat de gast hoogzwanger was? Dat de bevalling onder haar dak plaats zou vinden?

'Geen probleem, geen enkel probleem,' zei Pernice. 'Gloriosa heeft zelf nog maar kort geleden haar kinderen ter wereld gebracht, alles is nog in huis.'

Ze keek om zich heen. Het stelde werkelijk niet veel voor, dit... onderkomen. Ach, nu ja. *Ça suffit*. Ze zag in de gauwigheid een kamerscherm, dat kon wel als kraamschut dienen. Als er maar voldoende linnengoed was... En een extra tobbe, misschien? Goed, de arts zou het allemaal heus wel weten.

'Aan het wiegje wordt nog driftig gevlochten,' zei Pernice, 'we hopen dat de kleine nog heel eventjes blijft zitten.'

Nou, liever niet, dacht ze. Van haar mocht het kind meteen komen. Ze stelde zich hem voor, de jongen. Was het nog maar vier maanden geleden dat ze, dobberend in de zee bij Dieppe, voor het eerst dat getrappel in haar buik voelde? Nu was ze mijlenver van die plek verwijderd, eindelijk aangekomen op de plek waar hij geboren zou worden. Hier zou hij over een tijdje rondkruipen, leren lopen, de wonderen van het eiland ontdekken...

Het was een goede plek, toch?

Ja, dat was het, dat moest het zijn. Warm, veilig, beschut... En madame Pipì was alleraardigst. Gelukkig maar. Ja, zonder twijfel, hier kon elke jongen naar behoren opgroeien. En als hij ook maar een beetje op haar zou lijken, net zo nieuwsgierig en levenslustig werd, zou hij hier zelfs gelukkig kunnen worden.

September ging geruisloos voorbij en hij liet nog altijd op zich wachten. Johannes ontving opgewonden berichten van zijn broer, die samen met de anderen ondertussen de Etna beklommen had en allerlei vreemde ontmoetingen op het platteland had beleefd. In vier weken tijd was de omvang van haar buik bijna verdubbeld – zo voelde dat althans – en haar voeten, onderbenen, polsen, zelfs haar vingers... alles stond bol van het vocht. Hoelang kon ze dit nog volhouden?

Godzijdank was het de laatste dagen eindelijk wat afgekoeld, dat maakte de lange dagen iets aangenamer. Maar hoe langer het duurde, hoe meer zorgen door haar hoofd spookten. Had de baby nog wel genoeg ruimte? Was er wel genoeg zuurstof over daar? De oktobermaand was al langzaam aan het verstrijken... Meedogenloos en onverschillig glipten de dagen haar uit handen. Waarom kwam hij er toch niet uit? Zelfs de dominee was inmiddels op de hoogte, die ondankbare taak had Johannes haar gelukkig uit handen genomen. Toen Van Senden aan haar bed verscheen was hij een en al gelukwensen, maar ondertussen... Maar het was al snel goed, er was een soort gelatenheid over hem gekomen, hij kon de hele toestand ook maar beter aanvaarden. 'Natuurlijk,' knikte hij beleefd, 'u kunt erop vertrouwen dat ik het kind zal dopen. Dat spreekt vanzelf.'

Op de een na laatste dag van de wijnmaand kondigde hij zijn komst aan. De eerste weeën kwamen op, bedrieglijk als ordinaire buikpijn. Madame Pipì zette een flesje naast het bed.

'Speciale kruiden, pijnstillend. Voor als het nodig is,' zei ze.

Ze nam het tot de laatste druppel. Ze had bevallingen in alle soorten en maten meegemaakt, maar nog nooit een pijnloze. Het joeg haar inmiddels geen angst meer aan. Ze was voorbereid, klaar voor de gedaanteverwisseling die haar lijf voor zo lang als het moest duren zou ondergaan. Het krampachtige ineenduiken, het dierlijke terugtrekken, het schroeiende weefsel; ze wist wat er allemaal ging komen. Net als Pernice, die er door Johannes razendsnel bij was gehaald.

Het duurde al met al niet lang, enkele uren maar, ze had zelfs niet de tijd gehad om nog wat van Gloriosa's zalige kruidendrank te vragen. Het was pijnlijk en, op een of andere manier, zacht tegelijk. Hij vloeide de wereld in alsof hij slechts een trilling van de lucht was, een jongen als een engel, met lichte ogen en een kraakheldere keel.

Hij werd verzorgd, in windsels gebakerd zoals ze vroeger deden, zoals in sommige afgelegen delen van Nederland nog steeds gebruikelijk was. Ze wilde om Johannes roepen, maar ze was te uitgeput. Gelukkig, daar was hij al.

'Een zoon!' zei Pernice, die Johannes een hand gaf en op de schouder sloeg. 'Van harte gefeliciteerd.'

Verbouwereerd, trots en angstig tegelijk nam hij de ingebakerde baby over. De vader. Met opgekrulde mondhoeken gleed ze weg in een zalige, droomloze slaap.

✦

Tot aan zijn geboorte was ze ten volle bereid geweest de gevolgen te aanvaarden van haar onvermogen zich aan te passen aan de wereld. Maar daar was hij, een en al gezondheid en tevredenheid en tegelijk zo breekbaar, zo klein en weerloos. Johannes Willem, Giovanni voor de Sicilianen.

Geen luid verkondigde boodschap galmde door paleisgangen. Geen 'Er is een prins geboren!'. Geen applaus van duizend hovelingen. Geen honderdeen kanonschoten, geen beierende klokken in stad en land. Alleen zij, Johannes en het kindje. Een heilige familie, vredig, tevreden slapend. Had ze dit ooit eerder gevoeld? Was het bij Charlotte ook... of misschien bij Albert...

Nee, het was onvergelijkbaar. Ze telde de uren, de gezegende uren samen, de tijd die haar nu ineens niet langzaam genoeg kon gaan, die als een stuk zeep uit haar handen glipte. Ze moest niet denken aan... Nee, nog niet. Ze was er nog niet klaar voor. Ze kon hem hier toch niet achterlaten? Dat was het plan geweest, haar eigen plan nog wel, maar het was een idioot plan. Dwaas, belachelijk, onmogelijk. Mocht zij soms niet van gedachten veranderen?

'Het is voor zijn eigen bestwil,' zei Johannes. 'Zo hebben we het steeds voor ons gezien. We laten hem achter, we houden de schijn van de pelgrimage op. We gaan naar Jeruzalem en we redden zijn leven.'

'We kunnen toch ook hier blijven?'

'Ach, lieverd... Je kunt je toch niet voor de rest van je leven hier verstoppen? Hoe moet dat dan met Camenz, en de kinderen in Berlijn?'

Ze zweeg, kwaad omdat hij gelijk had, omdat ze wíst dat hij gelijk had en hem erom verafschuwde. Hoe kon hij dit zomaar zeggen? Hoe kon hij zo, zo... onaangedaan blijven?

'Doorreizen is de enige weg,' zei hij haperend. Of was het snikkend? 'Als we hem tenminste een kans op een toekomst willen geven...'

Amper twee weken later was het al zover. Waarom hadden ze ook zoveel tijd verloren? Had Johannes Willem maar niet zo verschrikkelijk lang op zich laten wachten, dan hadden ze misschien meer tijd gehad, samen...

Maar ze waren al veel te lang hier. Hoe moesten ze dit uitleggen aan de anderen? Hoe kon zij dit geheim, dat plotseling veel groter leek dan toen zij het nog kon toedekken met haar mantels en gewaden, in 's Herennaam ooit bewaren? Maar Johannes had steeds nauw contact onderhouden met Dirck, en hij wist zeker dat niemand een vermoeden had, nóg niet...

Johannes Willem lag in haar armen. Hij kreunde zachtjes. Ze kuste zijn hoofdje, honderd-, duizendmaal. De liefde die ze voor hem voelde was zo hevig, zo pijnlijk tevergeefs dat ze er steken van voelde in haar maagstreek. Het toeschieten van de moedermelk gaf een benauwende druk op haar ingesnoerde borsten.

'Toe, geef de jongen maar aan madame Pipì,' zei Pernice.

'Het gaat niet,' zei ze.

Nee, dit was ondraaglijk, dit kón ze niet. Maar Pernice nam hem al uit haar armen – alsof hij zijn hand recht haar borstkas in stak en haar hart eruit rukte. In de handen van de dokter begon Johannes Willem hartverscheurend te krijsen, ook dat nog! Ze snelde erop af, maar Pernice gaf hem al aan Gloriosa, zijn voedster, en Johannes Willem kalmeerde meteen.

'Ik kom terug,' fluisterde ze. Ze duwde haar neus nog één keer in zijn zachte, naar honing en melk geurende wangetjes. Natuurlijk kwam ze terug, al zou ze de hele wereld over moeten reizen. Alles zou ze eraan doen om terug te keren naar hem, alles! Maar meteen schoot de angstaanjagende gedachte door haar hoofd dat het misschien helemaal niet waar was, dat zij hem misschien nooit meer terug zou zien.

Op 13 november voegden ze zich weer bij de rest van het reisgezelschap. Niemand stelde vragen, godzijdank stelden ze geen vragen. Iedereen was opgelucht, blij dat ze weer verenigd waren, dat ze eindelijk weer verder konden.

✦

Het was wonderbaarlijk hoe snel ze van de bevalling herstelde, en dat op haar leeftijd... Alleen zitten ging nog wat moeilijk, maar er waren kussentjes genoeg. En met behulp van haar mahoniehouten reissecretaire kon ze ook in bed, met de kussens in de rug, best wat zinnen op papier krijgen.

Malta, 18 november 1849, schreef ze. Toen haalde ze diep adem. Nu het allemaal achter de rug was, nu moest ze de achterblijvers iets geven. Ze was per slot al bijna vijf maanden weg. Ja, ze moest een briefje aan Fritz sturen, dat was toch wel het minste. Een *signe de vie*, een teken van leven, meer niet.

Veel vrouwen, vooral die van een zekere stand, maakten halve romans van hun brieven, maar haar zou je niet snel op zo'n literair kunstwerkje betrappen. Waartoe diende een schrijven anders dan om je hart te luchten? Waarom zou je daar tierelantijntjes en doekjes om winden? Jammer genoeg kon ze allang niet meer schrijven wat er in haar opkwam, daarvoor lagen de zaken te ingewikkeld.

Bon, dan maar een brief met wat betekenisloze verhaaltjes, kleine anekdotes. Stijl kon in sommige gevallen boven de waarheid gaan, was het niet? In liefde en oorlog... Ze schreef over de ongemakken van de reis, de zeeziekte, die onbetrouwbare kapitein Savert, die haar zojuist voor het eten aan boord veel te veel in rekening had gebracht. Over de vochtige warmte van Zuid-Spanje, de vriendelijke ontvangst door de Nederlandse consuls. Over Sicilië en hoe ze, van alle plekken die ze zag, het meest verknocht was geraakt aan dat eiland. Dat ze vast van plan was om daar vaak naar terug te keren... Ja, dat was goed, zo gaf ze er een goede draai aan.

De rekening voor het aan boord genuttigde eten had ze op Malta gepresenteerd gekregen, omdat ze op het punt stonden afscheid te nemen van de boot. Het kostte niemand veel moeite Willem de Stinkerd en kapitein Savert gedag te zeggen. Voor de grote overtocht naar Afrika stapten ze met veel genoegen aan boord van een Frans stoomschip – met dank aan de vice-consul in Alexandrië, die net vader was geworden en, zo schreef hij, durfde te hopen dat de prinses bij de doop aanwezig wilde zijn.

Na drie dagen varen kwam Pharos in zicht, het schiereiland waarop ooit het hemelhoge lichtbaken prijkte. Van het wereldwonder, de vuurtoren, was geen spoor meer te bekennen, maar ze was onder de indruk van het fort van Qaitbay, dat uit de as was herrezen.

Ze kon het haast niet geloven, was ze echt hier? Alexandrië, beroemd wereldwonder, geboortestad van Cleopatra!

In de haven wemelde het van de Grieken, Syriërs, Italianen en God weet wat nog meer; handelaren, sjacheraars. Ze likte zout en vocht van haar lippen, moest uitkijken niet te struikelen over alle rondslingerende zakken, kisten en vaten. Het werd nog veel erger toen ze de haven uit liepen, verder de stad in.

Ging dit wel goed? Raakten ze de weg niet kwijt? Wat een oord! Het was onmogelijk uit te maken of je je nu in een straat of in een woning bevond, alles leek op elkaar. De wanorde was gekmakend en zo overheersend dat het ook in haar hoofd een wanordelijke bedoening werd. En dan de uitwasemingen van al dat rondslingerende vuil... Had ze maar een flesje reukwater om onder haar neus te houden! Geroep in duizend talen, de geur van warm, bedorven fruit, bloedige karkassen van de beesten die als wasgoed aan lijnen hingen...

'Hm,' zei de dominee. 'Er is niet veel wat herinnert aan de grandeur van Alexander de Grote, vindt u wel?'

'Ik wil hier niet blijven,' fluisterde ze tegen Johannes.

'We worden verwacht bij de vice-consul.'

God ja, dat was waar ook. Ze moest een kind ten doop houden. De Nederlandse vice-consul had er speciaal om gevraagd. Hè, verdorie, dat was ze vergeten. Goed, één nacht zou ze het hier wel uithouden, maar na de dienst wilde ze er direct vandoor.

6

Johannes van Rossum, de secretaris (II)

Het was geen goed idee geweest. Hoe had hij zo dwaas kunnen zijn om toe te zeggen dat de prinses een doop bij zou wonen? Een kleine baby in haar armen geduwd krijgen, zo vlak na... Ze hield het bijna niet, dat kon hij zo aan haar zien. En Van Senden nam er zijn tijd voor, zeg! Schiet toch eens op, dacht hij voortdurend. Ze moest dat meisje weer kwijt, hup, terug naar de vader met dat kind.

'In naam van de Vader, de Zoon en de Heilige Geest.'

Amen! God zij geprezen, het was voorbij. Eindelijk. Een minuut langer en Marianne was in huilen uitgebarsten. Hij hield het zelf amper uit in die zoete, melkachtige walm rond de pasgeboren baby, laat staan de prinses... Enfin, het was gebeurd, hij zag dat ze zich al herstelde.

Het kindje werd naar haar vernoemd, dat was toch wel aardig. Maar ze wilde hier evengoed weg, daar was ze duidelijk over. Felicitaties, een gulle schenking, en dan hup, uit de voeten.

De Nederlandse vice-consul was dolgelukkig. 'Geen enkel probleem, *monsieur le secrétaire*,' zei hij toen Johannes hem voorzichtig vroeg om nogmaals zijn contacten bij het Egyptische gouvernement aan te spreken. 'Rivierstomers zijn schaars, maar ik zal zorgen dat de prinses er een ter beschikking krijgt, zodat jullie over de Nijl verder zuidwaarts kunnen reizen.'

Het was, eerlijk gezegd, voor hemzelf ook wel een opluchting die stinkende, krioelende havenstad achter zich te laten.

Voor hij het wist ging de bagage al aan boord en stoomden ze met wapperende vlaggen richting Caïro. In de diepte onder hem schuimde en kolkte het vuilbruine water van de rivier. De dragoman, een tolk die met de complimenten van het gouvernement mee aan boord was gegaan, legde uit dat het Nijlwater rechtstreeks uit het paradijs kwam. 'Het is zo vuil omdat daar,' zei hij, 'de engelen zich ermee hebben gewassen.'

De reis over de Nijl duurde enkele dagen. Hij tuurde over de reling, nu eens naar de uitgestrekte zandwoestijnen, dan weer naar palmkruinen en akkerlanden. Hij bracht de middagen grotendeels buiten door, op het dek. Het was heerlijk weer en veel aangenamer varen dan op open zee; hier kon hij de tijd verdrijven met lezen, uitrusten, geeuwerig mijmeren onder de uitgespannen zeildoeken.

Op 13 december kwamen ze aan in Caïro, een stad van modder en stof waar ze werden overdonderd door het lawaai van de barbierszaken, winkelhokjes, bazaars en koffiehuizen en in de lucht een oneindig web van drogend ondergoed. De zon drong nergens door de chaotische huizenmassa heen en de lucht was dik, door smog of zand beneveld.

Dankzij de Fransen waren er gelukkig ook wat nieuwere, brede boulevards en hier en daar zelfs een grand café dat hem vaag aan iets Europees deed denken. Peletier regelde kamers in een hotel aan een van die boulevards, waar Johannes Marianne opzocht toen hij er zeker van was dat iedereen zich in zijn eigen kamer had teruggetrokken. Hij trof haar languit op haar bed aan, ze was er met mantel en al neergeploft.

'Eindelijk alleen,' zei hij.

'Alleen, ja. Maar zal ik ooit nog ergens rust vinden?'

'Hoe bedoel je?'

'Ik bedoel dat sinds Cefalù alles anders is. Dat ik, du moment dat ik mijn ogen sluit en de duisternis toelaat, word bestormd door demonen die mij vanaf het eiland achtervolgd hebben.'

Ze geselde zichzelf. Hij kon nauwelijks aanhoren hoe ze tekeerging, zichzelf een harteloze vrouw en erger noemde. Het ergste was nog dat hij er niets aan kon doen. Wat hij ook zei of tegen haar tirades inbracht, zij liet zich niet troosten. Het maakte hem gek van onzekerheid. Hoe kon zij van hem houden, als ze zich niet door hem liet helpen?

'Welke ontaarde moeder laat haar zoon alleen achter op een eiland?' zei ze. 'Vertel me, Johannes, wat doen wij hier, in dit van kamelen vergeven niemandsland? Wat hebben wij hier te zoeken, als hij die ons het meest nodig heeft, dáár is?'

Het was nog niet te laat om terug te keren, smeekte ze, ze konden in Alexandrië toch weer zo'n Franse stomer nemen, dan zouden ze misschien binnen een week weer bij hem zijn.

Twijfels bekropen hem, ze kringelden zich om hem heen als slangen. Hij werd óók verteerd door verdriet. Misschien sprak hij er niet zo vaak over als zij, maar hij miste het kind evengoed. Hij wilde niets liever dan toegeven, met haar meegaan, zijn enige zoon... Maar nee, dat kon niet. Hij moest nu sterk zijn, zij had hem nodig. 'En wat moeten we dan tegen de jongens zeggen?' zei hij. 'En Van Senden? Het is zijn grote droom om naar Jeruzalem te reizen, die man heeft hier z'n leven lang op gewacht.'

Dat was niet gelogen. Van Senden móést naar Palestina om zijn levenswerk te voltooien, die grote Bijbelatlas van hem, en om zijn exotische bloemen te vinden en zijn plantencatalogus aan te vullen. Ze konden dat toch niet... Niet nu hij alles wist. 'De dominee moet aan onze kant blijven staan,' zei hij. Ze keek hem aan met een mengeling van verdriet en verwijt, bijna als een stuurs kind. Maar ze wist dat hij gelijk had, dus zei ze niets meer.

Hoe had Van Senden het ook alweer gezegd? 'Pas toen de majesteit mij uitnodigde voor de pelgrimage, ontwaarde ik in de wanorde die in mijn leven had geheerst een door God zelf aangestuurde voorzienigheid.'

Dat konden ze hem toch niet meer afnemen? Dan zou hij zeker gaan praten. En hij was ook niet zomaar iemand. Als Johannes de verhalen moest geloven was Van Senden in het vaderland een soort bekendheid en hingen zijn kaarten op alle Nederlandse scholen aan de wand.

Er zat niets anders op, Johannes moest hen beiden behoeden voor een misstap en zich haar woede laten welgevallen. Hij vond dat zij het volste recht had om haar verdriet op hem uit te leven. Wie had ze anders? Het beste wat hij nu kon doen, besloot hij, was afleiding voor haar zoeken, zo veel mogelijk afleiding.

Een dag later verkenden ze Masr-el-atika, de oude stad, waar de stegen zo nauw waren dat je onmogelijk een rijtuig kon nemen. In plaats daarvan stikte het er van de zwaarbeladen kamelen en ezeltjes. Hoe was het mogelijk dat dit de plek was waar Mozes God had gebeden om een einde aan de plagen te maken?

In het voormalige Fustat, de voorloper van Caïro, bezochten ze een koptische kerk, oeroud.

'Zoals alles hier,' zuchtte Marianne alleen maar. Het lukte hem niet om haar te helpen haar zinnen te verzetten. Waar hij haar ook mee naartoe nam, ze dacht alleen maar aan hem.

'Ik zie hem voor me, Johannes,' zei ze wanneer ze een moment alleen waren. 'Ik zie hem voor me, zo levendig dat het pijn doet.'

Hij wist wat ze bedoelde. In ruimtelijke zin was het kind ver weg, maar tegelijk was het alsof ze hem in een kinderwagentje zouden kunnen treffen, zo eentje dat hier werd geduwd door zwartgeklede vrouwen of halfnaakte kindertjes, in hun kielzog gevolgd door in kaftan en tulband gehulde mannen.

'*Bachschichs! Bachschichs, chawage, bachschichs!*' floot het om hen heen. Chawage, dat wist hij inmiddels, was de benaming voor een Europeaan in deze contreien. Dat andere was een soort Egyptisch stopwoord, het woord waarmee hun gids zijn rondleiding door de koptische kerk beëindigde, waar de ezeldrijver zijn ritje mee begon. Gift, fooi, aalmoes, offerande, genoegdoening – betaling, dat was de betekenis ervan, zwart of wit, dat was hier om het even.

'Bachschichs is een bekende reflexbeweging van de stembanden der Arabieren,' had de dragoman hem met een grijns verteld toen ze nog op de Nijl voeren, 'passief, onvrijwillig maken zij dat geluid als ze een Europeaan zien.'

Van het benauwende Fustat en oud-Caïro hadden ze snel genoeg gezien, het was beter om eropuit te gaan. De woestijn, dacht hij, past haar nu misschien wel beter dan de stad.

Het was nog vroeg toen ze vrijdagochtend op weg gingen naar de piramides. De droge, zoute lucht, de uitgestrekte onverschilligheid, de verpletterende faraonische graftombes die uit het zand staken als gekantelde kubussen, dit moest haar goeddoen. Niemand kon weerstand bieden aan deze wereldwonderen. Uit de verte leken ze nog bescheiden van formaat, maar eenmaal ter plaatse…

'Moet ik dat ding echt beklimmen?' vroeg ze met grote ogen. 'Maar ik heb me sinds... Ik heb me al tijden niet meer zo ingespannen!'

'Kom, het valt wel mee,' antwoordde hij. Hij legde zijn hand op haar arm en voelde hoe ze zachtjes trilde. 'Het zal je goeddoen.' Hij herinnerde zich haar verhalen over de dodemansritten te paard die ze in Berlijn had gemaakt, hoe die lijfelijke vermoeidheid en zware benen haar gemoed tot bedaren konden brengen.

Tot zijn opluchting kreeg hij dit keer gelijk. Ze klom moeiteloos naar de top en begon daarna het bezoek aan de mysterieuze gangen met hernieuwde, goede moed, verkwikt door de inspanning van de beklimming. Organen wegende goden met dierenkoppen en slangenlijven trokken aan hun verbaasde ogen voorbij. De hoofden en benen zijwaarts afgebeeld, de borst en buik van voren. Het deed Peletier en zelfs Hartman in het holst van het donkere labyrint sidderen.

Even later kreeg Van Senden, aan de voet van de sfinx, een brief in zijn handen gedrukt; speciale bezorging. Even leek de dominee bang om slecht nieuws te ontvangen, wat kon er anders zoveel haast hebben? Maar het bleek te gaan om een brief van zijn zoon Gerhard, die schreef om te vertellen dat hij zijn geliefde Crisje ten huwelijk had gevraagd.

'En?' vroeg Johannes nieuwsgierig.

'Zij heeft ja gezegd!'

De jongens applaudisseerden, floten op hun vingers. Het ging natuurlijk goed beschouwd over vreemden, maar het nieuws vervulde iedereen met een vlaag van nieuwe hoop, of misschien was het meer een gevoel van opluchting dat zich uit alle macht naar buiten wilde worstelen. Zelfs omstanders begonnen schouderophalend mee te klappen, sommige reikten de dominee zelfs de hand ter felicitatie, sloegen hem vriendschappelijk op de schouder.

Toen de prinses 's avonds bij het diner spontaan het glas hief om een toost uit te brengen, meende hij eindelijk iets van vreugde in haar ogen te bespeuren.

'Op de jonge Gerhard, die zijn zielsverwant heeft gevonden,' zei ze, 'op het geluk van de jeugd, op de ware liefde, duurzaam als de tijd trotserende piramides.'

Onder luid gejoel en geproost stortten ze zich op het feestmaal. Later, toen hij haar opzocht in haar kamer, hoopte hij haar in goeden doen aan te treffen. Hij was blij dat ze zich althans voor één avond onbezorgd had gevoeld.

'Zeven weken,' zei ze toen hij binnenkwam.

Hij begreep het niet.

'Negenenveertig dagen vandaag. Zeven weken zonder hem.'

Hoe kon hij zo stom zijn om te denken dat zijn pogingen haar op te beuren ook maar iets uit hadden gehaald? Terwijl ze de wereld haar mooiste lach schonk, telde ze in gedachten de verstreken dagen.

Het was Van Senden die maar niet uit Egypte wilde vertrekken. Hij begon zelfs een beetje onmogelijk te doen, op het onbeleefde af. Had de dominee soms in de gaten dat zij tot alles bereid waren het hem naar de zin te maken? Maakte hij misbruik van zijn kennis van belastende zaken? Hij weigerde door te reizen, althans niet voordat ze een tocht door de woestijn hadden gemaakt. Per kameel, over El Arish naar Gaza, precies zoals de kinderen Israëls deden toen zij uit Egypte naar het beloofde land trokken. Hij stond erop.

'Er zit weinig anders op,' besloot Marianne uiteindelijk. Ze vroeg Johannes alle voorbereidingen te treffen. Dat deed hij, maar naarmate de dag van de tocht naderde, werd ze angstiger. Ze zei dat ze een druk op haar borst voelde die haar benauwde.

'Mijn liefste Johannes, zijn die Afrikaanse woestijnvolkeren niet berucht? Wat bezielt de dominee eigenlijk? Die lui, die Toearegs of hoe die wilde nomaden in de Sahara zich ook noemen, die houden niet van pottenkijkers, waarom zouden we dat opzoeken?'

Ze sliep er slecht van, zei ze, en Johannes wist niet of dit betekende dat hij de hele reis moest afblazen. De volgende dag begon hij toch maar de watervaten te vullen, kwaad kon het ook niet. Maar toen Marianne die vaten, de zakken proviand, gereedschappen en wapens zag, begon ze te tieren.

'Nee!' riep ze. 'Ik kan het niet toestaan!'

Ze keek hem met grote paniekogen aan en fluisterde hem toe dat ze had gedroomd dat een gesluierde man haar te paard in stuivend woestijnzand tegemoet kwam galopperen en haar waarschuwde voor een groot gevaar.

Hij pakte haar beide handen vast. 'Als jij niet wilt dat we gaan, dan gaan we niet.'

'Nee, nee, natuurlijk gaan we niet.' Ze mompelde bijna. 'Wiens pelgrimage is dit eigenlijk? Moet ik soms bevelen opvolgen van een dwarse dominee?'

'Ik zal het hem meteen vertellen. Met slecht nieuws moet je nooit te lang wachten.'

Ze omhelsde hem als een klein, dankbaar meisje.

Van Senden keek verschrikt op toen Johannes hem vertelde dat de prinses door het gevaarlijke plan onwel was geworden. Hij stamelde dat hij geenszins verantwoordelijk wilde zijn voor een *terreur panique* harerzijds, dat hij zeker niet wilde aandringen!

'We zullen andere uitstapjes maken,' zei Johannes. 'Er zijn hier toch bezienswaardiger zaken te vinden dan een eindeloze zandvlakte.'

Zo bezochten ze, om de dominee te plezieren, nog de piramide van Sakkara, het graf van Ti, dat versierd was met diergoden en schilderingen van de jacht en visvangst, arbeiders en akkerbouw, en zagen ze in Memphis de graven en in Heliopolis de ruïnes. Daarna gingen ze in Caïro de Nijl weer op en voeren terug naar Alexandrië. Ongeduldig wachtten ze daar op de rijksstoomboot Reshid, die nog uit Constantinopel terug moest komen. Dat was de boot die hen naar het Beloofde Land zou brengen.

✦

In betoverend rood ochtendlicht stonden Johannes en Marianne op het dek van de Reshid toen aan de horizon het Karmelgebergte opdoemde. Hij staarde naar de goudgele kruinen van de Bijbelse bergtoppen. Efraïm, Juda, ging het door hem heen, bijna als een gebedsformule. Zo dicht bij het eindpunt, met de heilige bestemming zo helder in het zicht, leek er iets afgesloten te worden. Wat gingen ze doen als ze eenmaal waren teruggekeerd? Waar zouden ze leven, hij en de prinses, hoe konden ze verder leven na wat er gebeurd was, en wat moest hij tegen Toos zeggen?

Ze legde haar hand op zijn arm. 'Ik voel dat Johannes Willem dichter bij ons is dan ooit,' zei ze. 'Hij is hier, bij ons, al kunnen we hem niet zien, niet aanraken...'

'Wat zou ik hem graag aanraken,' fluisterde hij.

Toen ze dichter bij de kust waren, zagen ze het gevaar. De Reshid ging voor anker, het laatste stuk moesten ze per sloep afleggen. Een ijzige wind ging tekeer, hoge golven schudden de bootjes heen en weer, het zoute water sloeg tegen zijn gezicht. De ervaren Palestijnse roeier laveerde tussen puntige klippen door. Toen ze eenmaal door de nauwe doorgang heen waren, kalmeerde de zee onmiddellijk en dobberden ze zachtjes naar het Beloofde Land.

Hij zag hoe haar mantel plakte van het zout, de winterzon brandde in haar gezicht, wilde aanstalten maken om haar te helpen. Lieve hemel, nu zag hij de kuststrook pas goed; heel Jaffa was uitgelopen. Alsof Richard Leeuwenhart in eigen persoon aan land ging! Een prinses was hier blijkbaar een hele bezienswaardigheid. Van Senden knikte en legde uit dat het anders lag.

'Voor deze mensen is zij niet zomaar een prinses. Zij is de eerste vorst in Europa sinds de middeleeuwen die het heeft aangedurfd de tocht naar het Beloofde Land te ondernemen.'

'Bon, als het zo zit...' zei Marianne, en ze zwaaide enthousiast terug naar de juichende menigte.

De bedrijvigheid in Jaffa deed hem terugdenken aan Palermo, maar hij hoefde maar om zich heen te kijken, naar de pastelgroene kegelkoepels – een grote in het midden en vier kleinere eromheen –, de spitsboogramen met gedraaid houtsnijwerk, de witte tulbanden en gestreepte pofbroeken, om te weten dat ze nog altijd in de Oriënt waren. Terwijl Johannes met Marianne aan zijn arm over de met stro bedekte keien door het bruisende straatleven wandelde, regelde Peletier twaalf rijpaarden, twintig lastpaarden en twee kamelen. Daarna vertrok de karavaan, landinwaarts.

Over bochtige wegen slingerden ze door het Sarondal, waar ze ondanks de strenge winter de sterke geur van sinaasappels en citroenen roken. De bomen hingen er vol mee. Hij zag de opengesperde kelken van felrode anemonen en moest ineens aan zijn moeder denken, die hem vroeger vaak verhalen uit de Bijbel voorlas. Al die plaatsen nu met eigen ogen te zien, de tuin van Getsemane, de Olijfberg, het Sanctum Sepulchrum... Hem er later over te vertellen, hem voor te lezen uit de Bijbel, zoals hij dat ooit werd, op schoot bij zijn moeder...

Van Senden keek op uit zijn boekje. 'We zijn nu op weg naar Ramleh, het oude Arimathea uit de Bijbel.'

Vanaf hier was het itinerarium min of meer in zijn handen. Het was iedereen om 't even, Van Senden was de grote Palestina-expert. De dominee was zo goed geïnformeerd dat hij overal dwars door de moderne gebouwen en levende mensen heen kon kijken, rechtstreeks het Bijbelse verleden in. Lichamelijk was hij in het hedendaagse Palestina, maar geestelijk leefde hij voortdurend in het oude.

'Vanuit Ramleh reizen we door naar Lydda en Latrun door de bergkloof Wadi Ali.'

Van Senden bleek een uitstekende gids en reisleider, alles verliep voortdurend precies volgens zijn voorspelling. Ze sliepen in Kurieeth Enab en trokken de volgende ochtend voor dag en dauw weer verder, recht op hun doel af. Marianne vond het allang best, zei ze, zij had geen verlangens meer, zij volgde alleen nog maar. Of, nou ja, ze had één wens: ze wilde graag in de luwte blijven, niet al te veel opzien baren.

'Stel je voor dat de mensen beginnen te praten...' fluisterde ze.

Dan zou zij Gods genade zelfs in het Heilige Land niet meer kunnen voelen. Deze pelgrimage was geen dekmantel, bedacht hij ineens. Het doel, zo begreep hij pas nu het kind geboren was, was al die tijd om hier in dit Heilige Land aan te komen. Wat hij van tevoren niet had ingezien, niet had kúnnen inzien, was dat ze de pelgrimage niet voor henzelf, maar voor de jongen ondernam. Juist daarom wilde ze het bedevaartsoord, de stad Jeruzalem, te voet en in stilte betreden. Als onaanzienlijke sterveling. Als een pelgrim.

Van haar voorgenomen stille devotie kwam niets terecht. Bij elk dorp dat zij onderweg passeerden, stuurde de lokale bevolking een sjeik en zijn gevolg vooruit om de prinses te verwelkomen.

'Overal van die toestanden,' verzuchtte ze steeds, 'dat is wel het laatste waar we op zitten te wachten!'

Johannes had er ook helemaal niet op gerekend, omdat in dit deel van de wereld geen Nederlandse diplomatieke dienst was. Vanaf Jaffa had een plaatselijke consul hen begeleid, samen met zijn dragoman en janitsaar. En alsof dat niet genoeg was, kwamen daar tussen Ramleh en Kirjath-Jearim nog een Engelse consul en diens dragoman en janitsaar bij. In Kirjath stond voor zonsopgang een vijftigtal ruiters voor de deur van hun logement, gezonden door de Pasha van Jeruzalem. Buiten de stad wachtte nóg een hele stoet, allerlei voorname heren en dames uit Jeruzalem, de consul aan het hoofd.

'Maar natuurlijk is dat allemaal noodzakelijk, Hoogheid,' zei Van Senden toen ze haar beklag deed. 'U weet niet half hoe gevaarlijk het is zonder chaperon te reizen tussen Kanaäns wijnstokken en vijgenbomen. De rovers, de zigeuners, de bendes, de brute overvallen! Me dunkt dat wij hier nog geen dag zouden overleven.'

Gelaten liet ze zich ten slotte door de ene na de andere lokale leidsman escorteren tot aan de grenzen van diens grondgebied, waar het volgende cohort alweer klaarstond. Tja, een vrouw met zo'n heel gevolg baarde natuurlijk opzien. Alle dorpen liepen voor haar uit en de sjeiks wedijverden met elkaar om de beste slaapplaats aan te bieden. En naarmate ze Jeruzalem naderden, werd het alleen maar erger. Rond de stadspoort bij de Gihonbron waren de mensen zelfs op de muren geklommen, en ook daarachter waren de daken en straten bezaaid met volk. Voor de poort stond de burgerwacht van Jeruzalem klaar om de prinses naar het logement in de Akra, de Benedenstad, te begeleiden.

'Goed, te voet gaat niet lukken,' zei Johannes aarzelend. 'Dat idee moeten we maar loslaten.'

'Zo dichtbij...' zei ze, en hij wist niet of ze dicht bij het einde van de lange, zware pelgrimstocht bedoelde of iets anders. Dicht bij de verlossing, dicht bij de zuivering.

'Zo is het ook goed,' fluisterde hij haar toe. 'Zolang we in gedachten bij hem blijven, zijn we op de goede weg.'

Ze knikte, alsof ze iemand een teken gaf. Ze bestegen hun paarden, zij in het midden, Van Senden rechts van haar, Johannes aan haar linkerzijde. Op haar teken duwde hij zijn hielen zachtjes in de flanken van het paard. Hij hield zijn blik op haar gericht.

Geflankeerd door de vader en de doper van het kind dat haar gedachten voortdurend beheerste, dacht hij, rijdt zij fier, majesteitelijk de Heilige Stad in. Met duizenden stonden ze te joelen voor de onbekende prinses uit het Westen.

Heel Jeruzalem was bedolven onder een witte laag. Een dag eerder was het plotseling gaan sneeuwen. Overal kregen ze te horen hoe uitzonderlijk het was, sneeuw in Jeruzalem! Een teken van God, Hij wilde Zijn stad verbergen voor de protestantse bezoekers, gonsde het rond. De angst dat de stad ooit weer in handen van de christenen zou vallen leefde hier nog, Van Senden vertelde dat de Turkse bestuurders beefden voor alles wat uit Europa kwam.

Van die angst zag Johannes weinig terug. De stoet begeleidde hen juichend naar hun hotel nabij de Damascuspoort, waar Van Senden logies had geregeld. De eigenaar Mutsallam, een Tunesische Jood die zich had bekeerd tot het protestantisme, heette hen persoonlijk welkom. Johannes stapte op Mutsallam af om hem te bedanken en te vragen of hij in staat was de menigte buiten de deur te houden.

'Vanzelfsprekend,' antwoordde Mutsallam.

'Uitstekend. Kunnen wij hier vanavond de maaltijd gebruiken? Het is, geloof ik, beter als wij de deur niet meer uitgaan vandaag.'

Mutsallam knikte en beloofde zelfs te zorgen voor een Europese maaltijd, iets waar Johannes inmiddels naar snakte.

Vanaf het moment dat ze in Jeruzalem waren, verkeerde Van Senden in een voortdurende staat van opwinding. Hij propte de dagen zo vol bezichtigingen dat Johannes het allemaal in een vreemde roes beleefde. Ze zagen de kerk van het Heilige Graf en de Tempelberg, ze dronken uit de vijver van Siloam, waar Jezus de blinde genas, ze beklommen de oeroude traptreden in de Kidron-vallei waarover Jezus eens afdaalde, bestegen de Sionsberg, waar de oudste stad van David lag, daalden langs de helling van de Olijfberg af naar het Bethanië van Simon de melaatse en van Lazarus, en naar de tuinen van Getsemane. Zo ging het maar door. Het maakte hem onrustig, en Marianne zelfs duizelig. 's Avonds lag ze overrompeld en met versnelde hartslag in bed na te deinen van alles wat ze had gezien.

'Het is allemaal zo anders dan ik me had voorgesteld,' zei ze, 'heb jij dat ook? Zo onwerkelijk, zo... leeg.'

Johannes begreep het. 'Misschien wil Hij ons iets duidelijk maken,' antwoordde hij. 'Dat je geen verre reizen hoeft te maken om het geloofsvuur in jezelf te doen oplaaien.'

Ook na Jeruzalem ging de jacht op de Bijbelplaatsen voort. Ze trokken met de karavaan noordwaarts, brachten de nacht door in Bethel, waar Jakob op de vlucht was geslagen voor zijn tweelingbroer Esau. Daarna naar het Nablus van de Samaritanen, waar ze de heilige berg Gerizim beklommen en het graf van Jozef bezochten. Toen via Samaria en Nazareth naar de Zee van Tiberias – het Meer van Galilea, waar ze bij Emmaüs de tenten opsloegen.

Het waren lange uren, over vaak hobbelige, bestofte, soms ronduit slechte wegen. Ze bezochten een nabijgelegen badhuis, waar ze het hete water uit de bronnen van Emmaüs over hun voeten, handen en armen lieten stromen. Iedereen knapte ervan op, ze voelden zich verkwikt. Maar ze waren nog niet terug bij het kamp of Van Senden begon over een nieuw tochtje. Op het Meer van Galilea dit keer, met een bootje dat hem via de gouverneur ter beschikking was gesteld.

'Wij zijn allen zeer vermoeid,' probeerde Johannes.

'Maar toch niet te moe voor het water waar Jezus over gelopen heeft!'

Na de boottocht sleepte de dominee iedereen mee naar de Berg der Zaligsprekenden, waar Jezus de Bergrede had gehouden. Johannes dacht aan de woorden van Jezus, die op deze plek de verworpenen der aarde zalig had verklaard. Uit God, in God en tot God waren alle aardse zaken, ook de zonde. Iedere zondaar werd gered door Gods genade.

'Op Hem kun je vertrouwen,' fluisterde hij tegen haar in doorwaakte oosterse nachten, aan die gedachte kon zij zich vastgrijpen. 'Juist nu, in deze onzekere uren van ons leven, van dat andere prille leven, zal Hij ons licht zijn.'

In stilte voelde hij dat de grond onder zijn voeten was weggeslagen. Hij had geen idee hoe ze straks, als ze weer thuis waren, in hemelsnaam verder moesten.

Ze trokken richting de kust, reisden via Nazareth naar het Karmelgebergte, sloegen onderweg steeds geroutineerder de tenten op. Ze werden gewaarschuwd voor tijgers en beren en besloten dat steeds één van hen een waakdienst op zich zou nemen. De toch al uitgeputte mannen raakten van lieverlee doodvermoeid, maar ze moesten door. De zeekust verder noordwaarts via Acco naar Tyrus en Sidon, waar ze lijkbleek, hongerig en afgemat aankwamen. Van Senden won advies in bij de plaatselijke autoriteiten, waarna hij besloot niet via Beiroet maar via Banias naar Damascus te reizen.

'Dan zullen wij langs de bronnen van de Jordaan komen!' riep hij verrukt. Johannes kon zich met geen mogelijkheid voorstellen dat Van Senden de energie er nog voor had. Het enige waar die man over klaagde, was dat hij last had van zijn rechterhand. Hij schreef onder het rijden, zodat zijn hand voortdurend onbeschermd in de zon lag. Dat klagen zou wel snel voorbij zijn, het regende al dagen aan één stuk.

Onderweg naar Damascus ging het over in zware regenval, er was geen doorkomen meer aan. De stortbuien maakten de weg gevaarlijk glad, en toen ze twee van de lastdieren verloren, was de maat vol. Dit was geen reis, dit was zelfs geen pelgrimage meer te noemen. Dit was een ellendige, barre tocht waar niemand op zat te wachten.

'Het is mooi geweest,' zei de prinses. Wat haar betrof maakten ze rechtsomkeert.

'Natuurlijk, Hoogheid,' zei de dominee. 'Na Damascus keren we om. Daar zijn we nu tenslotte bijna.'

Vlak voor Damascus kwam een man te paard hun tegemoet, om mede te delen dat ze zouden worden verwelkomd met honderd saluutschoten en tweehonderd man ruiterij.

'Goed, we nemen een omweg,' zei Johannes zodra de ruiter uit het zicht was. Het deed haar goed, zag hij, en dat bemoedigde hem om de leiding wat meer op zich te nemen. 'Die intocht willen we koste wat kost mislopen, en die kanonnen willen we al helemaal niet horen!'

Zo kon hij haar beschermen, tenminste íéts voor haar doen. Want zij kon het niet meer opbrengen, ze was te moe voor nog een onthaal.

Onder zijn leiding glipten ze ongemerkt Damascus binnen, via een van de kleinere stadspoorten. Peletier vond een vorstelijk logement, een oosterse oase vol fonteinen en tapijten, waar de prinses op mocht rusten terwijl het personeel geurige wateren over haar hoofd en voeten sprenkelde. Ze kregen – het was onvermijdelijk – in het hotel bezoek van de pasha's en bisschoppen. Marianne knikte beleefd en berustend, zuchtend, opgelucht. Het einde van de reis was in zicht.

Via de vallei van de Barrada gingen ze langs Baalbek terug naar de kust, naar Beiroet. Daar bedacht Johannes opnieuw een list om aan alle geplande festiviteiten te ontkomen. Ze sloegen de tenten even buiten de stad op, wie zou ooit vermoeden dat zich daar een koninklijke gast verborgen hield?

Maar in de nacht kwam het met bakken uit de hemel. Ze dreven zowat hun tenten uit. Toch maar weer de stad in, toch maar weer een hotel. Het zat er nu ten slotte echt bijna op. In Beiroet namen ze afscheid van het Oosten. Het was tijd om de terugreis te aanvaarden. Op zondag 5 mei gingen ze aan boord van het Franse stoomschip Caire, dat via Alexandrië naar Malta voer.

✦

De veertigste verjaardag van de prinses zouden ze op open zee vieren. Johannes was al in de weer om van alles te regelen, zij deed alsof ze van niets wist. Naarmate de dag dichterbij kwam, klaagde zij steeds meer over pijntjes. Stijve gewrichten, slappe spieren. Het was haar aan te zien. Ze kon nog geen kopje optillen zonder te trillen van de pijn. Hoofdpijn, weer die benauwende druk op haar borst. Maar dat kon ook komen door het idee dat ze hier zo aan bed gekluisterd was, zei hij, dat ze geen kant op kon. Nu ze zich niet goed voelde, kon het idee van een schip op open zee benauwend zijn.

Op de dag van haar verjaardag bereikte haar misère een dieptepunt, en hoewel ze tegen hem had gezegd dat de tafel niet voor niets zo mooi was gedekt, was niemand in de stemming voor feestelijkheden. Johannes gaf de champagne die hij speciaal mee aan boord had genomen aan de jongens en trok zich terug.

Toen Malta in zicht kwam, waren haar reumatische gewrichtspijnen al een stuk minder geworden, maar ze klaagde nog altijd over een drukkend gevoel op haar borst, in de hartstreek. Dat leek alsmaar erger te worden.

Tweeëntwintig tergend lange dagen moesten ze op Malta wachten op de boot naar Napels.

'Kunnen we niet een kleine omweg maken,' smeekte ze, 'je kunt toch wel íéts verzinnen waarom we naar Cefalù moeten, een smoes, een onschuldig excuusje? We zitten hier toch maar af te wachten...'

'Wil je dat echt? Wil je echt het gevaar lopen dat de hele missie op de valreep in het water valt? Nu we zo dicht bij het einde zijn? We zij er bíjna, bíjna! We hoeven nog maar heel even vol te houden.'

Hij wist dat hij gelijk had, maar het viel hemzelf ook zwaar om zo dicht bij zijn zoon te zijn en niet... Maar ze konden het zich niet veroorloven. Ze moesten de jongens veilig terug naar hun gezinnen brengen, acte de présence geven in Voorburg, en dan konden ze daarna zo snel mogelijk terug naar Sicilië. Dan zouden ze zonder argwaan te wekken kunnen reizen, naar Cefalù, naar hém.

Op 24 mei kwam de Vesuvius in zicht. Dirck en Hartman wilden naar Amalfi, de dominee wilde naar Paestum en naar Pompeji en Herculaneum.

'Kunnen we niet, nu we hier toch zijn, zo'n dagtochtje maken naar de Vesuvius?' zei Van Senden. 'Dat heb ik nou altijd al eens willen doen!'

Voor dat voorstel kreeg de dominee veel bijval. Dat kon er nog wel bij, dacht Johannes. Maar de vulkaan was, dat moest hij toegeven, fenomenaal. Het uitzicht met aan de ene kant de Baai van Napels en aan de andere de hellemond – de vulkaankrater – was een van de mooiste die hij in zijn leven zag. Het was vooral het natuurlijke contrast dat hem trof, tussen het schitterend blauw van de baai en het huiveringwekkende van de krater. De natuur was een wonderlijk fenomeen. Haar overweldigende schoonheid kon een mens verheffen, en tegelijkertijd was ze bij machte je in een oogwenk te vernietigen.

Hierover mijmerend zag hij, onderweg terug, hoe Dirck voor zijn neus uitgleed en lelijk ten val kwam. Kermend van pijn strompelde zijn broer, leunend op Johannes' arm, naar beneden. In het hotel werd er een dokter bij gehaald. Gebroken arm. Nu moesten ze wachten tot Dirck hersteld was, voordat ze de terugreis konden hervatten. Waarom waren ze ook naar boven gegaan? Waarom hadden ze zich laten vermurwen?

Pas op 2 juli, precies een jaar nadat ze vertrokken waren vanuit de haven van Amsterdam, ging het gipsverband eraf en konden ze eindelijk naar huis.

Derde boek

1850-1861

1

Villa Celimontana

Steeds, overal, de gekmakende vragen in haar hoofd. De drukkende pijn op haar borst. Via Livorno naar Marseille. Waar was hij nu? Wat was hij aan het doen? Per spoor verder naar Parijs. Was hij gezond? Wist hij nog... Nee, natuurlijk niet. Hij was haar al vergeten. Op 19 juli met de stoomtrein uit Brussel gearriveerd in Antwerpen, daar de stoomboot over de Schelde naar Rotterdam genomen. Hoeveel tijd had een baby nodig voordat hij de eerste de beste vrouw in zijn nabijheid ging zien als zijn moeder? Een week, twee? Een maand? Te paard langs de met sneeuw bedekte wegen van Jeruzalem naar Damascus, Beiroet, Alexandrië, Malta en Italië, helemaal tot aan de haven van Rotterdam – overal flitste steeds die ene, onheilspellende gedachte door haar hoofd. Nu. Nú is hij me vergeten. Het kan bijna niet anders. Nu is madame Pipì zijn moeder geworden.

In Rotterdam stond alles klaar, de postpaarden al voor de rijtuigen gespannen. Nog dezelfde avond was ze terug in Voorburg. Toen de kettingen losgemaakt werden en de deuren van Rusthof piepend opensloegen wist ze het heel zeker. Nu. Ze sloeg haar hand voor haar mond, ze was in elkaar gezakt als Johannes haar arm niet net op tijd had gegrepen.

Ze had geen dagen maar weken nodig om bij te komen, volledig te herstellen van alles. De pijn in haar gewrichten dook steeds weer op, haar benauwdheid week niet. Er zat niets anders op dan rust houden. Maar al dat nietsdoen bracht een tweespalt in haar teweeg waarmee ze moeilijk uit de voeten kon. Voor het oog mocht ze het dan rustig aan doen, vanbinnen kolkte ze van rusteloosheid. Als ze op bed lag ging haar hart tekeer, raasde haar geest als een opgejaagd dier. Cefalù, Cefalù, aan niets anders kon ze denken.

Ze wist niets, niet hoe het met hem ging, niet of hij gezond was, of hij nog wel... Nee, nee, zo mocht ze niet denken. Ze mocht zichzelf niet verliezen in dat krankzinnige gedraai. Hij was daar veilig, dat was alles wat telde. Maar waarom, wáárom had haar plan nooit verder gereikt dan dat?

Van Senden schreef vanuit Zwolle dat hij werkte aan een boek over de reis. Hij zou toch niet... Nee, hij zou niet durven. Maar om een zo groot geheim te moeten bewaren, dat hield geen mens lang vol. Voor alle zekerheid moest Johannes er maar een briefje aan wijden, vond ze. Er was al herrie genoeg.

Fritz bijvoorbeeld, die onaangekondigd verscheen op Rusthof. Hij groette haar beleefd, maar kon zijn woede nauwelijks onderdrukken.

'Waar heb je hem verstopt?' zei hij terwijl hij over haar schouder keek. Zijn ogen flitsten van de ene hoek naar de andere. 'Nou? Kom op, zeg het, waar is dat jong?'

'Fritz, alsjeblieft... Waar heb je het over?'

'Houd maar op met dat spelletje. Jij dacht iedereen te slim af te zijn? Nou vergeet het maar! Alles weten we. Alles!'

'Kalmeer toch! Er is hier geen kind!'

'Je hebt het toch niet ergens in de woestijn te vondeling gelegd? Overgedragen aan de zorg van een Arabische roversbende? Ik geloof er niets van!'

Lieve God, wat moest ze? De waarheid zeggen, nu nog? Nee, geen sprake van, hij zou nog in staat zijn om... Hij was in alle staten, zo kwaad had ze Fritz nog nooit gezien!

'Fritz, ik... Je hebt gelijk. Ja, er was een kind. En het was dom van me, ik weet het. Ik had nooit aan boord van dat schip moeten gaan, ik... Ik heb het verloren. De open zee is geen plek voor zuigelingen.'

Fritz viel stil, keek naar haar.

Wat had ze nou weer gezegd? Slikte hij het? Hij moest wel... Of nee, toch niet, weer die argwanende blik. Volhouden nu, het was haar woord tegen het zijne. Ze zette zich schrap voor nog een tirade, maar hij leek in te binden. Godzijdank.

'Goed dan. Jij wint. Maar ik waarschuw je, zus. Als je liegt... Als die jongen hier óóit opduikt, waar dan ook opduikt...!'

Met die woorden stormde hij het huis uit. Ze had geen idee hoe die zin van Fritz moest eindigen, waarmee hij haar zojuist bedreigd had, maar het was ernstig. Ernstiger dan ze van tevoren gedacht had.

Het kind op Sicilië was niet zomaar een jongen. Hij was een kleinzoon van koning Willem de Eerste. Het idee dat zo'n jongen ergens in het oosten, zonder dat iemand aan het hof ervan wist, kon opgroeien tot een sterke jongeman... Dat was voer voor tragedies, dát was wat Fritz zo ziedend maakte. Enfin, ze had zich eruit gered. Nu was het zaak om op haar hoede te blijven, voorzichtigheid bleef geboden. Voorzichtig zou ze zijn, zeker. Maar ze moest en zou naar hem toe.

'Het is bijna oktober,' zei ze tegen Johannes toen de rust in huis was teruggekeerd.

'Ik weet het,' antwoordde hij, 'ik weet het.'

✦

God mocht weten hoe, maar ze raakte gewend aan een leven waarin ze de jongen slechts één keer per jaar zag. Ze overwinterde al jaren in Italië; nu ging ze gewoon wat eerder die kant op, aan het begin van de oktobermaand. Zijn verjaardag zou ze in elk geval nooit missen, dat was de schamele strohalm waar ze zich nog aan vastklampte.

Ze gingen op zijn eerste verjaardag, op zijn tweede verjaardag. Ze zag hem toen hij net had leren lopen en aandoenlijk tussen de cactusvijgen waggelde, toen hij zijn eerste woordjes uitkraamde. Onberispelijk, onbegrijpelijk Siciliaans. Een stralende, opgewekte knul, levenslustig en met helderblauwe ogen. God, wat was het prachtig en wonderlijk om hem daar te zien, haar lieve jongen, de bloem van haar ouderdom. En toch... Hij was veilig, maar het voelde koud en pijnlijk, ja, zo verkeerd om hem 'mama' te horen zeggen tegen Gloriosa en 'nonna' tegen de oude Siciliaanse huishoudster. Het kind wist van niets, hij kende de herkomst van zijn eigen namen niet, zou die misschien wel nooit kennen. Johannes Willem kende niets anders dan het eiland, en toch zag ze in zijn ogen dat hij de hare was. Hij was zo'n springerig, enthousiast en onbezonnen kindje! Dezelfde rusteloze aard, dacht ze, dezelfde brutale...

Maar had die jongen dan geen recht op zijn ouders? Twee mensen die zo oprecht van elkaar hielden. Voor de wereld waren zij niet getrouwd, maar des te meer voor elkaar, voor God en voor het geweten. Was dat niet alles wat telde? Die veilige haven waar zij zich zo aan vastklampte, kon zij die niet zelf aan hem schenken? Ze zouden ergens anders kunnen gaan wonen, buiten Nederland, buiten Silezië. Ergens waar ze konden verdwijnen, opgaan in de menigte, een schuilplaats, een toevluchtsoord. Zou dat dan zo vreselijk erg zijn? Ze kon toch op en neer reizen naar haar bezittingen wanneer het nodig was. Een schaduwplek ergens onder de Italiaanse zon...

Maar nee, nee, hoe zou zoiets ooit kunnen? Men zou het kind zien, haar met het kind zien en dan... Het nieuws zou vlugger dan de snelste postiljonsdienst naar Den Haag reizen en naar Pruisen. Ze zag hen al voor zich, daar in Berlijn! Ze zou voorgoed verketterd worden. En wat dan nog? Was ze niet allang verbannen, hadden ze haar niet alles al ontnomen, zelfs het recht haar eigen kinderen te zien opgroeien? En bovendien, hechtte ze, na alles wat er gebeurd was, ook nog maar enige waarde aan de mening van anderen? Deed het er iets toe wat de wereld dacht?

Maar goed, een bastaardzoon openlijk opvoeden, dat was geen gewone... Nee, dat was gekkenwerk, sociale zelfmoord. Als ze dát... Dan zouden ze van vluchtelingen veranderen in zwervers, in paria's. Dan kon ze het wel vergeten zich ooit nog te verzoenen met haar schoonfamilie, en wie weet wat Charlotte en Albert zouden doen, en Alexandrine, als ze wat ouder was... Wat voor leven was dat voor hem, wat voor toekomst kon ze Johannes Willem dan nog bieden? In de anonimiteit kon ze hem zoveel schenken als ze maar wilde, naar de beste scholen sturen... Maar als hij met haar en Johannes samenleefde, met wat voor een schandvlek zouden ze dat arme kind dan opzadelen?

Aan de andere kant, een geheim was het ook niet meer te noemen. In Nederland verschenen steeds meer schandaalstukken, de kranten leken precies te weten waarheen de prinses elk jaar aan het begin van de herfst verdween... Allicht, in Voorburg deed zij allang niet meer haar best zich in het openbaar van Johannes te distantiëren. De roddels tierden welig en de kritiek zwol aan. Er verscheen een vreselijk verhaal in een ordinair krantje, waarin Johannes werd afgeschilderd als een gemene bruut die haar behandelde als een oosterse radja zijn slavinnen. Hij zou alle bedienden, met wie hij vroeger nog op dezelfde voet stond, minachtend behandelen. Het was het oude liedje van de slaaf die meester was geworden en zich aan de top precies zo gedroeg als de tirannen die hij vroeger verafschuwde. Smerige leugens natuurlijk, maar de mensen liepen ermee weg.

Die sensatiestukken deden haar weinig, je hield dat soort galspuwerij nu eenmaal altijd als voornaam persoon. Wat haar meer deed, was de kritiek die zinspeelde op zíjn overspeligheid. Dat maakte haar radeloos, daar kon zij niets tegen inbrengen, want Johannes was nog steeds een getrouwd man. Toos had toegezegd te scheiden, maar ze was ineens teruggekrabbeld en weigerde zelfs maar te praten over een scheiding. Ongetwijfeld was het rancune, alleen maar om hem dwars te zitten. Ja, voor de wet en de kerk pleegde Johannes overspel. Dat liet haar niet koud, natuurlijk niet. Soms sloop de vertwijfeling haar gebeden in. Was dit werkelijk goed, in Gods ogen? Was ze afgedwaald van het pad van Zijn wil? Maar hoe kon het dan dat ze Zijn genoegen voelde wanneer ze bij Johannes was?

✦

Een paar weken na zijn tweede verjaardag voeren ze van Sicilië naar Napels en namen daar de stoomboot naar Civitavecchia. Ze liepen vertraging op, zodat het al tegen het middaguur liep toen ze haastig, ongeduldig, tussen het gekrioel van de haven een rijtuig zochten. Er was iets ongedurigs in haar geslopen, zo sterk dat het er zelfs in slaagde het verdriet om het afscheid in Cefalù even weg te drukken. Hoe dichter ze de Pauselijke Staat naderden, hoe ongeduldiger ze werd. Ze werd door een vreemd verlangen in beslag genomen, ze wilde met alle geweld naar Rome. Ze gingen erheen om te overwinteren, maar daar was niets ongewoons aan. Toch voelde het allemaal anders, bijna alsof ze voor het eerst ging, verlangend, smartelijk, bijna koortsachtig.

Een opgewekte Romeinse koetsier draaide zich om. '*Bongiour*,' sprak hij met Italiaanse tongval, '*on va où?*'

Het paard kreeg met de zweep, de menner hield er flink het tempo in. Alsof hij iets wist, onderdeel was van een of ander geheim plan dat buiten haar medeweten tot uitvoering werd gebracht. Ze zakten langs de zee steeds verder zuidwaarts en bogen toen af, het binnenland in. Na een poosje draaide de koetsier zich weer om en wees met zijn zweep naar een blauwe koepel in de verte.

'San Pietro!' verklaarde hij dienstbaar, met het oog op zijn fooi.

Wat werden de wegen ineens slecht! Wat vreemd dat haar dat nu pas opviel, of nam deze koetsier een andere weg dan gewoonlijk? Nee, nee, toch niet, ze herkende de omgeving. Ze had dit allemaal eerder gezien, maar was weer geschokt door de aanblik van ziekte en armoede langs de weg. De paradox van Rome, dacht ze. Hoe dichter je de glorieuze stad naderde, hoe woester het land werd, zo was het nu eenmaal. Ja, nu herkende ze het zeker weer, het laatste stukje van de weg aan de linkerzijde afgesloten door de dichtgemetselde ruïne van een of ander antiek aquaduct. Nu alleen nog onder die gehavende boog door en dan... Daar was het al. De woestenij veranderde in vertrouwd, lieflijk groen.

De koetsier wees met zijn zweep omhoog. 'Arco Tiradiavoli!' Nou, de man deed allicht z'n best. Ze konden hem wel een extraatje geven, straks. Al wist zij na al die jaren ook wel hoe die bogen en kerken hier allemaal heetten. Maar goed, ze liet die kerel in de waan, waar was het goed voor om hem te denigreren, ze gingen juist zo lekker vlot.

Ze reden een eindje tussen tuinen en wijnranken, en toen ze door de stadspoort gingen ('Porta San Pancrazio!') bereikte haar Romekoorts een hoogtepunt. Juist op dat moment van stille, innerlijke euforie nam de koetsier ineens een voor haar onbekende route. Wat hoorde ze toch? Begon het nu te regenen? Of nee, geklater was het. Maar wat een hels kabaal! Eenmaal de bocht om zag ze het water, in drievoud stortte het met veel geraas uit een monumentale fontein. Dit keer was ze de koetsier voor. 'San Pietro in Montorio?'

'*Esatto!*' riep hij.

Zou ze... Ja, waarom ook niet! Waarom zouden ze niet even uitstappen? Waarom zouden ze niet naar dat beroemde terras wandelen waar de hele Heilige Stad aan je voeten lag?

De koetsier hield halt, ze stapten uit. Johannes gebaarde hem te wachten, maar de jongeman had zijn tabak en kwispedoor al tevoorschijn gehaald en leunde ontspannen met zijn rug tegen het sierlijke koetsje.

Het frisse geluid van het fonteinwater verkwikte haar geest, verdreef de sluimerende droefenis en het gejaagde, benauwende gevoel. Terwijl ze vastberaden op de balustrade afliep haakte ze haar arm in die van Johannes – een bijna triomfantelijk gebaar, zo voelde het althans. Blik omlaag, niet voor je kijken nu, niet spieken. Dit was volgens velen het mooiste panoramaterras van Rome en ze wilde niet het gevaar lopen de grootsheid van de ervaring af te vlakken door een geleidelijke onthulling. Nee, ze wilde overweldigd worden!

Er stonden lange, slanke heren in pak en dames met parasolletjes. Ze spraken Frans en Duits en wezen naar het uitzicht terwijl ze bladerden in hun reisgidsjes in zakformaat. Schuifelend zochten ze een plekje tussen de toeristen. Toen deed ze haar handschoenen uit, legde haar blote handen op de balustrade en richtte, op het laatste moment, haar blik omhoog.

Glunderend staarde ze in een verte die Rome omvatte en meer met haar geest dan met haar ogen nam ze het allemaal in zich op. Eerst het geheel, de in oranje zonlicht badende wirwar van daken, cipressen, koepels. Ze concentreerde zich op de pracht die voor haar lag, maar kon het niet helpen, zag hém voor zich. Het blonde, spelende kindje, huppelend op zachtleren sandaaltjes. Ze ging de verschillende heuvels af – ontwaarde als eerste de Esquilijn met de parmantige Santa Maria Maggiore, toen de Celio, toen het Quirinaal met de godenzonen, en het klooster en de sinaasappeltuinen op de Aventijn.

Ze kon toch niet ontkennen dat ze hem voor haar ogen zag opdoemen? Dat ze hem uitgerekend in deze stad zag? Alsof iets aan haar was verschenen, een teken, een trilling in de lucht die haar iets duidelijk wilde maken.

Het Capitool herkende ze als laatste, nadat ze de hoekige Santa Maria in Aracoeli had ontwaard. Als een visioen dat knipperend steeds zuiverder werd, zag ze tot slot de afzonderlijke monumenten opduiken in de zee van stad. Het Colosseum. Ze stootte Johannes aan. En die donkere *dome* daar moest het Pantheon zijn. En zag hij wel die zilveren sliert die verdween in de verte, dat moest de Via Appia zijn! Ze keek tot ze voelde dat ze werd opgenomen in al het heilige, al het majesteitelijke. Ze zweeg eerbiedig, uit een vreemd soort respect, maar in stilte schreeuwde ze. Rome! Rome!

Pas toen ze hobbelend verder afdaalden, de stad in, kwam ze een beetje tot zichzelf. De koetsier raasde dwars door het dal van de oude ruïnes – Circus Maximus, Constantijns boog, Colosseum, en ineens moest ze denken aan de boulevards van Parijs en Londen. Het was haar niet eerder opgevallen hoe smal en afgebrokkeld Rome eigenlijk was in vergelijking met al die andere grote steden, hoe het oude hier koppig dwars door het nieuwe woekerde. Een gevoel van vervreemding overviel haar. Wie was zij? Was een mens de som van iedereen die vóór hem had geleefd, laag voor laag opgebouwd als de ruïnes van Rome? Of bestond iemand eigenlijk altijd alleen in het heden, in het eeuwigdurende moment van nu? Ook die belevenis was steeds bij je in Rome, dat gevoel kon in deze stad niet van je afgenomen worden.

Deden zulke vragen er eigenlijk wel toe? Misschien kon je beter vragen wat je waard was. Wie was zij wérkelijk? Wat wilde ze nu eigenlijk? Was zij er eindelijk toe in staat die vragen te beantwoorden? Het was februari 1851 en zij, de Prinses der Nederlanden, eenenveertig jaar oud – *majeure, libre, indépendante* – moest nog steeds incognito blijven onder de naam gravin Von Seitenberg. Haar hele leven had ze naar meer vrijheid gestreefd, haar onafhankelijkheid bevochten, maar ze was nog even bang om zich te laten zien.

Het was tijd, dacht ze, om die schuilnaam vaarwel te zeggen en de uitdossing van zich af te werpen.

✦

Ze waren van plan één week bij madame Catharina Potemkin te logeren. Maar het leek alsof ze iedereen die winter ontving, ze leefde van avond naar avond en op een of andere manier kwamen ze niet meer weg uit het huis aan de Via Gregoriana. Een paar gelukzalige dagen liepen ze gearmd als jongelingen door Rome, onder betovering. Ze aten wanneer ze wilden, ze struinden door de stad wanneer hun benen daar behoefte aan hadden en bezochten musea als hun geesten hongerig waren. Toen de week om was, wilden ze niet verder reizen, ze waren er nog niet aan toe Rome weer achter zich te laten. Ze verhuisden naar het vertrouwde Hotel des Îles Britanniques aan de Piazza del Popolo, maar toen madame Catharina Potemkin hen daar kwam opzoeken, keek ze meewarig om zich heen.

'Vinden jullie het plezierig, het leven in deze logementen?'

'We blijven niet lang,' zei ze, al vond ze zelf dat ze in het hotel altijd mooie, huiselijke kamers kregen. Maar madame Potemkin zei dat ze het nog geen dag zou uithouden in die smalle vertrekken, met die eenvoudige meubels, die kleine haard.

'Zo'n treurige bedoening! Enfin. Hebben jullie het nieuws gehoord over Curzio Stefanoni? De markies? Arme man. Nog niet zo heel oud. Oud genoeg, hoor, keurige leeftijd. Maar goed, nu willen zijn bejaarde moeder en zijn broers, die naar Toscane of Padua of God weet waar in de Piemonte zijn verhuisd, die verwaarloosde villa van Stefanoni op de Celioheuvel verkopen. Zonder er ook maar een blik op te hebben geworpen! Kun je nagaan hoe verwaand ze zijn geworden in het noorden, helemaal geassimileerd.

Hoe dan ook,' zei ze terwijl ze nonchalant de ruimte in zich opnam, 'jullie hebben het niet van mij, maar naar verluidt nemen die Stefanoni genoegen met de luttele som van dertigduizend Romeinse daalders.'

De volgende dag besloten ze een kijkje te gaan nemen bij de villa. Gewoon uit nieuwsgierigheid en omdat ze in dat afgelegen deel van de stad nog niet eerder geweest waren. Ze konden van de gelegenheid gebruikmaken om eindelijk eens de Sint-Jan in Lateranen te bezoeken.

Van de Piazza del Popolo helemaal naar de Celio was nog een flinke wandeling. Weliswaar voor een deel over de Via del Corso, maar aan het einde daarvan, bij de San Marco en het Palazzo Venezia, versnipperden de straatjes en begon het labyrint. Zouden ze wel doorgaan? Eigenlijk was het van de zotte om zo'n eind te lopen, alleen maar om ergens een kijkje te gaan nemen! Konden ze niet beter zo'n tweezittertje huren... Maar nee, het ging wel zo, het had wel iets om niet de makkelijke weg te nemen, maar juist de wat meer moeizame tocht omhoog.

Ze lieten Trajanus' zuil links liggen en beklommen de brede trappartij van de Dioscuren. Dit leek de kortste, rechtere weg naar het Colosseum, maar schijn bedroog. Zoals ook het Senatorenpaleis op Michelangelo's plein een spelletje met je speelde. Aan de achterkant was dat gebouw ineens het antieke Tabularium. Het was een soort grens, een mijlpaal, een drempel. Een bouwwerk met een januskop dat – net als de Romeinse god met het dubbele gezicht, zowel in de toekomst als in het verleden kon kijken.

Daarachter lag het uitzicht op hen te wachten. Het was een theaterstuk, vond ze, iets uit Racine of Molière – alsof met een ruk een toneelgordijn werd opengetrokken. Een glooiende, met gras overwoekerde ruïnewereld, zo anders dan de dichtbebouwde moderne stad die achter haar lag. Ze daalden af, wandelden tussen de tot ruïne vervallen bakens van roem.

Vreemd hoe ze de atmosfeer om zich heen bijna voelde veranderen, alsof er een knooppunt van tijd en ruimte achter haar lag, ze ongemerkt door een poort waren gegaan. Verlaten zuilen die in de verte aan tempels deden denken, omvergeworpen exemplaren, hulpeloos in het stof. *Roma quanta fuit*... of hoe ging dat Latijnse zinnetje ook alweer? Hoe groot Rome was, konden alleen de ruïnes vertellen. Zoiets. Toen het Colosseum voorbij, een glimp van het binnenste dat haar altijd de rillingen bezorgde. Ooit werd daar beestachtig gevochten om het christendom uit de wereld te weren, alleen al de gedachte daaraan vond ze weerzinwekkend. En dan in het midden van die met graspollen bezaaide arena zo'n potsierlijk, manshoog kruis! Nee, beter doorlopen, hier werd ze alleen maar akelig van. Hing hier ook niet de zo gevreesde *mal'aria*, begon hier niet het moerasland, de beruchte campagna romana? Ze had gehoord dat vorige zomer bij de buitenlandse artsen veel meldingen waren binnengekomen van koorts en delirium, allemaal van mensen uit haar eigen kringen die net een bezoek aan het Colosseum hadden gebracht. Dat ging rond, dat je hier beter niet te lang kon dralen, dat de dood hier na al die eeuwen nog altijd op de loer lag. Of nee, liever gezegd door de lucht zweefde, als een onzichtbare sluipschutter.

Hoelang waren ze al aan het lopen? Voor haar gevoel had zich een eindeloze ruimte gevormd tussen hen en de Piazza del Popolo, alsof ze steeds verder verwijderd raakten van de bewoonde wereld. Zelfs de lucht was hier anders, als van een ver oord. En zo stil! Ze hoorde niets dan wat de omgeving van nature voortbracht, geritsel van struiken in de wind, een hagedisje dat wegschoot tussen bladeren. Wat er aan menselijk geluid te horen was, kwam van henzelf – haar hoge adem, het geruis van haar jurk. Ze begon zich nu wat onbehaaglijk...

Ah, maar ze waren er! Eindelijk, de Celio. Groene lover, eindeloze rijen wijnranken, hier was het heuvelopwaarts bewegen geen opgave maar een genot! Een kerkje en toen ineens: de bestemming. Of was het een beginpunt? Hoe dan ook, ze waren aangekomen bij de poort van Stefanoni's Villa Mattei.

Het hek stond gewoon open, er was niemand te bekennen. Hoewel de tuin er overwoekerd bij lag, vielen er nog paden te ontwaren. Over knarsend grind wandelden ze langs antieke brokstukken, marmeren kratervazen en zelfs een Egyptische obelisk. En toen: een waterlabyrint, een soort plantsoentje met twee klaterende fonteinen. Ze wilde zich opfrissen bij de eerste, maar zag een gigantische marmeren adelaar en deinsde terug. Nee, hier niet! Dat gevaarte leek haar iets te veel op de gekroonde zwarte adelaar van Pruisen... Dan maar die andere fontein, met in het midden die onschuldige, hoornblazende Triton. Ze knielde neer bij het bassin, kromde haar handen tot een kom en dronk.

Aan de rand van de tuinen stuitten ze op een enorme antieke sarcofaag in een nis, geplaatst op een verhoging met aan de voet twee sfinxachtige leeuwen. Ze liepen er bewonderend omheen. In het marmer waren theatraal nisjes uitgehakt, door zuiltjes van elkaar gescheiden. In de nissen stonden de negen muzen onder een kroon van schelpen- en bladmotieven; vijf aan de voorzijde, twee aan de linkerzijde en twee aan de rechterzijde.

Ze vlijden zich neer in het gras, zwijgend. Met hun rug tegen de tombe geleund keken ze naar de oude, zachtgele villa.

'Ik kan ze allemaal opnoemen,' zei Johannes. Ze keek hem niet-begrijpend aan. 'De muzen. De godinnen die het vuur en de fantasieën van de mensen voeden en de weg naar het paradijs wijzen. Jij hebt toch Latijnse les gehad vroeger?'

'Hm. Kleio, Kalliope. O ja, en Euterpe.'

'Erato, Melpomene, Thaleia, Terpsichore, Urania, Polyhymnia.' Hij grijnsde trots. 'Maar hier aan de zijkant, zie je, hier staan mannen afgebeeld,' zei hij.

Ze keek, hij had gelijk. 'Filosofen? Dichters?'

'Zoiets.' Hij pakte het kleine rode boekje erbij dat hij uit de bibliotheek van madame Potemkin had meegenomen. 'Wist je dat Goethe, Stendhal, Byron en Shelley hier ook zijn geweest? De familie Mattei, die oude eigenaren, stamden af van pausen en kunstminnaars, zij hebben dit park bezaaid met wonderlijke laantjes, druppelende bronnen, donkere spelonken, schuimende cascades en bruisende fonteinen. De schrijvers van de romantiek liepen ermee weg, staat hier. Mijmerend kuierden ze door de tuinen.'

Ze zag het voor zich, hoe al die schrijvende en dichtende mannen hier hun ogen lieten strelen, hun gedachten en gevoelens onder woorden brachten. Koortsachtige poëten, jubelend over stromendwatermuziek.

'Ah, en dan dit! Men zegt dat het er spookt. De geest van Pepita, de minnares van een Spaanse prins die hier woonde, waart rond in Villa Mattei...'

'Ach, een geest meer of minder.' Ze gaf de sarcofaag een klopje. 'In een stad vol schimmen is dat amper een curiositeit te noemen. De doden leven hier achteloos tussen de levenden.'

Wat zou het verrukkelijk zijn, dacht ze, om met hem in deze tuinen te spelen en hem de Egyptische obelisk te laten zien en de sarcofaag, de hele stad door met de jongen, als vrije mensen, niet zwervend, niet vluchtend, zich niet verstoppend. Alles in openheid, eindelijk een leven van ware onafhankelijkheid. Altijd was ze moediger geweest dan anderen, nooit bescheiden. Maar voor wie eigenlijk? Wat was die moed waard als zij niet moedig genoeg was voor hém? Waaraan moest ze nog trouw zijn, behalve aan Johannes Willem?

'Hoelang kunnen we hem nog op dat eiland verborgen houden?' zei ze.

'Ach toe, lieveling, wees niet zo. Geniet liever van alles om je heen.'

'Maar ik wil dat dit ophoudt. Ik wil niet leven, tenzij in een wereld waar hij mag bestaan. Hij een naam mag hebben.'

Zwijgend, ernstig tuurden ze naar de rotsachtige toppen van de Thermen van Caracalla. In de verte de paarse contouren van de Albaanse Heuvels, zacht en trillerig in de lucht als een oase. Hier, dacht ze, aan onze voeten, vloeide de stad over in de woestenij van de campagna. Deze oude villa was een voorportaal, een vestibule. Een klif, als het ware, waarop de laatste golven van het platteland stuksloegen, overgingen in het bewoonde. Een Eden, een paradijs, een overgangswereld.

Johannes kneep even in haar hand. 'Is dat echt wat je wilt?' Dit was het, dacht ze. Nu moest ze kiezen. 'Want als dat is wat je echt wilt, dan gaan we.'

Dit was haar grote moment, haar kans om voorgoed voor hem te kiezen. En tegelijk daarmee kwam het bevrijdend-vernietigende besef dat er iets ouds ruimte moest maken opdat er plaats zou zijn voor het nieuwe.

In wezen was ze altijd alleen geweest. Haar leven lang was ze gevlucht voor wie zij werkelijk was. Zelfs nadat ze haar oude leven voorgoed de rug had toegekeerd, bleef ze wegrennen, zich verstoppen. Ze had die periode aangezien voor haar tweede leven, maar in werkelijkheid was het allemaal één en dezelfde schijnvertoning geweest. Dít was het, hier en nu, ja, dit móést het zijn.

Het zou betekenen dat ze haar familie nooit meer terug zou krijgen, dat ze Albert, Charlotte en Alexandrine nooit meer zou zien. Dat ze de banden doorsneed met de koninklijke families waar ze nog altijd toe behoorde, en er voorgoed alleen voor stond. Alleen, ja, maar mét hen. Met Johannes, met de jongen. Haar grote liefdes, wier enige misdaad was dat zij geen titels, geen naam hadden. Zoals zij die vanbinnen ook altijd had ontbeerd. Daarom moest het zo, kon het niet anders. Dit was de verwezenlijking van alles wat altijd al in haar verborgen had gelegen.

'Dit huis is niet zomaar een huis,' glimlachte ze. 'Je wilt me toch niet zeggen dat jij onderweg hierheen niet ook de parabel van de heuvel hebt gevoeld.'

✦

Ze wandelden bijna dagelijks samen door de tuinen. Zij verschool zich onder een parasol met kanten bies voor de zomerzon, hij nam de ivoren greep soms even van haar over, galant als hij na al die jaren nog steeds was. Ze keken samen uit over de Valle delle Camene, het deel van de stad dat de Romeinen de *Disabitato*, het 'onbewoonde', noemden. Bij de grote sarcofaag stonden ze altijd even stil. Hij streelde het marmer.

'Hij komt uit 300 na Christus,' zei ze, 'de archeologen noemen het de Sarcofaag van de Dichter.'

Ze had zich laten informeren, want het was nu niet zomaar een sarcofaag meer, maar hún sarcofaag. Op 7 juli was de verkoop bij de notaris gepasseerd. De akte van verkoop van de Villa Mattei werd ondertekend door *l'illustrissimo signor Giovanni van Rossum, figlio del fu Guiglelmo, nativo dell'Aja in Olanda.* De zeer doorluchtige heer Johannes van Rossum, zoon van Willem, geboren te Den Haag in Holland. Zodra hij terug was van zijn bezoek aan de notaris, zag ze dat het hem goed had gedaan, precies zoals ze gehoopt had. Dat ook Johannes nu zijn plek had gevonden, een plek waar híj kon worden wie hij was. Meer dan waar de buitenwereld hem altijd voor had aangezien. Meer dan de zoon van een arme kruidenzoeker, meer dan de zoveelste oorlogsveteraan. Een heer. Een man, zoveel meer een man dan al die opgeblazen jonkers die zij in haar leven ontmoet had. Hij straalde van trots, zijn ogen sprankelden. Hij had zijn baard in Rome laten staan, hij had nu iets weg van een Griekse filosoof. Zijn haren lang, zoals de nobele mannen in Italië het droegen. Zoveel elegantie had ze niet eerder bij hem gezien.

Hij nam haar gezicht in zijn handen en kuste haar. '*Un gioiello di rara bellezza.*'

Ze keek hem aan, hij lachte.

'Zo noemde hij onze villa, de notaris. Een juweel van zeldzame schoonheid.'

Johannes was bij de notaris van alles te weten gekomen. De obelisk, bijvoorbeeld, die kwam uit Heliopolis en was in de oudheid vanuit Egypte overgebracht naar het Isis-heiligdom in Rome, en daarna, in de middeleeuwen, naar de Santa Maria in Aracoeli op het Capitool. In die kerk had de Romeinse familie Mattei haar familiekapel, en omdat zij gul gaven voor de restauratie van de kerk, kregen ze de obelisk cadeau. Dankbaar zeulden zij het gevaarte mee naar de tuinen van hun villa op de Celio.

De Mattei ontvingen binnen de muren van hun villa kardinalen, bisschoppen en vorsten, maar daarbuiten, in de groene weelde, stelden ze hun grondgebied open voor picknickende pelgrims die de zevenkerkenroute hadden gelopen en even verderop bij de Santa Croce in Gerusalemme de eindstreep hadden gehaald. Ze waren zelfs zo gastvrij om de bedevaartgangers wat te eten en drinken te geven.

Het deed haar goed, het idee dat in hun tuinen honderden eenvoudige zielen, blootsvoets, prevelend en de kralen van hun rozenkrans tussen duim en wijsvinger wrijvend hadden rondgelopen. Dat zoveel vrome lieden, schor van het 'Alles is ijdelheid' roepen en uitgeput van de twaalfurige wandeltocht, zich aan de voet van hun obeliskje in het gras hadden laten vallen. Hoeveel voetstappen stonden er wel niet in deze grond gegrift? Hoeveel generaties waren er al onder de oude toegangspoort door gegaan? Ze gaf een nieuwe naam aan de Villa Mattei – Villa Celimontana, naar de heuvel zelf – als om het nieuwe tijdperk kracht bij te zetten.

De eerste post vond al snel zijn weg naar de villa. Gerhard, de zoon van dominee Van Senden, schreef dat zijn vader plotseling was overleden. Mazelen, opgelopen aan het sterfbed van deze of gene uit zijn gemeenschap. De arme kerel, hij had zijn boek niet meer op tijd kunnen voltooien. Een brief uit Meiningen, de stad waar Charlotte inmiddels samenleefde met de hertog van Saksen-Meiningen, met wie ze was getrouwd – een huwelijk dat Marianne niet bij had mogen wonen. En van wie ze veel te snel zwanger was geraakt, en nog eens, en nog eens. Drie jaar na de bruiloft had ze al drie kinderen gebaard, dat kon toch nooit goed zijn! De middelste was al gestorven, ja, dat kreeg je ervan. En zelfs toen lieten die ellendige Pruisen haar niet naar haar dochter reizen. Gelukkig schreef Charlotte haar nog af en toe een briefje. Ze had een echtgenoot die haar troostte, vertelde ze, een man met wie ze oprecht gelukkig was. Maar goed, nu was ze dus alweer zwanger. Voor de vierde keer, en het arme kind was nog maar drieëntwintig!

Er kwam bezoek naar de Celio, zoveel onaangekondigd bezoek! Een archeoloog stond op de stoep; hij wenste wat opgravingen te doen op haar terrein, zou ze niet... Maar voordat hij zijn zin af kon maken, kwam graaf De Liedekerke al aangezet, om zijn felicitaties over te brengen. Hij stelde voor om wat mensen uit te nodigen voor een ontvangst, zoiets verdiende toch de aandacht! Wat moest ze daar nu weer mee? En wie moesten er dan allemaal zo nodig langskomen? De heren van de gezantschappen, de hoge piefen die toevallig in Rome op bezoek waren zeker. Ze kon al de diplomatenvrouwtjes nú al horen roddelen.

'Uitstekend idee, *mon cher comte*,' zei ze, 'nodigt u alle Nederlandse kunstenaars uit die momenteel in Rome verblijven.'

Ja, dat was een veel beter idee. In die kringen wilde ze zich wel begeven. Het zou misschien een gewoonte kunnen worden. Wat opwindend zou het zijn om hier wekelijks kunstenaars te ontvangen, een culturele salon te houden, een kring van vrijdenkers! Het idee had, zodra het in haar opkwam, iets onweerstaanbaars. Iets Frans, zich te omringen met schilders en schrijvers zoals de *grandes salonnières* in Parijs deden... Misschien zou ze een van de schilders wel vragen om Johannes te portretteren! Hij zou kunnen poseren in de tuin, in die fluwelen tunica van hem...

Met een zeker fanatisme stortte ze zich op een nieuw, bruisend leven vol ontvangsten, kunst, grandeur, bohemiens en diners, waarvan de Villa Celimontana een stralend middelpunt werd. Maar de overgave die ze voelde, wist ze, maskeerde slechts het gemis dat voortdurend aan haar vrat. Ze verlangde naar haar zoon. Naar een klein en gelukkig familieleven, samen, zonder schaamte. Op deze plek, dacht ze voor het eerst, was het niet onmogelijk. Hier kon alles anders worden. Hier konden zij openlijk leven, niet alleen met elkaar, maar ook met Johannes Willem. Dit was de plek die ze 'thuis' konden noemen, die niet méér van haar was dan van Johannes of van de jongen, die van hen alle drie was.

Het was tijd, eindelijk, om hem van het eiland op te gaan halen.

2

Philip Koelman, de schilder

Philip woonde al een jaar of vijf in Rome toen de revolutie uitbrak. Natuurlijk ging hij niet naar huis, al waren er genoeg andere kunstenaars die dat wel deden. Verreweg de meeste buitenlanders in de stad hadden het land verlaten op de dag dat Pellegrino Rossi, de eerste minister van de paus, op straat werd vermoord.

Tot die tijd was het leven in Rome rustig geweest. Zijn dagen bestonden voornamelijk uit het najagen van het licht. Bij mooi weer trok hij er met zijn oude leermeester Kruseman of de andere schilders per ezel op uit, de campagna rondom Rome in. Ze zochten allemaal hetzelfde: dat magische samenspel van licht en lucht dat alleen in het landschap ten zuiden van Rome te vinden was, waar eeuwen vóór hen ook Karel Dujardin, Nicolaes Berchem en al die andere Bentvueghels naar op jacht waren geweest.

Per ezel trokken ze met palet, kwasten en een stuk brood in de tas – alles gedragen door Italiaanse knapen die er vijfentwintig cent per dag voor vroegen – de vlaktes over en de bergen in, om onderweg te schilderen wat de moeite waard leek en om het naar de natuur schilderen te oefenen. Vaak waren ze te vinden op de beroemdste pittoreske plekjes die ook door kunstenaars van de Franse, Duitse, Britse en Russische Academies werden bezocht. Ze werkten van zonsopgang tot het middaguur en trokken dan naar het dichtstbijzijnde plaatselijke logement, waar ze minestrone geserveerd kregen. Na het eten vergeleken ze elkaars technieken en lieten zich door schilders uit andere landen tot nieuwe experimenten inspireren. Als iemand iets bijzonders had gevonden, ging het meteen rond. Soms speelden ze nog een balspel of praatten wat, dan togen ze weer aan het werk. Ze werkten door tot een uur of acht in de avond, totdat het donker werd of totdat het begon te regenen. Dan rolden ze de vellen papier in wasdoek en borgen ze alles weer op in de tassen.

In Rome was alles tot aan de winter van dat stormachtige jaar 1848 een en al vrolijkheid geweest. Er werd tot in de late uurtjes gesoupeerd en gedanst op de Pincio, aan de Via Margutta of de Via Felice, er werd gelachen aan de stamtafel van de Hollanders in Caffè Greco, en zelfs op de dagen dat de Tiber buiten zijn oevers trad hadden ze plezier, omdat ze de idiootste toeren uithaalden met bootjes en touwladders om nog bij elkaar te kunnen komen. Bij slecht weer kon Philip uitwijken naar het atelier van zijn broertje Hendrik, een balzaal van een werkplaats in een voormalig klooster nabij de Santa Maria Maggiore.

Dat hij en zijn broer allebei schilder waren geworden, had niemand kunnen voorspellen toen ze nog kleine jongens waren en in Den Haag woonden. Hun vader was een timmerman met weinig interesse voor iets anders dan wat hij 'eerlijk handwerk' noemde. Philip en Hendrik hadden hun vaders oog voor ontwerp geërfd, maar zij droomden in beelden in plaats van gebruiksvoorwerpen.

Philip was als oudste voorbestemd om zijn vader in de werkplaats op te volgen en liet zijn verlangens in stilte varen. Maar toen Hendrik, die altijd vrijer was geweest om te doen en laten wat hij wilde, op negentienjarige leeftijd de Groote Prijs won en met een stipendium naar Italië vertrok, liep Philip zonder na te denken naar het Haagse atelier van Cornelis Kruseman en ging bij hem in de leer.

Een paar jaar wist hij het timmermansbestaan met de teken- en schilderlessen te combineren. Toen Kruseman voor onbepaalde tijd naar Italië vertrok duurde het niet lang voordat Philip in de voetsporen van zijn meester trad. Hij was zesentwintig jaar oud en hij had Den Haag nog nooit verlaten, maar hij was vastbesloten zich volledig aan de kunsten te wijden. Veel geld had hij niet, maar het was genoeg om per postkoets en trekschuit naar Parijs te reizen, en daarna door naar Lyon, Genève en Bern. Toen hij het Alpenstation bereikte, reed de beroemde Gotthardpost wegens slecht weer niet en de overtocht werd een kleine expeditie. Hij verzamelde zich met enkele andere moedige reizigers en liet zich tegen betaling op een soort grote slee vastsnoeren en naar de andere kant trekken.

Op Italiaanse bodem lonkte al snel het Comomeer, maar hij gunde zich slechts een paar dagen rust voordat hij zijn reis voortzette via Milaan, Mantua, Modena en Bologna. Het landschap was prachtig, maar vooral bergopwaarts ging het reizen traag, en soms moest hij hele stukken te voet naast de koets afleggen omdat het zo steil werd dat de paarden het niet aankonden. Alleen in Florence bleef hij enkele weken, omdat Kruseman hem had geschreven dat in die stad een paar van de beroemdste schilderijen ter wereld hingen, en het een ideale afronding van zijn opleiding zou zijn om ze te kopiëren.

Na Florence volgde Philip de meest rechtstreekse postiljonroute zuidwaarts. Nadat hij de Toscaanse regiogrens was gepasseerd werd het land woester, de heuvels kaal en somber. De pleisterplaatsen bestonden nog slechts uit vervallen, stinkende huisjes waar nat hout een rokerige warmte verspreidde. Die oorden waren zo vies dat hij er nooit een voet binnen had gezet, als het buiten niet zo vreselijk koud was geweest. Meer dan even opwarmen zat er niet in; in de meeste hutjes was niets te eten, nog geen stuk brood of kommetje *maccheroni*. De plattelandsbewoners met borstelige, vieze haren droegen in deze contreien niets dan grof aan elkaar genaaide schapenvellen, zelfs geen schoeisel aan hun voeten. Ontgoocheld kwam hij aan in Rome, geschokt door wat hij onderweg had gezien.

Daar, tussen de bonte verzameling landschaps-, historie-, en genreschilders uit heel Europa, voelde Philip zich vanaf dag één thuis. Vergeleken met het keurige Haagse bestaan was het leven in Rome zinderend en kleurrijk, precies zoals hij had gezien op de doeken van zijn meester Cornelis Kruseman. Philip had een grenzeloze bewondering voor diens heldere uitbeelding van het Italiaanse volksleven, maar schilderde zelf weinig genrestukken en ontwikkelde zich in plaats daarvan tot een kundig portrettist.

Net als zijn landgenoten dompelde hij zich graag onder in dat bruisende volksleven vol vreemde figuren, wilde verhalen, doorwaakte nachten en klinkende bekers. Ruiterlijk gaf hij toe dat zijn kleine broertje gelijk had: geen kunstenaar had geleefd voordat hij Rome kende.

Hoogtepunt voor alle kunstenaars was het jaarlijkse Cervaro-feest.

De reputatie van dat Romeinse festival reikte tot in de Hollandse schildersateliers. Over hoe het ooit was ontstaan ging het verhaal rond dat er op een lentedag, lang geleden, drie buitenlandse kunstenaars de campagna in trokken: de Zweedse beeldhouwer Thorvaldsen, de Duitse landschapsschilder Reinhart en de Deense beeldhouwer Byström. Zij beleefden bij de oude steengroeven van Cervaro zo'n schitterende dag, met een zo onweerstaanbaar schoon licht en een zo verrukkelijke picknick na afloop, dat ze bij terugkomst een pact sloten. Ze zwoeren de tocht het jaar daarop weer op precies dezelfde dag en op precies dezelfde wijze te zullen maken. 'En dan,' zeiden ze, 'zullen we al onze vrienden uitnodigen.'

In de jaren die volgden groeide het groepje vrienden uit tot een stoet, en na verloop van tijd begon het onder de Romeinen al dagen van tevoren te gonzen van het ophanden zijnde *festa degli Inglesi*; het 'feest van de Engelsen', want zo noemden de Italianen gemakshalve alle buitenlanders. De autoriteiten hadden er geen goed woord voor over, want het waren eerder beruchte dan beroemde feestpartijen, maar de plattelandsbewoners keken ernaar uit en stroomden jaarlijks trouw toe om het spektakel te aanschouwen. Er werd niet naar de natuur gestudeerd, er werden geen stille landschappen met penseelstreken vastgelegd. Er werd gefeest. Er werd gefeest op een zodanige manier dat de paus, die de kunstwereld wantrouwde, elk jaar een kleine stoet dragonders en cavaleriesoldaten meestuurde om de orde te handhaven.

Het begon al dagen van tevoren, met de openbare veiling van alles wat de kunstenaars die mee wilden doen te grabbel konden gooien. Busten, kleine beeldjes, schilderijen, maar ook schetsen, zelfs vluchtige studies die misschien wat op konden brengen. Toen Philip er voor het eerst aan meedeed werd een levensgroot standbeeld – ten voeten uit – van een Belg geveild; bepaald geen Apollo, maar een kleine man met rode neus, ongelijke oren, kromme benen en een dikke buik die Peer heette, en die Philip de 'risee van de artistieke wereld' noemde omdat zijn zonderlinge lotgevallen altijd onderwerp van gesprek waren aan de kroegtafels van de buitenlanders. Het beeld bracht de onverwachte som van zestig scudi op.

Op die manier werden de benodigde fondsen verzameld, waarna iedereen die lid wilde worden zijn bijdrage betaalde en een armband en een blikken beker aan een touwtje ontving. De armband droeg je als teken van je lidmaatschap, de beker hing je om je hals, om gedurende de dag uit te drinken.

Het was niet de bedoeling om als jezelf te verschijnen; je koos een rol en droeg het daarbij passende kostuum. Philip ging meestal samen met Giovanni, een van zijn twee Italiaanse huisgenoten, net als vele anderen als gendarme verkleed; een steek van bordpapier, een fles als punt, wortels als epauletten, een sabel van hout. Medailles van lood sierden hun borst. Vittorio, de andere huisgenoot, ging als Ganymedes. Dat was een al even populaire rol als de gendarmes, want die droeg de wijnvaten. Vittorio had druivenbladeren aan zijn gewaad vastgemaakt en liep met een diploma in de hand waarop hij door een klerk in sierlijke letters 'Schenker der goden' had laten schrijven. Over hun kostuums gooiden ze alle drie een gewoon gewaad voordat ze rond zonsopgang vertrokken, want het was in Rome verboden je op straat te vermommen.

Ze ontmoetten hun vrienden op de Piazza di Spagna, dronken koffie bij Caffè Nazzari en gingen daarna gezamenlijk te voet verder naar het verzamelpunt bij de ruïne van de Torre de Schiavi. Daar vormde zich geleidelijk aan de stoet – een optocht van cavaleristen, infanteristen, mythische monsters en wonderlijke wezens, kardinalen, broeders, priesters, gendarmes en lange rijen karren, sommige volgepakt met eten en drinken en andere bekleed met roodfluweel, getrokken door versierde ossen met vergulde hoorns en sinaasappels op de punten. Zo trokken ze als een bewegend volkssprookje de vlakte in, met aan de horizon de bergdorpjes Albano, Frascati en Ariccia in zicht.

Al na een paar kilometer kwam de hele stoet met een achterwaarts rollende schokbeweging tot stilstand. Dat was vaste prik: er moest eerst ontbeten worden. Er klonk een Duits lied dat Philip nooit eerder had gehoord, en daarna sprak de 'president' van het jaar zijn welkomstwoord. Hij was als ridder uit de tijd van Hendrik IV verkleed en sleepte twee pages in zijn kielzog mee. Door alle rumoer en gejoel in het veld verstond niemand een woord van wat hij zei, maar het heffen van de beker, ten teken dat het feest was geopend, ontging niemand.

De deelnemers verspreidden zich in groepjes over de grasvlakte, waartussen de Schenkers der goden en de koks heen en weer schoten om broodjes, ricotta, eieren en ham uit te delen en een mierzoete Orvieto te schenken.

'Nog een slokje voor de dienders,' zeiden de Ganymedessen knipogend tegen de gendarmes terwijl de wijn over de rand van hun bekers klotste. De dienders vormden op het feest een soort gelegenheidskorps en hadden zelfs hun eigen generaal te paard, in wie Philip pas na een hele tijd de bekende kopiist van Rafaël herkende, met wie hij eens een dag had opgetrokken in de omgeving van Albano.

Op de karren trok een bonte maskerade voorbij. Zingende bacchanten met tamboerijn, een Silenus. Een Lodewijk XI, een Karel de Stoute (respectievelijk een bekende Florentijnse historieschilder en een klassieke landschapsschilder uit Rome, zag Philip, al kon hij niet meer op hun namen komen). Peer, de Belg, was er ook, maar zonder vermomming – zijn dagelijkse kleding was beter dan het fraaiste maskeradepak. En er was ook een koning Sigismund – dat was Pizzoli, de jongen die de medaillons met pausen van de Sint-Paulus had geschilderd. Philip was nog met Vittorio in zijn atelier geweest en ze hadden hem uitgelachen om zijn overdreven gedetailleerde schilderingen. 'Wij helpen je wel,' had Vittorio tegen Pizzoli gezegd, waarna ze de kop van Alexander Borgia te lijf gingen met een enorme kwast. Toen hij de jonge schilder beteuterd zag kijken zei Philip sussend dat degenen die het in mozaïek moesten overzetten zulk fijn werk helemaal niet nodig hadden.

Het ontbijt duurde tot een uur of tien, daarna zette de karavaan zich weer onder luid gejoel in beweging. Al na een halfuur marcheren kwamen ze aan bij de grotten van Cervaro, waar het eigenlijke festival zou plaatsvinden. Het was een groot en uitgestrekt stelsel van kleinere en grotere in de rotsen uitgehakte grotten. De kleinere dienden als stal voor alle paarden en ezels en als stalling voor de karren, de grootste grot werd omgebouwd tot een gigantische eetzaal.

Het diner begon en daarna de voorstellingen, of misschien was het andersom, dat viel moeilijk te zeggen omdat er steeds zoveel tegelijk gebeurde. Er klonk gezang van koren, vuurwerk lichtte de hemel op, de glazen werden eindeloos geheven en de *cin cin*'s en santé's echoden door in de rode rotsen.

Pas toen de Sibille werd aangeroepen, daalde er mondjesmaat een stilte neer over de menigte. Als bij toverslag verscheen zij op een voetstuk, sereen en plechtig. De president nam het woord. Hij mocht als enige vragen stellen aan de zieneres, en vroeg naar de staat van de kunsten in Italië. Het was nu tot in de wijde omgeving doodstil geworden.

De Sibille antwoordde: 'Zolang het nakroost van Quirinus in rouw en droefheid verkeert, kan de genius der kunst zijn vleugels niet uitspreiden, maar nu een nieuwe dageraad is aangebroken, zal ook de kunst worden ontslagen van de ketenen die haar kluisterden, zich verheffen, en als een adelaar opstijgen.'

Het betekende in feite niets, maar het gejuich was er niet minder om en galmde door de grotten. De blikken bekers werden nog eens gevuld, maar Philip vroeg zich af wat de nieuwe dageraad was waarover de Sibille had gesproken. Hij hoorde een paar mannen erover mompelen en vroeg wat er gaande was.

'Het is generaal Giovanni Durando, hij is met zijn pauselijke troepen de Po overgestoken om het op eigen houtje tegen de Oostenrijkers op te nemen,' zei iemand. Er was amper tijd om dit nieuws tot zich door te laten dringen, want de wedrennen gingen van start – eerst die te paard en daarna de ezelrace, die uitmondde in een glansrijke overwinning voor een ezel genaamd Pio Nono.

Toen volgde nog de verkiezing van de mooiste kostuums. De eerste prijs werd gedeeld tussen een sultane, de dame die eerder voor Sibille had gespeeld, en een Milanees die een vermogen had uitgegeven aan een perfect gelijkend middeleeuws kostuum. Ten slotte kraste de president in de rode rotswand van de grootste Cervaro-grot de formule neer.

'Op heden den 27ste april van de 381ste olympiade werd het Cervarofeest gehouden onder voorzitterschap van Carl Werner.' Daarna aanvaardde het schilderachtige circus de terugtocht.

Terug bij de Torre de Schiavi trof Philip de kunstenaars die vanwege hun leeftijd niet meer meededen met het feest. Hij zag Lodewijk Maes, de Gentenaar die in Rome zijn buurman was. Maes stond te kletsen met Abraham Teerlink, de oudste Hollandse schilder in Rome.

'Plezier gehad, meneer Koelman?' vroeg Teerlink.

'Als altijd, daar zijn de Cervaro-feesten voor!' antwoordde Koelman.

'Geen andere Hollandse jongens?'

'Voor zover ik weet niet.'

'Vorig jaar had je Kruseman bij je.'

'Dat was geloof ik twee jaar terug.'

'Twee jaar! Wat vliegt de tijd!'

Daarna begon de oude Teerlink alle andere landgenoten op te sommen die hij kende – en hij kende er veel, want hij woonde al veertig jaar in Rome. Philip knoopte ondertussen maar een gesprek aan met Maes, en haalde herinneringen op aan de keer dat het water in de stad zeven, acht voet hoog stond, hij naar de bakker was gezwommen, de ingeslagen proviand met een touw op het platje van buurman Maes had laten zakken en vervolgens een heerlijke avond op de geïmproviseerde daktuin doorbracht met de Gentenaar, zijn vrouw, zijn zoon, zijn zeven dochters en zijn onuitputtelijke voorraad wijn. Pas na middernacht was hij weer terug naar huis geklommen.

Zo werd in het halfduister het ten einde lopende Cervaro-feest afgesloten aan de voet van de Torre de Schiavi. Later op de avond voegde zijn broer Hendrik zich nog met vrouw en kinderen bij de groep. Het liep uit op een feestelijke, gelukkige familieavond in Rome. Philip zou er daarna niet meer zoveel meemaken.

✦

Paus Pius IX moest in maart 1848 een nieuwe grondwet aanvaarden. Dat bracht de ergste rellen onder controle, maar het bleef gisten. Het hielp niet dat Pio Nono in zijn nieuwe regering een van de meest gehate mannen van Rome aanstelde als eerste minister: zijn raadsman Pellegrino Rossi. Bij de Guarda Civica, de burgerwacht die de hervormingen had afgedwongen, was iedereen ervan overtuigd dat Rossi de onzichtbare hand was achter de vele straatroven die in die dagen plaatsvonden en die de vrees onder de Romeinen levend hielden. Rossi, dachten ze, had als enig streven de terugkeer naar het oude, hij werkte de volksgeest tegen met een uitgekiende verdeel-en-heerstechniek.

Het gistte het hele najaar in Rome van de onrust. Op woensdag 15 november werd Pellegrino Rossi op klaarlichte dag vermoord – precies op de dag dat de Nederlandse prinses Marianne van Oranje-Nassau in

Rome was gearriveerd om er te overwinteren. Philip hoorde dat van de attaché van de Nederlandse gezant bij de Heilige Stoel, graaf De Liedekerke, die hem opzocht en smeekte of hij de prinses wilde ontvangen en op de hoogte wilde brengen van het laatste nieuws. De Liedekerke zelf kon het niet doen, hij had zich in het Quirinaal verschanst, en alle andere landgenoten waren de stad ontvlucht. Er was niemand anders, en Philip had haar al eens eerder ontmoet, tijdens een diner.

Philip haastte zich naar het Hotel des Îles Britanniques, voorheen Hotel Meloni, aan de Piazza del Popolo. Onderweg zag hij de grote wanorde die er heerste. Winkeliers hadden hun panden gesloten en de puien dichtgetimmerd of -geplakt, er waren geen vrouwen en kinderen op straat. Alleen bij de kazernen was er grote bedrijvigheid. Dit was geen plek voor een vorstin, dacht Philip, hij moest haar adviseren onmiddellijk Rome te verlaten.

De prinses was al gearriveerd, hij trof haar in het appartement aan.

'Er is iets gebeurd, Hoogheid, iets van grote betekenis voor Rome. Graaf Pellegrino Rossi, de eerste minister van de paus, is op de trap van het palazzo waar de Romeinse staatsraad op het punt stond te vergaderen met een dolk doorstoken.'

'Maar vandaar!' riep de prinses uit. 'Al die toestanden op straat... Ach, het doet mij zeer om mijn geliefde stad zo te zien.'

Als ze bang was, liet ze daar in elk geval niets van merken.

'Wie was het?' vroeg de secretaris van de prinses.

'Niemand die het weet. Niemand verdedigt openlijk een moordenaar, maar er is weinig medelijden op straat.'

'En de paus?'

'Pio Nono verschuilt zich met zijn buitenlandse gezanten in het Quirinaal.'

'Graaf De Liedekerke?'

'Die ook. Ze zeggen dat de paus zal vluchten, maar de Guarda Civica bewaakt alle poorten. Hij zal niet ongezien Rome uit kunnen glippen.'

'Komt er een straatoorlog? Is het veilig hier te blijven?'

'Wie zal het zeggen? Maar wij patrouilleren, ik heb me samen met mijn broertje aangesloten bij het cohort van de kunstenaars. We zullen voorlopig een beetje in de buurt blijven, maar het lijkt mij beter als u beiden zo snel mogelijk vertrekt.'

'U vecht mee met de Romeinse burgers, heer Koelman?' vroeg de prinses verbaasd.

'Zeker! Ik ben geen laffe Hollander,' lachte hij. 'Ik moet weer gaan. Als ik u een advies mag geven: kom voorlopig dit hotel niet uit. Het is nu nog rustig, maar ik vrees dat het niet lang duurt. Maar geen zorgen, als alles weer in rep en roer is, zorg ik dat ze jullie op tijd waarschuwen.'

Nog voor het einde van de maand lukte het Pio Nono om, verkleed als priester, door de achterpoort uit zijn met kanonnen belegerde burcht te ontsnappen. Het nieuws van zijn vlucht uit Rome gonsde door de straten. *Roma senza papa!*

Philip was allang gewend aan het geluid van geweerschoten in de verte, hij ging de deur niet meer uit zonder zijn sabel op zijn rug. Hij dacht dat het geweld nog heviger zou losbarsten in een Rome zonder paus, maar er vond juist een uitbarsting van vrolijkheid plaats. Er heerste een gelaten sfeer op straat, winkels werden weer geopend. Philip ontmoette zijn broertje in een koffiehuis bij de Piazza di Spagna, waar op het goede nieuws werd geproost en waar het kwinkslagen regende. '*Buon viaggio al santo padrenge!*' riepen de jongelui. Goede reis aan de heilige stiefvader! Maar aan de hoektafels zaten de ouden van dagen, die hoofdschuddend mompelden: '*Vedremo un po, vedremo un po.*' We zullen wel zien.

'God weet wat we nog meer te zien krijgen,' zei Koelman. Hij was opgelucht dat de prinses en haar secretaris dit verwarde, onstuimige Rome volgens de laatste berichten inmiddels weer hadden verlaten.

✦

Philip en zijn broertje Hendrik hadden de vrijheid hoog zitten en vochten begeesterd en moedig mee met de revolutionairen. Maar een lang leven was de zelfverklaarde republiek niet beschoren.

De paus bleef na zijn vlucht amper anderhalf jaar weg. De door Garibaldi bevochten revolutionaire staat bezweek onder de aanhoudende druk van Frankrijk en stortte aan de poorten van Rome – om precies te zijn aan de Porta San Pancrazio – uiteindelijk in elkaar, waarna Pio

Nono onder Franse bescherming terugkeerde en de pauselijke vlag weer op de Engelenburcht wapperde. Maar van de in Rome gestationeerde Franse troepen durfde de paus daarna nooit meer afscheid te nemen.

Na de angstige uren van de Franse belegering was Philip vooral opgelucht. Dat het allemaal voorbij was, dat hij niet meer hoefde te vechten, dat de buitenlandse kunstenaars mondjesmaat weer naar Rome waren teruggekeerd en het schilderachtige Italiaanse leven van vóór Garibaldi weer een aanvang kon nemen. In heel Europa hadden revoluties gebroeid, en dat was niet goed geweest voor de zaken. In Nederland was bovendien plotseling de kunstminnende Willem de Tweede gestorven en vervangen door een koning van wie de schildersbent in Rome weinig te verwachten had. Het koninkrijk kocht bijna niets meer aan, de Groote Prijs werd door de liberale regering in Nederland afgeschaft en het was niet eenvoudig om aan betaalde opdrachten te komen.

De meeste Nederlandse schilders in Rome waren straatarm en nu volledig afhankelijk van de toeristen, die portretjes lieten maken of kleine vedute kochten. Zij konden niet terugvallen op een mecenas of beschermheer, zoals de Duitsers die hadden in de persoon van Ludwig I van Beieren, die resideerde in de Villa Malta, of de Fransen, die konden aankloppen bij hun beroemde Villa Medici.

Toen Philip via graaf De Liedekerke Beaufort een uitnodiging ontving voor een groot diner bij *Son Altesse Royale la Princesse d'Orange* in de tuinen van de Villa Celimontana, was hij vooral verbaasd te horen dat een lid van het Koninklijk Huis in Rome aan kon komen zonder dat iemand ervan wist, en er zelfs geruisloos een landgoed kon aanschaffen. Hij wist wel dat alleen prinses Marianne zoiets voor elkaar kon krijgen. Zij reisde altijd incognito en wilde nooit groots onthaald worden. Philip had een zwak voor die vrouw, hij bewonderde haar onconventionele levensstijl en besefte dat hij in zekere zin wel wat op haar leek, dat ze beiden een zekere onverschrokkenheid hadden. Maar meestal was zij niet langer dan een paar maanden in Rome, alleen om er de winter door te brengen.

Philip kende ook de secretaris met wie de prinses samenleefde goed. Ze waren allebei altijd vriendelijk en gastvrij als zij hem ontvingen in hun hotelkamers aan de Piazza del Popolo. Dat de prinses nu een eigen woning in de stad had aangekocht, stemde hem hoopvol.

Vanaf het moment dat Philip voet zette in de koninklijke residentie op de Celioheuvel, hield hij van die prachtige villa met de zalen van kamers, de statige hoge ramen, de marmers, het kunstkabinet, de beschilderde plafonds en de brede olijfgroene openslaande deuren naar de tuin waardoor een zee van licht binnenviel. Hij trof de prinses daar stralender dan ooit aan. Ze keek hem aan met haar wakkere, grote ogen en hij kreeg spontaan zin haar te schilderen. Wat het precies was wist hij niet, maar zij was veranderd sinds de laatste keer dat hij haar zag. Vroeger had ze iets ingetogens, een typisch trekje van Nederlandse vrouwen dat je pas begon op te vallen als je in het zuiden woonde. Nu zou je haar zo voor een Parijse dame aanzien, of voor een van de *Italiennes* van Kruseman. Johannes, haar vriend, was de kalme, lange, gesoigneerde en ietwat stille man die hij altijd geweest was. Zijn ogen warm maar schichtig, alsof hij altijd op zijn hoede moest zijn.

De graaf en gravin De Liedekerke waren er al, en Philip werd voorgesteld aan enkele Nederlanders uit het diplomatieke circuit. De heer en mevrouw Van Heteren-Gevers, het echtpaar Fagel en mevrouw Suermondt met haar twee dochters. Het beloofde een waardevolle avond te worden. De andere kunstenaars zouden elk moment arriveren, en De Liedekerke vroeg Philip om de prinses als souffleur bij te staan en de leden van de bent, die zij nog niet eerder had ontmoet, aan haar voor te stellen. Anthonie van der Ven was er als eerste. 'De vermaarde beeldhouwer,' zei Philip voor de zekerheid, al was hij er vrij zeker van dat hij al eens eerder met Van der Ven bij de prinses had gedineerd. Van der Ven had drie jongemannen meegenomen: de schilders Laurens Lodewijk Kleijn van Brandes en Karel Frans Philippeau, en de beeldhouwer Johan Hendrik Stöver. Het waren jonge jongens, pas afgestudeerd aan de Academie van Antwerpen. Zij waren nog maar kort geleden in Rome aangekomen en maakten zenuwachtige buigingen en complimenten. Daarna arriveerden Cornelis Kruseman en zijn vrouw. Philip zweeg, de meester en de prinses knikten elkaar vriendelijk toe en Kruseman condoleerde haar met het verlies van haar broer. 'Mevrouw Kruseman,' fluisterde Philip de prinses toe toen het echtpaar weer doorliep, 'is nogal een bekendheid in de Nederlandse kolonie, omdat zij elke dinsdagavond ontvangt.'

De kunstenaars en hun echtgenotes bleven toestromen: Pierre Louis Dubourcq, Lodewijk Maes, en ook Boelaers. De laatste die arriveerde was Philips broertje Hendrik, met diens flamboyante Italiaanse echtgenote Enrica Fioroni aan de arm. Het gezelschap verzamelde zich al snel rond de kring van kunstenaars. De jonge schilders deelden opgewonden de lotgevallen van hun reis naar Rome, die bij iedereen herkenning opriepen. De passen, de paardenwissels, de herbergen, de binnenkomst door de Porta del Popolo. De ontberingen, de koorts, de mal'aria. Kruseman vroeg op een bepaald moment aan de jongens of ze wisten hoe Shelley aan zijn einde was gekomen. Hij vertelde over diens verdrinkingsdood en hoe hij aan de voet van de piramide van Cestius was begraven. Aan dat graf moesten ze beslist eens een bezoekje brengen, vond iedereen.

'De *Prinzess* ziet graag dat wij nu gezamenlijk, als Nederlanders onder elkaar, proosten op de gezondheid van onze koning!' riep een bediende met een Duits accent, die uit Oostenrijk bleek te komen.

De prinses nam het woord. 'Dierbare gasten, Johannes en ik heten jullie van harte welkom en nodigen jullie uit aan onze tafel plaats te nemen. We willen alle aanwezigen op het hart drukken dat onze nieuwe woning een vrijplaats zal zijn voor jullie allen, en onze tafel een plek waaraan in alle openheid van gedachten kan worden gewisseld, waaraan zonder schroom meningen mogen worden geuit. Er zijn geen regels, en het wordt aangemoedigd om gedurende de avond op te staan en van plek te wisselen. De filosofie die nu in zwang is, zegt dat gedachten alleen zuiver zijn wanneer ze in vrije beweging worden geboren. Het achterwerk, waar men in de regel wat al te veel tijd op doorbrengt, is naar men zegt de vijand van de creërende geest.'

Om die laatste zin werd gelachen, maar niet door mevrouw Kruseman, die terugdeinsde voor zoveel *superiorité d'esprit*. Zij was tot dan toe de enige Nederlandse salonnière in Rome geweest, geroemd om haar conversatie en haar geestige anekdotes. 'Wat vrijpostig,' fluisterde ze in Philips oor. 'En die secretaris van haar, die schuift gewoon aan voor het diner? Je zou toch verwachten dat zij juist wat meer, nou ja, comme il faut zou zijn! En ze kleedt zich nog wel zo goed...'

Muziek klonk, Frascati-wijnen vloeiden rijkelijk. Schalen vol heerlijkheden bleven voorbijkomen tot het duister inviel, maar het bleef zwoel buiten en de fakkels werden ontstoken. Op een bepaald moment nam de prinses plaats achter de piano die op het terras voor de villa was neergezet. Toen Philip haar zag spelen, zag hij in haar ogen het plezier en de opluchting.

In het dansende schijnsel van de toortsen leek er aan de geamuseerde gesprekken in de tuin van de Villa Celimontana geen einde te komen. Philip vroeg aan Van der Ven waar de nestor eigenlijk uithing, met wie hij de oude Abraham Teerlink bedoelde.

'Dat is de senex onder ons, Hoogheid, de man die al bijna een halve eeuw geleden het vaderland heeft ingeruild voor Rome,' zei Hendrik Koelman.

'Vergeleken met hem,' zei Philip, 'zijn wij allemaal slechts vluchtig op bezoek in deze stad die we de onze noemen, weemoedige passanten als Odysseus in het schimmenrijk.'

Daarop zei Maes, ineens bezorgd: 'Ach, die Teerlink. Wie weet is de oude man verdwaald. Hij is de laatste tijd nogal in de war.'

'Hij verkoopt al jaren niets meer!' riep iemand.

'Wat wil je? Die landschappen in antieke stijl worden door niemand gewild, maar hij werkt vlijtig door,' zei Hendrik. 'Wisten jullie trouwens dat zijn tweede verdieping volhangt met doeken? Ik heb gehoord dat het er meer dan zestig zijn. Niemand heeft er iets aan behalve de schilder zelf, voor wie zij nog een tamelijk eigenaardig genot opleveren. Elke dag maakt hij een wandeling naar de Pincio. Bij slecht weer kan hij eigenlijk niet uitgaan, maar toch kleedt hij zich aan, zet zijn hoed op, neemt zijn stok, zegt zijn vrouw vaarwel en gaat omhoog naar zijn tweede verdieping, waarvan hij de deur op slot draait. "Luigi! Ik ga uit!" roept hij dan zijn knecht toe. En het is echt waar: élke bezoeker, wie zich ook aanmeldt, krijgt altijd hetzelfde te horen. "Helaas, de maestro maakt een wandeling." Hoe ongelofelijk de kletterende regen dit voor de bezoeker ook doet schijnen.'

Iedereen lachte, maar Kruseman nam het voor de nestor op. 'Jullie lachen, jongelui, maar vergis je niet: Teerlink is een kunstenaar in zijn hart! Maar weinig mensen weten dat hij naast zijn landschappen *couleur café au lait* ook verzen maakt. Nu heeft hij zijn spreekstem goeddeels verloren, maar vroeger... Wat een tenor moet de man geweest zijn.'

'Vroeger?'

Ze schrokken van de stem en draaiden zich om. Iemand riep 'Abraham!' en toen begreep iedereen dat de oude nestor toch gekomen was.

Teerlink was een kleine, donkere man met een vrolijke oogopslag. Hij liep recht op de prinses af, maakte een reverence, gaf haar met een guitige lach een handkus en richtte zich tot de andere gasten. 'Ik zie dat u zich laat vermaken, dames en heren.'

Hij was niet beledigd en schoof lachend aan, alsof hij er de hele avond al bij was geweest, en verzon een spel waarbij hij iedereen aan tafel een komische bijnaam gaf.

Dit waren avonden waaraan Philip gemakkelijk zou kunnen wennen. Het eten, de wijnen, de villa, de gesprekken. Was dit iets eenmaligs, of was de prinses van plan vaker zulke soirees te houden? Misschien kon zij, net als mevrouw Kruseman, een vaste dag in de week kiezen?

Buiten tekenden de sterren zich inmiddels af aan een inktzwarte hemel. De drank vloeide nog, Johannes las voor uit Shakespeare, de prinses speelde Beethoven, en op een goed moment haalde Kruseman uit zijn jasje een Napolitaanse muts tevoorschijn. Hij zette de muts op zijn hoofd en hield een onweerstaanbaar maar warrig betoog, met letterlijk alles erin: oorlog en vrede, liefde voor God en de mensen, en voor Rome natuurlijk. Lumineus wat betreft ideeën, maar onbegrijpelijk over het geheel genomen.

'De wijn is goed,' zei Hendrik, 'maar schuimt te veel, beste Cornelis!'

'Ik hoor anders dat het nergens zo schuimt als in dat schitterende atelier van u,' antwoordde Kruseman. 'Zeg eens, wordt er bij de Santa Maria Maggiore inmiddels weer geschilderd of is het nog altijd een geheime ontmoetingsplaats voor militante garibaldianen?'

Teerlink griste de muts van Cornelis' hoofd. 'Wie het edele symbool van de oorspronkelijke dichtkunst draagt, draagt voor!' Waarna hij het ding op zijn eigen hoofd zette, met een kreun opstond en in het Frans een door hemzelf gecomponeerd gelegenheidsgedicht voordroeg, waarmee hij vooral duidelijk leek te willen maken dat zijn hart nog altijd oranje was.

'De muzen moeten uw zusters zijn, meester Teerlink,' zei de prinses toen het applaus was weggestorven. 'Het siert u dat u na zoveel jaren nog zo blaakt van liefde voor het vaderland.'

Toen Philip later die week de soiree van mevrouw Kruseman bezocht, merkte hij dat de spanningen waren opgelopen. Het was overduidelijk dat mevrouw Kruseman de prinses en haar galante vriend als onwelkome mededingers zag. Cornelis vond dat ze zich aanstelde, maar zijn vrouw was onvermurwbaar. Om haar goede wil te tonen moest de prinses toch minstens één keer haar dinsdagavond met een bezoek vereren, verklaarde ze aan haar gasten. Philip zei dat hij vooral nog een keer de Celioheuvel met een bezoek zou willen vereren, maar er werd niet gelachen. Op dat moment nam de oude meester Kruseman hem apart en stopte hem een grote envelop toe.

'Wat is dit?'

'Het is voor de prinses. Ik kreeg de indruk, tijdens die avond in de tuinen van de Villa Celimontana, dat jij op nogal goede voet staat met hare majesteit. Wat denk je ervan?'

Philip opende de envelop. Die oude Kruseman had haar geschilderd, en hoe! Niet als een prinses, maar eenvoudig, zonder opsmuk, niet van zijn Italiaanse plattelandsmeisjes te onderscheiden. Kon ze hier zelf de opdracht toe hebben gegeven? Het was zo ongewoon, zo... Prachtig, waarachtig. Dit werkje had niets van doen met de koninklijke, metershoge schilderijen ten voeten uit, waarop vorstinnen gehuld in hun indrukwekkendste kleding poseerden, behangen met hun kostbaarste juwelen. Maar dat soort stijve opsmuk viel in het niet bij de volmaakte echtheid van dit kleine schilderij, dit... boerse, Romeinse portret. Dit, dacht Philip niet zonder een zweem van jaloezie, was precies zoals zij was. Zijn oog viel op de signatuur en de datum, onderaan het werk. December 1843. Philip vroeg zich af waarom Kruseman zoveel jaren voorbij had laten gaan voordat hij het aan de prinses aanbood.

'Treffend,' zei hij alleen maar.

✦

Het was meer dan een salon, zelfs meer dan een mecenaat, wat Marianne en Johannes op de Celio voerden. Philip wist dat zij als geroepen kwamen voor de kleine kolonie Noord- en Zuid-Nederlandse kunstenaars in Rome, wier overheid zich sinds Thorbecke steeds meer terugtrok. Maar het draaide niet alleen om patronage en broodwinning, er was ook iets van zielsverwantschap tussen de schilders en de bewoners.

Sinds het moment dat de twee uit Nederland verjaagde geliefden hun permanente intrek in de Villa Celimontana namen ging er iets van dat huis uit, iets wat die plek in het oog deed springen. Het was een plek voor het vrije, ongeregelde leven van bohemiens. De prinses organiseerde inmiddels aan de lopende band soirees en tuinfeesten (of, zoals zij het zelf altijd zei, 'kleine diners die groot genoemd mogen worden'). Meer en meer kunstenaars leken hun op die heuvel alles toe te vertrouwen, aan te schuiven voor troost en raad, hun dagelijkse lotgevallen te delen, zoals ze in voorgaande jaren altijd aan de stamtafel van Caffè Greco hadden gedaan.

Steeds vaker bleven ze ook overnachten, soms wekenlang. Zelfs als Marianne en Johannes in het buitenland waren, bleef de villa open voor de Nederlandse schilders, die van de tuinen hun openluchtatelier maakten. Het gebeurde steeds vaker dat nieuwsgierige lieden de heuvel beklommen, toevallige passanten die hadden gehoord dat er beroemdheden in het huis woonden, dat er schilders, schrijvers en bohemiens in de tuinen rondwaarden. De Celioheuvel was ineens het Montmartre van Rome.

Een kring van vaste gasten had zich al snel gevormd. Naast de diplomaten – de graaf en gravin De Liedekerke Beaufort, vrijwel altijd de weduwe madame Potemkin – waren dat meestal Karel Frans Philippeau, Hendrik Stöver, Laurens Lodewijk Kleijn van Brandes, Pierre Louis Dubourcq, Charles Quaedvlieg en natuurlijk Philip zelf, samen met zijn broertje Hendrik. Ze waren allemaal genre-, landschaps- en historieschilders, op de beeldhouwer Stöver na. Ze brachten hun artistieke ideeën, hun echtgenotes en hun levenslust mee naar de heuvel en ze aten en dronken en praatten vaak door tot diep in de nacht. De Villa Celimontana werd hun eigen artistieke vrijplaats, de heuvel een wereld op zich. Een kunstenaarsrepubliek met eigen regels, eigen maatstaven.

'Vergeet niet, wij hebben zo onze eigen stille revoluties,' zei Philip op een avond, 'zoals hoe de weg is vrijgemaakt voor de vedute door een oprukkende nuchterheid, een loslaten van zowel klassieke als romantische idealen. Het nieuwe ideaal is de natuur zoals ze is, zoals ze zich voordoet en manifesteert, zonder toevoegingen van buitenaf.'

Maar Philippeau, meestal een gematigd spreker en meer een historieschilder (hij gaf de voorkeur aan kleine onderwerpen, die, zoals hij het zelf stelde, voor een schilder meer zeggingskracht hadden dan het grootse, allesomvattende beeld), zei: 'Maar je moet het toch met mij eens zijn, Philip, dat die "natuur zoals ze is" waar jij het over hebt tegenwoordig het domein is van de heer Daguerre en zijn lichtgevoelige zilverjodide.'

Charles Quaedvlieg, een goeiige burgemeesterszoon uit Valkenburg, die na de vroegtijdige dood van zijn echtgenote naar Rome was gevlucht om zich aan de kunst te wijden, viel Philip bij. 'Alleen in de uitgestrektheid van het landschap kan een schilder ware inspiratie vinden, het waarlijk schone ligt in dat wat zich op eigen kracht heeft gevormd in de natuur.'

'Het waarlijk schone, Charles, of het waarlijk zakelijke?'

'Zeg jij het maar, Dubourcq. Jij kunt het weten, jij bent de enige die nog eens wat verkoopt op de Haagse tentoonstelling.'

'Ach, en hoelang geleden is dat!' Toen richtte Dubourq zich tot de gastvrouw: 'Uw broer heeft mijn *De campagna van Rome* daar nog aangekocht, Hoogheid, maar uw neef, de huidige koning daarentegen...'

'... houdt zich liever met andere vormen van kunst bezig,' zei ze uitdagend, en vrolijkheid vulde de tafel zodra ze die woorden had uitgesproken. Zo vloeiden de gesprekken altijd soepel over van hoog naar laag, van anekdotes naar beschouwingen, van kwinkslagen naar filosofische verkenningen. Elke avond op de Celio was een opgetogen samenkomst van tolerante geesten, een verrukking van vrijheid, intelligentie en genot. De prinses had op een van die avonden zelfs toegegeven dat ze de benepen, door mannen gedomineerde tafelgesprekken uit haar verleden miste als kiespijn.

'En terecht,' zei de prinses toen de ene na de andere geestige anekdote over haar neef, wiens faam zich snel door Europa verspreidde onder zijn klinkende bijnaam koning Gorilla, over de tafel rolde, en het lachen in proesten overging. 'Geweeklaag is tenslotte niet gepast in een muzen-erend huis.'

Het was Lodewijk Kleijn van Brandes die als enige opmerkte dat zij Sappho citeerde, en hij liet de hele tafel meteen weten dat wat betreft poëzie alleen de ouden hem nog konden bekoren, waarop Philippeau antwoordde dat hij vond dat klassieke verzen meer iets voor de schoolbanken waren en dat Klein zich een wel erg stoffige neus had aangemeten sinds hij in Rome was aangekomen. Daarna ontspoorde het gesprek moeiteloos in een opsomming van grote Romeinse neuzen, en een plan werd gesmeed om bij de eerstvolgende viering van het Cervaro-festival, toch altijd al één grote pruikenparodie, een feestelijke grootsteneusverkiezing te houden.

Heel vaak was er discussie, maar nooit ontstond er ruzie. Wat hen bond was niet alleen de liefde voor kunst en het verkwikken van lichaam en geest. Zij hadden met elkaar een diepe, haast spirituele band, een idee dat geen van hen goed onder woorden kon brengen, maar waarvoor Rome symbool stond. Niemand had in Rome ooit het gevoel ervaren tijd te verspillen, al hadden ze daar meer zitten niksen dan ooit. Tegelijkertijd waren ze het erover eens dat hun geest in Rome altijd scherper en meer geneigd tot duiding was dan in het grijze vaderland. Geen van hen ging ooit zonder aantekeningenboekje op pad, want al hadden ze het Colosseum allemaal al talloze keren gezien, ze wisten dat ze steeds weer iets anders te zien kregen. Dat is wat hen onderling verbond, wat Rome te bieden had. Onbezoedelde liefde voor de wereld, voor het leven zelf, en de totale afwezigheid van gejaagdheid.

Philip knielde een keer, met een behoorlijk stuk in zijn kraag, neer op de kiezels naast zijn stoel en improviseerde een poëtisch dankwoord aan de stad. 'Al het monotone blaast u weg uit ons dagelijkse leven. Nooit zal er iemand uit Rome vertrekken met deze vraag op de lippen: waar is de tijd gebleven?'

Omdat het de prinses vroeger, bij de eindeloze diners in de paleizen, ernstig tegenstond dat de mannen en vrouwen na afloop van de maaltijd uiteengingen, brak ze met die traditie toen zij zelf gastvrouw was. Ze bleven allemaal simpelweg zitten aan de tafels waaraan ze gegeten hadden en zetten de conversaties voort met grappa en de overgebleven Frascati. Laat op een avond, toen de wijn op was en tussen de bomen niets te horen was dan wat zacht gemompel, vertelde de prinses Philip eens een wonderbaarlijk verhaal, dat hem altijd zou bijblijven.

Er bestond een bloem die in de woestijn kon groeien. Hij werd de 'roos van Jericho' genoemd, maar niet omdat hij op een roos leek. De woestijnroos had geen zachte, geurige blaadjes die bij verwelking omlaagdwarrelen. Het was een tuimelkruid. Door zijn grijze kleur viel hij amper op in de zee van zandkorrels. Als je hem al opmerkte, dan zag je hem voor een dood takkenbosje aan. Maar hij was niet dood. Net als al het andere dat leefde in de woestijn, was hij van een veerkrachtige soort. De roos van Jericho werd ook wel de 'bloem der opstanding' genoemd. Dat verwees naar zijn poëtische wederopstanding na een regenbui, ongeacht hoelang de periode van droogte die eraan voorafging was geweest. Het water deed de bloem herrijzen. Het was een gewas waarvan het bovengrondse gedeelte, dat er dor en droog uitzag, voorbestemd was op een dag los te raken van de steel. Dan werd het meegenomen door de wind en dwarrelde het door de steppe, als een tuimelend stofwolkje. En met het rollen verspreidden zich de zaden, verspreidde zich het leven. In de woestijn heerste het tuimelkruid over de dagen zoals de sterren er over de nachten waakten. Volmaakte tegenpolen, het een gedragen, het ander onaangeraakt door de wind.

Iedereen luisterde naar dit wonderbaarlijke verhaal van de prinses, het ruisende gefluister was samen met een paar kaarsen langzaam uitgedoofd. Kinnen rustten in handen, ogen staarden glazig. 'Hoogheid,' vroeg Hendrik Koelman, 'waar heeft u deze schat aan wijsheid opgedaan, als ik vragen mag?'

'Ach, ik heb dit allemaal geleerd omdat ik een paar jaar geleden samen met een aardrijkskundige, dominee Van Senden uit Zwolle, door de woestijnen van Egypte en Palestina heb gewandeld.'

Terwijl iedereen ademloos luisterde, zag Philip, in een flits, iets bewegen bij de entree van de villa. Een jongen, zag hij dat nu goed? Een kind, een kleutertje nog, niet ouder dan een jaar of vier, vijf. Twee spillebeentjes staken uit zijn korte pyjamabroek van keperflanel. Er was geen gouvernante te bekennen. Heel even bleef het jongetje staan kijken naar het bacchanaal in de tuin, toen draaide hij zich om en glipte weer naar binnen, ongezien.

Philip vroeg niet aan de prinses wie die jongen was of wat hij daar deed. Het was niet nodig. Het jochie had de neus en smalle trekken van zijn vader en de oplettende blik en blonde haren van zijn hooggeboren moeder.

3

Quadri e marmi

Rome! Op geen enkele andere plek had ze zich ooit zo vrij gevoeld. Niet alleen de vrijheid om te zijn wie ze was en met wíé ze was, maar ook om net zoveel tijd aan de kunsten en letteren te verspillen als ze maar wenste.

Rome was eens een overweldigende stad van marmer geweest, met die veelvoud aan koepels – de hoekige, de spitse, de gedraaide. Een meanderend gewelf van marmer, schitterend maar ook ontzagwekkend, afstandelijk. Een schouwspel waar je nooit echt deelgenoot van zou kunnen worden. Dat gevoel veranderde op het moment dat ze haar intrek nam in de Villa Celimontana. Het huis lag niet in de stenen stad, maar in de onbewoonde vallei. Disabitato, zoals de Italianen zeiden. Onbewoond op die ene, vergeten heuvel na. *Il colle del silenzio*, de heuvel van de stilte, volgens De Liedekerke werd de Celio zo genoemd door beroemde schrijvers uit vervlogen tijden.

Ze is er nog steeds, merkte ze op, die stilte. Een volle, levendige stilte. In het huis, maar vooral in de enorme tuin eromheen. In Rome waren zulke uitgestrekte tuinen één met het huis dat ze omringden, zozeer dat ze in het Italiaanse woord *villa* besloten lagen. Overal in Rome prijkten vergelijkbare typisch Italiaanse paleiswoningen omgeven door Poussin-landschappen. Vaak waren ze nog altijd in het bezit van één van de beroemde aristocratische families die Rome hadden gemaakt. Allemaal werden ze aangeduid met datzelfde woord, 'villa'. Nu pas begreep ze het woord ten volle. De tuinen waren geen van het huis afgescheiden deel, ze waren het middelpunt, de essentie van de villa.

In zulke gedachten verzonken keek ze om zich heen, de tuin rond, naar de met weelderig groen bezaaide hellingen vol plechtige cipressen en parasoldennen die tussen donkere kruinen van lage mediterrane struiken uitstaken als vlaggenmasten. Ze keek naar hem, een paar meter verderop. Johannes leunde met zijn onderarm losjes op een antieke balustrade. Zijn gezicht omlijst door een volle filosofenbaard, zijn rijzige lijf omhuld met een cape van zacht, donker fluweel. Om zijn hals een gestreepte shawl waarvan de felrode, blauwe en gouden kleuren schitterden in de zon. Zijn blik ging richting haar, maar hij leek niets van zijn omgeving waar te nemen. Hij was vast op van de zenuwen, dacht ze. Het was tenslotte de eerste keer dat hij voor een schilder poseerde.

'Zul je ook de muzensarcofaag afbeelden?' vroeg ze voorzichtig.

Koelman, die zijn wenkbrauwen al geruime tijd fronste alsof hij zich moest inspannen voor zware fysieke arbeid, zweeg. Hij hield zijn ogen strak op het doek op de ezel gericht, en liet alleen iets van een zachte grom los. Meteen schaamde ze zich. Ze had gewoon even een kijkje willen nemen, dat mocht een opdrachtgever in haar eigen tuin toch zeker wel doen? Maar ze wist ook wel dat een kunstenaar niet gestoord moest worden tijdens zijn scheppende werk. Zwijgend tuurde ze naar de sarcofaag, dat uitbundig versierde Romeinse graf waarvoor sommige bezoekers, zo had ze zich laten vertellen, speciaal hierheen kwamen. Natuurlijk zou Koelman die afbeelden.

Nog geruime tijd bleef ze staan, zwijgend. Het was alsof de lucht trilde van de warmte en zij een fata morgana zag. Een visioen dat ze bij de staart moest grijpen voordat het verstoord zou worden, dat ze scherp moest stellen voordat het haar zou ontglippen. Verroer je niet, dacht ze. Mijn lieve Johannes, blijf zo leunen tegen het marmer, blijf voor altijd zo schuilen in de schaduw van de geurige pijnbomen in onze geheime tuin.

De kreet van een kleine, spelende jongen, verderop in het gras, onderbrak haar gedachten. Ze wist niet meer hoelang ze daar had staan mijmeren, alleen dat er meer tijd was vergleden dan zij had waargenomen. Toen hij zijn moeder zag staan, rende Johannes Willem op haar af.

'*Mammà!*'

Ze ging door haar knieën en spreidde haar armen, en hij rende met zoveel vaart die afwachtende omhelzing in dat zij moeite had zichzelf in haar gehurkte positie overeind te houden.

✦

Tijdens de avonden die ze in het gezelschap van schilders en beeldhouwers doorbracht, bloeide ze op en leerde veel over de kunst. Al snel kon ze niet alleen onder woorden brengen wat ze mooi vond, maar ook waarom een bepaald werk haar juist niet zo aanstond en wat er dan aan ontbrak. Een van de eerste schilders aan wie ze persoonlijk een opdracht gaf, niet als prinses Marianne van Oranje-Nassau, maar als haar alter ego gravin Von Seitenberg, was Jan Adam Kruseman. Hij was een achterneef van Cornelis en in Nederland bekend als de jonge directeur van de Amsterdamse Academie. Cornelis trad op als bemiddelaar, en gaf haar gedetailleerde instructies aan zijn verre familielid door.

Het schilderij dat Jan Kruseman volgens die aanwijzingen had gemaakt en dat hij *Moedertrots* had genoemd, toonde Marianne met haar zoontje. Geen adellijk portret in fraaie kledij, maar een warm, liefdevol beeld van een naakte peuter die zijn mollige armpjes om de ontblote schouders van zijn moeder slaat – zijn moeder, die de toeschouwer trots aankijkt. Na voltooiing werd het naar Rome opgestuurd, waar Marianne het een ereplaats gaf in de museumkamer van de Villa Celimontana. Daar pronkten, als verborgen schatten, al haar *quadri e marmi*, zoals de Italiaanse bedienden het noemden. Haar alsmaar uitdijende verzameling doeken en beelden. Steeds als ze naar dit specifieke schilderij keek, wist het haar weer te raken. Ze begreep misschien nog niet alles van de kunst, maar de intense, vervoerende kracht die er soms van een kunstwerk uitging, ervaarde zij elke keer wanneer ze keek naar *Moedertrots*.

Het wakkerde haar verlangen aan om meer kunst aan te kopen. Onder begeleiding van nu eens graaf De Liedekerke, dan weer madame Potemkin bezocht ze niet alleen musea, maar ging ze ook talloze galerieën in Rome af. Er ging een nieuwe wereld van felle penseelstreken en krachtige beelden voor haar open. Ze was bijzonder gecharmeerd van de uitgesproken schilderijen van Caravaggio en kocht veel werken die uit zijn school afkomstig waren. Canaletto en Pietro da Cortona bekoorden haar eveneens, maar ze had ook oog voor minder beroemde namen. Van Francesco Rossi, een tamelijk onbekende schilder uit de vroege zestiende eeuw, kocht ze het werk *Pandora en Persefone*.

Nooit eerder had ze die twee mythische vrouwen samen afgebeeld gezien, en juist van de combinatie ging iets onweerstaanbaars uit, al kon ze niet goed onder woorden brengen wat het was. Pas toen ze het werk in haar eigen museumvleugel tussen de andere schilderijen uit haar collectie zag hangen, begreep ze dat *Pandora en Persefone* niets anders was dan een klassieke versie van de Bijbelse schilderijen die ze al in groten getale had aangekocht, waarop veroordeelde en verstoten vrouwen de hoofdrol speelden. *Christus en de echtbreekster*, *Hagar en Ismael*, *Rebecca bij de bron*, *Magdalena* en *Judith*.

Op een dag, laat in de middag, kondigde Philip Koelman aan dat hij het portret van Johannes had voltooid. Hij nodigde Marianne en haar 'trouwe vriend', zoals hij hem wel vaker noemde, uit in het atelier dat ze speciaal hadden ingericht in de villa.

'U moet wel gauw komen,' zei hij, 'want straks is het daglicht alweer verdwenen. En me dunkt dat dit werk het verdient om in de schijnwerpers te staan.'

Ze zag in een oogopslag dat alles klopte. Niet alleen de kalme blik in zijn donkere ogen, maar ook de zachtheid van de fluwelen cape, het felle van de veelkleurige shawl. De ring aan zijn linkerwijsvinger, het boekje in zijn hand, de antieke krater waarop Bacchus danste met satyrs en nimfen. In de achtergrond de paarse contouren van de Albaanse Heuvels en daarvoor, prominent in beeld, de muzensarcofaag. Koelman had Johannes in zijn ware vorm weten te vangen. Niet zoals de wereld hem zag, niet als haar metgezel, maar als een man van aanzien en cultuur.

'Bravo,' zei ze, 'werkelijk, *bravissimo*, Philip.'

'Een collega heeft eens gezegd dat de natuur en de omgeving nergens anders dan in Italië zo gunstig en gelukkig zijn voor de ontwikkeling van schone vormen,' zei Koelman.

'Italië is als land enig in zijn soort, maar u doet uzelf tekort, monsieur Koelman.'

'Hij heeft gelijk,' zei Johannes, 'zelfs de laagste standen kunnen hier model staan voor vorsten en heiligen.'

Het was geen zelfspot of schaamte, Johannes zei het met trots.

'In dit land wordt datgene werkelijkheid waar een schilder 's nachts van droomt,' beaamde Koelman.

Dat kon ze niet ontkennen. Nergens anders dan in Italië was het zo gewoon om het gedroomde bewaarheid te zien. Dat gold voor haar en, zo begreep ze berustend toen ze de fiere grijns van Johannes zag, ook voor hem. Toen hij die avond bij haar in bed kroop, gloeide hij nog van opwinding.

'Wat denk je,' zei hij, 'zal ik een van die jongere schilders vragen om een kopie te maken?'

'Ik geef toe dat het moeilijk is genoeg van je te krijgen, maar twee van die levensgrote zelfportretten in één kamer?'

'Nee, nee, ik bedoel om op sturen. Naar huis, naar Dirck, in Nederland.'

Ze knikte en legde haar hand op zijn wang. Ze begreep het. Zij was het die de kunstenaars in hun leven had uitgenodigd. Het stralende middelpunt van al die culturele bedrijvigheid was zíj, de voorname gastvrouw. Hij stond er slechts naast, als de trouwe maar onzichtbare rechterhand van een koningin. In de ogen van de Nederlandse kunstenaars was zij de heldin, de weldoener, de Christina van Zweden uit de Lage Landen, zoals Koelman het eens had gezegd. Had zij immers niet, net als die koninklijke bekeerlinge, in Rome een toevluchtsoord gevonden nadat het hofleven haar in eigen land onmogelijk was gemaakt?

Het portret dat Koelman van Johannes maakte in de tuinen van de Villa Celimontana, vertelde niet dat, maar zíjn verhaal. Een verhaal waarin hijzelf, en niet zijn voorname levensgezel, de hoofdrol speelde. Het was inderdaad iets om naar huis te sturen.

✦

Toen Johannes Willem vijf was, begon ze hem mee te nemen op haar tripjes naar musea en galerieën. Hij was altijd maar buiten aan het spelen, kwam geregeld vies thuis en het leek hem de grootste moeite te kosten om stil te zitten. Ze was gek op hem, en ergens begreep ze ook dat hij precies was zoals zij toen ze klein was. Dat bracht haar tot het inzicht dat zij altijd de energie van een jongen had gehad – een gedachte die ze meteen weer van zich af schudde. Maar het was goed, dacht ze, om op tijd te beginnen met een beetje culturele opvoeding. Welke andere Nederlandse jongen kon zeggen dat hij zo goed als naast de Capitolijnse musea woonde? Het minste wat ze konden doen was daar toch af en toe de vruchten van plukken.

Op een lome middag waarop ze met madame Potemkin had afgesproken, nam ze Johannes Willem mee naar het Capitool. Daar stond ze buiten op het plein voor het museum te kletsen met haar vriendin terwijl ze wachtten op de gids, toen ze plotseling besefte dat ze Johannes Willem nergens meer zag. In paniek keek ze om zich heen, en in de verte hoorde ze gejoel van spelende kinderen. Zo snel als haar jurk het toeliet rende ze via de brede trappen de heuvel af, op het geluid af. Beneden vond ze hem op de rug van een reusachtige leeuw, drinkend van het water dat uit de grote bek klaterde. Hij zag haar nog niet, en heel even bleef ze zwijgend naar haar zoon kijken. Zoals hij daar zat, tussen de Italiaanse jongens op de basaltleeuwen... Hij was, ondanks zijn blonde haren en helderblauwe ogen, bijna niet meer van hen te onderscheiden, en ze begreep dat ze haar eigen kind om dat eenvoudige feit bewonderde.

Ze maande hem van het beeld af te komen, maar was niet al te streng. Ze kon het niet helpen dat ze toegeeflijk was, ze kon nooit echt boos op hem worden.

'Er wordt op je gewacht, jongeman,' zei ze alleen maar.

Morrend klom de jongen van de leeuw af en mee terug de heuvel op.

'Niet zo mokken. De jongen die ons rondleidt is er, en ik denk dat je het dit keer heel leuk zult vinden. Hij heet Gerard Hofs en hij studeert in Utrecht. Je gedraagt je, heb je dat begrepen?'

Gerard was een aimabele jongeman. Hij vertelde zo boeiend en levendig over de beelden die zij al zo vaak aan Johannes Willem had laten zien, dat zijn blauwe jongensogen ervan oplichtten. Het was alsof de kunstwerken al die tijd een schat aan geheimen in zich hadden verborgen die nu pas voor hem ontrafeld werden. Deze jongen wist de aandacht van haar zoon te grijpen, hij leek op de een of andere manier zijn taal te spreken – die van zijn geest en zijn hart.

Toen Gerard Hofs aan het einde van zijn rondleiding afscheid nam, deed ze iets in een opwelling. En zoals altijd deed ze het meteen resoluut, alsof het ineens volkomen duidelijk was welke weg ze moest nemen.

'Als ik u de positie van gouverneur van mijn zoon zou aanbieden, jongeheer Hofs, zou u dan zo goed willen zijn dat aanbod in overweging te nemen?' De jongen begon te stamelen en te blozen. Maar ze liet hem geen ruimte om een antwoord te geven. 'Hij wordt bijna zeven,' zei ze trots, alsof dat een verdienste van Johannes Willem was. 'Hij moet zijn talen leren. Engels, Frans, Duits en ook zijn Nederlands moet beter. Als dat allemaal goed gaat, dan ook Grieks en Latijn. Zodat hij later naar de hogeschool kan, begrijpt u? En hij moet met zorg en toewijding leren schrijven. Ik zou niet willen dat hij later net zulke onleesbare brieven krabbelt als zijn moeder.'

'Ik voel mij vereerd, Hoogheid,' zei Gerard, 'maar hoe moet dat met mijn studie? Mijn ouders zullen...'

'Maakt u zich daar maar geen zorgen over, ik zal u naar behoren belonen. En het is maar voor een paar jaar, daarna kunt u uw studie in alle rust hervatten. In de tussentijd zult u onvervangbare ervaring hebben opgedaan, nietwaar? Zowel voor uw loopbaan als voor het leven. Begrijp mij goed, ik vraag u niet alleen zijn leraar te zijn. Als u instemt, en dat hoop ik van harte, wil ik dat u zijn leermeester en zijn vriend wordt, en dat u met mij eerlijk al uw bevindingen deelt. Wat dat betreft zult u zowel met hem als met mij op gelijke voet staan; ik tolereer niets dan volledige openhartigheid.'

Helemaal in haar nopjes – Gerard Hofs had toegezegd – keerde ze die middag terug naar de villa. Ze kon niet wachten om aan Johannes te vertellen wat ze voor hun zoon geregeld had.

4

Johannes Willem, de zoon

Zijn naam was een van de eerste aanwijzingen dat hij anders was. Er waren geen andere Italiaanse kinderen die Johannes of Willem heetten, laat staan allebei. Voor 'Johannes' hadden ze nog wel een vertaling, *Giovanni*, maar 'Willem'? Dat werd in het Italiaans *Guiglelmo*, en dat vond hij een oudemannennaam. Giovanni volstond. Maar het was niet alleen zijn naam, hij zag er ook anders uit. De andere kinderen waren allemaal heel klein, hij was veel te lang.

Van het eiland waar hij werd geboren, herinnerde hij zich vooral de zee en de palmen, en vaag ook het kleine, wild begroeide huis met de gele muren waar hij woonde. Wat hem nog lange tijd het helderst voor de geest stond, was het portret van zijn moeder op de schouw in de keuken. Het stelde niet veel voor; een kleine ingelijste foto, maar die verschoten beeltenis van haar – de grote afwezige in zijn leven – had hem altijd aangetrokken. Ze leek op een van de heiligenbeeldjes die hij een keer zag in de oude grotkerk van Santa Rosalia in Palermo. Johannes Willem hield van de foto op de schouw. Hij wist niets van haar, behalve dat wat zijn Siciliaanse *mammà* – zo moest hij zijn stiefmoeder noemen – hem met een bittere glimlach vertelde; dat zijn moeder hem had gered door hem naar het eiland te brengen. Hij moest zich gelukkig prijzen, zei ze. Een *bastardo* werd meestal te vondeling gelegd, en dan was hij vast aan de wolven ten prooi gevallen, of anders aan een roversbende.

Zijn mooiste herinnering was die aan de dag waarop zijn ouders hem kwamen ophalen. Zijn moeder vertelde hem later dat ze vaker langs waren geweest, maar aan die eerdere bezoeken had hij geen herinneringen. Het eerste bezoek dat hem was bijgebleven, was meteen het laatste, want hij mocht met hen mee naar Rome, waar hij kwam te wonen in een villa op een heuvel. Op het eiland was alles geel en azuurblauw, maar rond de villa, die op een forse, achter struikgewas verscholen kubus leek, maakte hij kennis met een nieuw soort groene wildernis. De villa en het landgoed eromheen vormden een vreemde wereld van gras en bomen, waarin hij zich vrij kon bewegen zolang hij maar binnen de muren van de tuinen bleef.

Het was immens groot en omdat hij niets anders te doen had, leerde hij in korte tijd elk verscholen hoekje ervan kennen. Hij sloot vriendschap met de oude tuinman Jacopo, die hem hutten en geheime schuilplaatsen leerde bouwen van afgevallen boomtakken en gebladerte. Soms nam hij een kijkje bij de archeologen die op het landgoed werkten. Zij deden in opdracht van zijn moeder onderaan de heuvel opgravingen, en als ze onder de hoge pijnbomen, waar de zon niet kwam, pauze namen, vroeg hij de opzichter, *signor* Canini, het hemd van het lijf. Zo kwam hij erachter dat er oude graven in de tuin waren gevonden, en dat de Via Appia, een beroemde Romeinse weg, vroeger langs hun heuvel liep.

Hoewel hij zijn moeder nu in levenden lijve om zich heen had, bleef hij de afstand voelen die hij op het eiland steeds had gevoeld als hij naar de oude foto op de schouw keek. Hij wist dat zij altijd bang was om hem te verliezen, al begreep hij niet waarom. Hij was altijd maar thuis, ging niet naar school, en vriendjes had hij niet; in de Villa Celimontana kwamen alleen maar volwassenen. Het liefst ging hij er daarom op uit. Ongezien glipte hij de poorten uit en speelde met kinderen uit de buurt op de trappen van de San Gregorio tot de broeders hen verjoegen, of ze deden verstoppertje tussen de vervallen bogen en torens van de thermen van Caracalla, waar je de beste schuilplekken van heel de stad vond.

Alles aan zijn leven in Rome was anders, behalve zijn naam. Dat het niet zomaar een naam was, werd hem met de jaren steeds duidelijker. Vooral zijn moeder was er bezeten van. Toen hij haar er een keer naar vroeg, vertelde ze hem over de herkomst van zijn namen; dat hij was vernoemd naar zijn vader Johannes had hij zelf al wel uitgevogeld, maar dat zijn grootvader een koning was geweest, koning Willem de Eerste der Nederlanden, had hem volkomen verrast en vervulde hem met zoveel trots dat hij 'Willem' nooit achterwege liet. Hij schaamde zich er niet meer voor, maar ging er prat op. Als de buurtkinderen vroegen hoe hij heette, zei hij voortaan: 'Giovanni Guiglelmo.' Het maakte hem niet meer uit als ze erom grinnikten. 'Ik zou maar uitkijken als ik jullie was,' zei hij dan, 'ik ben een koningszoon! Ik stam af van grote heersers uit het noorden!'

Zijn naam had in Rome een nieuwe glans gekregen, een bijna heroïsche waarde.

✦

De dag dat Johannes Willem voor het eerst in aanraking kwam met het verborgen leven van zijn moeder, zou hij nooit vergeten. Vanachter een verschansing, die hij net samen met Jacopo had gebouwd, zag hij haar bij de poort uit de koets stappen. Fel zonlicht scheen in haar ogen, ze hield haar hand erboven om te kunnen zien. Ze was dagen weggeweest, maar ze leek niet blij om weer thuis te zijn. Ze keek bezorgd. Hij zag aan zijn moeder dat er iets ergs moest zijn.

Jacopo steunde met zijn handen op de stok van de hark. 'Arme mevrouw,' zei hij hoofdschuddend. 'Arme Charlotte.'

'Charlotte?' vroeg Johannes Willem.

'Hebben ze het jou niet verteld, jong? *Dio l'ha portata via.*'

Nee, ze hadden hem niets verteld. Johannes Willem wist alleen dat ze in Meiningen was. Maar hij wist niet eens waar die stad lag, laat staan wat zijn moeder daar te zoeken had. Wat hij wel wist was dat zij hem geen antwoorden zou geven. Hij wachtte tot ze binnen was, en ging toen bij de deuropening staan.

Een tijdlang zei ze helemaal niets. Ze viel zijn vader in de armen en begon hard te huilen.

'Het was afschuwelijk,' zei ze uiteindelijk. 'Ze heeft het kind nog kunnen baren. Het was een kraambed en ineens een sterfbed. En dat lege wiegje ernaast. Zo treurig, zo diep en intens verdrietig.'

'Geen moeder zou haar dochter ooit in die omstandigheden moeten zien,' zei zijn vader.

Toen begreep Johannes Willem ineens wat hij eigenlijk steeds had geweten. Hij was niet alleen. Charlotte, Albert, Alexandrine; drie namen die steeds maar weer terugkwamen in de onnavolgbare gesprekken tussen zijn ouders.

'Is Charlotte mijn zus?' vroeg hij terwijl naar binnen liep. 'Is mijn zus dood? Hoe kan het dat God mijn zus heeft doodgemaakt?'

Zijn moeder zei niets.

'Charlotte is toch dood?' vroeg hij nog een keer. 'Wie heeft dat gedaan?'

'Genoeg!' schreeuwde zijn vader. 'Maak dat je wegkomt! Hup, naar buiten. En laat me je hier voorlopig niet zien!'

Maar zijn moeder trok hem op haar knie. 'Wat bedoel je, jongen?'

'Ik bedoel, is het waar dat het God was?'

'Wie heeft je dat verteld?'

'Jacopo. God nam haar mee, dat zei hij.'

Zijn moeder bleef even stil en begon toen te praten. Ze vertelde over engelen, een boodschapper uit de hemel die Charlotte was komen halen. Hij snapte er weinig van, maar hij drong niet aan, wilde niet dat ze nog verdrietiger werd. Hij kon zijn moeder beter maken, hij wist hoe dat moest. Hij sloeg zijn armen om haar nek, gaf haar een knuffel en lachte zijn stralendste lach, en toen kon zij ook weer lachen. 'Mijn lieve kleine huisengel,' zei ze.

Huisengel, dat was de koosnaam die zij voor hem had verzonnen, en als ze hem uitsprak ontlokte dat bij haar altijd een golf van kussen. Zo anders was zij dan vader, die zuinig was met zijn gevoelens, vaak streng, afstandelijk en zwijgzaam. Op de meeste dagen hield vader zich bezig met jagen en moeder met kunst. Geen bezigheden waarbij kleine kinderen welkom waren, maar eens in de zoveel tijd nam ze hem mee naar het grote museum op de Capitolijnse heuvel. Dan bezochten ze steeds maar een of twee zalen, waar hij bij elk afzonderlijk kunstwerk lang stil moest blijven staan terwijl hem van alles verteld werd over waar hij naar keek. Een keer had ze hem meegesleurd naar een van de ondergrondse zalen, een lange gang vol stenen. Hij deed alsof hij het interessant vond, maar het was saai en hij raakte snel afgeleid.

'Kijk hier dan, moeder,' zei hij lacherig terwijl hij naar een oude, met reliëfbeelden versierde grafsteen wees, 'moet je zien wat een enorme voeten die Romeinen hadden!'

Maar zijn moeder kon er niet om lachen. Ze raakte geïrriteerd en vroeg waarom hij niets wilde weten van al de inscripties die hem omringden. Zag hij het voorrecht dan niet in de klassieken zo terloops te kunnen zien en het mooiste lesmateriaal in het openbaar te kunnen raadplegen en toepassen? 'Je bent groot genoeg,' zei ze. 'Het wordt hoog tijd.' Maar waar het precies tijd voor was, wist hij niet.

✦

Op een dag aan het begin van de zomer nam zijn moeder hem mee op reis. 'We gaan naar Nederland,' zei ze achteloos. 'Je zult je vaderland zien.'

Hij stelde zich bij dat woord 'vaderland' van alles voor. Kastelen met hoge torens, rivieren, prinsen met lange benen en blauwe ogen, balzalen vol vorstinnen en koningen met bontmantels en lange baarden. Alles had hij verwacht, behalve Rusthof – een half verlaten, landelijk huis aan het water in een dorpje dat Voorburg genoemd werd. Dit was geen kasteel, dit was een boerderij.

Willem de Derde, de heersende koning der Nederlanden en, net als hijzelf, een kleinzoon van de Willem naar wie hij vernoemd was, kreeg hij tot zijn grote teleurstelling niet te zien. Zelfs de vijftienjarige Prins van Oranje, die zijn moeder Wiwill noemde en die volgens haar in Voorschoten op kostschool zat, kwam niet op bezoek. Zijn gouverneur schreef alleen maar een kort briefje, waarin hij zich verontschuldigde. 'Lafaard,' mompelde zijn moeder toen ze het ontving. Daarna richtte ze zich tot hem. 'Als ze niet naar ons durven te komen, gaan wij naar hen toe,' zei ze opmerkelijk vastberaden.

Een dag later reden ze door het Haagse Bos de stad binnen. Meteen begon zijn moeder van alles aan te wijzen en te vertellen. 'Daarachter ligt het Lange Voorhout, je zou het eens in de lente moeten zien, als er een tapijt van krokussen ligt.' Hij probeerde het zich voor te stellen. In Rome, de enige andere stad die hij kende, waren de meeste straatjes zo nauw dat de zon er nooit doordrong. Maar hier was alles groen, ruim en open. De zon scheen fel op de statige panden en op de wirwar van koetsen en wandelaars.

'Als klein kind hield ik altijd vooral van de winter,' ging ze verder, 'als de vorst intrad, zag je de hele stad veranderen. Hoge heren in kostuum bonden dan ijzers onder hun voeten en namen de dames, in winterjapon, bij de arm om over de Vijverberg te glijden als zwarte zwanen. Je zult ontdekken dat het volk hier wat stug en afstandelijk is, mijn jongen, niet zoals in Italië. Maar op het ijs zijn zelfs Hollanders zwierig.'

Het huis waar ze naar op weg waren, het stadspaleis van haar broer Fritz, lag aan een brede laan die het Korte Voorhout genoemd werd. Ze liet het rijtuig halt houden voor de ingang.

'Blijf jij maar even zitten,' zei ze.

Het duurde lang voordat er werd opengedaan, en toen er eindelijk een bediende verscheen leek hij zijn moeder niet binnen te willen laten. Even later kwam er nog een heer bij. Johannes Willem kon nog net horen wat hij zei.

'De prins zal u buiten ontvangen,' waren zijn afgemeten woorden.

Een indrukwekkend geklede, lange man met pluizige, grijzende bakkebaarden kwam naar buiten. Prins Frederik der Nederlanden, dacht hij vol opwinding. Hij wilde het liefst het rijtuig uit klimmen en zich aan zijn oom voorstellen, maar zijn moeder had hem gevraagd om te blijven zitten. Het leek een gewoon gesprek, maar het was Johannes Willem opgevallen dat ze elkaar niet erg hartelijk hadden begroet. Een omhelzing was toch het minste wat je zou verwachten tussen een broer en zus die elkaar zoveel jaren niet hadden gezien? Maar wat wist hij ervan, hij had geen broers of zussen.

'Helaas, zuster,' ving hij op, 'en ik zeg nadrukkelijk: helaas, ben je berucht geworden in je eigen vaderland. Niemand heeft méér gedaan om deze situatie te voorkomen dan ik, maar het lijkt erop dat je het zelf zo hebt gewild.'

Nu werd zijn moeder boos. 'Het is een regelrechte schande, de wijze waarop iedereen mij behandelt. Een schande, hoor je me! Zijn jullie soms vergeten dat ik de Prinses der Nederlanden ben? Jullie zijn hier geen haar beter dan die Pruisen! Weet je hoe ik behandeld word aan de grenzen? Als ik ook maar in de búúrt van Pruisische grond kom, beginnen ze de steigeren op de grensposten. Al die agenten zijn ingeseind door de koning. Ze houden de hemdsknopen en snuifdozen van mijn secretaris achter alsof hij een ordinaire dief is!'

Johannes Willem raakte de draad kwijt. Waar ging dit allemaal over?

'Maar ik laat mij niet langer beledigen,' tierde ze verder. 'En het bevreemdt mij zeer dat de Nederlandse koning zich de beledigingen aan het adres van zijn bloedeigen tante laat welgevallen.'

'Ongelukkige vrouw,' antwoordde de lange prins terwijl de starre trekken in zijn gezicht wat leken te verzachten. 'Je weet dat ik je liefheb. Begrijp je dan echt niet hoezeer je jezelf hebt vernederd? De hele familie heeft afstand van je genomen, ik kan onmogelijk achterblijven.'

'Verstoten...' zei zijn moeder met gebogen hoofd.

'Ben je die godsdienstwaanzin nog steeds niet kwijt? Ik had toch gedacht in Italië, met die losse moraal daar...'

'Het is geen waanzin, Fritz. Het is mijn leven. Híj is mijn leven.' En plotseling wees ze naar het rijtuig, van waaruit Johannes Willem nog altijd onbeschaamd zat te staren. Hij schrok. Wat moest hij nu doen? Moest hij zijn gezicht afwenden? Hij was vast knalrood. Maar hij kon het niet, hij moest blijven kijken. Hij keek de prins recht in de ogen, en zag daarin ongeloof overvloeien in paniek, woede.

Zijn moeder sprak onverschrokken door. 'Je weet waar ik voor kom. Hoeveel brieven heb ik je al gestuurd? Als jij mij had geantwoord, had ik hier niet hoeven komen. Maar hier ben ik. Ik kom om je te vragen, te smeken desnoods, de jongen aan een titel te helpen. Hij verdient het, Fritz, kijk hem nou. Als je wilt haal ik hem hierheen, dan kun je het zelf zien. Hij is een keurige jongen die geen vlieg kwaad doet. De koning heeft niets van hem te vrezen. Alles wat ik wil voor hem is een goed leven. Hij verdient een naam, Fritz. Hij verdient een kans.'

De prins had al die tijd niet bewogen, zijn gezicht was weer volledig in de plooi getrokken, zijn ogen staarden star vooruit, schijnbaar zonder iets waar te nemen. Als versteend richtte hij zijn blik op het rijtuig met daarin, dat begreep Johannes Willem nu pas, de grote schande van de familie Oranje-Nassau. Of misschien had de prins tot nu toe helemaal niet van zijn bestaan geweten? Had zijn moeder hem verzwegen?

De Prins der Nederlanden zei niets, keerde zich om, liep terug naar binnen en sloot de deur achter zich.

Even later zat hij samen met zijn moeder op een bankje in de zon op het Lange Voorhout, zwijgend. Bij de suikerbakker op nummer 92 had ze een zakje snoepjes voor hem gehaald; kleine blokjes karamel met koffiesmaak die ze brokken van baron Hop noemde.

'Niet allemaal in één keer opeten, hoor, dat is niet goed voor kleine jongens.'

Hij stak er een in zijn mond en beet erop. 'Wat hard!' Het waren de lekkerste snoepjes die hij ooit had geproefd.

'Pas maar op dat je tanden er niet uit vallen. Je moet erop zuigen.'

Hij nam er meteen nog een. 'Kun je deze ook in Rome krijgen?' vroeg hij met volle mond. Maar zijn moeder schudde van nee. 'Alleen in Den Haag.'

'Dan wil ik hier blijven.'

'Zie je dat donkere huis? Daar heb ik als klein kind gewoond, toen ik zo oud was als jij nu denk ik. Ik vond het verschrikkelijk. Ik noemde het altijd het spookhuis. De smalle hoge kamers joegen me de stuipen op het lijf. Er kropen schimmen op de muur in het kaarslicht en ik hoorde de deuren kraken als oude geesten. Ik dacht zelfs dat het meubilair uit zichzelf kon bewegen.'

Hij haalde zijn schouders op. 'Toch wil ik hier blijven.' Het snoepje zat nog steeds in zijn mond. Hij vroeg zich af hoelang hij ermee zou kunnen doen.

'Weet je, ik heb mijn grootvader, Willem de Vijfde, ook nooit gekend. Net als jij. Hij is een paar jaar voor mijn geboorte gestorven. Volgens mijn ouders heeft Mozart ooit speciaal voor hem een quodlibet gecomponeerd, dus hij moet wel belangrijk geweest zijn, denk je niet?' Ze gaf hem een zachte por tegen zijn schouder. 'Elk jaar gingen we rond Pasen naar Brunswijk om bloemen te leggen bij zijn graf. Ik wilde nooit mee. In de lente was er hier jaarmarkt, dan kon je poffertjes eten en naar het circus, en 's nachts hoorde ik de dieren brullen op de Plaats. Maar ik moest per se mee naar Brunswijk.'

'Wat zijn poffertjes?' vroeg hij.

'Kleine pannenkoekjes. Het was een belangrijk ritueel voor mijn familie, en de tijden waren anders. We konden het ons niet veroorloven God te tarten.'

Hij knikte alsof hij het begreep.

'Familie is heel belangrijk, Johannes Willem, ik wil dat je dat goed onthoudt.'

'Ja, moeder.'

'Ik meen het. En ik gun je een betere familie dan de mijne. Ik zal niet opgeven, jongen. Nooit. Ik zal een naam voor je vinden, en een plek, al is dat het laatste wat ik doe. Jij zult het goed hebben, jouw leven zal, anders dan het mijne, niet beheerst worden door al dat gekmakende stilzwijgen.'

Zijn moeder keek wazig voor zich uit en streelde zijn bovenbeen. Hij rook haar bloemengeur, iets wat hem altijd geruststelde. Zoetig, zoals het laatste restant van zijn karamelsnoepje.

'Kom,' zei ze ineens opmerkelijk opgewekt. 'Dan gaan we naar het strand.'

Ze wandelden de hele middag over het Scheveningse strand. Over het koninklijk paviljoen op het duin vertelde ze dat haar vader het ooit als verjaardagscadeau aan haar moeder had gegeven. Toen ze de zon in de zee zagen verdwijnen, voelde hij zich opgelucht dat de dag voorbij was. Ze keken nog een laatste keer naar de horizon.

'Hier,' en ze wees Johannes Willem met beide armen op het weidse strand dat hen omringde, 'hier begon mijn leven als prinses.'

'Maar het was toch oorlog?' Dat was het enige wat hij altijd had onthouden over het leven van zijn moeder: dat zij, net als hij, was geboren als banneling.

'Op 30 november 1813 kwam mijn vader, jouw grootvader, Willem Frederik van Oranje-Nassau, hier in de schemer aan land. Het was dit zand waar hij doorheen moest ploegen, deze zon die onderging achter de duinen, en in zijn oren klonk het gebeier van de klokken van de Oude Kerk in de Keizerstraat, daar verderop.' Ze wees naar de kerktoren, het eeuwenoude baken van de vissers.

'Op die eerste ochtend in Den Haag zag papà, dat heeft hij mij zelf verteld, een zo heldere lucht dat het voelde alsof hij de zon voor het eerst op zag komen. Een leven, een land, kon opnieuw beginnen. Het was tijd om als vader van een verwarde natie op te staan.' Ze legde haar hand op zijn arm en kuste hem op de wang. 'Dat, lieve jongen, was jouw grootvader. Iemand om trots op te zijn.'

In het rijtuig dat hen terugbracht naar Voorburg hield ze niet op met vertellen. Alles over haar jeugd, haar ouders, haar hele leven. 'Dan heb ik dat maar vast gedaan,' zei ze. 'Voor als straks mijn eigen herinneringen zijn weggevallen.'

✦

Toen het rijtuig de laatste meters naar de oude poort bij de Santa Maria in Domnica opklom en voor de poort tot stilstand kwam, keek Johannes Willem naar de grote gele kubus en vroeg zich af of de Villa Celimontana zijn thuis was. Het grote huis vol schilderijen, met zijn ommuurde tuinen vol ruïnes en mysterieuze schuilplekken; het was een prachtige plek waar hij van hield, maar waar hij zich nooit echt thuis voelde. Ze reisden veel, en al dat heen en weer reizen bracht hem in verwarring. Ze hadden niet één huis, ze hadden vele huizen, en die lagen allemaal in verschillende landen. Er was de villa in Rome, het landhuis in Voorburg, het kasteeltje Seitenberg in Silezië, en sinds kort ook een jachtslot in Weiswasser, dat zijn moeder speciaal voor vader had gekocht. Johannes Willem had al vroeg geleerd dat je het gevoel van thuis beter niet kon verbinden aan een huis, een woonplaats of zelfs maar aan een land. Thuis was een onbereikbare plek waar je alleen maar stiekem naar kon kijken, door een gat in een muur.

De Villa Celimontana in Rome was in elk geval de meest zorgeloze plek van allemaal. Het huis had iets vrolijks, de zon scheen er het grootste gedeelte van het jaar en er kwamen altijd kleurrijke types, zoals dichters, schilders en beeldhouwers, over de vloer. Ze kwamen allemaal voor haar, zijn mooie, romantische, vrijgevige moeder. De kunstenaars die dineerden in hun tuin en schilderden in hun zonnige zalen van kamers waren geen Italianen; ze kwamen stuk voor stuk uit Holland, hoogstens uit België. Sinds hij terug was van zijn reis naar Voorburg en Den Haag dacht hij vaak terug aan de confrontatie tussen zijn moeder en prins Frederik. Eén keer, niet lang nadat ze uit Nederland waren teruggekomen, luisterde hij stiekem naar een gesprek tussen zijn ouders. Moeder had een boze brief van Fritz ontvangen, dat begreep hij meteen.

'Als ik de jongen ooit nog eens mee durf te nemen,' hoorde hij zijn moeder zeggen, 'dan wil Fritz mij nooit meer zien. Hij schrijft dat niets mij het recht geeft hem ooit nog eens in een zo compromitterende situatie te brengen. Hij wil het me verbieden om mij op wat voor manier dan ook ooit nog publiekelijk met Johannes Willem in het vaderland te vertonen. Hoe durft hij mij zo te behandelen, zijn eigen zuster! Hij heeft het over een belachelijke queeste naar een titel voor de bastaard. Hij raadt het mij, gesteund door zijn juridisch adviseur, ten zeerste af om nog verder die weg in te gaan. Het zal nooit gebeuren.'

Moeder was even stil, en las toen de laatste zin van de brief voor.

'De jongen had nooit geboren mogen worden.'

Dat de zomer van 1855 zijn laatste zomer in Rome was, drong pas veel later tot Johannes Willem door. De tijd vloog sinds hij elke dag optrok met de levendige, altijd vrolijke Gerard Hofs, een Nederlandse student die door zijn ouders was aangesteld als zijn gouverneur. Maar hij zag in Gerard – zo mocht hij hem noemen – eerder een vriend dan een leraar. Niet dat hij het lesgeven verwaarloosde; integendeel. Johannes Willem had nog nooit zo hard gewerkt. Hij vloog door de lesstof heen en werd met de dag mondiger, slimmer, eigenwijzer. Niet alleen omdat hij leergierig was; hij wilde het ook graag goed doen in de ogen van Gerard. Hij keek naar hem op, hij wilde hem zijn.

Na de lessen wandelden ze vaak samen door de tuin, waar ze speelden met een bal of in het gras lagen om de wolken voorbij te zien drijven. Gerard vertelde over zijn leven als student in Utrecht, maar zijn verhalen hadden weinig van doen met de universiteit. Zijn leven daar draaide, als Johannes Willem het goed begreep, om de meisjes, en als hij Gerard moest geloven krioelde het langs de Utrechtse grachten van de allermooiste exemplaren.

'Denk je dat jij ook aan de universiteit gaat studeren?' vroeg Gerard.

'Ik weet het niet.'

'Vast wel. Als je ouders mij zelfs kunnen betalen...'

Johannes Willem lachte, maar vanaf dat moment begon hij zich af te vragen of hij inderdaad ooit de vrijheid zou krijgen die Gerard had. Hij kon het zich met geen mogelijkheid voorstellen, al was het alleen maar omdat hij zich een leven zonder zijn moeder niet kon voorstellen.

✦

Zijn tiende verjaardag vierden ze op slot Weiswasser, het jachthuis van zijn vader. Johannes Willem was vaker met hem meegereisd naar die plek, maar alle keren moest hij zich in het huis vermaken of buiten met de honden spelen, want zijn vader ging altijd uit jagen. Toen hij uit handen van zijn glunderende vader op 30 oktober van het jaar 1859 een groot, langwerpig cadeau kreeg, durfde hij bijna niet te geloven wat hij vermoedde.

Het huis was vol met kinderen uit de buurt, die met hun ouders waren gekomen om zijn eerste kroonjaar te vieren. Maar er waren ook gasten van verder weg, uit Nederland zelfs. Het domineesgezin Van Laak was voor een paar dagen naar Weiswasser gekomen, speciaal voor zijn verjaardag. Zijn ouders kenden het gezin al heel lang; dominee Willem van Laak was nog legerpredikant geweest tijdens de Tiendaagse Veldtocht, waar ook zijn eigen vader in mee had gereden, en zijn moeder luisterde al naar de preken van Van Laak toen ze twintig was en hij nog in Antwerpen op de kansel stond. Het waren bevlogen mensen die zich altijd op luide toon hard maakten voor een of andere goede zaak, en in wier aanwezigheid zijn eigen ouders opbloeiden en losser werden, zodat hij zelf meer mocht.

Maar het leukste aan dominee Willem en zijn vrouw Geertruida, die tien jaar jonger was, waren zonder twijfel de drie kinderen die ze hadden: Wilhelmina, de oudste en enige dochter, en de broertjes Willem en Aemilius. Ze waren alle drie even gek op Johannes Willem, en met Willem en Aemilius onderhield Johannes Willem een levendige correspondentie.

Hoewel Aemilius en Willem junior een paar jaar ouder waren, keken ze met grote, begerige ogen naar het pakket dat hij van zijn vader kreeg, en ze joelden en floten toen hij het openmaakte. In een langgerekte tas vond Johannes Willem een echt jachtgeweer en een prachtige, versierde kruithoorn. Nog diezelfde middag, vertelde vader er trots bij, mocht hij mee uit jagen.

Voordat het zover was nam zijn vader hem apart om hem alles uit te leggen. Niet alleen hoe het geweer werkte, maar ook de regels die golden tijdens de jacht. Vaste, belangrijke regels die onder geen beding overtreden mochten worden.

'Het is niets voor kinderen.' Zijn vader legde een hand op zijn schouder en gaf hem een knipoog. 'Tijdens de jacht is alles veel echter, ook het gevaar. Dat zul je snel genoeg merken. Maar dat is geen probleem, nietwaar, jongen? Jij bent tenslotte geen klein kind meer!'

In het spoor van zijn vader sloop hij die middag een paar uur lang in opperste concentratie door dichte bossen. Het verplichte zwijgen benam hem af en toe bijna de adem, maar hij voelde geen spanning; hij leek te zweven op de woorden van zijn vader en was blij dat hij eindelijk iets had gevonden dat hen dichter bij elkaar bracht. Ze kropen, schuifelden en glipten zwijgend tussen de struiken, en zonder dat ze een woord wisselden begreep hij zijn vader ineens veel beter nu hij zelf het plezier leerde kennen van het sluipen door de wildernis, het geduldige speuren naar de geringste beweging, een krakende tak of een trillend blad. Het ging niet om het doden, dat was helemaal niet waar de jacht om draaide. Het was alles wat er voorafging aan het aanleggen, richten en vuren. Het aandachtig luisteren, het spieden, het volledig opgaan in de natuur, het bijna zelf dier worden.

Zijn eerste schot was meteen raak. Daarna miste hij een paar keer, en toen trof hij nog een keer doel. Met twee slappe hazen keerde hij in de avondschemer terug naar zijn moeder, trots, als een soldaat die terugkeerde van het slagveld.

Dat hij geen kind meer was, moest zelfs zijn moeder nu kunnen zien, daar was hij van overtuigd. Maar toen hij die avond gewassen, gekamd en stralend in pak naar beneden kwam voor zijn verjaardagsdiner, aaide zij hem over zijn blonde haren en kneep in zijn wang. Hij lachte, maar hij vond het allang niet meer leuk als ze dat deed. Zeker nu niet, in het bijzijn van Willem en Aemilius, die aan tafel hun lach zaten in te houden.

'Wat ben je toch ineens groot geworden,' zei ze toen, 'je kunt bíjna voor een heer door.'

In Rome kwamen ze niet meer. Op het moment dat moeder eindelijk een hertog bereid had gevonden hem een behoorlijke achternaam te geven had ze de villa waar ze zoveel van hield verkocht. Zij was de meest doortastende vrouw die hij ooit had gezien. Al had ze op de deur van elk kasteel in Europa moeten kloppen, ze had niet opgegeven. Zij was er als enige in blijven geloven dat het haar zou lukken.

Het was hertog Adolf van Nassau die uiteindelijk met de hand over het hart streek en toegaf aan de smeekbedes van zijn verre familielid. Van graaf Clemens August von Westphalen kocht zijn moeder het vervallen kasteel Reinhartshausen in het Nassause land, een oud landhuis aan de oever van de Rijn omgeven door uitgedroogde wijngaarden, en de hertog van Nassau verleende haar toestemming om haar zoon officieel om te dopen tot Johannes Willem von Reinhartshausen.

Ze tekende de koopakte nog diezelfde dag en zette de eigendomsakte op zijn naam.

Zijn moeder had alles opgeofferd voor zijn toekomst. Haar vrije, kunstzinnige bestaan in Rome had ze achtergelaten om hem een goed leven te kunnen bieden. Een gewoon leven, eigenlijk, maar dat was in zijn geval uitzonderlijk. Een leven zonder moeilijkheden, zonder schaamte, zonder alle obstakels die zijzelf had gekend.

'Je had Rome niet moeten verkopen,' zei hij schoorvoetend tegen haar. 'Het was je lievelingshuis.'

Maar ze lachte en zei: 'God heeft niets gedaan dan pogingen mij wakker te schudden, en ik heb steeds niet gedaan wat Hij van me verwachtte. Gelukkig is Hij een verbeten god, Hij liet mij niet los totdat ik het begreep.'

Zijn leven verplaatste zich naar het kasteel in de Rheingau, dat net buiten het grondgebied van Pruisen viel. Dat land zonder nadrukkelijke toestemming betreden was voor zijn moeder nog altijd verboden. Het huis aan de Rijn was vlak bij de grens. 'Zodat Albert en Alexandrine, jouw halfbroer en halfzus, gemakkelijk op bezoek kunnen komen,' zei ze. Maar zij kwamen nooit.

Voor het Pruisische hof was hij net zo dood als voor het Nederlandse. Geen familielid, naast of ver, kwam zijn moeder ooit opzoeken, en hij begreep dat ze haar vanwege hem meden. Van zijn vader konden de mensen nog zeggen dat hij niets meer dan een bediende was, dat sprookje kon nog wel voor waar doorgaan om gezichtsverlies te vermijden. Maar dat gold niet voor de jongen. Hij was, door het simpele feit van zijn bestaan, het onomstotelijke bewijs van het verwerpelijke gedrag van zijn ouders.

De verhuizing naar het kleine dorp aan de rivier deed iedereen goed.

Zijn moeder stortte zich vol overgave op de herplanting van wijnstokken op het nieuwe landgoed, en het duurde niet lang voordat er weer zware, volle trossen aan hingen. Ze waren als gezin al snel geliefd in heel het dorp, want zijn moeder zorgde er niet alleen voor dat kasteel Reinhartshausen in oude luister werd hersteld, maar ook dat alle dorpelingen daaraan mee konden werken en verdienen. Een lokale koetsier, de heer Fischer, reed hen rond en al snel ontvingen zijn ouders op Reinhartshausen bijna net zoveel gasten als in Rome.

En dat niet alleen; moeder had ook de gehele, omvangrijke kunstverzameling uit de Villa Celimontana over laten komen naar Reinhartshausen. Voor die collectie liet ze speciaal een museumvleugel aanbouwen. Ze stelde er een conservator voor aan: Lodewijk Kleijn van Brandes, een schilder die ze uit Rome kende. Op twee vaste dagen in de week opende ze het museum voor publiek. Hij mocht dan bij de deur zitten om de toegangsprijs in ontvangst te nemen. Een klein deel was voor zijn eigen spaarpot, de rest van de opbrengst schonk zijn moeder aan de armenzorg in de buurt.

Gerard was met hen meeverhuisd naar Reinhartshausen, en in het kleine dorp maakte Johannes Willem veel gemakkelijker vriendjes, die maar wat graag bij hem in het kasteel kwamen logeren. Zijn moeder had zoveel omhanden dat ze hem zijn gang liet gaan. Het was, dacht Johannes Willem, alsof iedereen zich stilletjesaan al voorbereidde op dat wat onvermijdelijk steeds dichterbij kwam. Zijn vertrek uit het ouderlijk huis.

✦

Zijn moeder had altijd gezegd dat hij een goede dominee zou worden. Of een 'dienaar van het evangelie', om het in haar woorden uit te drukken. Ze haalde de familie Van Laak vaak aan als voorbeeld; hun oudste zoon Willem studeerde inmiddels ook voor dominee.

Maar wat wilde hij? Hij wist het niet en dat het hem voortdurend gevraagd werd maakte hem onzeker en bang. Want hij had geen idee wat hij wilde worden, maar hij wist bijna zeker dat het geen dominee was. Toen hij dat voorzichtig tegen zijn moeder zei, merkte hij tot zijn eigen verbazing dat zij dit steeds geweten had. 'Ik wenste het, ik hoopte het.

Maar ik ben niet blind. Ik zie uit jou geen dominee groeien.'

Een last viel van zijn schouders toen hij besefte dat alles nog mogelijk was. Ze bezochten een vijftal privéscholen in de buurt en werden overal met veel toeters en bellen ontvangen. De vrijgevigheid van zijn moeder was in de wijde omgeving bekend, al waren haar donaties officieel altijd anoniem. De gretigheid waarmee ze hem overal waar hij kwam wilden binnenhalen, maakte het kiezen nog lastiger, maar uiteindelijk voelde hij zich op de kostschool van Wilhelm Feller in Dauborn het meest op zijn gemak.

Zijn moeder was verguld met zijn keuze, want de privéschool werd alom geroemd wegens de pedagogische vaardigheden van dominee Feller. Er zaten in totaal maar dertig leerlingen op de school, en het feit dat het geen aristocratenklasje was, maar juist een groep kinderen uit allemaal verschillende klassen en kerken, sprak hem aan – bijna net zoveel als het feit dat hij op die school maar twee uur godsdienstles per week hoefde te volgen. Maar vooral het bezoek aan het woonhuis van de heer Feller trok hem over de streep.

In die woning ontmoette hij het liefste, mooiste en meest bedeesde meisje dat hij ooit had gezien. Meisjes hadden hem niet eerder geïnteresseerd, maar dankzij Gerard wist hij dat ze bijzonder en heel belangrijk waren. Auguste, de dochter van Feller, stond met gevouwen handen en de blik verlegen op haar tenen gericht te wachten toen zij binnenkwamen voor de kennismaking. Haar vader stelde hem aan haar voor, ze bloosde en keek hem heel even in de ogen. Ze gaf een rondleiding door het huis en toen, vlak voor hun vertrek, deed ze iets ongelofelijks. In een gestolen ogenblik, een eeuwigdurend moment waarin alle volwassenen door plichtplegingen en beleefdheden in beslag werden genomen, zette zij een paar stappen in zijn richting. En nog een paar. Net zolang totdat ze zo dichtbij stond dat hij haar adem – zoet en engelachtig – op zijn wang kon voelen. Ze boog zich naar voren en fluisterde de vier mooiste, opwindendste en buitensporigste woorden die hij ooit hoorde in zijn oor.

'Ik vind je lief.'

Daarna trok ze zich snel terug in het huis en liet een wolk van zoete nevel achter, alsof hij alleen een luchtspiegeling had gezien. Was dit echt gebeurd?

Vanaf dat moment tot aan de dag dat de school begon, zou hij elke nacht van haar dromen.

De laatste lente met zijn ouders bracht hij door op het Voorburgse landgoed Rusthof. Het was dat jaar anders dan anders, minder zorgeloos; alsof steeds stiekem werd gedacht aan wat er na de vakantie stond te gebeuren: dat hij naar het internaat verhuisde en, in de herfst, twaalf werd. Zijn toetreden tot de wereld der jongvolwassenen was aanstaande, en de onrust, onzekerheid en opwinding daarover hing in de lucht. Het was zijn ouders ook opgevallen, want ze stelden voor om er een paar dagen op uit te gaan.

'Je vader en ik willen je graag meenemen naar mijn boerderijtje op Het Loo in Apeldoorn. Je weet dat we helaas niet in de residentie kunnen verblijven, maar er is daar een charmant logement, De Nieuwe Kroon, waar we kunnen overnachten.'

'En als de koning en koningin ontdekken dat we daar zijn?'

'Dat zal niet gebeuren, lieve kind. Ik heb Maria al gewaarschuwd. Ze zal ons opwachten bij het verborgen hek achter de boerderij, waar zij de sleutel van bewaart. Daar kunnen we ongezien het kroondomein binnenglippen.'

Het werden dagen die in het teken stonden van de kindertijd van zijn moeder. Over haar gelukzalige dagen op Het Loo had ze hem al duizend keer verteld. En ook over haar boerderijtje, en hoeveel plezier ze daar als kind had gehad. Hoe ze Hast en Gul, de koeien, had mogen melken en hoe dat vreselijk slecht afliep, met hoeven in emmers en overal verspilde melk. Daarna mocht ze alleen nog boter karnen en helpen bij het maken van de kaas. In de bossen van 'het lieve Loo', zoals zij het noemde, beleefde zij de gelukkigste jaren van haar leven.

'Wandelend aan de hand van mijn vader,' zei ze. 'Daarna was het dartelen voorbij.'

Het boerderijtje werd nog altijd gerund door Maria van Loenen, met wie zijn moeder vaak schreef. In de ogen van Johannes Willem was er niets bijzonders aan die vrouw. Ze was gewoon een lief oud boerinnetje. Maar zijn moeder barstte in tranen uit toen ze haar na al die jaren weer zag. De oude mevrouw Van Loenen omhelsde haar lang en liefdevol, het leek wel of hij getuige was van de Bijbelse terugkeer van het verloren kind. Ze leerden hem pannenkoeken bakken en hij at de beroemde Gelderse krentenmik van Maria. Hij hielp mee de koeien melken en ze maakten lange wandelingen in de omgeving.

Steeds dacht hij aan haar. Auguste, Auguste. Af en toe zei hij iets over Dauborn, dat hij veel zin had om aan zijn lessen te beginnen, of dat hij dacht dat hij weleens heel goed zou kunnen zijn in algebra, maar hij zag dat het zijn opgewekte moeder droevig stemde en hield weer zijn mond.

Toen ze na een paar dagen afscheid namen van mevrouw Van Loenen, huilde zijn moeder niet, maar hij wist dat ze ontroostbaar was. Het was iets groters, dacht hij, waar zijn moeder afscheid van had genomen. Iets waar hij geen weet van had.

Het afscheid in Apeldoorn was triest geweest, maar viel in het niet bij wat hem aan het einde van de zomer te wachten stond. Zijn moeder stond erop hem zelf naar Dauborn te brengen. Hij wilde daar liever niet met zijn ouders aankomen, maar durfde dat niet te zeggen. Waar hij al voor vreesde, gebeurde: buiten bij het hek, zichtbaar voor iedereen, huilde zijn moeder dikke tranen. Ze jammerde dat het scheidingsuur veel te vroeg had geslagen. Moest hij per se bij de heer Feller inwonen? Was er geen andere regeling mogelijk, ze had hem zo graag nog wat langer bij zich in huis gehouden. Moesten ze echt tot Kerstmis wachten om elkaar weer te zien? Een moeder kon toch niet zo lang van haar zoon gescheiden leven?

Haar geweeklaag gaf hem een vreselijk ongemakkelijk gevoel. Hij was juist opgetogen, rusteloos in vervoering als een reiziger aan het begin van een nieuw avontuur. En steeds was er het verlangen naar Auguste. Hij wist dat zij meehielp in de school, dat hij haar elke dag zou zien. Hij kon niet wachten.

Hij liet zijn moeder begaan, het was al goed. 'Niet huilen, mama,' was alles wat hij uit wist te brengen.

Toen liet hij haar los, draaide zich om en liep met zijn koffer in de hand door het hek. Hij werd naar de slaapzaal geleid en zag dat moeder zijn eigen bed en matras had laten overbrengen. Snapte ze dan niet dat ze hem om zoiets zouden uitlachen? Maar hij kon zich er niet al te kwaad om maken, want vanaf nu werd alles anders. De wereld, dacht hij, ligt aan mijn voeten.

5

Eerste kerstdag

Op een zomeravond op Rusthof, op 25 juni 1861, had ze Johannes opdracht gegeven een van de lakeien, waarvan ze er veel te veel hadden voor de weinige weken die ze nog in Voorburg doorbrachten, zijn ontslag aan te kondigen. Het was spijtig voor de lakei in kwestie natuurlijk, de heer Pieter Kleijn, maar zulke onaangename dingen deden zich nu eenmaal voor in het leven. Hij zou goed vertrekken, met nog een volle maand traktement, dat moest hem genoeg tijd geven elders een betrekking te vinden.

'En zo kwam het dat ik,' vertelde Johannes, 'op die bewuste avond van de zesentwintigste juni, lakei Kleijn verzocht om na het souper, wanneer de prinses was vertrokken, nog even te blijven.'

Tot zover klopte alles, dacht ze met bonzend hart. Zoals Johannes het vertelde aan de rechter was precies zoals het gegaan was. Ze was blij dat ze had besloten de rechtszaak voor de arrondissementsrechtbank van Den Haag bij te wonen, maar de getuigenissen en het hele gebeuren maakten haar vreselijk onrustig. En alles zo in het openbaar, vreselijk! Maar goed, ze kon dat sujet, die Kleijn, toch onmogelijk ongestraft weg laten komen. Wat hij had gedaan was zo ernstig, zo schokkend.

'De heer Kleijn nam het niet licht op,' vertelde Johannes ten overstaan van het hof, 'hij werd vreselijk kwaad en begon van alles te schreeuwen. Toen draaide hij zich om, deed alsof hij berustte in zijn lot en het vertrek ging verlaten, en op dat moment...'

Ach, hij haperde, haar lieve Johannes hapte naar lucht! Wat moest het angstig voor hem zijn geweest, zomaar, onverhoeds te worden aangevallen, bestormd als een prooidier.

'Op dat moment viel de heer Kleijn mij plotseling aan, bracht mij een zo krachtige, onverwachte slag toe op het hoofd dat ik onmiddellijk in elkaar zakte, waarna hij boven op mij ging zitten en mij nog eens enkele... meerdere vuistslagen op mijn ogen gaf. Daarna hield hij in, keerde zich – als ik mij goed herinner – zelfs van mij af. Duizelig, zo goed en zo kwaad als het ging, stond ik op, en onmiddellijk werd ik weer door mijn belager gevloerd, hij wierp mij op mijn rug en besteeg me als een ruiter, en barstte toen uit in een zo ziedende, meedogenloze, waanzinnige storm van vuistslagen dat ik, wáárlijk, meende vermoord te worden.'

Ze had zich erop voorbereid, op deze getuigenis, maar het was zoveel erger dan wat ze zich ook maar had kunnen voorstellen. Zij had de lichamelijke gevolgen van de aanval natuurlijk gezien, ze had naast de heelmeester, dokter Donkersloot, gestaan, die 's avonds laat nog was ontboden, nadat een keukenknecht, gealarmeerd door het lawaai, de wildeman van Johannes af had getrokken.

Hoe hij daar op de grond had gelegen, zijn gezicht volledig blauw, de dikke ogen gesloten, hoe ze had gevreesd voor zijn leven... De dokter die maar bleef proberen hem weer bij bewustzijn te krijgen, die werkelijk alles uit zijn koffer trok, maar tevergeefs. De eindeloze, bange minuten. Na een kwartier lag hij er nog altijd bewusteloos bij, na een halfuur begon ze al snikkend te berusten in... God, wat was dat ondraaglijk geweest, het idee dat hij, die gedurende al die jaren aan haar zijde had gestaan, die ze misschien wat te veel voor lief was gaan nemen de afgelopen tijd, ja met wie ze misschien te weinig rekening hield, maar ja, ze was altijd al op zichzelf geweest en ze had ook zoveel omhanden, de kinderen en haar bezittingen, wat een last om haar aandacht altijd maar te moeten verdelen... Maar nee, dat alles was maar bijzaak, alleen al de gedachte hem te moeten missen op haar oude dag was ontstellend! Na een uur ontwaakte Johannes, godzijdank, met behulp van de kunsten van dokter Donkersloot uit zijn comateuze toestand.

De rechter had weinig tijd nodig om tot een oordeel te komen; er waren getuigen genoeg. Het verweer van Kleijn – zelfverdediging – werd opzijgeschoven. Hij kreeg een gevangenisstraf en de proceskosten werden hem in rekening gebracht – desnoods invorderbaar in lijfsdwang. Het gaf al met al een klein beetje voldoening, en voor niet al te lang.

Johannes was niet meer dezelfde. Hij sleepte zich wekenlang door de dagen heen met extreme pijnen, slecht zicht, niet in staat om te schrijven en dus ook niet om zijn werk voor de administratie en intendance weer op te pakken. Al die bedrust leek zijn geest weinig goed te doen. Hij raakte hoe langer hoe bedroefder.

Zo te leven met een zieke man, haar lieve Johannes Willem die het ouderlijk huis ging verlaten, het werd haar allemaal te veel. Misschien moest ze nog maar even op reis, haar zinnen verzetten. Maar, ach nee, ze kon Johannes toch niet achterlaten, ze moest voor hem zorgen. Een onheilspellende gedachte flitste door haar hoofd. Hoe zou zij de rest van haar dagen kunnen slijten in een uitgestorven huis?

✦

De dagen werden kouder, de winter was in aantocht. Ze moest voor de avondkerk voor het eerst haar pelsrok gebruiken. Nu zat ze bij de haard. Een kamerheer had er net nieuwe blokken op gegooid, en ze staarde naar de hoog oplaaiende vlammen. Hier, bij het haardvuur, telde ze de dagen. Johannes Willem was al zo lang weg dat het begon te wennen. Wat was ze blij dat ze Lodewijk Kleijn van Brandes vlak voor zijn vertrek nog een portret van Johannes Willem had laten maken! Ze kon uren kijken naar dat schilderij, zijn zachte roze lippen, die lieve blauwe ogen, haar zo blond als een engel.

Nog maar een paar weken, dacht ze. Wat keek ze uit naar het begin van zijn kerstverlof! Het voelde net als vroeger, in haar kindertijd, toen ze zich verheugde op de zomer op Het Loo. Hem eindelijk weer in haar armen te sluiten, hem een paar weken om zich heen te hebben, als vanouds. Johannes Willem kon met zijn vader, mits die zich goed genoeg voelde, op klein wild gaan jagen, ze had een paar nieuwe, mosgroene regenlaarzen voor hem klaarstaan. Ze zag hem al helemaal voor zich, huiswaarts kerend op zijn sjokkende paard, stomende wolkjes adem in de lucht, blosjes op zijn jongenswangen.

Zij en Johannes hadden hun leven in de Rheingau na de aanslag zo goed en zo kwaad als het ging weer opgepakt, allebei hun bezigheden gevonden. Johannes was langzaam opgekrabbeld, zat soms zelfs weer achter zijn secretaire. Vaak ook trok hij zich terug op Weiswasser om te jagen, al hield hij het rijden sinds de aanval minder lang vol. Zijzelf bezocht haar Camenz, maar had ook op Reinhartshausen genoeg omhanden. Ze hield toezicht op de uitbating van de wijngaarden en het museum, speelde piano of ging als vanouds uit rijden. Op koude dagen, zoals deze, zat ze bij het haardvuur te lezen of te schrijven. Bedankbriefjes aan Maria van Loenen, die nog steeds trouw krentenbrood stuurde met de zoete smaak van haar jeugd. Ze aten het 's avonds, bij de thee, terwijl ze spelletjes speelden bij de haard. De perziken en abrikozen uit Maria's fruitmand waren beroemd onder het personeel, ze konden er geen genoeg van krijgen. Zoeter nog dan de perziken die ze proefde in Damascus, hoe was het mogelijk! Als ze van de zomer weer vruchten van de amandelbomen oogstten, bedacht ze, moesten ze Maria beslist een mandje sturen. Dat was toch een klein wonder te noemen, dat die ene amandel die ze had meegenomen uit het Heilige Land en in de tuin aan de Rijn plantte, zoveel zaailingen had voortgebracht.

Amandeltjes en krentenmik. Ja, zo was ook haar leven langzaam in de winter aanbeland, werd haar wereld steeds een beetje kleiner. Soms miste ze Rome en het bruisende huis op de heuvel, de vaart van het Italiaanse leven, de lange reeks feestelijke diners in de tuinen van de Villa Celimontana. Maar wat viel er te klagen, ze hadden het goed genoeg! Het kasteeltje, dat op een dag van Johannes Willem zou zijn, waar hij als jonkheer met zijn vrouw en kinderen een eigen leven kon opbouwen, werd langzaamaan in oude luister hersteld, de landerijen bloeiden op. Ze had haar museum, haar geliefde kunstwerken, dicht bij zich. Johannes' gezondheid ging de laatste dagen weliswaar weer wat achteruit, maar het leek niet al te ernstig, ze had al tegen hem gezegd dat hij gewoon eens wat rustiger aan moest doen. Voilà, nu gaf de arts haar gelijk, en naar hem luisterde hij wel. Ja, dat hij soms schreeuwde van de pijn in die warme nachten, dat baarde haar natuurlijk wel zorgen. Maar goed, ook hem deed het vooruitzicht Johannes Willem weer te zien goed, hij zou er zeker van opknappen zijn zoon weer hele dagen om zich heen te hebben. Zie, zo was er nog altijd veel om God dankbaar voor te zijn.

Ze zette zich ertoe een antwoord te schrijven aan madame Potemkin, die haar vanuit Rome had geschreven dat haar jongste dochter in het kraambed was overleden. Al dagen stelde ze het schrijven van deze brief uit. Wat te zeggen bij zo'n ontstellend verdriet? Een verdriet dat zij maar al te goed kende, dat pijnlijke herinneringen opriep aan de vreselijke dagen die zij zes jaar geleden in Meiningen doorbracht. De stilte om haar heen en het knisperen van het haardvuur herinnerden haar aan Charlottes kraamkamer, stérfkamer. Daar was het al even stil geweest, toen, even benauwend heet gestookt. De geur in die muffe, donkere slaapkamer, ze kon het nóg ruiken. Een akelig mengsel van lelies en kruiden. De belijdenis van Charlotte mocht ze niet bijwonen, haar huwelijk evenmin. Albrecht bleef al die jaren onverbiddelijk. Het was over het sterfbed van hun eerstgeborene dat ze elkaar voor het eerst weer in de ogen keken. Dat spitse, benige, koude en hooghartige gezicht... Hij was oud geworden, zijn snor dun en zijn haren wit. Woorden bleven uit, ze had hem na al die jaren niets meer te zeggen. De schaduw van de bevalling hing nog in de ruimte. Ze zag het kamerscherm, stapels linnen doeken, waterbekkens, matje. Het wiegje, leeg. Haar gestorven kleinkind vredig in de armen van Charlotte, bleek, grijs, stijf. De aanblik van moeder en pasgeboren baby, ondanks alles niet macaber maar eigenaardig teder. Vertwijfeld had ze haar hand op de kille wang van Charlotte gelegd. Ze was bijna onherkenbaar en tegelijk... Het was ontegenzeglijk Charlotte, háár Charlotte.

Ach, mijn lieve meisje toch, dacht ze weer, net als toen. De herinneringen buitelden over elkaar heen, als verhalen bij een kampvuur. In de verte, in de achtergrond van haar gedachten, knisperde het houtvuur in de haard.

Je weet, mijn vriendin, schreef ze ten slotte, *dat ook ik mijn lieve Charlotte heb moeten begraven. Ook ik berustte in Gods wil na haar heengaan. Wie beter dan ik kan beseffen hoe zwak woorden zijn om het verdriet uit te drukken? Troostende woorden heb ik niet, ik zwijg, maar het hart blijft bloeden. Ik kan met je meevoelen en voor je bidden, maar beter wordt het niet, lieve Catharina. Sorry voor de regenvlekken, ik schrijf in de tuin.*

✦

Op een gure decemberavond werd er driftig op de deuren van kasteel Reinhartshausen gebonsd. Ze waren nog op, zaten bij het vuur met een kop thee, keken op van hun boeken.

'Wie kan het zijn, op dit uur?' vroeg ze. Johannes stond op, keek wat zorgelijk. Sinds het drama in de zomer was hij schrikachtig geworden. Voorheen was hij nooit angstig geweest, nu kon geklop op de deur hem al verontrusten. Niemand reageerde; alle bedienden waren al naar bed of naar huis.

'Heeft een mens nog eens rust?' zei Johannes, terwijl het bonzen steeds luider klonk. 'Goed, goed, ik kom al.'

Ze liep achter hem aan. Ook zij was een tikje argwanender dan voorheen. Het was toch eigenaardig, wie klopte er nu zo laat nog aan? Moesten ze wel opendoen, op dit uur... Hè, nu had Johannes' angst ook al op haar afgegeven. Het was vast gewoon een bode, of wellicht was iemand van het personeel iets vergeten...

Op dat moment verscheen in de deuropening een knappe, goedgeklede jongeheer. Op zijn hoofd een keurige hoed, op zijn gezicht een stralende glimlach.

'Johannes Willem! Ach, lieve jongen, kom snel binnen, blijf daar niet zo buiten in de kou staan!'

Het was niet het tijdstip en ook niet de dag die hij van tevoren per brief had aangekondigd. Ze was volkomen verrast om hem te zien.

'We mochten wat eerder vrijaf,' zei hij toen ze hem beetpakte en uitbundig zijn wangen zoende. Wat klonk hij anders, zo'n zware stem! Of was hij zo lang weggeweest dat ze zijn stemgeluid was vergeten? Maar wat deed het ertoe!

Vanaf het moment dat hij een voet in huis zette, verdween de gekmakende stilte die hij had achterlaten. En wat zag hij er goed uit! 'Je hebt ons vast veel te vertellen,' zei ze, 'maar kom, ik zal eerst een warm bad voor je bereiden.'

✦

En of Johannes Willem vol verhalen zat. Hij hield bijna geen moment zijn mond. Hij zei maar weinig over de lessen, vertelde vooral over zijn klasgenoten, wat die-en-die hadden uitgespookt na de les, en hoe zusen-zo de kerstdagen gingen doorbrengen. Die namen zeiden haar allemaal niets, ze kon er amper een touw aan vastknopen, maar wat was het heerlijk Johannes Willem zo uitbundig te horen praten. Had ze hem ooit zo gelukkig gezien?

De dag na zijn aankomst rende hij als een dolle hond door het kasteel, knutselde met veel lawaai houtwerk in elkaar in zijn oude vertrouwde werkplaatsje, liet hun nieuwe pianostukken horen die hij had leren spelen en speelde nieuwe balspellen in de tuin met de bedienden. Ze riep hem bij zich. Als hij eerst met haar mee zou gaan naar de kerk, zei ze, dan kon hij daarna mee kerstinkopen doen. Hij sprong een gat in de lucht van blijdschap.

Samen woonden ze de dienst bij in het kleine zaaltje waar de protestantse gemeente van Erbach bijeenkwam, geleid door pastor Wilhelm Ullrich. Johannes Willem zat maar op zijn plaats te wiebelen en te friemelen. Nog steeds zo onrustig, dacht ze, hoefde hij daar in Dauborn soms niet stil te zitten? Hij fluisterde haar iets toe, ze verstond hem niet. 'Stil toch, jongen.' Hij gehoorzaamde, maar deed zijn armen over elkaar en keek naar de neuzen van zijn schoenen. Wat bezielde hem toch? Was het nodig de sfeer zo te verpesten met dat nukkige gedrag? Maar zodra ze de aula uit liepen was hij weer een en al vrolijkheid. Hij zei dat hij het zo zielig vond dat de mensen in hun dorp het met zo'n simpel zaaltje moesten doen. Konden ze daar niet iets aan doen? Zo kende ze hem weer.

De heer Fischer stond buiten al klaar, ze klommen het rijtuig in en gingen van winkel naar winkel. Bij de bakker kon ze het niet laten een zoet broodje voor hem te kopen, zo'n klein gevuld bolletje waar hij altijd zo dol op was.

'Gaat het wel goed op school?' probeerde ze terwijl hij in het rijtuig gulzig aan zijn broodje begon.

'Prima!'

'En je handschrift? Al wat beter?'

'Ach, moeder, dat is toch helemaal niet belangrijk.'

'En of het belangrijk is! Geloof mij maar, ik spreek helaas uit ervaring.'

'Anders neem ik later gewoon iemand in dienst die mijn brieven voor mij schrijft.'

Hm. Ze zou hem thuis weleens wat laten opschrijven, om te zien of er al verbetering te zien was. Hij was wel erg brutaal geworden, dat stond haar niet zo aan. Maar goed, hij werd ook ouder. Twaalf alweer. En ineens hele dagen onder leeftijdgenoten, wie weet wat hij allemaal leerde van die andere jongens. Enfin, ze zou hem een briefje meegeven voor de heer Feller als hij weer terugging, om die goede man nogmaals op het hart te drukken dat zij vóór alles verlangde dat hij van Johannes Willem een goed mens maakte, dat hij zich toch vooral bekommerde om de opvoeding van zijn hart en zijn gemoed.

Johannes Willem at zijn broodje niet op. Minstens de helft verdween weer terug in het zakje. Dat was niets voor hem... 'Maar lieve jongen, je vond die altijd zo lekker,' zei ze. Misschien was hij toch veranderd, moest zij dat maar in gaan zien. Zoete broodjes waren voor kleine kinderen. Maar aan de andere kant: hadden jongens van twaalf doorgaans niet de hele dag honger?

'Nou, ik vind het niet meer lekker.'

Wat was hij kribbig en dwars, zo kende ze hem niet. Zag ze spoken? Was er iets wat hij haar niet vertelde, was er misschien iets gebeurd op school?

'Zullen we een spelletje spelen?' vroeg ze toen ze weer thuis waren.

'Geen zin,' zei hij alleen maar.

God, wat deed die jongen onmogelijk! 'Zullen we dan de kerstboom gaan optuigen?' probeerde ze. Dat was beter, daar veerde hij wat van op.

Even leek hij weer zijn oude, opgewekte zelf, maar toen hij naar de piek reikte, viel hij bijna om.

'Ik voel me duizelig,' zei hij.

'Ga maar even op de bank liggen, jongen, dan voel je je vast snel beter.'

Het was misschien ook wat veel van het goede, zoals hij de afgelopen uren had rondgeraasd. En al die opwinding over de kerstcadeaus... Of was er iets anders aan de hand? Ze ging bij hem op de bank zitten, legde haar hand op zijn voorhoofd. Ja, dat voelde wel wat warm aan. En dat zacht ruisende geluid...

'Ben je benauwd?' vroeg ze voorzichtig.

'Een beetje.'

Ze liet de dokter komen. Gewoon, voor alle zekerheid. Die luisterde, voelde, knikte. Bronchitis, vreesde hij. Dat moest de koorts veroorzaken. Bedrust was geboden, maar verder viel er weinig aan te doen. Uitzieken.

'Maar het is bijna Kerstmis!' riep Johannes Willem.

De dokter haalde zijn schouders op, ziektes konden nu eenmaal niet op de kalender kijken.

'Hij is een sterke jongeman.' Johannes gaf Johannes Willem een aai over zijn blonde haren. 'Hij komt het heus gauw te boven. Desnoods stellen we Kerstmis gewoon een dagje uit dit jaar.'

Verdorie, zo had ze het zich allemaal niet voorgesteld! Ze zouden spelletjes doen, met z'n allen kerstliedjes zingen, hij zou met zijn vader uit jagen gaan... Ze had zoveel leuks gepland, en hij was maar zo kort thuis! En nu dit... Maar goed, ze was allang blij dát hij thuis was, waar zij hem zelf kon verzorgen, dat hij niet ergens op een slaapzaal in Dauborn lag te hoesten.

Goed dan, geen reden tot paniek. Het hoefde niet zo ernstig te zijn. Ze konden alles gewoon wat vooruitschuiven. Zij zou zo goed voor hem zorgen, hem zo overladen met haar liefde en aandacht, dat hij er razendsnel weer bovenop was. En dan konden ze alsnog de gedroomde dagen beleven die ze voor ogen had. Meneer Feller zou wel begrijpen dat Johannes Willem vanwege ziekte iets langer thuisbleef. Het was al laat, maar ze kon hem misschien het beste meteen even een briefje schrijven.

✦

Ze schrok wakker, keek op. Ze had gedroomd over François-Joseph Talma, de grote acteur, die ze als jong meisje een keer had zien spelen in de Brusselse schouwburg. Racines *Britannicus*, herinnerde ze zich.

Ze keek om zich heen, het was donker in de kamer. Het viel haar op dat ze niet in haar bed lag, maar onderuitgezakt op een stoel zat. Was het nacht? Ochtend? Avond? Het drong ineens tot haar door. Johannes Willem! Hoe kon ze in slaap zijn gevallen? En waar was Johannes gebleven, had hij hier niet steeds naast haar gezeten? Ze schoot op het bed af, dat ze wat dichter bij de haard had laten schuiven, maar het vuur was bijna uit. Waar wás iedereen?

Ze pakte zijn hand vanonder het laken – dunne, slappe, gloeiende vingers. Warmte. Ze prevelde een gebed. Het schemerde al, ze hoorde gestommel in de keuken beneden. Er zou zo wel iemand komen, nieuwe houtblokken brengen, schone kompressen.

De kamermeisjes kwamen binnen bij het eerste licht, ze brachten kannen, doeken, kruiden. Slappe thee met suiker, beschuiten, vers fruit. Het vuur werd hoog opgestookt.

'Hoogheid...' probeerde een meid, maar Marianne wuifde haar weg zonder op te kijken. Ze bleef zitten, geknield aan het bed. Ze wilde op z'n minst wachten tot hij wakker werd.

Een zacht gekreun, zijn hoofd bewoog, draaide zich naar haar toe. Ze schrok: kleurloze wangen, gebarsten lippen, donkere kringen onder zijn mooie, blauwe ogen, nu halfopen. Ze sloeg een hand voor haar mond.

Hij ademde moeizaam, met korte, snel op elkaar volgende teugen. Hij hief zijn bleke arm, legde zijn hand op haar natte wang. 'Niet huilen, mama.'

'Stil maar, kindje... Kun je een beetje overeind komen? Toe, je moet wat eten.'

Hij schudde van nee, keek er zo hulpeloos bij.

'Drinken dan?'

Ook dat wilde hij niet. Met haar vingertoppen depte ze wat gesuikerde thee op zijn kapotte lippen.

Ze voelde twee zware, warme handen op haar schouders. 'Laat mij maar even bij hem zitten,' hoorde ze Johannes zeggen.

'Ik wil hier blijven,' zei ze hoofdschuddend.

'Je kunt niet voor hem zorgen als je ineenstort. Toe, rust wat, fris je op, hij is bij mij in goede handen. Ik heb een extract van wolfskers laten halen, de apotheker vertelde dat veel zieken er baat bij hebben, vooral kinderen.'

Goed dan, ze liet zich overhalen. Maar ze wilde niet slapen, alleen een bad, wat schone kleren, dat was genoeg.

Zwijgend liet ze zich door een meid ontkleden. Gedachteloos, mechanisch stapte ze in het warme water. Het bood geen verlichting. Haar lichaam baadde, maar haar geest was elders.

Wat als hij vandaag ook niet opknapte? Wat moest ze dan doen? Ze zou iemand naar Wiesbaden kunnen sturen, misschien dat de arts van de hertog van Nassau... Als het moest, als het kon hélpen. Zou de hertog haar zoiets weigeren? Hij had haar tenslotte eerder uit de brand geholpen, hij was een goedhartige man, met een vrije geest. Ze kon het allicht met Johannes bespreken.

Toen ze terugkeerde naar de slaapkamer zat Johannes Willem ineens recht overeind in zijn bed. Hij keek haar met opkrullende mondhoeken aan.

'Een wonder!' riep ze uit.

'De wolfskers lijkt zijn werk te doen,' glimlachte Johannes.

Ze woelde met haar hand door zijn piekerige, goudblonde lokken. Zijn huid was nog even bleek, maar de beker was leeg, op het bordje lagen slechts nog wat kruimels. Eetlust, wist ze, was heel belangrijk. Zodra die terugkeerde, werd alles beter. O goede, almachtige God, hij werd weer beter! Als hij snel opknapte, konden ze morgen al bij de kerstboom zitten. God gezamenlijk aan tafel bedanken voor hun eigen wonder van Kerstmis.

In de loop van de dag leefde Johannes Willem inderdaad helemaal op. Hij wilde opstaan, voelde zich naar eigen zeggen goed genoeg om naar zijn werkplaats te gaan, hij had nog iets af te maken. Het kostte de kamermeisjes de grootste moeite om hem in bed te houden, hij wilde er niets van weten, klaagden ze.

Wat was die jongen toch altijd eigenwijs! 'Zeg maar dat als hij nu geen bedrust houdt, hij morgen niet in staat zal zijn om zijn cadeautjes uit te pakken.' Dat moest voldoende zijn.

✦

Eerste kerstdag.

Waarom leek hij toch niet verder op te knappen? Het was zelfs wat erger geworden, dacht ze. Ja allicht, na zo'n nacht. Hij had meerdere keren moeten braken, zij voelde zich schuldig dat ze hem gisteravond al dat eten had opgedrongen. Ze hadden rustiger aan moeten doen, niet meteen zoveel... Zijn maag, zijn gestel was nog te zwak.

Ze gaf een lakei opdracht de kamer van Johannes Willem extra op te stoken, er mocht geen zuchtje tocht naar binnen! De dokter moest nog maar een keer komen, ook al was het Kerstmis. Ze was er niet gerust op; de koorts was terug en de ene aanval van benauwdheid volgde op de andere...

Het duurde niet lang voordat de arts kwam. Hij nam plaats op het bed, bekeek de zieke nog eens goed.

'Heeft u het koud, jongeman?' vroeg hij.

Wat een absurde vraag, hij lag daar toch zo te zweten van de koorts!

Johannes Willem schudde zijn hoofd, nee, hij had het niet koud.

Daar had zij wel voor gezorgd natuurlijk, dat was toch het minste wat zij kon doen! Dekens, haardvuur, schone lakens. Ze had zelfs een extra kolenkacheltje naar boven laten brengen.

De dokter vroeg Johannes Willem om zijn tong uit te steken.

Rood, dik, bobbelig.

Toen friemelde de arts wat aan zijn kraag, scheen te willen weten wat daaronder schuilging.

'Met uw welbevinden, Hoogheid...'

Ze knikte. Ja natuurlijk, ontkleed hem, die dokter ging zijn gang maar, als hij haar zoon maar weer beter maakte!

Met het bovenlijf ontbloot werd alles ineens duidelijk. Een moment daarvoor had ze nog aan een wintergriepje gedacht, aan kruidenbuidels en andere maniertjes om hem toch weer een beetje op te laten knappen, zodat hij met het kerstdiner gewoon aan tafel zou zitten.

Nu zag ze alleen nog de vlekken.

Ruwe, roodgekleurde vlekjes in zijn nek, op zijn borst, armen, ellebogen... De dokter tilde zijn dunne arm op; zijn oksels zaten helemaal onder. Hij keerde zijn handen om; de palmen waren vurig rood, opgezwollen.

Het was niet nodig om hem nog verder te ontkleden. 'Het spijt me...' zei de dokter, van de jongen afgekeerd.

Nee, niet zeggen, niet uitspreken, niet dat gevreesde...

'Scharlakenkoorts.'

Nee, dit kon niet waar zijn! Hij was juist aan de beterende hand. Woedend dacht ze terug aan de afgelopen uren, aan haar vergeefse kompressen, Johannes' belachelijke extracten. Hoe kon ze zo stom zijn geweest te denken dat zij hem daarmee hielpen? Roodvonk, dat was zoiets als de mazelen, ze kende geen kind dat daarvan genezen was.

Wat was hiertegen opgewassen? Ze voelde dat ze alle hoop begon te verliezen. Maar het kón wel, ergens in de verte had ze de dokter, die al die tijd was blijven praten, dat horen zeggen. Hij kon er weer bovenop komen, dat gebeurde soms.

Ja, ze moesten gewoon allemaal bidden voor zijn herstel, alleen God kon hem nog redden. Ze knielde bij het bed neer.

'Alles is goed, alles is goed, want alles komt van God. Jij bent sterk, mijn lieve kind, zó sterk. God geeft kracht naar kruis, je zult zien dat je morgen...'

Maar hij hoorde haar niet, zakte weg in een koortsdroom. Ze liet hem gaan, hij moest rusten.

✦

De rest van de middag bracht Johannes Willem door in een voortdurende koortstoestand. Ze was vermoeid, uitgeput, maar liet hem geen moment alleen, zat met Johannes in zijn kamer, op een stoel tegen de muur te bidden. Soms stond een van hen op, ijsbeerde wat door de kamer, ging weer zitten. Ze zeiden amper iets tegen elkaar. Johannes Willem was ook stil; slechts af en toe riep hij iets, vreemde, onverstaanbare kreten van de koorts. Dit was niet goed, dacht ze af en toe in een opwelling, konden ze dan niets... Nee, er was niets dat ze nog kon doen, haar kalmte bewaren, hier bij hem zijn, voor hem bidden. Zijn kompressen vervangen, zijn lippen bevochtigen. Het haardvuur brandend houden. De tocht weren. God zou hem bijstaan.

Toen de avond viel steeg de koorts. Johannes Willem was al even niet meer wakker geweest, althans, niet echt. Hij opende af en toe zijn ogen, maar leek niets waar te nemen, leek haar niet te zien, al riep hij af en toe – bevend, sidderend, haast onverstaanbaar – wat hij eerder tegen haar gezegd had. 'Niet huilen, mama, niet huilen.' Dan barstte hij uit in een raspend, pijnlijk kuchen en viel hees ademend weer weg, zakte in een slaap die vredig leek als zijn wangen niet zo vurig zouden zijn, de glans van het zweet niet op zijn hoofd zou staan.

Om halfnegen zei Johannes dat ze iets moesten eten, er stond zoveel klaar in de keuken. Of anders tenminste het personeel toestemming geven om...

Ze hoorde hem al niet meer. Hoe kon hij nu aan eten denken! En personeel! Ze keek hem niet aan, ze kon plotseling zijn aanblik, zijn geur niet eens meer verdragen. Laat me, dacht ze, ga alsjeblieft weg, laat me met rust. Laat mij bij mijn kind zijn.

'Goed, ik bewaar wel iets voor je.' Zwijgend verliet Johannes de kamer.

Ze bleef alleen achter bij Johannes Willem. De hitte in de kamer benauwde haar zo dat ze opstond, rusteloos heen en weer begon te lopen. Dat was ook niks, nu brak haar het zweet uit. God, wat was het heet. Was het misschien zelfs een beetje te heet? Moest er toch een raam op een kier?

Ze ging zitten op zijn bed, hij opende zijn ogen.

'Niet huilen, mama.'

Het was bijna niet meer hoorbaar. Een breekbare, raspende zucht uit een amper geopende, gehavende mond. Ze nam hem in haar armen – zwakke ledematen, zacht als was. Ze trok aan zijn lijf, schoof haar armen onder zijn hete rug, trok hem op schoot, zoals vroeger. Duwde zijn gloeiende, blonde hoofd tegen haar borst. Begon hem zachtjes te wiegen. *'Morgen früh, wenn Gott will, wirst du wieder geweckt.'*

Ze dacht aan toen hij klein was, klein en mollig, en precies zo bij haar op schoot lag. Hij was geen kind meer, hij leek wel een volwassen man, lusteloos in de moederschoot gedrapeerd.

Ze wiegde, fluisterde. 'Blijf alsjeblieft bij me, Johannes Willem, ga niet weg, laat me niet achter, alsjeblieft, alsjeblieft.' Haar fluisteren vervloog, door niemand gehoord. Het zwetende lichaam van haar zoon begon in haar armen te beven, een sidderen dat aanzwol, overging in schokken. Zijn gezicht verkrampte, zijn lijf kronkelde van de pijn.

Oranje kolenrestjes gloeiden in de kachel. Door het raam kwam slechts duisternis de kamer in, niemand had de moeite genomen de gordijnen te sluiten.

Het sidderen stopte, een paar stuiptrekkingen volgden.

Buiten was het stil. In de kamer was het stil. Alleen die doffe, raspende, moeizame adem. Toen doofde ook dat laatste geluid.

EPILOOG

Na 1861

In de nacht van 25 december 1861 schonk Marianne de protestantse gemeente van Erbach 60.000 gulden en een stuk grond om een nieuwe kerk te laten bouwen. Zodat pastor Ullrich en de dorpelingen het nooit meer met dat kleine zaaltje hoefden te doen, maar vooral om een monument op te richten voor de grote liefde van haar leven. Een laatste rustplaats die Johannes Willem de erkenning gaf waaraan het de jongen – die in de woorden van zijn moeder 'vol liefde en waarheid' was – in zijn korte leven had ontbroken.

De grafkelder van de rouwkerk, zo liet ze vastleggen, moest groot genoeg zijn om er nog twee kisten bij te kunnen plaatsen. Deze opwelling van daadkracht in de nacht van zijn sterven was alles wat zij nog op kon brengen, daarna viel de duisternis in. Ze reisde samen met Johannes naar Rome. Daar zocht ze een oude bekende op, de beeldhouwer Hendrik Stöver, en vroeg hem een mausoleum voor haar zoon te ontwerpen. Uit carraramarmer schiep Stöver drie figuren in de classicistische stijl van Thorvaldsen. Geloof, liefde en hoop.

Terug in Erbach begon Marianne de protestantse gemeente en haar dominee Wilhelm Ullrich met schenkingen te overladen. De gemeenschap bloeide op. Tot op de dag van vandaag herinnert en eert de Johanneskirche in Erbach aan de Rijn de naam van de jongen die niet geboren had mogen worden, die op 30 oktober 1849 in Cefalù in het geheim ter wereld kwam. Maar de andere twee kisten zouden er nooit worden bijgezet.

Marianne probeerde na zijn dood de draad van het leven weer op te pakken, maar de leegte bleek onmogelijk te vullen. Sinds ze zijn laatste ademtocht had ontvangen en zijn blauwe ogen had gesloten, had het leven haar niets meer te bieden. Haar hele bestaan werd een herdenkingsmonument. Ze bewoog zich nog van de ene naar de andere plek, maar in feite leefde ze in stille herinnering aan wat zij zelf 'de twaalf gelukkige jaren' noemde, de schamele jaren dat het leven van haar Johannes Willem had mogen duren. Ze sprak naar verluidt tegen het portret dat Lodewijk Kleijn van Brandes van Johannes Willem maakte alsof het een jongen van vlees en bloed was.

Wel had ze Johannes nog. Maar hij was zichzelf niet meer, werd zieker en zieker. In 1873, twaalf jaar na de dood van Johannes Willem, stierf hij aan de tering, na een ziekbed van tien jaar. Marianne heeft tot het laatst aan zijn bed gestaan en hem met liefde verzorgd.

Toen ook Johannes er niet meer was, trok Marianne zich terug. Ze bleef hele dagen in de kamer zitten waar Johannes was overleden, omringd door haar cahiers vol souvenirs – droogbloemen uit de Egyptische woestijn, munten uit Beiroet, aarde uit de tuin van Getsemane. Uitkijkend op de amandelboom wachtte zij geduldig op de dag dat God ook haar zou komen halen, en tuurde naar haar portretten – dat van Johannes Willem, maar ook het portret van Johannes in de tuinen van de Villa Celimontana, geschilderd door Philip Koelman. Het bood haar troost, zei ze. 'Hij lacht mij vriendelijk toe, als wil hij mij boven al dat aards gewemel verheffen door de gedachte dat mijn doden geen doden zijn, maar gelukzaligen die ons wachten bij God.'

Het portret is er nog steeds, al had ik of wie dan ook het nooit onder ogen mogen krijgen. De enige reden dat het niet, net als al het andere, vernietigd is, is dat het decennialang voor een zelfportret van Philip Koelman is aangezien. In die vermomming overleefde het de ene na de andere veiling, totdat uiteindelijk ontdekt werd wie er werkelijk is afgebeeld – wie de chique, timide heer is met die fluwelen mantel en Romeinse das.

Philip Koelman zelf keerde overigens op zijn veertigste voorgoed terug naar Nederland, en werd een van de meest gerespecteerde kunstenaars in Den Haag. Daar zou hij de ontwerper van Plein 1813, voorheen Willemplein, worden: het enige echte onafhankelijkheidsplein van ons land. Hij schiep een monument voor de genesis van het koninkrijk, een beeld om het begin (of de hervatting) van de onafhankelijkheid van Nederland te gedenken. Het is, nog steeds, een on-Nederlands altaar voor het vaderland en de vrede, een beeld van classicistische, Italiaanse allure. Een twintig meter hoge sokkel bezaaid met klassiek, Bijbels en Bataafs verhalengoed, waarop fier de Nederlandse maagd waakt. De ketens aan haar voeten gebroken, de leeuw als trouwe metgezel aan haar zijde. *La Marianne* van de lage landen.

Albert, de zoon met wie Marianne zich na de dood van haar bastaardkind en haar minnaar langzaamaan verzoende, verweet zijn moeder dat zij meer bij haar doden was dan bij de familie die ze nog had, de levenden. Toen hij bij haar op bezoek kwam in Reinhartshausen, moest ze de kamer van Johannes Willem ontruimen zodat het leek of er in het kasteel nooit een kind had gewoond.

De tijd die haar restte werd een naspel. Ze reisde heen en weer tussen haar bezittingen, ze volgde de beslommeringen van haar familieleden, maar ze deed het lijdzaam, zonder de hartstocht die haar altijd zo eigen was. Dat ze bleef leven, ging tegen haar eigen wens in. Ze schikte zich naar Gods wil, maar ze zat niet meer te wachten op een leven dat zich almaar langer en langer rekte, een eindeloze epiloog werd op het meesterstuk dat al geleefd was. Ze snakte naar het einde terwijl ze staarde naar de verschoten foto's bij de kaarsjes die ze onvermoeibaar voor haar doden brandde. Foto's die, als er bezoek kwam, in de lade verstopt moesten worden.

Een leven van bruisend avontuur was omgeslagen in een leven van pijnlijke berusting. Wat bleef groeien, waren haar rotsvaste vertrouwen in God en haar vrijgevigheid. Ze gaf steeds guller, niet alleen aan pastor Ullrich en zijn kerkgemeenschap, maar ook aan katholieke armen, scholen, weeshuizen en andere sociale instellingen. Het distribueren vertrouwde ze Ullrich toe, de enige voorwaarde die ze stelde was dat haar donaties anoniem bleven.

Na de dood van Johannes wilde ze, zoals ze samen hadden besloten, het lichaam van haar geliefde laten bijzetten in de grafkelder van hun zoon in de Johanneskerk. Maar pastor Ullrich – die al jaren enveloppen met contant geld van haar aannam, die wekelijks met zijn vrouw Caroline bij haar en Johannes op bezoek kwam in het kasteel – weigerde het lijk van Johannes van Rossum toe te laten tot zijn kerk. Johannes, redeneerde hij, en dat vond trouwens ook zijn Caroline, was altijd een getrouwd man gebleven, hij had in zonde geleefd. Pastor Ullrich kon niet anders dan hem buiten de deur houden.

Onthutst begroef Marianne haar Johannes in de ongewijde grond van het lokale grafveld in Erbach. Het was een slag te veel. Ze leverde geen strijd meer. Verbouwereerd, verward en verslagen gaf ze zich over. *Le sourire sur les lèvres, et la mort dans le coeur.*

Tot het einde toe bleef ze rusteloos (En toch: *waar is op deze aarde rust te vinden?* schreef ze in de zomer van 1880). Maar het verval zette onverbiddelijk in. *De ogen worden duister, de hand belemmerd door stijfheid, de benen buigen onder mijn zwaarte en de luchtpijpen willen niet meer.*

Toen de wind eenmaal was gaan liggen, doofde de kaars maar heel langzaam uit. Zonder oorlog, zonder revolutie, zonder waarschuwing doofde ook de eeuw die haar leven omspande en zag een nieuw tijdperk het licht. In het jaar van haar dood vertrok uit Parijs de eerste Orient Express. Wagner overleed, Kafka en Mussolini werden geboren. In Rotterdam opende de eerste gloeilampenfabriek. De eeuw die ophanden was zou licht zijn, alhoewel dat licht meedogenloos zou schijnen op nieuwe gruwelijkheden.

Marianne stierf op 29 mei 1883 op haar Reinhartshausen. Zonder te weten dat de Hoge Raad der Nederlanden een maand later besloot dat overspel voortaan niet meer hoefde te worden bewezen, dat een huwelijk zelfs kon worden ontbonden als alléén de vrouw haar zaak kwam bepleiten. Zonder te weten dat Aletta Jacobs vlak daarna haar eerste (mislukte) poging deed zich op de kieslijst te laten zetten. Zonder te weten dat de zon niet alleen was ondergegaan over haar leven, maar ook over het tijdperk van de gehoorzame gehuwde vrouw.

Ongehoorzaam, of in elk geval ongehoord was Mariannes laatste wens, die Albert en Alexandrine schoorvoetend uitvoerden. Zij begroeven hun diepgelovige moeder op het heidense begraafplaatsje van Erbach, in hetzelfde graf als Johannes. Met hem zou ze in de onderaardse eeuwigheid versmelten.

De grafsteen die Marianne voor Johannes had laten maken werd verwijderd. Op de nieuwe steen lieten haar kinderen de volgende tekst beitelen:

Hier ruht in Gott
in der Erwartung einer fröhlichen Auferstehung
Wilhelmine Friederike
Luise Charlotte
Marianne
von Nassau Oranien, Prinzessin der Niederlande
geb. zu Berlin am 9. Mai 1810
vermählt im Haag am 14. Septbr. 1830 mit
Friedrich Heinrich
Albrecht
Prinz von Preussen
gest. zu Reinhartshausen bei Erbach
am 29. Mai 1883.

Van de aanwezigheid in de aarde van Johannes van Rossum zijn tot op de dag van vandaag alle sporen uitgewist. Marianne rust nog altijd op het grafveldje in Erbach, en niet bij haar familie in Delft. Willem de Derde, het neefje dat bij haar dood nog altijd op de troon zat, vergat liever dat zij ooit had bestaan. Maar zijn opvolgster koningin Wilhelmina had naar verluidt grote bewondering voor haar vrijgevochten oudtante. Zij had tot aan haar dood een portret van Marianne op haar werkkamer hangen.

Verantwoording & dankwoord

Volgens de Duitse historicus Hartmut Heinemann heeft Marianne haar leven zelf ooit een roman genoemd. Hoewel het in de eerste plaats mijn bedoeling is geweest het verhaal van Marianne te vertellen, is dit boek een roman, en geen biografie.

Ieder leven kent zijn eigen dramatiek, en om die van het leven dat hier centraal staat naar voren te brengen, heb ik mij bepaalde vrijheden veroorloofd. Hier en daar heb ik gemorreld aan de tijdlijnen en de volgorde van gebeurtenissen aangepast. Soms, wanneer de bronnen vaag of onzeker waren, heb ik dingen verzonnen en sommige fouten en omissies in het boek zijn opzettelijk. Hoewel de documenten die voorkomen in het verhaal mijn eigen verzinsels zijn, heb ik meerdere zinnen uit brieven van Marianne en andere personages geheel, gedeeltelijk of geparafraseerd in het verhaal laten terugkomen. Het hoofdstuk over het Cervaro-feest is min of meer een hervertelling van het verslag dat Philip Koelman erover schreef in zijn Italiaanse memoires *In Rome. 1846-1851*.

Er zijn ook documenten die ik heel graag wilde maar niet meer kon raadplegen. Wat er met de briefwisseling tussen Marianne en Johannes is gebeurd, is ooit opgetekend door Van Kimmenade, die een (nooit gepubliceerde) doctoraalscriptie wijdde aan het leven van Marianne. Gedeeltelijk kwamen de brieven in handen van Charlotte van Mecklenburg, de dochter van Alexandrine, die ze compromitterend vond en vernietigde. Het tweede deel kwam in de handen van Agathe, prinses van Rabitor en Corvey, de echtgenote van Mariannes kleinzoon Friedrich Wilhelm van Pruisen. Agathe vond het prachtige, meeslepende brieven. Zij en haar man lazen elkaar er hele avonden uit voor. Agathes jongste dochter Elisabeth, geboren in 1919, moet de brieven in haar vroege twintiger jaren hebben gelezen, en koesterde ze zo dat zij zich na haar dood in het graf van Marianne en Johannes liet bijzetten. Toen Agathe in 1945 haar villa in Thüringen moest ontvluchten, liet ze veel van haar bezittingen noodgedwongen achter, inclusief de brieven van Marianne. Naar verluidt vond de huismeester ze later terug, en verbrandde voor alle zekerheid de hele stapel.

Als de grens tussen feit en fictie in dit werk vaag is, is dat omdat zo'n grens in werkelijkheid ook niet bestaat. Ik ben de lezers dankbaar die hebben willen meereizen naar dat wat je verzonnen waarheden zou kunnen noemen. Het leven van Marianne was een roman. Je kunt het een omgekeerde schelmenroman noemen, of het onder de queesteromans scharen, met bij wijze van heilige graal geen mystieke wolk maar een plek op de wereld.

Dat ik de sporen van haar queeste heb kunnen volgen, is te danken aan het bronnenmateriaal dat ik tot mijn beschikking heb gehad.

Veruit de grootste Marianne-kenner van onze tijd is drs. C.L. (Kees) van der Leer, medeoprichter van de Stichting Erfgoed Prinses Marianne. Zijn grondige publicaties over prinses Marianne, in het bijzonder *Marianne. Kunstenaars, dominees en een pelgrimage* (geschreven met Marieke Spliethoff, conservator schilderijen, prenten en tekeningen bij Paleis Het Loo Nationaal Museum in Apeldoorn) en het in 2010 verschenen *Prinses Marianne, een leven van liefde en kunst* (geschreven met kunsthistorica Tiny de Liefde-van Brakel), waren voor mij van grote waarde. Ik ben Kees van der Leer daarnaast zeer dankbaar voor de gastvrijheid waarmee hij mij heeft ontvangen in zijn bijzondere woning in de Voorburgse buitenplaats In de Wereldt is veel Gevaer, en waarmee hij zijn kennis en archiefmaterialen persoonlijk met mij heeft willen delen.

Ik wil de medewerkers van het Koninklijk Huisarchief graag bedanken voor de vriendelijkheid waarmee zij hun deuren voor mij hebben geopend, en voor de extra moeite die zij hebben gedaan om mij, ondanks de lastige situatie rondom Covid-19, te helpen mijn onderzoek waar mogelijk voort te zetten; het Nederlands Letterenfonds voor het vertrouwen, geuit in de vorm van een projectsubsidie en een beurs die me in staat stelde om naar Rome te reizen; het Archivio dell'Istituto per la storia del Risorgimento italiano in Rome voor de toegang die ze mij (eveneens in tijden van lockdown) hebben verleend; het Koninklijk Nederlands Instituut te Rome, en in het bijzonder dr. Asker Pelgrom, voor het openen van de poorten van de Villa Celimontana; de Società Geografica Italiana (huidige bewoners van de villa) voor het feit dat ze mij ieder hoekje van het huis hebben willen laten zien, en mij zelfs even het dak op lieten; het Museum Swaensteyn te Voorburg voor de langdurige bruikleen van enkele boeken uit hun uitgebreide Marianne-bibliotheek; het A. Roland Holsthuis te Bergen voor een periode van rust en ruimte om te schrijven.

Als altijd ben ik mijn uitgever Ambo|Anthos dankbaar voor het vertrouwen, en alle medewerkers voor de inspanningen achter de schermen. Dank ook aan allen die het manuscript lazen en adviezen gaven, onder wie Daniëlle Hermans, Saskia Balmaekers, Kees van der Leer, Marieke Spliethoff en Patric Aalders, en in het bijzonder aan mijn redacteur Laurens Ubbink – zonder zijn geduld en inspiratie op kritieke momenten had ik dit boek niet kunnen voltooien.

Alle anderen die op verschillende manieren hielpen bij de totstandkoming van dit boek, ben ik uiteraard grote dank verschuldigd. Mijn behulpzame schoonouders, mijn lieve ouders, en in het bijzonder mijn vader, toevalligerwijs verbonden aan het Museum Swaensteyn (de enige plek in Nederland waar Marianne herinnerd wordt). Voor al hun geduld, liefde en aanmoediging ben ik ten slotte mijn gezin en bovenal mijn lieve man, Peter-Paul, oneindig dankbaar.

Inhoud